JN317399

新　潮　文　庫

かんじき飛脚

山本一力著

新　潮　社　版

8528

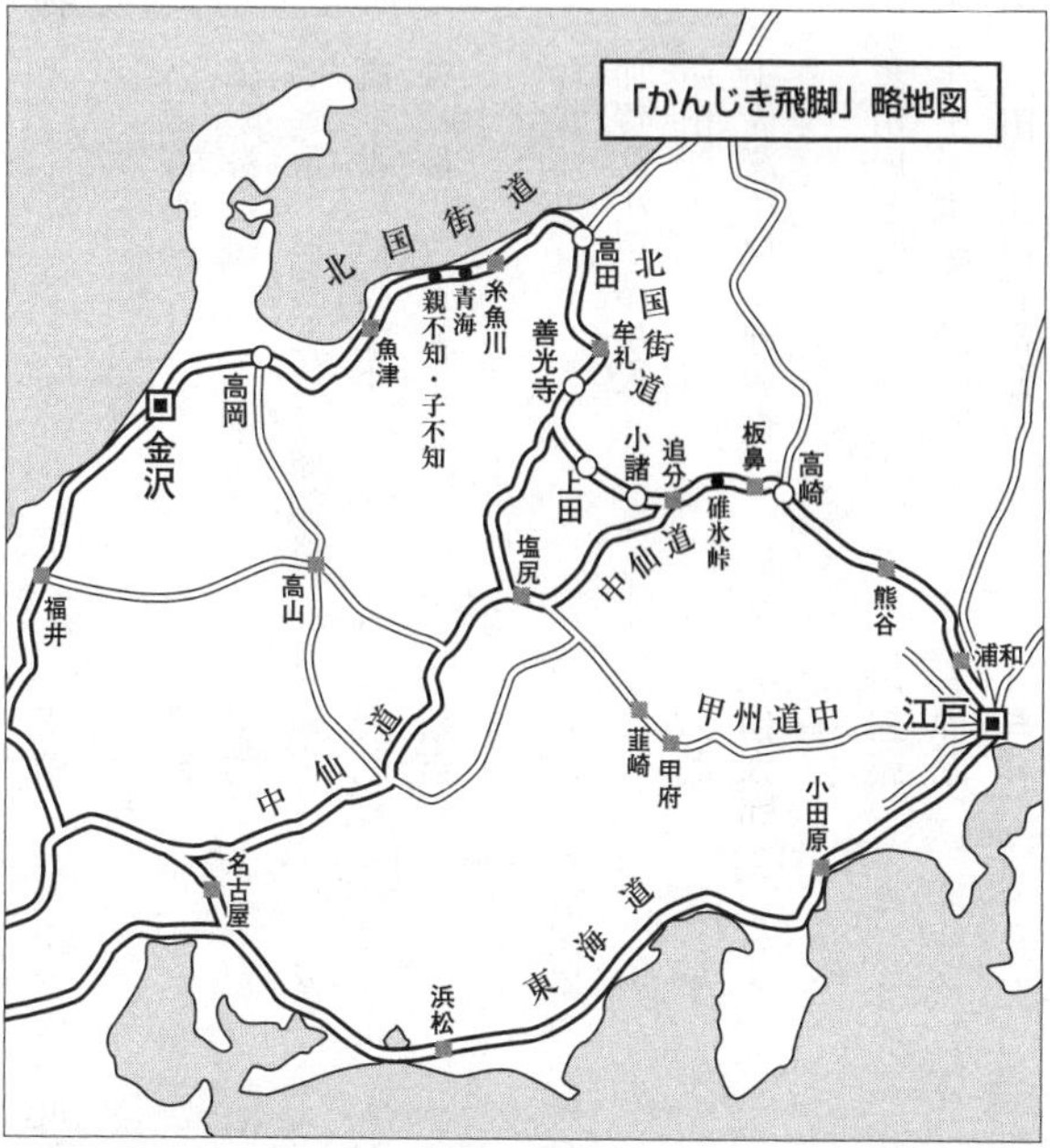
「かんじき飛脚」略地図
北国街道
高田
北国街道
糸魚川
青海
親不知・子不知
魚津
高岡
金沢
善光寺
牟礼
小諸
追分
板鼻
高崎
上田
碓氷峠
中仙道
塩尻
熊谷
福井
高山
浦和
江戸
甲州道中
韮崎
甲府
中仙道
小田原
名古屋
東海道
浜松

主要登場人物

松平定信　老中首座
大田典膳　御庭番組頭
吉田籐輔　御庭番　典膳配下　頭領格
野田新平　御庭番　典膳配下
坂田健吾　御庭番　典膳配下
前田治脩　加賀藩主
庄田要之助　加賀藩江戸詰用人
田所研介　庄田配下
森勘左衛門　土佐藩江戸留守居役
浅田屋伊兵衛　浅田屋七代目当主
源兵衛　浅田屋本家番頭
忠兵衛　浅田屋江戸店番頭

玄蔵　浅田屋の三度飛脚・江戸組
久太郎　〃
健吉　〃
俊助　〃
嘉市　〃
良助　〃
新吉　〃
吾助　〃
弥吉　浅田屋の三度飛脚・加賀組
留吉　〃
六助　〃
伊太郎　〃
平吉　〃
三蔵　〃
伸助　〃
与作　〃

かんじき飛脚

序章

天明九（一七八九）年は、年明け早々の一月二十五日に、寛政へと改元された。

改元の旗振り役は、二年前の天明七年六月に老中首座に就いた松平定信《さだのぶ》である。定信は田沼意次《おきつぐ》失脚ののち、徳川御三家と、一橋治済《はるさだ》の強い推挙により就任した。

「やっぱり御上のなさることたあ、しっかりしてるぜ」

「上つ方のひとの目は、節穴じゃあねえてえことだ」

大方の江戸町民は、定信の老中首座就任を称《たた》えた。

前任者田沼意次には、権勢が集まり過ぎていた。意次は多くの善政も敷いてきた。それゆえに、意次に権勢が集中し過ぎていると知りながらも、将軍家や御三家のなかには支える者もいた。

しかし天明三（一七八三）年十一月に、息子意知《おきとも》を奏者番《そうじゃばん》から若年寄に就けたことで、雲行きが怪しくなった。親子が幕閣の中枢《ちゅうすう》に座ったことには、将軍までもが眉《まゆ》をひそめた。

天明四年三月二十四日。江戸城中において、意知は御新番士《おしんばんし》佐野善左衛門政言《ぜんざえもんまさこと》に斬《き》りつけられた。傷は深手で、四月二日に意知は死亡した。

この変事が、田沼政権没落の端緒となった。賄賂《まいない》まみれの紊乱《びんらん》政権とのうわさは、江戸庶民にも聞こえていた。

「ざまあみろい、いい気味だ」

町民は意次失脚に喝采《かっさい》した。後任が松平定信だと知って、江戸市中はさらに沸き返った。定信は、宝暦八（一七五八）年十二月の江戸生まれだったからだ。

「今度のご老中は、江戸生まれだてえじゃねえか」

「そんなことだけで、驚いちゃあいけねえやね」

「ほかにもあるのかよ」

「聞いて腰抜かすなよ」

もったいをつけた男は、定信が八代将軍吉宗《よしむね》の孫にあたると、血筋のよさを明かした。

目安箱を市中に設置し、庶民の声を聞こうと努めた吉宗は、没後四十年が近い今でも、大いに人気があった。

「これで世の中、ぐっとよくなるだろうぜ」

江戸生まれで、しかも吉宗の孫が老中首座に就いた。天明から寛政への改元も、定信が推し進める世直しのひとつ……。

庶民は定信の政治手腕に大きな期待を寄せた。ところが、改元からわずか二ヵ月を過ぎたあたりから、庶民の評価が変わり始めた。

「なんだか、貧乏ったらしくて、息が詰まりそうだぜ」

庶民は曇った顔を見交わした。

田沼政権の放漫財政の結果、公儀は深刻な金詰まりに直面していた。

「なによりも倹約を旨《むね》とせよ」

定信は大号令を発し、徹底した緊縮財政を目指した。武家のみならず、庶民にも節約・倹約を強いた。

「世直してえのは、こんなにしんどいことなのかよ」

庶民が口々に文句を言い始めたとき。その不満を一気に吹き飛ばす、桁違《けたちが》いに大きな花火を定信は打ち上げた。

「蔵前の札差《ふださし》が、途方もねえお仕置きに遭ったそうだぜ」

「知ってるよ。百十八万両を、帳消しにされたてえんだろう」

寛政元年九月十六日に、公儀は『棄捐令《きえんれい》』を発布した。札差が武家に対して持つ貸し金百十八万七千八百八両余のカネを、丸ごと棒引きにする、武家のための徳政令である。

一夜の遊びに五十両、百両のカネを遣う札差を、庶民は苦々しい思いで見ていた。札差のなかには、小判におのれの屋号を極印《ごくいん》する剛の者までいた。

緊縮財政を推し進める定信には、公儀お膝元《ひざもと》で豪遊を続ける札差が、目障《めざわ》りでしかなかった。

棄捐令は札差への仕置きと、高利にあえぐ武家救済という両面の効果があった。

「さすがご老中だ」

札差がへこまされたのを知って、冷めかけていた定信の人気が再沸騰《ふっとう》した。

ご政道
かゆいところへとどくのは
徳ある君の
孫の手なれば

棄捐令発布から半月後の十月二日には、こんな狂歌が詠《よ》まれた。名将軍と称えられた、八代吉宗の孫にかけた一首だ。

武家も町人も、棄捐令を大いにはやし立てた。そして定信の評判は、雲をも突き破る勢いで高まった。

寛政元年の江戸は、十一月下旬には冬一番の木枯らしが吹いた。風をはらんだ凍えはきつく、町を行く職人は半纏《はんてん》の襟元をきつく閉じ合わせた。

いきなりわるくなった景気が、寒さを一段と募らせた。

湯水のごとくカネを遣っていた札差が、生き死にギリギリの瀬戸際《せとぎわ》まで追い詰められた。当然のごとく、札差衆は財布の紐《ひも》をぎゅっと締めた。たとえ遣いたくても、手許《てもと》にはほとんどカネがなかった。

たちまち、市中にカネが回らなくなった。

札差相手の料亭が、青息吐息になった。次いで、料亭を相手にしていた酒屋、呉服屋、小間物屋、芸者の置屋などが立ち行かなくなった。

不景気風は足早に吹き渡る。

冬一番が江戸に吹き渡ったころには、新しい普請《ふしん》が江戸からほとんど消えた。大工、左官、屋根葺《ふ》き職人たちが仕事を失《な》くした。

寒々としたなかで、江戸は寛政元年の師走《しわす》を迎えた……。

一

江戸城四谷御門を出て二町（約二百二十メートル）も東に進めば、番町である。坂道と小道が入り組んだ番町には、大小無数の武家屋敷が立ち並んでいた。大きな屋敷は敷地千坪を超えており、高さ一丈（約三メートル）の塀が屋敷の四方を取り囲んでいる。

三十俵、五十俵の微禄《びろく》御家人《ごけにん》は、五十坪の敷地を板塀で仕切った。表二番町のあたりは、この五十坪屋敷が群れをなしている、坂道沿いの町だ。

屋敷の当主は、始終入れ替わっている。カネに詰まった御家人が、まだしもふところ具合のよい同輩に、賃貸をするからだ。

番町は武家の町である。そこに暮らしているというだけで、とりあえずの体面を保つことができた。ゆえに空家を求める御家人には事欠かない。

敷地五十坪、建坪二十五坪の平屋で、月の賃料は二分（二分の一両）が相場だ。一年の賃料六両は、内証の苦しい武家には大きな実入りである。金繰りに詰まった武家は、屋敷を貸して神田や本所などの借家に移り住んだ。

「七丁目の野田様のお屋敷は、来月から吉岡様とおっしゃる御家人様がお住みになるそうです」

麹町《こうじまち》の酒屋と米屋は、毎月のように台帳を書き換えた。

表二番町は、町の武家全員が格別の役を持たない御家人である。ふところ具合がきついことも、定まった職務を持っていないことも、互いに知っている。しかも屋敷の住人は、半年の間に入れ替わったりするのだ。板塀を接した隣家とも、ほとんどの御家人は行き来をすることはなかった。

そんな表二番町の一角に、他の屋敷と同じような、敷地五十坪の平屋が建っていた。冠木門《かぶきもん》の表札は『大田新兵衛《しんべえ》』。

家の構え同様に、代り映えのしない名が記されている。この町で、大田家に気を払う御家人は皆無だった。

寛政元年十二月一日、夜五ッ（午後八時）。大田新兵衛屋敷の居間では、真っ赤に炭火が熾《お》きた手焙《てあぶ》りに松平定信が手をかざしていた。

「世の評判に変わりはないか」

問いかける声には、三十二歳の男ならではの張りがあった。

「まことに、よろしきものにございます」

答えた男の声は小さく、しかもかすれている。が、物言いによどみはなかった。

「わしに追従《ついしょう》は無用ぞ」

「構えて、そのようなことはございませぬ」

男はゆるぎのない目つきで、定信を見た。

「ならばよいが……」

語尾を濁した定信は、盃《さかずき》を手にした。すかさず相手が徳利を手にして酌をした。徳利も盃も、加賀名産の赤絵が鮮やかな九谷焼である。

「町民が口にするうわさは、あなどれぬ。この先も、抜かることなく耳を澄ましておくように」

「御意《ぎょい》のままに」

男は定信から目を逸《そ》らさず、きっぱりと答えた。

「ところで典膳《てんぜん》……このほうの動きに、不穏なものはないか」

定信は九谷焼の盃を典膳に示した。典膳とは大田典膳で、御庭番組頭《おにわばんくみがしら》である。

「相変わらず火消し衆の陣頭に立ち、采配《さいはい》をふるっているとのことにございます」

典膳の報知を耳にして、定信はわずかに顔をしかめた。

「さりとて稽古《けいこ》の中身にも、ご当主の振舞いにも、格別に不穏な様子はございませぬ」

胸の内に定信が抱えた不安を察したのか、典膳は語調を明るくした。

定信の盃が干されている。典膳が酌をしようとしたら、定信が制した。

「一献《いっこん》、干すがよい」

典膳が両手で押し戴《いただ》いた盃に、定信が酌をした。老中首座の定信が、御庭番に酌をしている。幕閣の者が目にしたら、腰を抜かしかねない光景である。

が、定信も典膳も、きわめて自然に振舞っていた。

御庭番とは、八代将軍吉宗が紀州藩士のなかから選り抜いて作り上げた、隠密《おんみつ》御用の軍団である。

数はわずかに二十四家で、代々が世襲でいまに至っている。現将軍十一代家斉《いえなり》も、御庭番を配下に置いていた。

が、御庭番の出自は紀州藩士で、絶対の忠誠を誓ったのは吉宗に対してである。ゆえに吉宗の血筋である定信には、御庭番四家が家斉に隠れて付き従っていた。

定信番の頭領が大田典膳である。将軍にも気づかれずに密会するために、定信は表二番町に屋敷を構えさせた。

四谷御門から、わずか二町あまりの隔たりしかないこの屋敷は、人目を忍んで出入りするには格好の地の利である。町の住人は御家人だけで、武家が行き来しても目立たない。

それに加えて、御家人たちは互いに没交渉で、屋敷の当主に関心を持たない土地柄である。

定信が典膳と密談を重ねるには、まことに好都合の町だった。

定信には、家斉に弓を引く気などは毛頭なかった。ないどころか、家斉護持に心血を注いでいた。典膳をひそかに動かしているのも、つまりは将軍家に謀反《むほん》を企てる大名を、いち早く見抜かんがためである。

公儀には老中支配の、大目付という大名監視の役職が定められていた。定信は大目付を配下に抱えながらも、全幅の信頼を寄せてはいない。大目付といえども、一介の役人だ。将軍や老中が交代すれば、職務を解かれる。大目付のなかにはおのれの先行きを考えて、大名に手心を加える者も少なくなかった。

御庭番は違った。

将軍が交代しようが幕閣が入れ替わろうが、身分は定まっている。しかも二十四家のみの世襲である。将軍家に対する忠誠には、微塵《みじん》も揺るぎはなかった。

定信があえて家斉に隠れて典膳を動かしているのは、将軍の口の軽さを案じてのことだ。

女色への溺《おぼ》れ方が激しい家斉は、閨《ねや》で口を滑らせることが一再ならずあった。側室は茶坊主《ちゃぼうず》を通じて、知り得た機密を漏らした。

老中首座に就いたのちに、定信は、幾度も機密漏れを思い知らされた。気がかりな大名の動向を、家斉配下の御庭番に探らせないのは、それゆえのことである。

定信がもっとも気にしているのは、加賀藩十一代目藩主、前田治脩《はるなが》の動きである。

明和八（一七七一）年、二十七歳で前田家十一代藩主に就いた治脩は、すでに十九年目である。四十五歳のいまでも治脩は、みずから文武の先頭に立っている。藩主の剛健ぶりを、家臣は衷心から敬慕していた。

その団結の強さを、とりわけ火消しにおける見事な働きぶりを、定信は案じた。大名諸侯のなかでも、加賀藩は抜きん出た大身である。その加賀藩江戸詰藩士が、藩主の号令一下、文字通り火の中に飛び込むのだ。

もしもあの藩士たちが、江戸城に襲いかかってきたら……。

それを思うにつけ、定信の胸の内には苦いものが込み上げた。

「火消しに励むのみであらば、御上にも重畳至極《ちょうじょうしごく》だが……構えて、本郷の探りは抜かるでないぞ」

典膳が顔つきを引き締めた。手焙りの炭火が、バチバチッと爆《は》ぜた。

二

例年、師走の手前から金沢城下には初雪が降った。しかし寛政元年の十二月二日は、雲ひとつない冬空が広がっていた。

「昼飯までに、本殿までもう一回登り下りするぜ」

「いいとも」

玄蔵《げんぞう》の指図に、七人の飛脚が威勢のよい返事をした。全員が『浅田屋』と染め抜かれた、薄手の半纏《はんてん》を着ている。背丈は玄蔵を含めた八人とも、五尺八寸（約百七十六センチ）から六尺（約百八十二センチ）の大男だ。真冬だというのに、股引《ももひき》・腹掛けに半纏を羽織っているだけだ。素足にわらじ履きで、太いふくらはぎを、紺色木綿の脚絆《きゃはん》できつく締め上げていた。

八人全員が江戸者で、加賀藩御用の飛脚宿浅田屋の三度飛脚である。

加賀藩国許《くにもと》と江戸本郷上屋敷との間、およそ百四十五里（約五百七十キロ）を、毎月三度、夏場なら五日間で走り抜くのが三度飛脚だ。

運ぶものは藩の公用文書と、藩主および内室御用の品である。浅田屋は江戸と国許の両方に、常時八人の三度飛脚を抱えていた。

毎月、三のつく日に国許から江戸に向けての定期便が仕立てられる。翌日の出立《しゅったつ》に向けて、飛脚八人は走りの稽古《けいこ》を続けていた。

「行くぜ」

玄蔵が先頭に立って、卯辰山愛宕《うたつやまあたご》神社の石段を駆け上がった。十段を登ったところで、玄蔵は枯葉に気づかず、足をとられた。

ずるっと滑り、向こう脛《ずね》をしたたかに石段にぶつけた。同時に、かかとを強くひねった。組頭が、息を詰まらせてうずくまった。

三

「そうや。そこでええ」

わら包みの小荷物を運ぶ小僧に向かって、荷さばき差配が目元をゆるめた。

「いっぺん聞いただけで分かるとは、はしょかい子じゃ」

誉められた小僧は顔をほころばせて、『軽井沢』と書かれた札の前に荷物を置いた。

「こら、新太《しんた》」

別の小僧を見た差配は、怒鳴り声を発して目つきを険しくした。

「たったそんだけの荷物を、げんぞらしゅうに抱えるんやない」

小荷物を重たそうに抱えた小僧に、わざとらしい顔をするなと怒鳴った。叱《しか》られた小僧は、口元を引き締めて歩きを速めた。

十二月二日、朝六ツ半（午前七時）。金沢尾張町の江戸三度飛脚会所では、広い土間の方々で荷さばき差配たちの怒声が飛び交っていた。

雪こそ降ってはいないが、師走の朝は底冷えがきつい。二百坪もある会所の土間には、真冬の寒気が居座っている。てんでに色味も柄も違う綿入れを着た十五人の小僧たちが、白い息を吐きつつ、だだっ広い土間を行き交っていた。

金沢城下町の各所から、三百個近くの小荷物が運び込まれている。飛脚が担《かつ》いで走る荷物ゆえ、大きさは五寸（約十五センチ）角までで、目方も一個が一貫（三・七五キロ）までだ。

個々の荷物は大した重さでも大きさでもなかった。しかしほとんどの荷が、わらで固く包まれていた。

凍えたわらを素手で何度も摑《つか》んでいると、指先がささくれだってくる。加えてカチカチに凍えた土間では、足元からきつい冷えが身体《からだ》に食らいついてきた。

「はように片づけんと、五ツ（午前八時）になっても、朝飯が食えんなるぞ」

飯が食えなくなると言われて、小僧たちの動きが機敏になった。

江戸三度飛脚は金沢から江戸までの百四十五里を、北国街道、中仙道《なかせんどう》の各宿場を走る。行き先ごとに荷物を仕分ける宿場札は、五十を大きく超えていた。

「もっときびきびと動かんかい」

差配が怒鳴っている間にも、新しい荷物が会所に運ばれてくる。

運賃がもっとも安い定飛脚《じようびきやく》で江戸まで荷物を届けるには、冬場のいまは十二日を要する。年を越す前に江戸に届けたい者は、十二月三日の三度飛脚が年内最後だ。

ひっきりなしに運び込まれる小荷物の五割以上は、仕向け先が『江戸本郷会所』である。江戸の札の前では、五寸角の小荷物が小山を築いていた。

荷物の山に背が届かなくなった小僧は、脚立《きやたつ》に乗って積み重ねようとした。

「そんな、あてがいな積み方をしとったら、山が崩れるやろうが」

雑に積むなと差配が注意しているさなかに、朝飯を報《しら》せる板木が叩《たた》かれた。飯に気がいった小僧が、小荷物を山のてっぺんに放り投げた。

ゆらゆらと揺れ始めた山が、こらえきれなくなって上部から崩れた。脚立に乗っていた小僧が、荷物に押されて土間に転げ落ちた。

「あほか、おまえは」

土間に尻餅《しりもち》をついた小僧を、差配が怒鳴りつけた。

「山を積み直すまで、おまえの飯はおあずけじゃ」

小僧は顔をひくひくさせながらも、涙をこらえた。他の小僧たちは朝飯へと向かっている。土間からひとがいなくなり、一気に静かになった。

ひとり荷物の山を築き直し始めた小僧が、垂れかけた鼻水をすすりあげた。屋根の高さが三丈（約九メートル）もある尾張町会所の土間に、小僧の泣き声がこぼれ落ちた。

五ッ半（午前九時）になると、会所の寄合部屋に、飛脚問屋の番頭衆が集まってきた。

毎月二日の五ッ半には、問屋十七軒の番頭が顔を揃《そろ》えて寄合を持った。

今年最後の寄合となったこの朝は、始まりから熱を帯びていた。

「そんなあほなこと、暮れのあせくらしいときに言わんといてくれ」

村松屋頭取番頭の太平治《たへいじ》が、眉《まゆ》を吊《つ》り上げて気色《けしき》ばんだ。

「おいね、おいね。太平治さんの言う通りやが」

田中屋の番頭が、太平治の言い分を後押しした。

この朝は、江戸三度飛脚の、引き抜き防止が議題である。ふたりまでは大目に見ろと、大木屋の番頭が言い出した。太平治が顔色を変えて反対したのは、代々の村松屋当主が会所棟取役《とうどり》を務めているからだ。

あるじが棟取役を務める太平治には、飛脚の引き抜きは認めるわけにはいかなかった。

京都、江戸の二都と、金沢とを結ぶ飛脚および荷物の定期便を扱う問屋は、大店《おおだな》だけでも十七軒あった。その大手が組仲間を作って設けたのが、尾張町の飛脚会所である。

寛文三（一六六三）年、第五代加賀藩主前田綱紀《つなのり》の時代に、大坂・京都・江戸の三都の商人と、金沢在住の商人との間で荷物の定期的なやり取りが始まった。

加賀藩は、禄高《ろくだか》百万石超の大身大名である。参勤交代で藩主が江戸在府のおりには、国許と江戸藩邸との間で文書・小荷物の頻繁なやり取りが生じた。

三都と金沢との間に定期便が行き来しているのを知った藩は、公用の定期便『江戸三度飛脚』の創設を問屋に命じた。

村松屋徳左衛門《とくざえもん》が総代として藩御用を受け、寛文三年に初代江戸三度飛脚棟取役に就いた。

以来、村松屋当主が棟取に就任するのが、三度飛脚問屋の慣習となっている。

会所を尾張町に開設したのは、元禄六（一六九三）年である。それまでは個々の飛脚問屋・中荷持《なかにもち》問屋が、各自の店で荷受や荷さばきを行っていた。しかし行き来する荷物が増加するにつれて、どの問屋も場所が手狭になった。その解消を目的として、尾張町に会所が設けられた。

十七軒の問屋は、組を作ると同時に運賃を一律に定めた。それまでは値引き合戦をして、問屋はへとへとになっていたからだ。

『夏当《あた》り早《はや》飛脚は、書状五匁《もんめ》（約十九グラム）までは十里（約三十九キロ）につき八文』

これが元禄六年の定めである。

三月から九月までを夏当り、十月から翌年二月までを冬当りという。

夏も冬も運賃に差はないが、届けの日数が異なった。

もっとも速い『早飛脚』は、夏場は一刻《とき》（二時間）あたり四里（約十六キロ）で、江戸までの所要日数は五日間である。

冬当りでは一刻三里（約十二キロ）の走りとなり、江戸まで七日間を要した。早飛脚のほかに、『中《ちゅう》飛脚』『定飛脚』の二種類があり、次第に所要日数が延びた。冬場の定飛脚は一日十二里で、江戸に着くまでには十二日かかった。

金沢尾張町の会所から江戸本郷会所までの道のりは、およそ百四十五里である。しかし飛脚は随所で近道を走るがゆえに、本郷会所までは百二十一里（約四百七十五キロ）であると定めた。

五匁までの書状であれば、金沢・江戸間が九十七文である。百四十五里も離れた江戸まで、百文緡《さし》一本の運賃を払えば、わずか五日で届くのだ。飛脚の運賃に、高いと文句をつける者はいなかった。

飛脚ひとりは、四貫（十五キロ）の荷物を担いで走った。江戸まで五匁の書状のみを運ぶとすれば、一度に八百通の書状を担ぐ勘定だ。

金沢から江戸までの片道で、飛脚ひとりは七十七貫六百文、小判で十五両二分を稼ぎ出した。

ひとりの三度飛脚は、江戸と金沢とを月に一往復する。ひと月三十一両の大金を稼ぎ出す飛脚は、問屋にとっては商いの命綱である。どの問屋も、脚力のある飛脚のつなぎとめには躍起になっていた。

「どんなわけがあろうとも、引き抜きはだめだ」

太平治が、語気を強めて言い置いたとき。寄合部屋に飛脚が飛び込んできた。

「源兵衛《げんべえ》さん……」

全力で駆けてきたはずなのに、飛脚の息遣いに乱れはない。呼びかけられたのは、浅田屋番頭の源兵衛である。

「寄合のさなかに、なにごとかね」

他の番頭の手前、源兵衛は顔をしかめた。

「組頭が、足を痛めちまったんでさ」

源兵衛のみならず、座の全員の顔色が変わった。

四

十二月二日の八ツ（午後二時）下がり。江戸の空には分厚い雲がかぶさっていた。

氷雨《ひさめ》が降るわけでもなく、朝から続いた曇天である。

十一月二十八日に、夜明け前から午後まで氷雨が降った。

「いよいよ初雪ですかねえ」

「町がカラカラに乾いていたところだ。寒いのはつらいが、いいお湿りというところでしょう」

江戸の商人は、大雨よりも洪水よりも、火事を恐れた。どれほど用心を重ねていても、ひとたび火に襲いかかられると、すべてが灰燼《かいじん》に帰するからだ。

江戸の冬は雨が少なくて、町が乾いた。その挙句に、小さな火でも大火事を引き起こした。

たとえ身体の芯《しん》から凍える氷雨でも、奉公人は町が湿るのを喜んだ。

しかし二十八日の雨は、午後には上がった。以来、この日まで、曇り続きながらも雨は降らなかった。

またもや家屋の材木が乾き始めていた、十二月二日、八ツ過ぎ。本郷から火の手が上がった。界隈《かいわい》の火の見やぐらが、一斉に擂半《すりばん》（近火の報せに、半鐘《はんしょう》の内側を擦り鳴らすこと）を鳴らした。

「火元はどっちでえ」

「加賀様のお屋敷の見当らしい」

「そいつあ、おおごとだ」

目の色を変えた野次馬の群れが、本郷の坂道を駆け上った。

本郷には十万三千坪の前田家上屋敷をはじめ、大身大名の上・中屋敷や水戸中納言《ちゅうなごん》別邸など、五万坪超の屋敷が幾つもあった。

広大な敷地を有するこれらの大名は、たとえ屋敷から火が出たとしても延焼を案ずるには及ばない。広い敷地が、火除《ひよ》け地の役目を果たしたからである。

しかしそれらの屋敷の周りには、商家や長屋が密集していた。火元は加賀藩前田家上屋敷から五町（約五百五十メートル）西の、本郷菊坂町の商家だった。

風はさほどに強くはなかったが、杉、松、樫《かし》などの建材は芯から乾いていた。

「どけどけ、邪魔だ」

揃いの装束を着た火消し人足たちが、野次馬を蹴散《けち》らして火元へと駆けた。

本郷一丁目から六丁目、春木町、菊坂町、金助町、元町、竹町、小石川片町の各町を受け持つ火消しは、八番組のた組である。組に属する火消し人足は、二百四十三人。

八番組ほ・か・わ・た四組のなかでは、三番手の所帯だ。

火消し人足の数は少なくても、二百四十三人全員が五尺七寸（約百七十三センチ）以上の大男である。しかも動きは敏捷《びんしょう》で、八番組のどこよりも先に消口《けしぐち》（消火にとりかかる場所）を取り、組の纏《まとい》を立てた。

いまも火元に駆けるた組の面々五十人は、だれもが消口を取れると確信している顔つきだった。

ところが。

火元では、加賀藩の火消し人足『加賀鳶《とび》』が、すでに纏を振っていた。

「くそっ。またあのとんびに、消口をさらわれたてえのか」

た組三番組の頭が、顔をゆがめた。

屋根の上で纏を振っている鳶ふたりは、黒雲に真っ赤な稲妻模様が描かれた半纏《はんてん》を着ている。

ひと目で加賀の纏持だと分かる、派手な装束だ。

本郷の坂下で野次馬が目の色を変えたわけは、この加賀鳶の火消しぶりを見たくてのことだ。それに加えて、野次馬にはもうひとつのお目当てがあった。

加賀鳶とた組の、消口取り争いだ。

他家の大名火消しは、町家の火事にはほとんど出動しない。屋敷から一町（約百十メートル）も離れていない火事でも、火の粉が飛んでこないうちに出張ることはまれだ。

加賀鳶は違った。

加賀藩五代綱紀は、藩主の座にあった時代に本格的な火消し集団の加賀鳶を創設した。

上屋敷内に小屋を構え、加賀から呼び寄せた火消し人足を住まわせた。上背六尺以上の者に、黒雲の半纏と、皮羽織を与えた。こげ茶色の皮羽織の背中には、打ち違いの手斧《ちょうな》が白抜きで描かれていた。

纏の柄は『銀塗り太鼓』。その纏一本のあとに、派手な装束の鳶が二列縦隊で続いた。右手・右足を同時に出す特有の駆け方で、六尺男が火事場へと疾走する。

男伊達《おとこだて》が売り物の町火消しには、加賀鳶は目障《めざわ》りでしかたなかった。

「おい、あれを見ろ」

紺木綿の長着を着た男が、連れの肩を突っついた。男は町人に扮《ふん》した御庭番坂田健《けん》吾《ご》と、野田新平《しんぺい》である。坂田が指し示した場所では、加賀鳶とい組の火消しが睨《にら》み合っていた。

「町人火消しは、動きを封じられている」

「いかにも」

野田が小声で応じた。典膳から加賀藩の見張りを命じられたふたりは、加賀鳶の後を追って火事場の動きを監視にきていた。

坂田と野田の周りは、火事場見物の野次馬で溢《あふ》れ返っている。どれほどきつい目を火事場に向けても、素性をさとられる気遣いはなかった。

「あれは孫子《そんし》の兵法そのものだ」

「此《こ》の五者は勝ちを知るの道なり、か……」

坂田が漏らした兵法の一節に、野田がわずかにうなずいた。

戦ってよいときと、いけないときとをわきまえる。

兵力に応じたいくさをする。

全員が、こころを一にする。

常より最悪を思い、備えを怠らず。

軍の将は有能で、君主は余計な口出しをせず。

加賀鳶集団は、その動きのどれもが孫子の兵法にかなっていた。

「加賀鳶は、将も兵も、火事場を戦場に見立てて動いておる」

「お頭に、伝えぬわけにはいくまいの」

坂田と野田が、人ごみのなかで険しい目を見交わした。

い組の連中は、加賀鳶の振る纏を下から睨みつけていた。

五

菊坂町の火事で、本郷界隈が騒然となっていたさなかの、八ッ半（午後三時）前。

加賀藩上屋敷正門前に、一挺《ちょう》の乗物が横付けされた。鞘袋《さやぶくろ》を外し、抜刀に備えた太刀を佩《は》いた警護役二名ずつが、乗物の前後を固めていた。乗物の担《かつ》ぎ手は、黒羽二重の綿入れを着用している。担ぎ手にこの身なりが許されるのは、幕閣のなかでも若年寄職以上だ。

乗物を静かに着地させて、担ぎ手は長柄から肩を外した。警護役の四人が、乗物の引き戸に寄った。

擂半はすでに鳴り止《や》んでいたが、まだ鎮火にはいたっていない。五町離れた火事場の騒音は、正門前にまで届いていた。

が、乗物の周囲には不穏な様子はなかった。それを見定めたのち、警護役のひとりが門番に近寄った。

上屋敷正門を守る門番は、国許《くにもと》で雇い入れられた上背六尺の足軽職である。武家最下級の軽輩とはいえ、加賀藩家臣だ。不審者が正門に近寄ったときは、樫の六尺棒で応戦するのが役目である。しかし乗物の形も担ぎ手の身なりも、来客が高貴な幕臣であることを示していた。

正門両側の門番は近寄る武家から目を離さぬまま、六尺棒を左手に持ち替えた。身分のある客を迎える折りの作法だ。

警護役は、上席である正門右の門番に近寄った。

「公儀老中首座、松平越中守《えっちゅうのかみ》家臣、小幡昌太郎《おばたしょうたろう》である」

「うけたまわりました」

門番が軽い辞儀を返した。

「殿よりの書状をたずさえ、松平家用人大田玄蕃《げんば》が治脩様に伺候いたしたく罷《まか》り越した次第にござる」

治脩の都合を確かめてほしいと、小幡が申し出た。

「暫時《ざんじ》、お待ちあれ」

潜《くぐ》り戸から屋敷内に入った門番は、さほどに間をおかず武家とともに戻ってきた。

「加賀藩上屋敷新番《しんばん》組組頭、小北新左衛門《おきたしんざえもん》にござる」

加賀藩新番組は、藩の武家階層のなかでは『人持組頭』『人持《ひともち》組』に次ぐ、三階目『平士《へいし》』に属する。平士最上位の家は禄高二千四百石、堂々たる家格だ。

藩主近習《きんじゅう》の新番組組頭を務める小北は、禄高八百石。松平家用人を門前まで出迎えるには、充分の身分といえた。

「大田殿はいずこに」

警護役よりは、小北のほうが明らかに身分が上位である。問われた小幡は、背筋を張って門前の乗物を指し示した。

小さくうなずいた小北は、警護役に伴われて乗物へと向かった。

大名上屋敷は、在府中の藩主および内室が起居する公邸である。事前に報《しら》せのない来客は、たとえ老中首座の使者だと名乗られても、新番組は鵜《う》呑《の》みにはしなかった。

「加賀藩新番組組頭、小北新左衛門にござります。御用の儀をうけたまわりに参りました」

小北が名乗り終えると同時に、引戸が開かれた。松平家用人大田玄蕃は、座したまま松平家定紋が描かれた、黒漆塗り文箱《ふばこ》を小北に示した。

「うけたまわりました」

小北は乗物の前にひざまずいたまま、辞儀をした。が、すぐには立ち上がろうとはせず、大田に生まれ年の干支《えと》をたずねた。

「延享《えんきょう》二（一七四五）年二月で、乙丑《きのとうし》である」

加賀藩の誰何が念入りであることは、大田も承知しているようだ。干支を質されても、気をわるくした様子は見せなかった。

あらかじめ武鑑にて用人の生まれ年を確かめていた小北は、大田の返答を諒《りょう》とした。

「ただいま、開門つかまつります る」

一礼した小北は、門番に開門の指図を下した。重々しい音を立てて、樫板の正門が開かれた。

警護役が先に邸内に入り、乗物が続いた。十万坪を超える、広大な上屋敷である。起伏のある敷地のなかを三町も進んだ後に、正面玄関に着いた。

警護役のひとりが、大田の履物を引戸の前に揃《そろ》えた。外に出た大田は、玄関に入る前に袴《はかま》の裾《すそ》をさばいた。

加賀藩江戸留守居役が、玄関前で大田を出迎えた。老中首座名代を迎える、上級の儀礼である。

「ようこそお越しくだされました」

留守居役が軽い辞儀を示した。

「わが主君、松平越中守定信よりの書状を持参いたしました。御藩主治脩様にお手渡しいたすようにとの命を受けております」

大田は、先刻小北に示した文箱を見せた。曇天の下でも、漆の艶《つや》と、金蒔絵《きんまきえ》の定紋が際立《きわだ》って見えた。

留守居役が先に立ち、松平家用人を玄関へと案内した。

広大な屋敷には、楠《くすのき》、松、欅《けやき》、イチョウなどの古木・大木が随所に植えられていた。イチョウはすっかり葉を落としていたが、松には深緑の葉が生い茂っている。その葉が外の喧騒《けんそう》を吸い取り、邸内は深い森の奥のごとくに静かだ。

正門の閉じられる重厚な物音が、玄関先にまで流れてきた。

六

松平家用人が帰ったあとの、十二月二日、七ッ（午後四時）過ぎ。

加賀藩本郷上屋敷では、藩主治脩と、江戸詰用人庄田要之助《しょうだようのすけ》が向き合っていた。

庄田家は人持組筆頭の名家で、一万二千石。小藩の大名と肩を並べる禄高《ろくだか》である。

加賀藩三代目藩主利常《としつね》の時代から、庄田家は江戸上屋敷用人を務めていた。

国許には『加賀藩八家《はっけ》』と呼ばれる『人持組頭』八家がある。家格では一階下になるが、江戸在府中の藩主は庄田家のほうを八家以上に信頼していた。

治脩と要之助が向かい合っているのは、藩主台所御用棟の地下だ。

藩主の料理番は、国許から引き連れてきた足軽職が担《にな》っている。歴代藩主は、江戸在府中といえども、三度の食事には加賀料理を求めた。

二代目藩主利長《としなが》の時代には、江戸で料理人を雇い入れた。しかし加賀の土地柄を知らない料理人は、ついに藩主の好む味を供することができなかった。

「国許より、料理番を江戸まで伴うほかはござりませぬ」

庄田家初代要仁《ようじん》は家老八家に強い申し入れをしたのち、三代目藩主利常の出府に先駆けて、料理人を江戸に差し向けた。食材こそ江戸で調達したものの、味付けも料理法も国許と同じである。利常は庄田家初代の配慮を喜び、末代までの江戸詰を命じた。

江戸在府中の藩主の楽しみといえば、なににも増して三度の食事である。万全な料理を拵《こしら》えるために、藩主専用の料理棟を構えた。

建坪百坪の平屋で、へっついだけでも大小合わせて三十基もある大がかりな台所である。

この藩主専用の台所棟を構えさせたのも、庄田要仁である。

諸藩大名は上・中・下の各屋敷、拝領屋敷、抱《かかえ》屋敷などの公用屋敷を普請《ふしん》するに際しては、詳細な普請絵図の公儀提出が義務付けられている。普請途中と落成後の二度、屋敷は大目付配下役人の検分を受けた。

その定めは屋敷の増改築にも適用された。が、新規普請とは異なり、修繕や増改築においては、多分に儀式的な検分となった。

「さすがは百万石の御大身にござる。台所にこれほどの普請をなされる上屋敷は、前田様のほかには覚えがござらぬ」

検分後に振舞われた加賀料理に舌鼓《したつづみ》を打ちつつ、役人は心底から普請の見事さに感心した。

それも道理で、役人の接待に用いた器は、金蒔絵の施された輪島漆器と、九谷焼の逸品ばかりだった。

輪島塗の箸《はし》を手土産に渡された検分役は、顔に浮かぶ笑みを懸命に抑えながら帰って行った。

そのあと要仁は、加賀から呼び寄せた職人を使い、台所棟の地下に石室《いしむろ》を作事させた。公儀に届出をしていない、隠し部屋である。

「万に一つ、外敵に攻め入られましたときには、殿にはこの石室にてお休みいただきたく……」

要仁が言う外敵とは、公儀を指していると分かっていながら、藩主はいかめしい顔で受け入れた。

以来、藩の存亡にかかわる秘事を話すときには、この石室を使うのが藩主と用人との決め事となっている。それだけに、地下で治脩と向き合っている要之助の顔つきは、いつも以上に引き締まっていた。

「正月二日に、初潮《はつしお》を愛《め》でる宴《うたげ》を催す旨《むね》、越中守殿より報せを受けた」

松平家用人がたずさえてきた定信の書状は、新年祝賀の私的な宴への招待状であった。

期日は寛政二年正月二日、四ッ（午前十時）。場所は定信の築地《つきじ》下屋敷。招かれているのは、土佐藩と加賀藩の二藩のみだった。

いずれも藩主が江戸上屋敷に在府中の、外様《とざま》大名である。しかし前田家の江戸城内詰所は大廊下で、官位は正四位。対する土佐藩山内家の詰所は大広間で、官位は従《じゅ》四位だ。禄高二十四万石の山内家は、禄高でも官位でも、加賀藩よりもはるかに格下である。

加賀藩と土佐藩が、格別に親しいわけでもない。老中首座が催す私的な宴に、二藩だけが招かれていると聞いて、要之助は定信の真意を計りかねていた。

「なにゆえ土佐藩と同席するかを、いまは察しようもない」

治脩は要之助を膝元《ひざもと》にまで呼び寄せた。藩主が膝詰めで密談するほどに、要之助を信頼していた。

「さりながら、定信殿がわが藩を招く意図は読み取れた」

定信からの書状を、治脩は用人に見せた。両手で押し戴《いただ》いた要之助は、書状を読み始めた。

なかほどまで読み進んだところで、用人はうっと息を詰まらせた。が、中断することなく、最後まで読み終えた。

「御内室様を、同道なされるのでござりましょうか」

治脩を見る用人の目には、強い懸念《けねん》の色が宿っていた。

「奥が臥《ふ》せっておることを、定信殿は探り当てておる。さもなければ、このように前例のない招待をするはずもない」

藩主の言い分に得心した要之助は、唇を閉じ合わせたまま強くうなずいた。

江戸上屋敷に留め置かれた大名の内室は、藩が公儀に差し出した人質も同然である。ゆえに内室が病床にあるときには、藩は遅滞なくそれを届け出ねばならなかった。

しかし人質が病にあると分かれば、公儀はさまざまな指図を藩に下してくる。それを嫌う大名諸家は、家臣に緘口令《かんこうれい》を敷いて秘匿《ひとく》を図った。

老中首座が正月二日に私的な宴を、それも下屋敷で催して大名を招くのは、異例のことである。

初潮を見るというのが、海に面した築地下屋敷に招く理由であった。筋は通っているかに見えるが、治脩も要之助も本気にしてはいない。

上屋敷は公邸だが、下屋敷は藩主がくつろぐ私邸だ。加賀藩のような大身大名が列を拵えて訪問しても、それは定信が遊びに招いたことだと、他の幕閣に対して言いわけが立つ。

遊びであれば、藩主内室同道という前例のない招待のありかたにも筋は通った。

しかし内室の病を厳重に秘している藩としては、定信の招待を額面通りに受けとめることはできなかった。

「すぐにも土佐藩の様子を、探らせることにいたします」

もしも土佐藩内室が臥せっているとなれば、定信の意図がどこにあるかは明確になる。要之助の申し出を、治脩は承知した。

「御内室様を正月二日に同道なされるといたしますれば、いささか厄介ごとがござりまする」

要之助は一段と声を低くした。

地下の石室での密談である。盗み聞きを恐れることは無用だが、とりわけの秘事を話すときの要之助は、常に声音を低くした。

治脩は、わずかに上体を用人に寄せた。

「密丸《みつがん》が、もはや底を突きつつございります」

「……」

治脩は口を閉ざしたまま、要之助を見詰めた。

密丸とは、平士格の多賀《たが》家が製法を一子相伝する丸薬である。藩主内室は、肝ノ臓に病を抱えていた。化粧をほどこしても、顔色の黄ばみは隠せず、手足にはむくみがあった。素人目《しろうとめ》にも、容態のわるさが察せられるほどに重たい症状である。その肝臓病の特効薬が密丸だった。

「いま一度、浅田屋に早飛脚を誂《あつら》えさせまして、密丸を取り寄せいたしまする」

「ただちに取りかかれ」

「御意のままに」

「いずこより奥の容態が漏れたのか、その詮議《せんぎ》も抜かるでないぞ」

言い置いた治脩は、要之助を残して石室から出て行った。

内室の発病は、今年の夏である。公儀に察知されぬためには、なによりも上屋敷詰の家臣に気取《けど》られぬことが肝要だ。

要之助は内室御用を担う者と、内室主治医には、家臣に対しても他言無用を言い渡した。そののち、江戸滞在中だった三度飛脚問屋、浅田屋伊兵衛《いへえ》を上屋敷に呼び寄せた。

寛文二（一六六二）年創業の浅田屋は、三度飛脚十七軒のなかでも、村松屋と肩を並べる老舗《しにせ》である。

庄田家二代目は、当時の浅田屋当主の人柄を高く評価し、機密に属する文書・品物の取り扱いを任せた。要之助が呼び寄せたのは、天明二（一七八二）年に浅田屋伊兵衛を襲名した、三十一歳の七代目だった。

「多賀家に出向き、密丸を受け取って参れ」

伊兵衛は玄蔵に任務を与えた。

江戸組頭《くみがしら》を務める玄蔵は、背丈六尺。二十七歳の若い身体《からだ》に贅肉《ぜいにく》は皆無で、目方は十七貫（約六十四キロ）と引き締まっている。

江戸・金沢間の百二十一里を、一刻《とき》五里（二時間約二十キロ）の速さで走り抜く。浅田屋が抱える江戸組・加賀組十六人の飛脚のなかでも、玄蔵の走りは図抜けていた。

要之助の命を帯びた玄蔵は、九日間で行き帰りして密丸を運んできた。

幾重にも手立てを講じて、要之助は内室の容態が外に漏れることを防いだつもりでいた。しかし、定信の耳には届いていた。

この上、密丸取り寄せの飛脚誂えを知られては……思案をめぐらせる要之助は、腕組みをして目を閉じた。

七

三度飛脚浅田屋伊兵衛の江戸店《だな》は、本郷二丁目の角地に建っている。間口十間（約十八メートル）の二階家で、屋根には本瓦《ほんがわら》が使われていた。

五百坪の敷地は、周辺の商家のなかでは大きいほうだ。しかし本郷は、大名屋敷が立ち並ぶ町である。小さくても数千坪の屋敷が、長屋塀で接する武家町だ。五百坪の敷地は、人目をひく大きさではなかった。

浅田屋の敷地は、高さ八尺（約二百四十センチ）の杉板塀で囲われている。ところどころに出入り口が設けられているのは、なかで新築の普請が行われているからだった。

ひっきりなしに、材木だの壁土だのを積んだ荷車が、塀の出入り口から入って行く。年内の落成を目指して、普請は仕上げの山場に差しかかっていた。

十二月二日、七ッ（午後四時）の四半刻（三十分）過ぎには、菊坂町の火事も湿った。

真冬の空には、分厚い雲がかぶさっている。西空の陽は愛想にもならない程度に、鉛色の空を薄いあかね色に染めていた。

本郷は坂の町である。火事場見物からの帰りを急ぐ野次馬たちは、てんでに襟元を閉じ合わせて坂道を下っていた。

「それにつけても、加賀様の火消しはてえした働きぶりだったなあ」

「臥煙《がえん》（火消し人足）の連中が、手も足も出なかったのは、見ていて気味がよかったぜ」

「そのことさ」

野次馬同士がうなずきあった。

師走《しわす》の町でも、素肌に薄手の木綿物一枚を羽織っただけで、肩を怒らせて歩くのが臥煙である。当人たちは男伊達《おとこだて》を売っている気だが、町人は臥煙を見かけると路地に逃げてやり過ごした。

うっかり目を合わせただけでも、難癖をつけられるのだ。しかも気性が荒いだけではなく、臥煙はだれもが六尺近い大男である。

命をかけて暮らしを守る火消しは、町人の敬いを集める稼業《かぎょう》だ。しかし臥煙は、火消しであっても陰では男女を問わず嫌われていた。

その臥煙を、加賀鳶《とび》が火事場でへこましたのだ。加賀藩の火消しを、野次馬たちが口々に称《たた》えるのは無理もなかった。

えいっ、ほう。えいっ、ほう。

八人の男が掛け声を揃えて、きつい坂を登ってきた。群れになって下っている野次馬連中が、両側に散って通り道をあけた。

八人は駆け足の調子をいささかも変えず、あっという間に走り去った。

「なんでえ、いまの連中は」

「加賀様お抱えの、三度飛脚だ」

問われた半纏《はんてん》姿の男が、わけ知り顔を拵えた。

「おめえも、名めえぐれえは聞いたことがあるだろうがよ」

「いいや、知らねえ」

口を尖《とが》らせて答えるなり、過ぎ去った八人のほうに振り返った。駆け足は速く、すでに飛脚は見えなくなっていた。

「この人ごみを走り抜けるなんざ、韋駄天《いだてん》みてえなやつらだぜ」

「あたぼうじゃねえか」

半纏姿の男が、坂の途中で立ち止まった。

「なんたって加賀までの百五十里を、五日で走り抜けるてえうわさだ。半端《はんぱ》な速さじゃあねえさ」

男は講釈を始めたが、坂を下る野次馬の群れには途切れがない。

「いきなり立ち止まるんじゃねえ」

群れから怒鳴られるなり、首をすくめて半纏の襟元を合わせ直した。

人ごみを駆け抜けた八人は、いずれも浅田屋の三度飛脚である。金沢同様、江戸の八人も五尺八寸以上の大男揃いである。

八人は、本郷二丁目の角で走りをやめた。が、すぐに身体の動きは止めず、その場で軽い足踏みを続けた。

「ようし、そこまで」

先頭を走っていた男の号令で、全員が足踏みをやめた。

「あとは晩飯まで、好きにしろ」

「分かりました」

八人全員が金沢者ゆえ、男たちの物言いには強い訛《なま》りがあった。

江戸から金沢国許へは、四のつく日に定期便が仕立てられる。出発までの二日間、飛脚たちは本郷から上野寛永寺山門までの道で、走りの稽古《けいこ》を続けていた。

「お頭《かしら》……」

飛脚のひとりが、浅田屋の店先を指差した。挟箱《はさみばこ》を担《かつ》いだ中間《ちゅうげん》が、店から出ようとしていた。

着ている中間半纏はあずき色で、肩から白い線が袖口《そでぐち》まで伸びている。加賀藩の御用文書を届ける、祐筆《ゆうひつ》付きの中間だった。

「御文書を持ち込むには、まだ早すぎるがね」

頭と呼ばれた男が、お国訛りのつぶやきを漏らした。

八

浅田屋江戸店の一階には、三十坪の土間が構えられていた。

三度飛脚の江戸会所は、隣町の本郷一丁目である。飛脚が国許から運んでくる品は、文書・荷物を問わず、一旦《いったん》は会所に届けられる。そこで選り分けられたのちに、三度飛脚の各江戸店まで運ばれる仕組みだ。

浅田屋の土間が三十坪と広いのは、荷物の仕分け場所として使われるからである。土間を上がると二十畳大の板の間と、台所が普請されていた。板の間は、飛脚と、浅田屋奉公人の食事場所だ。

七ツを過ぎた台所は、夕餉《ゆうげ》の支度で騒々しい。江戸店では飛脚のために、三人の賄《まかな》い女を雇い入れていた。三人とも、身体つきの大きな房州の女である。

海の幸に恵まれた金沢は、魚が飛び切り美味《うま》い。さりとて、国許から賄い女を連れてくるのは難儀である。何人もの奉公人を雇い入れた末に、房州の浜の女に落ち着いた。海の国房州育ちの女は、魚料理にはことのほか長《た》けていた。身体つきが大きい女を選んだのは、飛脚が大男揃《ぞろ》いだからだ。浜の漁師を相手にしてきた女は、陽気で、しかも男勝りである。

身体が元手の飛脚には、三度の食事はなによりも大事だ。開けっぴろげな女に給仕をされて、飛脚たちは気持ちよく食事ができた。

「今日は、ことのほか冷えるからよう。みんなに精がつくようにって、猪鍋《ししなべ》を作れと番頭さんにいわれてっから」

賄い女たちは両国橋東詰のももんじやまで出向き、猪の肉を四貫も仕入れていた。

「メシが待ち遠しいがね」

板の間に腰を下ろして足をすすいだ飛脚は、鼻をぴくぴくさせながら二階に上がった。飛脚と奉公人の部屋は、すべて二階に構えられている。番頭以外の奉公人は、手代といえども八畳間にふたりが寝起きした。しかし飛脚には、六畳間が一部屋ずつあてがわれていた。

一階の板の間の先には、帳場と当主の居室、それに十六畳敷きの客間が一部屋構えられている。

当主伊兵衛の居室と、接客用の客間とは、ふすま仕切りだ。部屋の拵《こしら》えは客間のほうが立派だが、ともに広い庭に面していた。

浅田屋の本家は金沢である。が、藩主の江戸在府中は、伊兵衛も加賀藩上屋敷に近い江戸店に、できる限り滞在していた。

ときには藩の重臣を迎え入れる客間は床の間つきで、天井板にも柱にも、檜《ひのき》が使われている。

天明二（一七八二）年に客間を普請《ふしん》してから、すでに七年が過ぎていた。しかし極上の木曾《きそ》檜を惜しまずに用いた客間は、いまだに芳《かんば》しい香りに満ちていた。

台所で、夕餉の支度が忙《せわ》しげに進んでいたとき。あるじに呼ばれた江戸店番頭の忠《ちゅう》兵衛《べえ》は、伊兵衛の居室で向かい合わせに座っていた。

「庄田様のお言伝《ことづて》には、なにかご心配ごとでも書かれておりましたのでしょうか」

忠兵衛は、声を低くして問いかけた。上屋敷の中間が書状を届けにきてから、伊兵衛の顔つきが曇っていたからだ。

「五ツ（午後八時）に、お屋敷まで出向くようにとのお指図をいただいた」

「今夜の五ツに、でございますか」

伊兵衛は、曇ったままの顔でうなずいた。

「まことに……間のわるいことでございますなあ」

答える番頭の語尾が下がった。

浅田屋では敷地の一角に、加賀料理の料亭を普請していた。

建坪八十坪の平屋で、どの客間からも敷地内の泉水が望める造りだ。

金沢の浅田屋本家では、飛脚宿のかたわらで料亭『あさだ』を営んでいた。場所は飛脚宿の隣である。

おもな客は加賀藩の武家だが、老舗の当主たちもあさだを好んだ。

城下の料亭は二十軒を数えた。その多くは浅野川の河岸と、卯辰山《うたつやま》のふもとに集まっている。いずれも眺めのよいことで、城下に知れ渡っている場所である。地の利の面でも、飛脚宿隣のあさだよりは恵まれていた。

それでもあさだが繁盛《はんじょう》しているのは、料理人たちの腕が抜きん出ていたからだ。なかでも今年四十四歳の板長徳造《とくぞう》は、十代後半から京と大坂で修業を重ねた料理人である。徳造は庖丁さばきのみならず、料理の盛り付けにも長けていた。九谷焼の器の味わいを際立《きわだ》たせる盛り付けには、焼物師も舌を巻いた。

「やはり、血は争えんのう」

金沢で一番と称される焼物師高田玄斎《げんさい》の漏らしたつぶやきで、徳造の評価が定まった。

徳造の父親徳之助《とくのすけ》は、蒔絵師《まきえし》である。安永三（一七七四）年に鬼籍に入ったが、没後には徳之助の描いた品すべてが十倍に高騰《こうとう》した。

徳造の盛り付けには蒔絵師名人の血が流れていると、玄斎はつぶやいたのだ。

「徳造になら、わしが焼く」

玄斎が言い切ったことで、さらにあさだの評判が高まった。徳造を慕って、国中から料理人が集まった。見込みのある者を厳しく吟味したうえで、徳造は弟子に取った。

弟子たちは、ひたすら精進を重ねた。

寛政元（一七八九）年のいま、金沢のあさだは十人の板前を抱えていた。

徳造は料理人のみならず、接待役の仲居にも目を配った。接客の折りに、誤りなく料理の仔細《しさい》を伝えさせるためにである。

料理人と仲居の両方で、あさだは他の料亭に勝っている。評判は、江戸にまで届いていた。

「江戸上屋敷詰の家臣が、そのほうの国許《くにもと》の味に焦《こ》がれておる。ついては江戸に、あさだの出店を構えてもらいたい」

二年前の天明七年に、伊兵衛は庄田要之助からじきじきの申し入れを受けた。

「家臣のみならず、他家との接待の場にも、あさだの出店を使いたい」

要之助は、幕閣および他家大名との会食接待が、重要な役目である。藩主主催の公式な宴席は、上屋敷に招けばよかった。上屋敷には、国許から呼び寄せた料理人が常駐しているからだ。

しかし要之助の職務は、水面下での談判である。肩が凝らず、他人の耳目を案ずることのない接待場所の確保。これこそが、要之助に課せられた最重要の任務だった。

浅田屋江戸店は、上屋敷からわずかな隔たりでしかない。都合のよいことに、浅田屋敷地内は広々としており、料亭普請に障《さわ》りはなかった。

「普請の費《つい》えに関しては、相応の助成をいたすぞ」

藩の公金を投じてもよいとまで言われて、伊兵衛は出店を決断した。

「ありがたいお申し出ではございますが、費えは当方で賄わせていただきます」

飛脚仲間の手前を考えて、伊兵衛は助成の申し出を断わった。

「出店に伴う費えの目論見《もくろみ》は、およそ五千五百両でございます」

番頭から聞かされた費えが、たとえ三倍入り用だとしても、浅田屋の身代で充分に賄えた。

建物普請には、江戸の棟梁《とうりょう》を起用した。

江戸は火事が多い。いかに念入りに造作しても、火に襲いかかられてはそれまでである。ほかにも野分《のわき》、地震と、災害にいつ見舞われるかも分からないのだ。国許の大工を使うよりも、江戸の大工に任せたほうが、先々の補修において安心できる。それを考えての、江戸大工の起用だった。

着工したのは去年の冬である。一年の歳月をかけて、出店は最後の仕上げに差しかかっていた。

落成目処《めど》は、十二月二十八日だ。新年三日の飛脚仲間の寄合は、あさだの出店で催すことがすでに決まっていた。

年内には、国許から料理人、仲居なども出向いてくる。

あさだ江戸店で使う器は、すべて国許から取り寄せる段取りだ。揺れを嫌って、器は船ではなく陸路で江戸へと運んでいた。

十二月二十八日の落成に向けて、最後の詰めが今夜五ツから、浅田屋で持たれる運びとなっていた。

棟梁を始め、左官、指物師、畳屋、ふすま屋などの職人。仕着せの仕立てを請負う呉服屋。料理人の割烹着《かっぽうぎ》を誂《あつら》える太物《ふともの》屋。それに酒問屋と、蔵前の米問屋。

あさだ江戸店開業にかかわる、おもだった十二人が顔を揃える寄合である。

多くのことを決めるために、顔を揃えるのは当主、もしくは棟梁、親方格ばかりだ。集う顔ぶれからも、残された日の短さを考えても、施主《せしゅ》の伊兵衛が座を外すことはできなかったのだが。

「庄田様からのお呼び出しだ。ここで思案をしていても仕方がない」

「ですが旦那《だんな》様……今夜ここに顔を揃えますのは」

寄合の大事さが分かっている番頭は、つい声が高くなった。

「おまえに言われなくても、分かっている」

伊兵衛の声が、いつになく苛立《いらだ》っている。番頭はおのれの口を閉じた。

「ご用向きがなにかは、ひとことも書かれていなかった」

それが気にかかると、伊兵衛がつぶやいた。番頭の顔つきが、一段と曇りを増した。

「さりとて忠兵衛、先走ってあれこれ案ずるのは愚かだ。ことによると、開業に向けての首尾を、おたずねになるのかもしれない」

「さようでございましょうか……」

沈んだ声の番頭を、伊兵衛は強い調子でたしなめた。叱《しか》りながら、おのれを力づけていた。

九

年を越す前の落成を目指して、料亭は仕上げ普請が続いている。

「茶のいっぺえのことでさ。そんなにいきり立ってねえで、ゆっくり呑《の》ませてくだせえや」

「ならねえ」

現場を預かる棟梁は、昼休みも、八ツ（午後二時）の一服までも惜しんで、職人の尻《しり》を叩《たた》いた。

「分かりやした。いますぐ、呑み干しやすから」

顔をしかめながらも職人が指図に従うのは、引渡しの二十八日まで、もはや幾らも日数が残っていないからだ。

今日の昼過ぎには、すぐ近所の菊坂町で火事が起きた。本郷界隈《かいわい》の普請場では、職人のだれもが手をとめて風向きを見た。逆風で火の粉が飛び散ってくる心配がないと分かるなり、職人たちは野次馬と化した。

家の普請にかかわっている者が、他の家の火事場見物に走る……。

道理に合わない話だが、職人は火事に惹《ひ》かれた。生まれたときから、江戸っ子は火事と背中合わせに暮らしている。いつなんどき、わが身にふりかかるかも知れないと思いつつも、火事場の喧騒《けんそう》にひとは呼び寄せられた。

普請場差配の棟梁にも、そのことはよく分かっている。職人たちが仕事場を離れて見物に向かうのも、仕方がないと大目に見た。

ところがあさだの普請場からは、ひとりも外に出なかった。鳴り響く擂半《すりばん》を耳にしながらも、職人は仕事を続けた。

棟梁の睨《にら》みがきついからだけではなかった。職人のだれもが、二十八日の引渡しをしくじれないと、わきまえていたからだ。

職人の働きぶりの真面目《まじめ》さは、伊兵衛にも充分に伝わっていた。

残りわずかなときのなかで、いかに段取りよく普請を運ぶか。その詰めのために、親方連中が今夜五ッに顔を揃えるのだ。

その寄合がどれほど大事かは、だれよりも伊兵衛が分かっていた。さりとて、庄田要之助の呼び出しには、なにを措《お》いても応《こた》えなければならない。

「できる限り早くに、お屋敷から帰ってくる。その間は、お前が寄合を差配しなさい」

「そんなことは……到底、てまえにはできません」

「できるできないを、おまえに訊《き》いてはいない」

顔色の変わった番頭にきつく言い置いて、伊兵衛は六ツ半（午後七時）を過ぎるなり店を出た。早く出ないことには、気の早い面々が浅田屋に顔を出しかねないと判じてのことだ。

十二月二日の本郷は、昼間の曇り空を引きずったまま暮れた。風はないが、底冷えがきつい。

伊兵衛は紋付袴《はかま》の正装である。

寒さ除《よ》けにきつねの襟巻きを首に回して、店の潜《くぐ》り戸を出た。供の小僧が、提灯《ちょうちん》を提げて先を歩き始めた。

『丸に崩《くず》し卍《まんじ》』の紋が、提灯の真ん中に描かれている。

「金沢御城下なら、この提灯を提げていれば、どこでも木戸御免だ。藩の御用を務める浅田屋は、それほどに由緒《ゆいしょ》ある家柄だということを忘れなさんな。江戸にいても、前かがみになって提灯を提げてはいけない」

番頭から厳しくしつけられている小僧は、凍《い》てつく夜でも胸を張って提灯を提げた。

大名屋敷が連なる本郷には、商家の明かりがほとんどなかった。昼間は屋敷の高い白壁が陽を弾《はじ》き返すゆえ、静かながらも町は明るい。

ひとたび陽が落ちたあとは、夏場と違い六ツ半では町は一気に暗くなる。月星のない夜は、半町（約五十五メートル）先ですら暗闇《くらやみ》に溶け込んでいた。

店から上屋敷横の通用口までは、四町（約四百四十メートル）の道のりでしかない。おとなが足を急がせれば、わずかな間に出向くことができた。しかし要之助の用向きが分からない伊兵衛は、あれこれ思いめぐらせて足の運びがわるい。

寒さの我慢がきかない小僧は、早く上屋敷の中間部屋で暖を取りたくて仕方がない。あるじの歩みを気遣うことなく、先へ先へと歩いた。

店から一町南に歩くと、本郷一丁目の辻《つじ》である。小僧は辻で立ち止まり、坂下を見た。南東の彼方《かなた》には、両国広小路の明かりが見える。周りが暗いだけに、盛り場の灯はひときわ美しく見えた。

目を東に転じれば、吉原の遊郭が光り輝いている。

「傾城《けいせい》に夜中なし」

真夜中でも明るい吉原は、江戸っ子の自慢のひとつである。おとなでも見とれる夜景の美しさだ。

提灯を手にしたまま、小僧の目は吉原の光に釘付《くぎづ》けになっていた。

「浅田屋さんの小僧さんじゃないか。こんな寒空の下で、なにをやっているんだ」

提灯の紋を見て、刺子半纏《はんてん》を着た男が声をかけた。

「旦那様のお供です」

「旦那様って……どこにいるんだ」

男が周りを見回した。四方は闇で、伊兵衛の姿は見えなかった。小僧が首をかしげているとき、重たい足取りで歩く伊兵衛が、暗がりからあらわれた。

「浅田屋さん……」

男から、いぶかしげな声が漏れた。

「これから寄合でやしょうに」

男は、普請場を任せている棟梁だった。

もっとも会いたくなかった男に、上屋敷を目前にして出くわした。伊兵衛の顔に困惑の色が浮かんだ。

十

上屋敷通用門を潜った先では、庄田要之助配下の田所研介《たどころけんすけ》が待ち構えていた。

背丈五尺四寸（約百六十四センチ）、目方十四貫（約五十三キロ）の引き締まった身体《からだ》つきである。田所と伊兵衛とは、これまで何度も用人の執務室で顔を合わせていた。

が、伊兵衛を見る目には、親しさの色はかけらも浮かんではいなかった。用人警護役の田所は、藩主以外のだれに対しても、気を許すことはないのだろう。

潜り戸の内側を守る中間に、田所が目で指図を下した。中間は供の小僧を控え部屋へと連れて行った。

「ついて参れ」

短く言い置いた田所は、提灯も持たずにずんずんと歩き始めた。

真冬でも葉を落とさない樹木が、無数に植えられた上屋敷である。空には月も星もなく、こぼれる明かりもない闇の道は、屋敷内とは思えない暗さだった。

伊兵衛は足元を気遣いながら、田所のあとを追った。凍えた夜気に触れて、吐く息が白く濁っている。見えるのは、その息の跡だけだった。

伊兵衛には、通用門潜り戸から用人の執務室への道順は分かっていた。

戸口から四半町（約二十七メートル）西に歩くと、太い欅《けやき》が二本見える。その木の根元の分かれ道をさらに西に歩けば、用人執務室のある棟に出るのだ。

ところが田所は、欅の根元で立ち止まった。耳と手先に、痛みを覚えるほどの寒さである。伊兵衛はきつねの襟巻きに左手を差し入れて、指先を暖めようとした。

「これに」

欅の根元に立つ田所が、伊兵衛を呼び寄せた。田所の目が鋭い光を帯びているのは、暗がりでも分かった。尋常ではない気配を感じたが、伊兵衛は藩の御用を預かる浅田屋当主である。怯《おび》えた様子を見せるわけにもいかず、指図に従った。

近寄った伊兵衛から目を離さず、田所はたもとから一本の鉢巻を取り出した。

「きつく目を縛れ」

「目を縛れとは……てまえに目隠しをしろとおっしゃいますので?」

田所の命令口調が、いささか癇《かん》に障った。伊兵衛は、尖《とが》った口調で問いかけた。

「余計な口は無用だ」

言うなり田所は、伊兵衛の目に鉢巻をかぶせた。そして力任せに締めつけた。

「そんなに強く縛られては、目が潰《つぶ》れます」

「しばしの間だ、我慢いたせ」

伊兵衛の文句には取り合わず、田所はあたまの後ろで鉢巻を堅結《かたむす》びにした。

田所には、縛りの心得があるらしい。伊兵衛が懸命に顔を動かしても、鉢巻は一分たりともずれなかった。

「わしの手をしっかりと握れ」

目隠しをされた伊兵衛は、田所の手だけが頼りである。言われるまでもなく、相手の手を強く摑《つか》んだ。

幾つも道を上り下りし、何度も左右の曲がりを繰り返した。

どこに連れて行くのかを、悟られないようにしている……。

道を曲がりながら、伊兵衛は田所の奇妙な動きの意図を察した。

浅田屋は、藩の公文書を送達する飛脚宿である。これまでにも何度も、赤い帯の巻かれた機密文書を運んでいた。用人からは厚く信頼されているとの自負が、伊兵衛にはあった。それなのにいまは、目隠しをさせた伊兵衛を、わざと引き回している。

田所に手を引かれながら、伊兵衛はこのあとの話がただごとではないと肚《はら》をくくった。

散々に砂利道を歩き回ったあとで、田所は建物のなかに入った。

土間で……木が焦《こ》げたようなにおいがする……。

伊兵衛は、おのれの鼻を利《き》かせようと努めた。

これは……酢と醬油《しょうゆ》のにおいだ。いや、味噌《みそ》もにおう。

台所に連れ込まれたと、伊兵衛は場所の見当をつけた。

「鼻を動かしても無駄だ」

田所は、伊兵衛の振舞いを見抜いていた。

「もしもそのほうが場所の見当を言い当てたら、わしが首を刎《は》ねる。構えて、余計な詮索《せんさく》はせぬことだ」

田所は脅しを口にはしない男だと、伊兵衛はわきまえている。あたまのなかに描きつつあった居場所の見当絵図を、伊兵衛は急いで消した。

「よかろう」

伊兵衛の胸の内を読み取った田所は、五歩進んでから手を放した。

戸を開く蝶番《ちょうつがい》の音が、地べたから聞こえた。

「石段を下りるぞ」

またもや伊兵衛は、田所に手を摑まれた。炭火で暖められた風が、足元から立ち上ってきた。

十一

伊兵衛が火鉢に両手をかざして、忙《せわ》しなくこすり合わせていたとき。石段の上で猫の鳴き声がした。田所が背筋を立てて居住まいを正した。伊兵衛も座り直した。猫は、要之助の愛猫たまだと分かったからだ。猫が用人出現の前触れをした。

伊兵衛が座している石室には、四方の壁にろうそくが灯されていた。が、地下室の空気が汚れるのを嫌って、十匁《もんめ》の細身を用いている。二十畳大の石室に細身ろうそく四本では、光が回り切っていなかった。

石段の足元は暗いが、猫も要之助も、苦もなく下りてきた。

火鉢から離れた伊兵衛は、両手を畳について迎えた。

「寒いなかを呼び出して、わるかったの」

軽い調子で話しかけた要之助は、警護役の田所に目配せをした。目礼を返して、田所は石段を登り始めた。

加賀藩の江戸詰用人に、田所は目礼で応じた。そのさまを見た伊兵衛は、あらためて用人がいかに田所を信頼しているかを知った。

「目隠しをされて、さぞ不快であったろう」

「滅相もございません」

伊兵衛は両手をついたまま、さらに辞を低くした。

「ふたりしかおらぬ場所だ。かしこまった物言いは無用にして、楽にしなさい」

ろうそくの光が回っておらず、用人の顔つきは定かには見えなかった。しかし、穏やかな話し方はいつも通りで、気負っている様子はない。

さらに言えば、猫を伴っている。

田所に目隠しまでされて石室に連れ込まれた伊兵衛は、尋常ならざる話をされると思い定めていた。

ことによったら、案ずることではなかったのかと、伊兵衛はふっと吐息を漏らした。

気を抜いた伊兵衛を見て、要之助の目つきが引き締まった。

「そのほうをこの部屋に呼んだことには、相応のわけがある」

要之助の口調が、がらりと変わった。柔和だった顔つきが、立会いに臨む武家の顔になっている。

いまも飼い主の変わりように驚いたようだ。膝元《ひざもと》で丸くなったままだが、尾の毛を逆立てていた。

「この石室をお使いになるのは、わが殿だけである。そのほうを今夜ここに呼び寄せたことは、殿よりお許しをいただいてのことだ」

「この石室は……隠し部屋ということでございましょうか」

要之助が厳しい顔つきのまま、わずかなうなずきを示した。

「わが藩の存亡にかかわる大事を惹起《じゃっき》いたすと判じたときのみ、この部屋で殿よりお指図をいただく」

藩主のほかは庄田と田所しか知らない石室に、伊兵衛を招じ入れていた。

石室には、大きな火鉢と、小さな手焙《てあぶ》りとが用意されていた。いずれも炭火が真っ赤に熾《お》こっている。

石室を暖める火鉢は、部屋の上がり口に置かれていた。さきほどまで、伊兵衛が手をかざしていた火鉢だ。手焙りは、要之助の膝元に置かれている。たまは、手焙りのぬくもりに寄り添う形で横になっていた。

「盗み聞きの耳を案ずることなく話ができるのは、上屋敷にあってはここしかない」

「お屋敷に、忍びの者がいると庄田様はお考えでございますので」

「案じているのではない。いるのはまことだと申しておる」

要之助はきっぱりと断じた。

上屋敷に詰める家臣は、足軽にいたるまで素性に間違いのない者ばかりである。通用門から出入りする者は、ひとり残らず門番が誰何《すいか》していた。それでも上屋敷の様子が公儀の耳には届いている……伊兵衛に説き聞かせる要之助の顔つきが、苦々しげにゆがんだ。

「いつなんどき、そのほうに公儀の手が伸びるやも知れぬ。浅田屋が藩の機密文書を運んでおるのは、御公儀も承知しておられるでの」

もしも伊兵衛が公儀に捕らえられ、身体を責められたとしても、石室の場所を知らなければ答えようがない。目隠しは、その用心のためだった。

「もそっと寄りなさい」

伊兵衛は膝をずらして寄った。

要之助が大きく息を吸い込んだ。

気配を察して、たまの耳が動いた。

十二

「玄蔵《げんぞう》はただいま、加賀の御城下におります」

伊兵衛は、困惑顔で応《こた》えた。

江戸上屋敷と国許《くにもと》とを行き来し、藩主内室のために密丸を運ぶ。その大役を、玄蔵に任せよと要之助から申し渡されたからだ。

「玄蔵は、明日には国許を発《た》つ割《わり》(飛脚の勤務予定表)を組んでおります。いまは冬当りでございますので、玄蔵が江戸に着きますのは、早くても十日過ぎかと存じます」

「十日では、間に合わぬ」

要之助の眉《まゆ》が動いた。

なにを聞かされても表情を変えぬ鍛錬を、日々、用人は積んでいる。その要之助が眉を動かすのは、よほどのことだ。

伊兵衛も、ことの重大さは充分にわきまえていた。

黙り込んだまま、ふたりはそれぞれの思案をめぐらせた。ろうそくの明かりが、揺れている。石室の戸口から、隙間《すきま》風が忍び込んでいるのだろう。

揺れが収まったところで、要之助は伊兵衛に目を合わせた。

「かくなるうえは」

伊兵衛を見る要之助の目には、思案を定めた強さがあった。

「氷室《ひむろ》開きの陣容で、臨むほかはあるまい」

「てまえも、庄田様と同じことを思案いたしておりました」

応じた伊兵衛の目からも、迷いの色は消えていた。

「幸いにも江戸には、加賀組の飛脚八人すべてが揃《そろ》っております」

「うむ」

要之助の顔つきが、わずかに明るくなった。

「この者たちを道中要所に留め置きまして、万全を期します」

石室のなかでめぐらせた思案を、要之助に聞かせた。

加賀組の飛脚八人全員が、同時に江戸を発つ。そののちは、八人のなかで脚力に覚えのある二人を、金沢まで走り通させる。残る六人は、金沢までの要所ごとに待機させる。

「江戸と国許の行き帰りに費やせるのは、三週間が限りだ」

「わきまえております」

三週間の行き帰りには、充分の成算があると伊兵衛は判じた。

「ならば伊兵衛、この場で仔細《しさい》を定めよ。それをお聞かせ申し上げれば、殿にはさぞかしご安心であらせられよう」

要之助が小さく手を叩《たた》いた。そのわずかな音で石室の戸が開き、田所がおりてきた。手焙りのわきに横たわったまま、たまがピクッと耳を動かした。

「矢立と半紙を、これに」

「かしこまりました」

応えるなり、田所は石室から出て行った。

ろうそくが大きく揺れたが、たまは尾も動かさなかった。

十三

城下からおよそ五里（約二十キロ）南東の山側に入れば、湯涌《ゆわく》温泉がある。城下に暮らしている者なら、こどもでも湯涌の名は知っていた。

加賀の奥座敷と称される湯涌は、早足なら町中から半日で行ける。が、名が通っているのは、温泉地のみならず、湯涌が氷室の里であるからだ。

冬場に降り積もった雪を固めて、雪氷を拵《こしら》える。それを蓄えておくのが氷室である。

湯涌には、遠く室町時代から氷室の技法が伝承されていた。

寛政元（一七八九）年十二月三日。明け六ッ（午前六時）を過ぎた直後から、例年よりも遅い初雪が湯涌の山里に降り始めた。

「やっと、きときとな雪が降り始めたか」

村の肝煎《きもいり》が、降り始めた雪を見て安堵《あんど》のつぶやきを漏らした。

十一月下旬から待ち続けていた、初雪である。建坪五十坪もある雪待ち小屋のなかに、低い歓声があがった。きときとな雪とは、土地の言葉で新雪を意味した。

小屋の壁には鶴嘴《つるはし》、鍬《くわ》などの穴掘り道具が立てかけられている。差し渡し一尺五寸（約四十五センチ）もある火鉢が三つ、凍った地べたに置かれていた。

真っ赤に熾きた炭火を取り囲むように、杉板の腰掛が十二台並んでいる。腰掛には三十人の人夫たちが座っており、銘々が火鉢に手をかざしていた。

肝煎のつぶやきを聞いて、人夫たちが揃って大きな息を吐いた。

壁に吊《つ》るした手拭《てぬぐ》いまでが凍る寒さである。人夫の息が、白い塊となって部屋に漂った。

城下から湯涌まで出張ってきた人夫は、全員が深紅の刺子半纏《ばんてん》を着ていた。藩の御用を勤める者のみに着用が許される、御用半纏である。襟元には金糸で、背中の真ん中には白糸で、それぞれ梅鉢紋が縫い取られていた。

人夫のなかで、ひときわ大柄な人夫頭が、半纏の紐《ひも》をきつく縛って立ち上がった。それを合図に、残る二十九人も一斉に立った。

十一月二十六日から、人夫たちは初雪を待ち続けていた。雪待ちの間は湯につかり、酒を呑《の》むだけで過ごしてきた。当初は手厚いもてなしを喜んでいたが、四日も五日も無為に過ごすのは、さすがに気が咎《とが》めていたのだろう。

ようやく仕事始めを迎えることができ、人夫たちは気合のこもった顔つきになっていた。

「雪がきましたよう」

小屋の戸が開き、女の弾んだ声が飛び込んできた。温泉宿の仲居衆五人が、湯気の立つ徳利を盆に載せている。

徳利も盃《さかずき》も、梅鉢紋が描かれた九谷焼である。一年に一度、初雪の朝にだけ用いる徳利と盃は、藩から下された酒器だ。湯涌温泉の旅籠《はたご》『かなや』が、蔵の二階に仕舞っていた。

三十人の人夫の多くは、氷室造りはこの年が初めてである。戸惑い顔で、仲居から盃を受け取っていた。

小屋の全員に、燗酒《かんざけ》が注がれた。

「待ちに待った朝がきました」

盃を手にした肝煎が、張り詰めた顔で声を張り上げた。

「氷室造りは、夜明けから日暮れまでに仕上げるのが定めです。つつがなく穴掘りがはかどるのを祈って、清めの酒をあけましょう」

毎年繰り返される、氷室造りに際しての口上である。言いなれているはずの肝煎だが、気が張っているらしく、声が震えていた。

肝煎が最初に盃を干した。人夫頭が続き、人夫二十九人が一気に飲み干した。

白山比咩《しらやまひめ》神社近くの小堀屋が醸造した『萬歳楽《まんざいらく》』である。氷室造りの無事を祈願する酒は、百年前の元禄《げんろく》二（一六八九）年から、萬歳楽が用いられていた。領民の多くが信仰する白山比咩神社に奉納される酒であり、鶴来《つるぎ》という縁起のよい名の町で、小堀屋が酒蔵を営んでいたからだ。

盃を盆に返した人夫たちは、鶴嘴と鍬を手にして小屋から出た。目の前には、氷室を掘る山があった。

頂上まで二十丈（約六十メートル）。植わっている雑木もまばらな、禿山《はげやま》に近い小山である。

この山が毎年氷室造りに使われるのは、山の斜面が北向きであることと、雑木が少なくて穴が掘りやすいからだ。

北斜面の山肌には木の杭《くい》が打ち込まれており、高さ一間（約一・八メートル）、幅二間（約三・六メートル）四方の縄が張られていた。

この朝まで、天は雲のなかに雪を溜《た》めていたようだ。堰《せき》が切れて、溜まっていた雪が一気に空から舞い落ちてきた。穴掘りの道具を手にした人夫たちが、縄の前に集まった。

横並びに十人の人夫が三列で、最前列の真ん中に人夫頭がいた。その人夫たちの前に、神主が進み出た。

萬歳楽の酒と一緒に、白山比咩神社の宮司が出張《でば》ってきていた。

氷室造りの無事祈願の祝詞《のりと》を、宮司が唱えている。短い祝詞だが、人夫が垂れたこうべの髷《まげ》には、見る間に雪がかぶさった。

宮司が御祓《おはら》いを終えると、人夫たちが一斉に動き始めた。降りしきる雪が髷を白く染めている。が、雪を気にする者はおらず、だれもが縄の張られた山肌に向かった。

おうしっ。

人夫頭が最初の鶴嘴を山肌に突き立てた。真冬の寒気にさらされた禿山の土は、固く凍りついている。しかし、頭が振り下ろした鶴嘴は力強い。凍土となった山肌に深く突き刺さり、えぐると土がボロボロッとこぼれ落ちた。

頭の一撃を見て、残りの人夫が勢いづいた。張られた縄の内側に、次々と鶴嘴が突き立てられた。高さ一間、幅二間の穴を、二間奥まで掘る。そののち、さらに二間の深さに穴を掘り下げるのが、人夫たちの仕事である。

いずれも力自慢の男たちだが、日暮れまでに掘り終えるのは相当に難儀だ。鶴嘴を山肌に突き立てる男たちは、はやくもひたいに汗を浮かべていた。

二間四方の大きさで、深さも二間。この大きな穴が掘られたあとは、わらと杉の葉を敷き詰めて、氷室の床を拵える。

湯涌の初雪は、毎年、一夜のうちに一尺五寸まで積もった。氷室の床が仕上がった翌朝、人夫と村人が総出で新雪を二間四方の穴に落とし込む。

白山比咩神社の御祓いを受けたわらじを履き、男衆が五十人がかりで踏み固める。穴が一杯になるまで、およそ二百六十石（約四十六・八トン）もの雪が落とし込まれた。

深さ二間の穴が雪で一杯になれば、上部をわらと杉の葉で何層にもふさぐ。しっかりと雪にふたをしたのちに、山土をかぶせて氷室を仕上げた。

北斜面には陽が射《さ》さず、雪解けのあとも氷室は冷たさを保っている。山肌が掘り返されるのは、翌年六月一日の氷室開きの日である。山里もすっかり夏となっているが、氷室の氷はいささかも溶けてはいない。

その氷を切り出し、湯涌から金沢城下を経て江戸まで運ぶのが、浅田屋に課せられた最重要の任務である。

わらで包んだ氷は、桐《きり》の箱に収められた。その桐箱を、ひと回り大きな桐箱に収める。それを三度繰り返して、暑さで氷が溶けるのを防いだ。

しかしいかに三重の桐箱とはいえ、氷のままでいるには限りがある。

四貫（十五キロ）の氷塊を、三度飛脚がふたりで担《かつ》ぎ、江戸に向けてひたすら走った。

飛脚の前は、騎馬の加賀藩士が先導する。担ぎ手ふたりは北国街道一の難所、親《おや》不知《しらず》の絶壁道を、休みもとらずに走り抜いた。

将軍家への氷献上は、浅田屋の三度飛脚十六人が総掛かりである。担ぎ手のほかは街道沿いの宿場に先行して、氷の到着を待ち構えた。

十六人で駅伝された氷は、湯涌から江戸本郷の加賀藩上屋敷までを、丸五日で走り抜いた。

十二月三日の五ツ（午前八時）過ぎには、山肌に間口二間の穴ができていた。

「今年の穴掘り衆は、動きがいい」

「この調子なら、昼前には地べたを二尺（約六十センチ）は掘り下げておるでしょうな」

作事を見続けている肝煎と『かなや』のあるじが、明るい口調で目処《めど》を話し合っていた。

雪の降り方が、一段と激しくなっている。山肌から掘り出された土が、すでに白山と化していた。

十四

湯涌温泉の山肌に、幅二間の穴が掘られたところ。金沢の浅田屋では、八人の飛脚が朝飯の膳《ぜん》についていた。

冬当りの江戸出立《しゅったつ》は、五ッ半（午前九時）が定めである。

当初の割では、三日に金沢を発つのは玄蔵と健吉だった。そのことは、江戸にも伝えてある。

ところが玄蔵は、昨日の稽古《けいこ》で足を痛めた。かかとの筋をひねってしまい、歩くのも難儀なほどである。

「動き回らずにかかとを休めてやれば、あんたなら、十日の後には回復するじゃろう」

浅田屋かかりつけの鍼灸師《しんきゅうし》、徳田忠善《ちゅうぜん》の診立てである。鍼灸のみならず按摩《あんま》もできる忠善には、加賀組・江戸組を問わず、飛脚全員が深い信頼を寄せていた。

「おれと健吉で、しっかり務めを果たしやす。頭は苛々《いらいら》しねえで、足を休ませてくだせえ」

醤油《しょうゆ》を垂らした生卵を飲み込んでから、二十四歳の俊助《しゅんすけ》が玄蔵に話しかけた。

「頭は気がみじっけえから、思うようにならねえからって、足に八つ当たりしねえでくだせえ」

俊助の隣に座った健吉が、真顔で玄蔵の短気を案じた。

「ばかやろう」

番茶の入った湯呑みを膳に戻した玄蔵は、最年少の健吉を睨《にら》みつけた。

「つまらねえ心配《しんぺえ》をするめえに、雪道の備えを抜かるんじゃねえ」

「がってんでさ」

叱《しか》られてもめげない陽気さが、健吉の取り得のひとつだ。明るくて威勢のよい返事が、板の間に響き渡った。玄蔵は苦笑いの顔で、湯呑みに手を伸ばした。

体力と腕っ節の強さでは、健吉は江戸組八人のなかで一番である。三度飛脚になる前の健吉は、十五歳から二十歳までの五年間、深川の臥煙屋敷《がえん》に入っていた。

重さ五貫（約十九キロ）の大纏《おおまとい》を担ぎ、深川から今戸まで、二里（約八キロ）の道を走り通したのが自慢である。

坂の多い江戸の町を苦もなく走った健吉の脚は、北国街道の山道でも充分に通用した。

雨天でも、野分の暴風が吹き荒れるさなかでも、臥煙で鍛えた健吉は平気で走った。

ただひとつ苦手なのが、雪道である。本来なら今回の江戸行きで、玄蔵が雪山の走りを教えるはずだった。

初雪と呼ぶには、今朝の雪は降り方が激しい。健吉の道中を案じているのか、玄蔵が眉間《みけん》にしわを寄せた。

十五

十二月三日、朝五ッ（午前八時）。浅田屋江戸店《だな》でも、飛脚八人が朝飯を食べ始めていた。

江戸店の食事は箱膳ではなく、四八《しはち》と呼ばれる長さ八尺（約二百四十センチ）、幅四尺の大きな卓で摂《と》る。

杉の一枚板で、柾目《まさめ》の通った浅田屋自慢の逸品だ。しかし卵が盛られた籠《かご》や、佃煮《つくだに》だの漬物だのが山盛りにされた大鉢、さらには八人分の茶碗《ちゃわん》と汁椀《しるわん》が、卓を埋めている。

せっかくの美しい柾目は、器で隠されてほとんど見えなかった。

十二月三日の朝飯には、いつもの品々に加えて、餅《もち》とうどんが供された。

餅は焼いた切り餅に醤油を塗り、海苔《のり》を巻いた磯辺巻き。うどんは、甘く煮付けた油揚げが載った、きつねうどんだ。

「頭《かしら》は、番頭さんから話を聞かされたんですかね」

加賀組二番手の留吉《とめきち》が、二個目の磯辺巻きを頬張りながら、頭の弥吉《やきち》に問いかけた。

飛脚七人の目が弥吉に集まった。

「朝飯のあとで、旦那《だんな》からじかに話がある」

短く答えた弥吉は、大皿に盛られた磯辺巻きに手を伸ばした。手の甲まで、濃い体毛でおおわれていた。

冬山を走らせれば、弥吉について行けるのはキツネぐらいだと、加賀組は頭の脚力と胆力を敬っている。

「頭が寒さを怖がらねえのは、あの毛が身体《からだ》を守ってるからだがね」

「熊《くま》みてえな毛だもんな」

弥吉と湯に入った仲間は、だれもが体毛の濃さに目を見張った。

「旦那から話があるということは」

加賀組最年少の平吉《へいきち》が、どんぶりを手にしたまま口を開いた。

「わしら八人が揃《そろ》って加賀に向かうちゅうのは、ほんまのことでっか」

平吉の父親は、大坂の出である。息子には、親父《おやじ》のお国訛《なま》りがまばらにうつっていた。

「この餅とうどんを見れば、そんなことは分かるべさ」

伸助《しんすけ》が甲高い声を平吉にぶつけた。

今度の正月で二十五になる仲助だが、顔つきは童顔で、まだ声変わりをしていないかのように、高い声を出す。

平吉よりも年下に見えるが、肉置《ししお》きは加賀組のだれよりも引き締まっている。五貫の荷を担いで碓氷峠《うすい》を越えた走りは、三度飛脚で知らぬ者はいなかった。

うどんと餅は、走りを翌日に控えた者の朝飯に供された。このふたつをしっかり食べておけば、一日過ぎた日の走りに、大きな力を与えてくれる。

三度飛脚たちは、先達《せんだつ》からの申し送りとして、出立の前日には餅とうどんを目一杯身体に取り込んだ。

「仲助あにさんの言うことは、よう分かるんやが、こんな暮れも押し詰まったときだっせ」

平吉は、どんぶりのうどんをすすった。食べながら話をするのは、平吉のくせだった。

「八人全員が加賀に向かうというのは、尋常なことやおまへんでえ」

だれもが胸のうちに思っていることを、平吉が口にした。

「頭は、そのわけを聞かされておりますんやろ?」

平吉が問うても、弥吉はなにも答えなかった。入り用なことのほかは、余計な当て推量を口にしないのが、弥吉の流儀である。

平吉もそれはわきまえている。ずるっと音を立てて、うどんの残りを手繰《たぐ》った。

八人のだれもが、明日は金沢に向けての出立が控えていることを感じ取っているようだ。

皿の磯辺巻きが、見る間になくなっていた。

十六

「こちらが加賀からの、三日の宿場割でございます」

忠兵衛が、加賀から届けられていた三日発の割を伊兵衛に差し出した。

拵《こしら》えたのは、加賀浅田屋番頭の源兵衛《げんべえ》である。物差しを当てて真《ま》っ直《す》ぐに引かれた線は、源兵衛の気性をあらわしていた。

加賀より江戸へ

十二月	出発地	到着地	里程	難所
三日	金沢	魚津	二十三里	
四日	魚津	糸魚川	十五里	親不知・子不知越え
五日	糸魚川	牟礼	二十五里	
六日	牟礼	追分	二十一里	
七日	追分	板鼻	十里	碓氷峠越え
八日	板鼻	浦和	二十二里	
九日	浦和	江戸	六里	

割は冬当りで、江戸まで七日の行程である。

「健吉が一緒なのか」

何度もこの割を伊兵衛は目にしていた。が、玄蔵が向かってくることにのみ気がいっていて、健吉が一緒とは気に留めていなかった。

「冬山の稽古をつけながら走ると、玄蔵は申しておりました。そのことは、旦那様にもお伝え申しておりましたが……」

「確かに聞かされた覚えがある」

伊兵衛も、そのときのやり取りを思い出した。

「冬場の走りをしっかりと身につけさせれば、健吉は江戸組のなかでも図抜けた飛脚になりやす」

十月下旬に江戸に来た折り、十二月には健吉を連れて走ると、玄蔵は忠兵衛に申し出た。江戸から金沢に帰る日に、伊兵衛は玄蔵にそれを許していた。

「玄蔵が一緒であれば、冬場の川渡りも大丈夫だろう」

「てまえも、まったく同じことを考えておりました」

忠兵衛が、引き締まった目をあるじに向けた。

金沢から江戸までの道中には、幅三間（約五・五メートル）以上の川が七十三もある。

加賀に七筋、越中に二十七筋、越後に二十六筋、信濃《しなの》に十三筋。合せて七十三筋である。

加賀の七筋には、すべて橋が架かっていた。ところが越中は十一、越後は十六、信濃は九の、加賀と合わせて四十三橋しか架かっていない。

残る三十筋の川は、渡し舟か歩きで渡るしかなかった。

夏場に比べて、冬の川は水量は少な目である。しかし北国の山から流れ出る水は、つま先をつけただけで身体が凍りつくほどに冷たいのだ。

ゆえに北国の真冬の川には、東海道の大井川のような川越人足《かわごし》はいなかった。

流れはゆるくても、たとえ浅瀬といえども、冬場の川渡りは難儀である。気を抜くと、凍えた足はたちどころに流れにすくわれてしまう。

ひとたび流れに身体がつかると、凍えで身動きがとれなくなる。北国の真冬の川は、穏やかな表情の後ろに、研ぎ澄ました牙《きば》を隠し持っていた。

玄蔵は江戸生まれだが、亡父は腕のよい大鋸挽《おがひ》き職人だった。こども時分から父親に連れられて諸国の山に分け入ってきた玄蔵は、北国の冬山も知っている。

加賀組頭の弥吉ほどではないが、玄蔵も冬山を得手としていた。

「健吉の稽古をつけて走ってくるのなら、玄蔵を途中から加賀に帰すことはできないか……」

伊兵衛は腕組みをして考え込んだ。膝元《ひざもと》には、忠兵衛が拵えた江戸から金沢への割も置かれていた。

江戸より加賀へ

十二月	出発地	到着地	里程	難所
四日	江戸	熊谷	十六里	
五日	熊谷	板鼻	十二里	
六日	板鼻	追分	十里	碓氷峠越え
七日	追分	牟礼	二十一里	
八日	牟礼	糸魚川	二十五里	
九日	糸魚川	魚津	十五里	親不知・子不知越え
十日	魚津	金沢	二十三里	

「ですが旦那様……」

二枚の割の写しを手にした忠兵衛が、わずかに身を乗り出した。

「六日には加賀組と江戸組とが、追分《おいわけ》宿で落ち合うことになります」

十二月六日、玄蔵と健吉は牟礼《むれ》から追分までの二十一里（約八十二キロ）を走る宿場割となっていた。

山越えと渡河は、その多くを終えており、残る大きな難所は、碓氷峠越えぐらいだ。

江戸を四日に発《た》つ加賀組たちは、碓氷峠を越えて、六日には追分宿に泊まる割である。

「玄蔵を追分から金沢へと戻せば、密丸《みつがん》運びの頭を玄蔵と弥吉のふたりに任せることができます」

江戸から金沢への割は、今朝方出来上がったばかりである。伊兵衛はこの場まで、目を通していなかった。

「健吉には平吉をつけて、江戸に向かわせてはいかがかと存じます。ふたりは同い年で、うまもあっておりますので」

「それは妙案だ」

伊兵衛は膝を打って、番頭の思案を受け入れた。

「玄蔵と弥吉が頭を務められれば、もしもの邪魔が入ろうとも、切り抜けることができるだろう」

「なにか、邪魔が入るのでございましょうか」

忠兵衛の顔色が変わった。

「そのおそれがないとは言えない」

要之助から聞かされた仔細《しさい》を、伊兵衛は番頭に話した。番頭と弥吉には聞かせてもよいと、要之助から許しを得てのことだ。

加賀藩主前田治脩《はるなが》は、内室同伴という前例のない招待を、老中松平定信から受けた。招かれたのは、土佐藩と加賀藩の二藩だけである。

なぜ土佐藩と一緒なのか。

要之助は近々、土佐藩江戸留守居役に使者を差し向ける気でいた。幸いなことに、土佐藩留守居役の森勘左衛門《かんざえもん》とは、以前から親交があった。

「もしも土佐藩の御内室もご容態がすぐれていないとしたら、間違いなく越中守《えっちゅうのかみ》（松平定信）様は、上屋敷内の事情に通じておられて、加賀藩と土佐藩を狙《ねら》い撃ちにしているというのが、庄田様のお考えだ」

「まさか……そんなことが……」

忠兵衛の顔色が、さらに青ざめていた。

「越中守様が加賀藩を見張っているとすれば、うちも見張られている恐れがあると、庄田様はおっしゃられた」

「前田様の御用をお務めしているから……でございますので」

察しのよい忠兵衛は、なぜ飛脚の走りに邪魔が入るのかをも呑《の》み込んでいた。

「邪魔をするのは、御公儀でございましょうか」

「御庭番ではないかというのが、庄田様の見立てだった」

「御庭番……」

忠兵衛が肩を落として、大きなため息をついた。公儀御庭番がどれほどの手練者《てだれもの》の軍団であるかは、忠兵衛にも聞き覚えがあった。

走りの玄人《くろうと》で腕力にも抜きん出てはいても、御庭番に襲いかかられてはひとたまりもない……それを思って、忠兵衛は大きなため息をついたのだろう。

「それで……弥吉には、御庭番のことを……」

「話さないわけにはいかないだろう。庄田様からも、あらかじめ聞かせて心構えをさせるようにと申し渡されている」

忠兵衛は、何度も吐息を漏らした。

「おまえに追い討ちをかけるようだが、庄田様からは、もうひとつきつく言われたことがある」

「この上、まだなにか」

忠兵衛が顔をこわばらせた。

「うちを見張るとすれば、『あさだ』の普請場《ふしんば》に紛れ込むのが、一番にやさしい手立てだ」

「出入りの職人に化けて、ということでございましょうか」

「職人とは限らない。普請が追い込みのいまは、見かけない顔の者も頻繁に出入りをすることになる」

不審な動きをする者がいないか、しっかり目配りをするようにと、伊兵衛は番頭に指図を下した。

「かしこまりました」

気を取り直したらしく、忠兵衛の返事には力がこもっていた。

十七

「御庭番が、どれほどのものかは知りませんが」

言葉を区切った弥吉は、ふっと目元をゆるめた。

伊兵衛の居室の障子戸二枚は、真冬にもかかわらず大きく開かれている。庭で盗み聞きをしている者がいないかを、確かめるためである。

「冬の山道なら、後れはとらね」

加賀の山奥で育った弥吉は、気負いなく言い切った。

「声が大きい。もう少し、小さな声で話しなさい」

忠兵衛が弥吉をたしなめた。

「おまえの意気込みは頼もしい限りだが、御庭番をなめてかかるな」

伊兵衛は、小声ながらも強い調子で弥吉に言い置いた。

「それにこのたびは、おまえひとりが走るわけじゃない。玄蔵も追分からの道中は一緒だ」

「玄蔵が一緒なら、なおさら怖いもんはねって」

気が乗ったときの弥吉は、つい在所の訛りが強くなる。あるじを前にしても、物言いがぞんざいになってしまうのだ。忠兵衛が顔をしかめて見つめたが、弥吉にはまるで通じなかった。

「御庭番が長いのを振り回すまえに、おれと玄蔵は、雪んなかを走り抜けてるって」

冬の山中なら、危ない目に遭うのは御庭番のほうだと、弥吉は語調を強くした。

「旦那は心配《しんぺえ》ぶってねえで、おれと玄蔵にまかせなせ」

弥吉が笑みを浮かべた。背丈は六尺を超えており、目方も二十貫（七十五キロ）もある大男である。

眉《まゆ》の濃い男が浮かべる笑いには、凄《すご》みすらあった。

「それに旦那、御庭番がかならず襲いかかってくるって、決まってるわけでもねえべさ」

それは弥吉の言う通りである。たとえ庄田の読み通りに浅田屋が見張られていたとしても、御庭番が飛脚を襲撃するとは限らないのだ。

江戸と金沢との間には、百二十里（約四百七十キロ）以上もの道のりがある。それだけの長い道中、それも大半は雪に埋もれた山道を、走りの玄人について走るだけでも容易なことではないだろう。

弥吉と話しているうちに、伊兵衛は気持ちが楽になった。

「おまえの言い分はよく分かった」

伊兵衛は心底から、弥吉が口にしたことに得心していた。

「そうは言っても弥吉、走るのはおまえと玄蔵だけではない。もしものときは不用意に立ち向かったりはせずに、仲間の身を守ることを第一に考えてくれ」

「それは分かったが……」

弥吉が目元を引き締めた。

「第一というなら、密丸を江戸まで持ち帰ることでねえかね」

伊兵衛があえて言わなかったことを、弥吉はわきまえていた。

十八

武家の公務は八ツ（午後二時）までである。

十二月三日の八ツ下がり。

いまにも雪をこぼしそうな冬空の下、土佐藩上屋敷を加賀藩江戸詰祐筆《ゆうひつ》、小此木《おこのぎ》新五郎《しんごろう》がおとずれた。

前触れなしの訪問である。

しかも面談を求める相手は、土佐藩上屋敷の重鎮だ。八ツ過ぎであるのは、相手の公務が終わるのを待ってのことだった。

挟箱《はさみばこ》を担《かつ》いだ中間《ちゅうげん》と、進物箱を抱えた中間とを従えていた。小此木の従者はふたりとも、六尺（約百八十二センチ）の大男である。

加賀藩が召抱える中間は、加賀鳶《とび》同様に、五尺七寸（約百七十三センチ）以上の者に限られている。肩に担いだ挟箱も、胸元に抱えた進物箱も、中間が大男ゆえに小さく見えた。

「御留守居役《おるすいやく》、森様にお取次ぎいただきたい」

公用訪問のあかしとして、小此木は加賀藩定紋が描かれた、御用札を示した。漆黒の樫札に、梅鉢の紋が金蒔絵《きんまきえ》で描かれている。

門番は小此木に一礼してから、邸内に入った。加賀藩百万石には遠く及ばないが、土佐藩は二十四万二千石の大名である。

鍛冶橋《かじばし》御門そばの上屋敷は、七千五百坪余の広大な敷地だ。門番が藩士とともに戻ってくるまでには、いささかのときを要した。

「土佐藩祐筆、深尾《ふかお》義忠《よしただ》にござる」

名乗りを聞いて、小此木の背筋が伸びた。

土佐藩の深尾姓は、家老の血筋である。土佐佐川城主一万石の深尾家は、土佐藩随一の名家だ。

いずこの藩でも、祐筆役は他藩の要職者の名は諳《そら》んじていた。

「当家用人庄田要之助より、森様への書状を持参いたしました。よしなにお取次ぎ願いたい」

「うけたまわりました」

門番に開門を命じた深尾は、先に立って小此木を邸内に招じ入れた。

加賀藩上屋敷の敷地は、十万三千坪を超えている。土佐藩とは、比較にならぬほどに広かった。しかし敷地には小山や谷が含まれており、邸内は起伏続きである。

土佐藩上屋敷は、御城近くの平地である。茂っている樹木のほとんどは、御城同様に常磐《ときわ》の松だ。

空は分厚い雲におおわれており、日差しはない。そんな空模様の下でも、松葉は色味の美しさをいささかも失ってはいなかった。

「下《した》にい……下にい……」

留守居役執務棟に向かう小此木の耳に、大名行列の先頭を担《にな》うひげ奴《やっこ》の声が聞こえてきた。

「来年はお暇《いとま》ゆえ、行列の稽古でござる」

深尾が、ひげ奴の大声のわけを聞かせた。加賀藩と土佐藩とは、出府も帰国も、巡り合わせが同じだった。

加賀藩でも帰国が近くなれば、上屋敷内で大名行列の稽古が行われる。が、行列の人数は四千人近いのだ。

途方もない人数ゆえに隊列を組むと、十万三千坪余の上屋敷でも手狭に思えた。ゆえに全員揃《そろ》っての総稽古は、藩主出駕《しゅつが》の十日前と五日前の二度に限られていた。

「下にい……下にい……」

わが藩のほうが、ひげ奴の声に張りがある……。

深尾に案内されながら、小此木は我知らずに胸を張っていた。

十九

森勘左衛門は、小此木が持参してきた書状に、三度、目を通した。

一度読んだだけで、庄田要之助の用件は誤りなく呑《の》み込めた。それほど長い手紙ではないし、むずかしい内容でもなかった。

『この先数日のなかで、折り入っての相談事をさせていただきたい。都合のよろしき日、とき、場所を、お聞かせいただきたく』

回りくどい言い回しではなく、用件が簡潔に記されていた。土佐藩江戸留守居役と、加賀藩江戸上屋敷用人とは、時候のあいさつは抜きの、用向きのみの書状が交し合える間柄だった。

要之助からの書状をたずさえてきた使者は、別間に控えている。

『まことにぶしつけながら、ご返事の段を遣いの者に御手渡しくださるよう、お願い申し上げ候《そうろう》……』

ていねいな言い回しながらも、要之助は即答を求めていた。勘左衛門と要之助は、遠慮のない頼み事がやり取りできる知己である。

ふたりが顔を合わせることには、いささかの障《さわ》りもなかった。むしろ、勘左衛門は、おのれのほうから要之助に会いたいと思うこともあるほどだった。

それほどに、加賀藩江戸詰用人の人柄を高く買っていた。

勘左衛門が要之助と初めて面談したのは、三年前の天明六（一七八六）年十月である。

ともに翌年四月の藩主帰国を控えていたふたりは、江戸出立《しゅったつ》期日の談判で差し向かいになった。和田倉御門わきの、大番所小部屋においてである。

加賀藩の参勤交代は、中仙道から北国街道に向かうのが通常の経路だ。土佐藩は高輪《なわ》大木戸を抜けたあとは、東海道を上り、大坂に向かう。江戸出立に際しての両藩は、互いの進路が重なることはなかった。ゆえに事前の談判も不要であった。

ところがこの年の八月、信濃《しなの》から越中にかけての山が、何度も豪雨に見舞われた。

その結果、随所で崖《がけ》崩れが起きて、山道が寸断された。

加賀と江戸とを結ぶ三度飛脚は、米原《まいばら》を経ての東海道・中仙道走りを余儀なくされていた。

街道の管理と整備は、公儀道中奉行の管轄《かんかつ》である。

「来年の帰国に際しては、東海道を使われたい」

道中奉行は、信濃・越中の山道修復には、まだ一年が入用だと加賀藩に通達した。

大名の帰国は、陽気がよくなる四月初旬に集中する。公儀に願い出た加賀藩出駕の期日は、土佐藩と重なっていた。

二十四万石の土佐藩は、総勢四百名弱の行列である。対する加賀藩はその十倍、四千名の大所帯だ。

まるで規模の異なる二藩だが、発日が同じで、米原まではともに東海道・中仙道を使う行程である。

藩主が泊まる本陣はもとより、行列藩士の宿泊場所や、途中の休み処《どころ》の確保、箱根関所の通過などで、毎日、加賀藩と土佐藩がぶつかり合うことになる。

よほどに念入りに調整しなければ、道中の随所で難儀が生ずる恐れがあった。

その談判で、勘左衛門は要之助と対面した。

行列の人数においては、土佐藩と加賀藩とでは比較にならなかった。さりとて参勤交代の大名行列は、いわば藩の威信の誇示である。隊列が十分の一でしかないとはいえ、常に加賀藩の後塵《こうじん》を拝することは、土佐藩も体面上受け入れがたい。

抜きん出た大身大名を相手にする勘左衛門は、談判の難航を思い、気を張り詰めて大番所へと出向いた。

が、向き合って四半刻《しはんとき》（三十分）も経ぬうちに、ふたりは胸襟《きょうきん》を開き合っていた。

「森殿も、江戸の生まれでござったのか……」

勘左衛門も要之助も、ともに終身江戸詰の家柄であると分かったがゆえだった。

土佐藩藩士の江戸詰任期は、家老でも三年である。しかし江戸留守居役に限っては、上屋敷永住が藩の定めとされていた。

当初からの定めではない。初代藩主の没後に公儀から受けた苛烈《かれつ》な仕置きに、藩がこりごりした末に講じられた措置である。

土佐藩初代山内一豊《かずとよ》が掛川から移封《いほう》されたのは、慶長六（一六〇一）年正月だ。関ヶ原合戦の軍功を認められて、掛川六万石から土佐二十四万石へと、一気に四倍もの褒賞《ほうしょう》加増を得た。

しかしこれは、公儀のしたたかな思惑を下敷きにしての加増だった。

任あるものは、禄《ろく》薄く。

禄あるものは、任薄く。

この方針で、公儀は外様《とざま》大名を加増したうえで江戸から遠ざけた。そして蓄財ができぬように、さまざまな口実の課役《かえき》を下命した。

一豊が慶長十年に没するなり、翌十一年には江戸城普請を命じた。十二年には駿府《すんぷ》城普請助役《すけやく》、十三年には材木献上を申渡した。

課役はさらに続いた。

十四年には篠山《ささやま》城、十五年には名古屋城それぞれの普請手伝命令が下され、十七年には江戸城と駿府城の、再普請が命じられた。

それでも公儀は鞭打《むちう》ちを手加減せず、十八年には材木献上、十九年に三度目の江戸城普請助役を命じた。

課役のみならず、慶長十九年十月の大坂冬の陣と、翌年五月の夏の陣には出兵も指図された。

夏の陣から四年後の元和《げんな》五（一六一九）年六月には、福島正則《まさのり》改易による広島への派兵。翌六年には、石材献上と大坂城普請助役命令が下された。

じつに十五年の長きにわたり、公儀は土佐藩を課役責めにした。関ヶ原の合戦以降に、大加増を受けた外様大名は、土佐藩に限らない。

なぜ我が藩のみが、このような過酷な沙汰《さた》を受けるのかと、重臣たちはひたいを寄せ合った。

たどりついた結論が、公儀との渉外役、江戸留守居役の能力不足ということだった。

「公儀との談判に長《た》けた者を留守居役に据えぬことには、我が藩は課役で潰《つぶ》される」

「いかにも」

「ならば江戸留守居役に限っては、上屋敷に留め置き、代々の世襲としてはいかがかの」

江戸家老の発案に、居並ぶ重臣は大きく膝《ひざ》を打った。

「またとない妙案にござります」

勘定奉行は、ことのほか江戸家老の思案に乗り気だった。

「留守居役の代が重なるにつれて、江戸生まれの者が任に就くことにもなります。さすれば、幕閣要所に知己を得ることもかないましょう」

評定で江戸留守居役世襲が決議され、元和七（一六二一）年に森勘左衛門が起用された。

以来、森家長子は勘左衛門を襲名し、留守居役の要職に就いた。

加賀藩庄田家は、先代の名を襲うことはしなかったが、江戸詰用人は庄田家の世襲である。

勘左衛門も要之助も、江戸生まれだ。ふたりとも、物言いに国許《くにもと》の訛《なま》りはなかった。

「たまらなく、国許に帰りたいと思われることはござらぬか」

「庄田殿も、そのような気に？」

「いかにも」

勘左衛門は、要之助よりも四歳年長である。互いに身の上を語り合うなかで、年の差を忘れていた。

土佐も加賀も、海を正面に見て、背後には山が迫る国である。とはいえ海の色も山の形も、土佐と加賀とではまるで異なっていた。

が、望郷の念は同じである。

勘左衛門と要之助は、身を乗り出して国許への思いを語り合った。

参勤交代道中の調整は、滑らかに運んだ。

宿場ごとに、出立順位を交替する。ただし箱根関所は加賀藩、大井川川越は土佐藩が、それぞれ先行することで折り合いがついた。

この談判以来、勘左衛門と要之助は、春には加賀藩上屋敷の観梅に、秋は土佐藩上屋敷で月見の宴に、双方が招き合っていた。

要之助の言う「折り入っての相談事」が、なにを意味するのか。

老中松平定信より遣《つか》わされた、正月二日の『初潮の宴《うたげ》』のことに違いないと、勘左衛門は確信した。

内室同伴という形式も異例だが、招かれたのが土佐藩と加賀藩のみというのも、前例がなかった。

勘左衛門と要之助が知己であることは、他藩の同役にも知られていた。しかしそれが二藩のみの招待の理由だとは、到底考えられない。

あれこれと思案をめぐらせるなかで、勘左衛門は不意にひとつのことに思い当たった。

内室は、今年の十月以来、ときおり胃ノ腑《ふ》に強い痛みを訴えていた。国許より藩主に同道してきた医師二名は、胃ノ腑に腫《は》れが感じられると診立てた。

「頓服《とんぷく》のむやみな服用は、御内室様の身体《からだ》に障ります」

時はかかるが、煎《せん》じ薬で腫れを治すのが最善の治療だと、二名の医師は口を揃えた。

内室の暮らす棟に出入りする者は、勘左衛門のほかは江戸家老と医師で、ほかには内室付きの腰元ぐらいである。容態がすぐれないことは、藩の重臣といえども知らされてはいなかった。

もしも、加賀藩の御内室様も臥《ふ》せっておられるとしたら……。

異例の招待の意図が、はっきりする。しかし藩主および内室の容態うんぬんは、各藩とも秘中の秘である。たとえ要之助が相手であっても、うかつには話せない秘事だ。

老中の招待が、両藩の内室が臥せっていると知ってのことならば、さらにもうひとつ、見逃せない事実が浮かび上がってくる。

前田家は他に並ぶ家のない、百万石の大身である。万にひとつ、加賀藩の内室が病におかされていたとしても、そのことは土佐藩以上に秘しているはずだ。それを老中が察知しているとすれば、加賀藩にも土佐藩にも、老中への内通者がいることになる。

しかもその者は、藩の機密事項を知り得る立場の者だ。土佐藩は、上士・下士の身分差はきわめて厳格である。下級藩士は、許しなくしては上士とは同席もできなかった。

まして並の藩士が内室の容態を察知するなどは、断じてかなわぬことである。

それは加賀藩においても同様だろうと、勘左衛門は判じた。

庄田殿といかなる話をするか、どこまで踏み込んだ話をいたすかは、殿の御裁可を仰がねばなるまい……要之助への返書をしたためながら、勘左衛門は吐息を漏らした。

勘左衛門の息遣いを感じて、飼い猫の小太郎《こたろう》が耳をぴくりと動かした。

要之助との隔たりが詰まったことのひとつに、飼い猫があった。

ふたりとも、猫を飼っていた。要之助はメスで、勘左衛門はオスを飼っている。

「たまと小太郎とを引き合わせいたすのも、一興でござるの」

去年の月見で、要之助が本気とも座興ともつかぬ物言いでつぶやいた。

「よろしいかも知れぬのう」

ふたりが交わしたことは、いまだ日の目を見てはいなかった。

二十

十二月三日、八ッ半（午後三時）。

冬の陽が足早に空の根元へと移っている。海辺の道には、風をさえぎるものがなにもなかった。

海を渡ってくる向かい風は、まともに健吉と俊助とにぶつかった。

えいっ、ほう。えいっ、ほう。

身体を前に倒して、健吉が声を発した。おのれの声で調子を取り続けていないと、風と雪に負けてしまう。

同じ側の足と手を同時に出すのが、飛脚の走りである。加賀鳶《かがとび》と同じだが、飛脚のほうが一歩の歩幅が広かった。

手と足とを同時に出せば、身体がよじれなくてすむ。見た目には不器用でも、長い道中を行くには身体にやさしい走り方だった。

健吉と俊助とは、縦に並んで走っている。半里（約二キロ）ごとに前後を入れ替わり、風除《よ》け役を交代した。

道がゆるやかな登りになっている。地べたが腫れた程度の、わずかな傾き方でしかなかった。

しかしふたりはすでに、二十里（約八十キロ）の道のりを駆けていた。大して上り下りのない道だったが、時が過ぎるにつれて、雪の積もり具合が深くなっている。

ほんのわずかな登りでも、先を行く健吉には堪《こた》えた。

ゆるい坂を五町（約五百五十メートル）登ったところで、健吉が足を止めた。

後ろについていた俊助が、足を急がせて健吉の前に回りこんだ。

「どうした、健吉」

仲間を気遣って、俊助が大声で問いかけた。声にはまだ威勢が残っているが、唇は紫色に変わっていた。

「なんでもねえ。上っ張りの前を、閉じ直そうとしただけでさ」

健吉は笑顔を拵《こしら》えようとした。しかし寒さで顔がこわばっており、笑うのも難儀だった。

「この坂を越えた先には、休み小屋がある。そこでひと息いれようぜ」

「がってんだ」

健吉の返事は威勢がよかった。

冬場の走りのために、三度飛脚は街道沿いの五里ごとに休み小屋を構えていた。小屋の多くは、集落の地蔵堂や薬師堂の流用である。ひとが暮らしていない場所では、掘っ立て小屋を普請《ふしん》した。

俊助が口にした休み所は、三度飛脚が建てた海辺の小屋だった。

魚津まで、残り三里である。

夏場の飛脚は、見向きもせずに走り過ぎる小屋だ。雪が舞ういまは、その名の通りの、かけがえのない休み小屋だった。

タヌキの毛皮を縫い合わせた上っ張りを、健吉も俊助も寒さよけに羽織っている。襟元をしっかりと閉じ合わせてから、健吉はふたたび一歩を踏み出した。

えいっ、ほう。えいっ、ほう。

五町先で休めると分かり、健吉の足取りに勢いが戻った。

登り道の左手は海、右手の遠くには山が連なっている。朝から降り続いている雪だが、坂道の積もり方は二寸（約六センチ）ほどだ。

粉雪は地べたに舞い落ちる手前で、海からの風に吹き飛ばされた。

駆けるというよりは、早足の歩きである。一歩ずつ足元を確かめながら、健吉は坂を登った。

登りきると、いきなり風が強くなった。海風《うみかぜ》に押された粉雪が、顔にぶつかってくる。

「小屋が見えたぜ」

健吉が声に出して後ろに告げた。口のなかに、粉雪が飛び込んだ。

二十一

小屋に入ったふたりは、皮袋をしっかりと縛りつけた背負子《しょいこ》をおろした。冬場の飛脚は、小荷物と書状を皮袋に入れて運んだ。

着替え、食糧なども合わせて詰め込んでいる。皮袋は運搬袋でもあるが、江戸までの走りを守る命綱でもあった。

背負子をおろすなり、俊助は火熾《おこ》しに取りかかった。

小屋の棚には、細身の枯れ枝が置いてあった。雨で湿らないように、小枝は油紙に包まれている。

俊助は紙を破らないように、ていねいに包みを開いた。

一本を手に取ると、二つに折った。小枝はパキッと、乾いた音を立てた。

「でえじょうぶだ、しっかりと乾いてる」

乾き具合を確かめてから、俊助は小枝を山形に組み始めた。

健吉は皮袋から付木《つけぎ》（杉、檜《ひのき》などの薄片の端に、硫黄《いおう》を塗りつけた焚《た》きつけ）を取り出した。

小屋の地べたは砂である。乾き具合を確かめてから、健吉は付木を砂のうえに置いた。

上っ張りの前を開き、ふところから錫《すず》の器に入った懐炉《かいろ》を取り出した。

元禄の初めごろに作り出された懐炉は、冬場の飛脚には欠かせない道具である。

錫の器に閉じ込められた懐炉灰は、一刻《とき》（二時間）もの間、燃え続ける。ふところを暖めると同時に、大事な火種を保っているのだ。

どれほど先を急いでいても、飛脚が懐炉灰の取替えを怠ることはなかった。

「付木に火をつけやすぜ」

「ああ、やってくれ」

俊助の返事を確かめてから、健吉は懐炉の火を付木に移した。強いにおいを発しながら、硫黄に火がついた。

ぶすぶすとくすぶっていた小さな火は、乾いた檜に燃え移った。

「あとは任せやす」

火のついた付木を、健吉は俊助に手渡した。俊助は枯れ枝の真ん中に詰めた、火口《ほくち》に火を移した。イチビの茎の皮を剝《は》ぎ取り、焼いて炭にしたものが火口である。付木の火は、たちまち火口を燃え上がらせた。

バチバチッと爆《は》ぜる音を立てて、枯れ枝が炎を上げた。枯れ枝が燃えれば、火が消えることはない。

俊助と健吉が、ふうっと安堵《あんど》の吐息を漏らした。

小屋の隅には、松の薪《まき》が積み重ねられている。枯れ枝が燃え尽きる前に、俊助は薪をくべた。

脂《あぶら》をたっぷりと含んだ、赤松の薪である。焚きつけの小枝の炎は、首尾よく薪に燃え移った。

ふところには懐炉を忍ばせているが、とても身体を暖めるには至らない。勢いよく燃える赤松は、凍えてこわばった健吉と俊助の身体を、やさしくほぐしてくれた。

「吸筒《すいづつ》を出してくれ」

「がってんだ」

健吉は皮袋に仕舞っておいた、竹の吸筒を取り出そうとした。吸筒は一番底に収まっており、まさぐっているうちに、皮袋の中身が幾つもこぼれ出た。

赤い加賀紙に包まれた、細長い包みが砂の上に落ちた。

「いけねえ」

健吉は慌《あわ》てて砂から拾い上げた。

「頭からの頼まれ物か」

健吉はうなずいて応《こた》えながら、吸筒を取り出した。受け取った俊助は、焦《こ》げない間合いを見定めて、吸筒を焚き火のそばに埋めた。

「さぞかし頭は、自分で届けたかっただろうに……」

俊助も健吉も、心底から玄蔵《げんぞう》を敬い慕っている。赤松の炎を見詰めながら、ふたりとも玄蔵の足の容態を案じていた。

本来なら十二月三日の江戸便は、玄蔵と健吉が走る割だった。

健吉が玄蔵から託された品は、小型の加賀人形である。届け先は、本郷一丁目の七福《しち》《ふく》だ。

七福は父親が料理を受け持ち、母親が飯炊《めした》きと味噌汁《みそしる》、それと漬物作りを受け持つ一膳飯屋《いちぜんめしや》である。

こどもは十八、十七、十六と、年子の娘が三人いた。三人それぞれに顔立ちも気性も違うが、いずれも愛想はすこぶるよかった。

なかでも長女のおりんは、背丈が五尺六寸（約百七十センチ）もある大柄な娘である。器量、気立てともに申し分のないおりんには、若い客のだれもが懸想《けそう》した。

が、想《おも》いを伝える者はほとんどいなかった。おりんの上背とおのれの背丈とを引き比べて、だれもが尻込《しりご》みをしたからだ。

玄蔵は違った。

「おめえさんを思いながら走ったら、百里の道もあっという間だ」

真正面から想いをぶつけた。上手な口ではなかったが、玄蔵の想いはしっかりとおりんに伝わった。

時機がきたらおりんさんと所帯を構えさせてほしい……。

玄蔵は回り道をせず、じかに父親に申し入れをした。

おりんの承諾を得てのことだ。

「娘がいいというなら、おれには文句はねえが……」

父親の順次郎《じゅんじろう》は駄目とは言わなかったが、あとの口を濁した。

今年で四十八の順次郎は、玄蔵と同じ背丈である。おりんは父親の血を受け継いでいた。

料理の味付け同様、順次郎は気性のはっきりとした男である。いい、わるいを濁す男ではなかった。

ところが玄蔵の申し入れには、定かには答えなかった。

「おとっつあんは、玄蔵さんのなにが気にいらないの?」

身体つきと同じように、おりんは父親の気性も受け継いでいた。玄蔵が江戸店《だな》に帰ったあとで、おりんは父親に迫った。

「金沢と江戸とを走るうちに、もしものことがあったときには、泣きを見るのはおまえだぞ」

玄蔵が気にいらないわけではないが、三度飛脚は気がかりだ。

順次郎は、正直に思うところを娘に話した。

「玄蔵さんなら、危ないことはしないから平気よ」

おりんは言い切ったが、順次郎は得心しない。おりんも一歩も引かないまま、今日に至っていた。


玄蔵は口数の少ない男である。

おりんとのことも、順次郎が飛脚稼業《かぎょう》を案じていることも、おのれの口で配下の者に話したことは一度もなかった。

しかし三度飛脚は、身体を張って金沢と江戸とを行き来する稼業だ。気持ちは互いに通じ合っている。

配下の者はだれもが、玄蔵とおりんとのことを知っていた。

父親がいまひとつ乗り気ではないことも、もちろん分かっている。

「頭が足を痛めたと知ったら、さぞかしおりんさんは心配《しんぺえ》するだろうよ」

俊助のつぶやきを、健吉は眉《まゆ》を曇らせて聞いた。手紙と加賀人形を届けるのは、健吉の役目だからだ。

おりんさんの親父《おやじ》さんが今度のことで、そら見たことかと、もしもかたくなになったら……。

健吉は気持ちがふさいだ。

皮袋に詰めた小さな加賀人形を、鉛のかたまりのように重たく感じていた。

「湯が沸いたぜ」

焚き火で吸筒が暖められている。先に俊助が口をつけてから、健吉に回した。

ほどよく暖められた水は、身体のなかにぬくもりを与えてくれる。

が、健吉には吸筒のぬくもりが分からなかった。

「おい、健吉……聞こえてんのか」

相棒の様子を案じた俊助が、語気を強めた。

「聞こえてやすぜ」

答えながらも、健吉の瞳《ひとみ》は定まってはいなかった。

二十二

「おまちどうさんで」

魚金の半纏《はんてん》を着た男が、威勢のよい声を流し場の戸口から投げ入れた。

「ご注文通りの飛び切りのサバが、たったいま届きやしたぜ」

魚金の若い者は、担《かつ》ぎ売りのような盤台《はんだい》を天秤棒《てんびんぼう》の前後に下げて、サバと貝とを届けてきた。

前垂れで手を拭《ぬぐ》いながら、賄《まかな》いのおすみが魚金の若い者に近寄った。

「なにも言ってこないから、どうなってるのかと気を揉《も》んでたわよ」

魚金の顔を見て、おすみは安堵したようだ。話しかける声には尖《とが》りがあったものの、目元に険はなかった。

「おすみさんに気に入ってもらえるサバを見つけるのは、半端《はんぱ》な仕事じゃあねえからさ」

若い者はおすみに笑いかけてから、天秤棒を肩から外した。

「手にへえったのは、今朝がた獲《と》れたばかりの魚なんでさ。水に戻したら、泳ぎ出すかもしれねえやね」

若い者が盤台のふたをとった。五尾のサバが水につかっていた。

十二月三日、曇り空の七ツ（午後四時）前である。それでなくても頼りない冬の陽が、厚い雲の奥に閉じ込められた夕方である。

流し場の戸口から漏れる薄い光のなかでも、サバは青々と光って見えた。ほどよい大きさで、脂ののった魚は色味も鮮やかだ。

おすみは手触りで魚を確かめてから、サバの目を見た。おすみの目元がゆるんだ。

「これはどれも上物だわ」

「だからさっきから、そう言ってるじゃねえか」

魚金の若い者が胸を張った。

「押し鮨《ずし》を拵《こしら》えるときのおすみさんには、妙なサバは届けられねえからさあ」

そうじゃなくてもサバには気を遣うのに、今回の注文は五尾。手に入れるのは難儀だった……。

若い者は、苦労のほどを強く言い立てた。

「ちょっと待っててちょうだい」

相手を土間に待たせて、おすみは水屋の引き出しから紙入れを取り出した。つまみ出したふた粒の小粒銀を、若い者に握らせた。

祝儀《しゅうぎ》をもらった男は、手早くサバを水桶《みずおけ》に移して帰って行った。

飛脚が江戸を発《た》つ前夜は、縁起物の『サバの押し鮨』を拵える。サバの獲れない時季は、その季節の旬《しゅん》の魚を使うが、サバが基本だ。

江戸を発つ飛脚は多くても三人、いつもはふたりである。ところが明朝は、八人全員が出立するとおすみは今朝になって聞かされた。

「今日は五尾ほしいんだけど、なんとか手に入れてちょうだい」

案じながら注文したサバだったが、運良く数が揃《そろ》った。

これはいい魚だわさ。

房州の浜育ちのおすみは、魚の目利《めき》きには長《た》けている。魚金の届けてきたサバを手にして、もう一度目元をゆるめた。


九谷焼の絵皿の柄を確かめようとした伊兵衛は、みずから流し場に出向いた。そのときちょうど、魚金とおすみのやり取りの場に出くわした。

聞いているうちに、伊兵衛の顔つきが引き締まった。

明日、加賀組全員が江戸を発つことが、女中の口から魚屋に漏れていた。ふたりとも、気にも留めずに話している。

秘めごとは、こうして外に漏れていくのか……。

伊兵衛はそれを思い知った。

二十三

魚津宿で浅田屋の飛脚が泊まる宿は、宿場なかほどの『てんぐ屋』である。慶長十六（一六一一）年創業の老舗《しにせ》で、魚料理の美味《うま》さと湯殿の広さが自慢の宿だ。

檜《ひのき》の湯船は一間（約一・八メートル）四方の大きさで、深さは二尺（約六十センチ）もある。六尺男の飛脚でも、ふたりが同時にゆったりとつかることができた。

檜の湯船は、毎年二度、表面を削って手入れをしている。湯殿番は毎日七ツ半（午後五時）に、湯を取り替えた。

とりわけ三度飛脚が投宿する日は、湯船に薬草を浮かべて湯に心地よさを加えた。そして先に到着した客を待たせてでも、飛脚に一番湯を使わせた。

「真冬の湯は、なによりのごちそうだぜ」

分厚い檜板の湯船のなかで、俊助がしみじみとつぶやいた。健吉は、返事をするのも億劫《おっくう》なほどに疲れているらしい。

手ですくった湯を顔にかけると、ふうっと大きなため息をついた。

「どうした、健吉。道中はまだ始まったばかりだてえのに、もうあごを出したのか」

俊助がわざと乱暴な物言いをぶつけた。いつもの健吉なら、口を尖らせて応ずるのだが、いまはため息しか出てこない。

「宿は、飛び切りうめえ鍋《なべ》を支度してるだろうし、メシのあとには按摩《あんま》もくる」

ため息ばかりついていないで、身体《からだ》の芯《しん》まであたためろと、俊助が相棒の肩を叩《たた》いた。

飛び散った湯が、健吉の顔にかかった。

冬場の三度飛脚が金沢・江戸間で投宿する宿は、魚津、糸魚川、牟礼《むれ》、追分、板鼻《いたはな》、浦和の六宿である。

一年おきの加賀藩主出府を追って、浅田屋伊兵衛も江戸に向かった。その折り、六宿の旅籠《はたご》と伊兵衛みずからが掛け合い、冬場のもてなしの中身を細かく談判した。

「部屋は飛脚ひとりにつき、かならず一部屋を用意していただきたい」

相部屋となった客のいびきで、飛脚の眠りをさまたげられないためだ。

「湯は、取り替えたさらの湯を沸かしてもらう」

寒風のなかを、長いときには二十五里（約百キロ）もの道を駆けたり、早足で歩いたりする。

到着後の湯は、凍えた身体へのなによりのいたわりだった。

「晩飯には小鍋でも構わないから、鍋を一品加えてもらいたい。その折り、うどんと餅《もち》を鍋の具に加えてほしい」

鍋は身体を内側から暖めてくれた。うどんと餅は、翌日の走りの源となる食品である。

「酒は一合限り。その代わり、上物を吟味してもらいたい」

一合の酒は、百薬に勝る効能がある。とりわけ厳冬期の酒は、身体の血のめぐりをうながした。

「晩飯が終わって身体に酒が回ったころに、按摩を手配りしてもらいたい。費《つい》えは構わないから、宿場で一番の腕利きを回してほしい」

鍛えた身体ではあっても、走ったあとは身体の方々に疲れがたまっている。きれいに凝りをほぐすことで、翌日の走りに備えるのだ。

「朝湯は六ツ（午前六時）。朝飯は、湯を出て四半刻（三十分）あと。飯は炊き立てで、生卵を充分に用意してもらいたい」

飛脚は朝飯を大事にする。

炊き立てのどんぶり飯に生卵を落とし、醬油《しょうゆ》をひと垂らしする飯をだれもが好んだ。

米がうまいこと。飯が炊き立てであること。生卵が生み立てであること。この三つが揃ってこその朝飯である。

伊兵衛は湯の沸かし加減、食事の献立、部屋の大きさ、布団《ふとん》の厚さにいたるまで、細々と取り決めをした。浅田屋といえば、加賀城下では名を知られた老舗である。その大店《おおだな》のあるじが、番頭任せにせず、みずからが細かな談判に及ぶのだ。

旅籠のあるじは、取り決めた中身をしっかりと書き物にして伊兵衛に差し出した。

伊兵衛が配下の三度飛脚をどれほど大事に思っているかは、飛脚当人たちも、各宿場の旅籠も知り尽くしている。

浅田屋は、会所棟取《とうどり》の村松屋と肩を並べるほどに、藩の信頼が篤《あつ》い。

飛脚あってこその飛脚宿だ……。

創業以来の家訓を、七代目伊兵衛はしっかりと守っていた。


「明日の親不知《おやしらず》は、首尾よく走り抜けられやすかい」

按摩に身体をほぐされて、身体が楽になったようだ。俊助の部屋に出向いた健吉の声には、いつもの威勢が戻りつつあった。

「魚津から見た海は、穏やかだっただろうがよ」

「へい」

「今日の様子が続いてくれりゃあ、風はきつくても波はどうにかなるだろうさ」

健吉に行灯《あんどん》を持ってくるように言いつけてから、俊助は道中図を広げた。金沢城下から江戸までの経路が、太い筆で描かれた図である。

飛脚は銘々が、自分なりの道中図を拵《こしら》えていた。絵心のある俊助の図には、海、山、川、峠の様子が分かりやすく描かれていた。

「おめえも知ってるだろうが、糸魚川《いといがわ》まで五里を残したところが、親不知の難所だ」

図を見つめた健吉は、戸惑い気味にうなずいた。

「なんでぇ健吉……おめえらしくもねえ、半端なうなずき方だぜ」

相棒の様子を見て、俊助が眉間《みけん》にしわを寄せた。

「今度の走りは、おれには冬場の稽古《けいこ》走りだと……あにいは、頭から言われてやせんかい」

「何度も念押しされたが、ここまでのおめえの様子には、なにひとつ文句はねえぜ」

休み小屋の火熾《おこ》しの手伝いにも、海風のなかを早足で歩き通したことにも、相棒の様子に俊助は満足していた。

「真冬の親不知を走り抜けたのは、まだ二度しかねえんでさ」

「それも頭から言われてたよ」

「ですが、あにい……」

健吉は大きな息を吐き出してから座り直した。

「おれが走ったときは、二度とも上天気だったもんで……まだ一度も、波見婆《なみみばあ》さんの世話にはなってねえんでさ」

「なんだとう」

俊助の声が裏返った。

「てえことは……あすこの荒波を見たことがねえのか」

「へい」

健吉が語尾を下げて答えた。

俊助は吐息を漏らして黙り込んだ。

行灯の明かりが、風もないのにゆらゆらと揺れた。

二十四

親不知、子不知《こしらず》は、越中と越後の国境《くにざかい》に立ちはだかる難所である。

切り立った山は、わずかな隙間《すきま》すら拵えずに海に落ち込んでいる。旅人がここを越えるには、襲いかかる波を案じつつ、海辺に造られたわずか一間幅もない細道を走り抜けるしかないのだ。

屹立《きつりつ》する山の崖《がけ》には、杣人《そまびと》（木樵《きこり》）や猟師が行き来する、けもの道はあった。しかし旅人のみならず、走りの玄人《くろうと》の飛脚ですら、この道を行くことはできなかった。崖を縫うようにして造られたけもの道は、幅が一尺（約三十センチ）ほどしかない。

その崖道に向かって、強い海風が吹きつけるのだ。のみならず、ときには高い山から海に向かって突風が吹きおろすこともある。風に吹かれた身体がよろけても、摑《つか》む木はないし、綱も張られてはいない。

そのうえさらに、冬場のけもの道は固く凍りついている。たとえ雪が積もっていなくても、凍った道は歩く者の足元をすくおうとして、牙《きば》を隠して待ち構えていた。

足を滑らせたり、風にあおられて体勢を崩したりすれば、荒磯の海に落下する。けもの道から海面までは、高さがおよそ二十丈（約六十メートル）もあった。

滑り落ちる途中の岩に運良くぶつからずにすんだとしても、落ちた先の海辺には砂も玉砂利もない。

先の尖った岩が群れになった、怒濤《どとう》の砕け散る岩場である。

「命が惜しかったら、山はやめたほうがええ」

村人が止めるのを振り切り、難儀を承知で、けもの道を通ろうとした者は数知れずいた。

「あの崖さえ越えれば、岩が風除《よ》けになってくれるでよ」

崖道を一歩ずつ歩く旅人を、村人たちは無事の通過を祈りながら見上げた。が、真冬の風の吹き方は、地元の者にも見当がつかなかった。

「あっ……」

息を呑《の》み込んだ村人には、なすすべがなかった。足を滑らせて海に落ちた者で、命の助かった者はひとりもいなかった。

怪我《けが》をせず、無事に荷物と書状を届けること。これが飛脚に課せられた使命である。速さよりも、無事で確かなことが肝要なのだ。

ゆえに親不知・子不知を通過するにおいては、波が荒くて通行を止められたとしても、けもの道を行くことは論外であった。

三度飛脚は、どれほど先を急いでいるときでも、海沿いの細道だけを使った。

魚津を発って十里のあたりで、親不知海岸に差しかかる。

難所の始まりは、小穴《こあな》である。

山が海岸に落ち込んだ裾《すそ》に、幅およそ一間の道が拵えられている。小穴とは、波が押し寄せたときに身を隠す、小さい穴があることから名づけられた。

小穴から四半町（約二十七メートル）先には、大穴《おおあな》がある。その名の通り、ひとが二十人は隠れていられる大きな穴である。

海は細道のわずか三尺（約九十センチ）下まで迫っている。強風に煽《あお》られた波は、やすやすと岸辺を越えてひとにしぶきを浴びせかけた。

旅人は波の様子を見定めて、細道を走った。駆けている途中で波が押し寄せると、大穴に身を隠して波をやり過ごした。

難所はこの先に待ち構えていた。

大穴から次の大懐《おおふところ》までは、およそ四分の三町（約八十二メートル）である。この間には、身を隠す穴も、しがみつく岩もなにひとつない。

『長走り《ながばし》』と呼ばれる最大の難所で、旅人が波にさらわれるのは、ほとんどがこの長走りだった。

「今日はだめだ」

海が荒れて大波が立つと、宿場の役人が長走りの行き来を止めた。空模様が回復して波がおさまるまで、旅人は宿場に留め置かれた。

東海道大井川の『川止め』と同じである。先を急ぐ三度飛脚といえども、役人の指図には従わざるを得なかった。

波が少し落ち着いてくると、波見婆さんが大穴と大懐に立った。

「ひいっ、ふう、みい、よう……」

大波が岸辺に打ち寄せて引くまでの間を、波見は同じ調子で数えた。

沖からの大波が岸辺にぶつかるまで、およそ七つ。それが引き返すまでの間も、ほぼ同じである。

「行きなっせ」

七つの間があると判じたとき、波見婆さんは大声を発した。ぶつかった波が引き返し、次の大波が打ち返すまでが十四である。この間に、長走りを走り抜けるのだ。

子連れの旅人は、手をひいて懸命に駆けた。途中でこどもが足を滑らせたとしても、助け上げるひまはなかった。

老いた親の手を引いた子も、同じである。

細道に倒れた者にかまうこともできず、おのれひとりが全力で走り抜けるしかない。

残された者は、大波にさらわれて沖へと連れ去られた。

真冬の海は、落ちた者を凍えの餌食《えじき》にする。親も子も、涙を流すことすらできずに、海に呑み込まれた者を見続けた。

親知らず。子知らず。

難所に付けられた名称は、深い悲しみを隠し持っていた。

「もしも波見婆さんが立つほどに、海が荒れていたときは……」

俊助の両目が健吉を見詰めた。

「たとえ波にさらわれそうなやつがわきにいても、そいつに構ってはいけねえ。それが長走りの定めだ」

俊助の物言いには、甘さがかけらもなかった。

「薄情なようだが、飛脚には半端《はんぱ》な仏ごころは禁物だぜ」

そのことを肝に銘じておけと、強い口調で言い渡した。

「おめえは心根のやさしいやつだからよう、くどいぐれえに念押ししておくぜ」

俊助が強い目で相棒を見詰めている。健吉は道中図に目を落としたまま、小さくうなずいた。

「波見婆さんが出てねえことを、いまは祈るしかねえ」

俊助は健吉にではなく、おのれに言い聞かせているかのようだった。

二十五

十二月三日、夜五ッ半（午後九時）。浅田屋江戸店《だな》の広間には、加賀組八人が顔を揃えていた。

十六畳の座敷には、八本の百目ろうそくが惜しげもなく灯されている。部屋は隅まで明るかったが、火鉢の炭火の赤い光は、そんななかでも際立《きわだ》って見えた。

八人の膝元《ひざもと》には小さな膳《ぜん》が出されており、焼餅の入った汁粉《しるこ》椀《わん》が載っていた。椀も膳も、輪島塗の極上品である。

加賀への定期便出立《しゅったつ》の前夜は、夕食に縁起物のサバの押し鮨《ずし》が供される。そして食後の寄合には、甘味を利《き》かせた汁粉が出されるのが慣《なら》わしだった。

「本郷を出たあとは、留吉《とめきち》と六助《ろくすけ》がおれと一緒に中仙道を突っ走る」

加賀組頭《くみがしら》弥吉の指図に、留吉と六助がきっぱりとうなずいた。

「残りの者は、好きな道を走って熊谷《くまがや》まで来てくれ」

五人の飛脚を順に見ながら、弥吉が目元をゆるめた。

「たかが十六里（約六十三キロ）の平らな道だ。休みながら、妙なやろうがついていねえのを確かめろ」

指図をする弥吉の物言いは、玄蔵と同じような江戸弁である。あらたまったときの弥吉は、在所の訛《なま》りを消して江戸弁を使うことができた。

「好き勝手いうことは、御城に向かって走ってもよろしおますのか」

平吉《へいきち》が上方訛りで問いかけた。

「やりたきゃあ、やってこい」

弥吉の答えに、加賀組がどっと沸き返った。笑い声で、ろうそくの明かりが大きく揺れた。

二十六

十二月四日朝五ッ（午前八時）の鐘が、本郷の町に流れていた。

「ご城下への書状は、都合二百三十七通だ。数に違いはないか、もう一度確かめなさい」

忠兵衛《ちゅうべえ》が受付台帳を片手に、飛脚が運ぶ書状と小荷物の改めを始めた。

浅田屋江戸店を飛脚が出立する朝は、階段わきの二十畳の板の間で改めをするのが決まりごとである。ところがこの朝は、十坪（二十畳大）の納戸に番頭と飛脚が詰めていた。

「どこに御公儀の目と耳とが潜んでいるか、知れたものではない」

伊兵衛の指図で、急ぎ納戸を使うことになった。納戸は一階の台所奥に構えられており、窓はない。湿気から守るために、桐板《きりいた》を二枚張り合わせた引き戸が普請《ふしん》されている。戸をしっかりと閉じ合わせれば、物音が漏れることも多少は防げた。

朝から奉公人総出で、なかの品をすべて土間と庭に運び出した。がらんどうの納戸は、番頭と八人の大男が詰めても、広々としていた。

明かりを充分に回すために、八本の百目ろうそくが灯されている。相変わらず空には厚い雲が垂れ込めており、いつ雪が降り出してもおかしくはない空模様だ。

寒さが苦手な忠兵衛は、膝元に手焙《てあぶ》りを置いていた。

「書状二百三十七通、数に間違いはありません」

加賀組頭の弥吉が書状の入った布袋を手にして、小声で応《こた》えた。

加賀藩より貸与された、深紅の特製布袋である。厚手の紬《つむぎ》で、生地と生地の間に渋紙二枚を挟んで縫い合わせた袋だ。

口をきつく縛ると、道中で雨に遭ったとしても、書状が濡《ぬ》れる心配はなかった。

書状のあと、忠兵衛は小荷物を順に読み上げた。いずれも上屋敷の藩士が、国許《くにもと》の家族に向けて送り出す品々である。

非番の日に浅草寺《せんそうじ》仲見世で買い求めた江戸羽子板が多いのは、正月を間近に控えた便ならではのことだ。

江戸から金沢まで走り抜くのは、弥吉と留吉のふたりである。書状は弥吉が皮袋に収めた。小荷物は追分宿まで走る伊太郎《いたろう》と、金沢まで駆ける留吉とが分けて持つことになった。

荷物改めが終わると、忠兵衛は顔つきを引き締めて座り直した。飛脚八人も、あぐらのままで背筋を伸ばした。

「何度でも念押しをするが、このたびの走りには、加賀百万石の行く末がかかっている」

納戸のなかにいながらも、忠兵衛は一段と声を潜めた。

「金沢からの密丸《みつがん》を、十二月下旬までに持ち帰るということのみが、このたびの仕事だとわきまえなさい」

八人の男が、黙ってうなずいた。余計な声を出さぬようにと、忠兵衛からきつく言われているからだ。

「平吉」

忠兵衛に名指しをされた平吉は、へいっと小声で応じた。

「おまえは今夜の泊まりとなる熊谷宿に留まりなさい」

「そんな殺生《せっしょう》な……」

平吉が上方訛り丸出しで、忠兵衛の指図に異を唱えた。

「わてが峠越えを得手にしてるんは、番頭はんも知ってはりますやろ。なんで熊谷に置かれるんでっか」

「おまえの足の速さを、旦那《だんな》様が買ってのことだ。文句を言うのは、旦那様に逆らうことだぞ」

忠兵衛がきつい口調でたしなめた。

「板鼻《いたはな》宿は伸助《しんすけ》、追分が伊太郎、牟礼《むれ》は与作《よさく》、糸魚川に三蔵《さんぞう》、魚津に六助。それぞれの者は、宿場に留まって密丸が届くのを待ちなさい」

小声ながらも厳しい声音で、忠兵衛が言い渡した。

が、平吉は不満顔のままである。

「なんだ平吉、おまえはまだ得心してないのか」

つい声を荒らげた忠兵衛は、はっと気づき、口を閉じて強い目で平吉を見据えた。

「指図に口答えするようだが、平吉には碓氷峠《うすい》を任せてくだせえ」

弥吉が番頭にむかって膝を詰めた。

「平地の走りなら、平吉よりも伊太郎のほうが速《はえ》えが、峠なら平吉が強い」

弥吉は番頭から目を逸《そ》らさず、きっぱりと言い切った。

「わたしの一存では決められない」

八人をその場に残して、忠兵衛は伊兵衛の判断を仰ぎに出て行った。

「おおきに」

平吉に笑いかけられた弥吉は、相手の笑顔を両目で弾《はじ》き返した。

「礼はいらねっから、玄蔵と一緒に死ぬ気で走れ」

「えっ……玄蔵はんは、三日の便で江戸にきはるんと違いまっか」

「追分で落ち合ったあとは、おれたちと金沢に戻るか、追分に留まって密丸を待つかのどっちかだ」

「金沢に戻ったあと、また密丸を持って走ってくる言うんでっか」

「三度飛脚十六人のなかで、一番頼りになるのは玄蔵だ」

弥吉は、はっきりと玄蔵がおのれよりも上手《うわて》だと認めた。加賀組七人が、重たい顔で黙り込んだ。

「今度の仕事に、半端な面子《めんつ》はいらね。おらが旦那の指図に逆らったのは、峠越えは伊太郎よりも平吉に任せるほうが確かだからだ」

弥吉は配下の七人の目を、おのれに向けさせた。

「もう一回言うが、今度の走りは三度飛脚十六人が束になって、命をかける仕事だ。それをしっかりと、おまえたちのあたまに叩《たた》き込むだ。分かったら、肚《はら》くって返事をしろ」

「へいっ」

七人が声を揃《そろ》えたとき、番頭とともに伊兵衛が入ってきた。

「弥吉の声は、戸の外にも丸聞こえだったぞ」

「つい声がでかくなっちまって……勘弁してくだせ」

「咎《とが》めたわけじゃない」

伊兵衛は、物静かな目を八人に向けた。

「おまえたちの意気込みを知って、わたしも心強い。弥吉がいまも言った通り、この仕事は文字通りの命がけになる」

しっかり頼むぞと言い置いたあと、伊兵衛が飛脚にあたまを下げた。

いかに軽い形とはいえ、あるじが飛脚にあたまを下げるなどは、ないことである。

八人が正座に座り直し、伊兵衛に深い辞儀をした。

平吉が追分、伊太郎が熊谷に留まることに変更された。

「わてはここを出たあとは、思いっきり御城に向かって走りまっせ」

あとをつける者がいたら、さぞかし驚くに違いない……言った平吉を見て、飛脚七人が大声で笑った。

伊兵衛は笑い声を止めなかった。

二十七

浅田屋江戸店の店先に、走り装束の八人が並んでいた。

全員が厚手の半纏《はんてん》を着て、背負子《しょいこ》に皮袋を縛り付けている。が、金沢から江戸に向かっている俊助と健吉よりは、はるかに薄着だ。

八人がこの日泊まるのは、江戸から十六里離れた熊谷宿である。雲は分厚いが、雪はまだ降ってはいない。たとえ途中で降られたとしても、八人はこのままの身なりで熊谷まで走る段取りだ。

雪道用の猪《いのしし》の皮を張ったわらじは、帯にしっかりと挟んでいた。熊谷から先の定宿には、どの旅籠《はたご》にも雪道を走るための着替えと道具が置いてある。

ゆえに江戸から熊谷までは、本格的な冬支度は不要だった。

浅田屋の土間には、奉公人が総出で立っていた。金沢に向かう飛脚を見送るためで、三度飛脚出立に際しての仕来《しきた》りである。

忠兵衛は火打石と火打金を両手に持って、飛脚の前に進み出た。飛脚八人があたまを下げた。

チャキッ、チャキッ。

乾いた音を発して、忠兵衛の手許から飛脚たちに火花が飛んだ。出立の清めに打ちかける、鑽《き》り火《び》である。

八人全員に鑽り火がかかると、飛脚があたまを上げた。伊兵衛が弥吉の前に立った。当主と頭の目が、しっかりと絡《から》み合った。

「頼んだぞ」

「かならず無事に持ち帰ります」

短い言葉のやり取りのあと、弥吉が七人に目配せをした。素早い動きで、全員が笠をかぶった。あごの下できつく紐《ひも》を締めたあと、銘々が背負子の具合を確かめた。

縛り加減にゆるみはなかった。

当主に一礼をすると、弥吉が最初に走り始めた。留吉と六助があとに続き、中仙道へと駆け出した。

伊太郎、三蔵、伸助、与作の四人はひとかたまりになって、菊坂町へと向かった。

最後に店先を離れたのは平吉である。周りを見回したあと、平吉は神田明神の方角に向けて走り出した。熊谷宿とはまるで逆方向である。

「どうしたんだ、平吉さんは」

わけを知らされていない奉公人たちは、呆気《あっけ》に取られた目で平吉の後姿を見ていた。

三方向に分かれて、八人が走り出した。店先に立った伊兵衛は、それぞれの方角を順に目で追った。

飛脚を追う人影がないことを確かめてから、店の土間に戻った。


本郷三丁目の辻《つじ》には、五ッ半前から七福のおりんが立っていた。井桁柄《いげたがら》の紺絣《こんがすり》に紅色の前掛け姿のおりんは、素足に駒下駄《こまげた》をつっかけている。

四のつく日の朝五ッ半には、三度飛脚が金沢に向かって本郷を発《た》つ。飛脚の無事を祈って、おりんは玄蔵が江戸にいないときでも、辻に立って飛脚を見送った。

今朝も見送りに出ようとして、五ッ過ぎには身支度を始めた。化粧を終えたあとで、足袋を履き替えようとした。洗い立ての足袋を履くのは、おりんなりに縁起を担いでのことである。

ところが右足の足袋の小鉤《こはぜ》が、二枚連なって取れた。前から取れかかっていた小鉤だが、おりんは胸騒ぎを覚えた。

気が急《せ》いたおりんは、寒空を承知で素足で辻へと急いだ。辻に立って江戸店の方角を見ると、店先にひとが群れているのが見てとれた。

間に合ってよかった……。

漏らした安堵《あんど》の吐息が、口の前で白く濁った。立っているだけで、足元から凍えが身体《からだ》にまとわりついてくる。

手の寒さは、こすり合わせれば暖められた。足はそれができない。足袋を履かずにきたことを、胸のうちで悔いた。さりとて大柄なおりんは、立っているだけで目立つ娘である。店のお仕着せで使っている紅色の前掛けは、重たい冬空の下でも人目を引く色だ。しゃがんで足をさすろうかとも思ったが、通りを行くひとの目を思って思いとどまった。

いまごろ玄蔵さんは、雪のなかを走っている。あたしとは比べ物にならないほどの寒さのなかを、一生懸命に駆けているんだから……。

玄蔵を思って、おりんは寒さをこらえた。

ふうっと手にぬるい息を吐きかけたとき、浅田屋の店先でひとの群れが崩れた。

目を凝らして出立を見ていたおりんが、いぶかしげな目を見せた。

最初に三人が走り出したあと、四人のかたまりが菊坂町に向かって走り出したからだ。

そのあとさらにひとりが、中仙道とは逆の方角に走り出した。

いつもの出立は、多くても三人である。ところが今朝は、八人全員が走り出した。しかも異なった三方向に向かって、である。

おりんは、足袋の小鉤が取れたことを思い出した。

なにかあったのかしら。

またもや胸騒ぎを覚えたが、出立の朝に縁起でもないことをと、懸命に打ち消した。

平気、平気。なんにも妙なことなんか、ないんだから。

おのれに言い聞かせているおりんの前を、弥吉、留吉、六助の三人が走り過ぎた。

走り方も、背負っている荷物も、いつも通りの冬装束だった。それを見定めたのに、おりんの目がまたもや曇っていた。

弥吉の顔つきの厳しさが、尋常ではないものに見えたからだ。

なにとぞ、道中が無事でありますように……。

走り過ぎた三人の飛脚に向かって、おりんは両手を合わせた。

弥吉たち三人は、すでに駒込追分に差しかかっていた。

二十八

加賀組八人が本郷を発った、十二月四日五ツ半。俊助と健吉はまだ魚津の定宿、『てんぐ屋』で身支度を終えてはいなかった。

夜明け前から、風がいきなり強く吹き始めた。それを案じた旅籠のあるじが、ふたりにしばしの間、出立を見合わせるように求めていた。

通りで雪の様子を見てきた仲居が、両手をこすり合わせながら戻ってきた。きれいに結った髪には、雪の粉がかぶさっていた。

「この雪じゃあ、発つのは無理でねえかね」

「そんなにひでえ様子ですかい」

問いかける俊助の目が曇っていた。

「雪はそうでもねっけどさ、風が強くて、雪は降ってこねえで地べたを這《は》ってるさ」

俊助は股引《ももひき》姿で宿の外に出た。健吉もあとに続いた。風は西から東に向かって吹いていた。俊助たちの行程には、追い風である。

しかし仲居が口にした通り、粉雪は舞い落ちてはいなかった。積もった雪の表面が風に煽《あお》られて、地べたを這っている。あたかも身体をくねらせる白い龍《りゅう》が、空に向かって舞い上がろうとしているかのようだ。

俊助は右の人差し指を軽くなめると、風のなかに突き立てた。風向きと風の強さを測るときの、俊助の流儀である。

「糸魚川の空には、まだ雲がかぶさってねえ」

俊助が東の空を指差した。朝の陽が昇りつつある空は雲が薄く、光の帯が雲間からこぼれ出ていた。

「親不知《おやしらず》の海が荒れ始めたら、三日の間は通れなくなる」

俊助は冬場の親不知海岸で、これまで二度も足止めを食らっていた。

「風は追い風だし、小穴まではどうやってでも行けるだろう。とにかく、ここを発つぜ」

「がってんだ」

先を急ぐ俊助と健吉は、宿のあるじに断わりを言った。

「だったらせめて、これを持って行きなっせ」

猪の毛皮をあるじが差し出した。

「この先の雪は、タヌキの皮では勝てっこねっから」

目を見開いてふたりを案ずるあるじは、タヌキに似ていた。

二十九

金沢の浅田屋本家も、江戸店《だな》同様に、三度飛脚八人それぞれに部屋があてがわれていた。

とはいっても、江戸組と加賀組とは、互いに部屋を共有している。江戸組頭玄蔵は、加賀組頭弥吉《やきち》と同じ部屋を使っていた。これは本郷の江戸店でも同じである。部屋を共有する加賀組と江戸組が、同じ宿に起居することは滅多にない。ゆえにふたりで一部屋を使っていても、不都合はなかった。

金沢本家の玄蔵の部屋は、広い庭が見渡せる二階の角部屋だ。南と東の二面に窓が設けられており、真冬でも日当たりがよい。

八畳間の南窓の下には玄蔵の文机《ふづくえ》が、東窓の下には弥吉の文机がそれぞれ置かれていた。
弥吉の文机の隅には、蓋《ふた》なしの輪島塗文箱《ふばこ》が載っている。硯《すずり》に墨、天然石を磨き上げた文鎮、それに三本の筆が文箱に納まっていた。

硯、筆、墨は、いずれも物差しを当てたかのように真《ま》っ直《す》ぐに置かれている。その形が、弥吉の気性をあらわしていた。

玄蔵は窓の手すりによりかかって庭を見ていた。雪は健吉と俊助が発った昨日の朝よりも強く降っている。

庭の雪椿《ゆきつばき》の緑葉も、雪で白く染め替えられていた。雪椿は木の高さが六尺（約百八十二センチ）ほどで、江戸にはなかった。四月の雪解け後には、山茶花《さざんか》のような花を咲かせる。

去年五月初便の折りに、玄蔵は数輪の雪椿を江戸まで運んだ。

背負子の外側に二合徳利を縛りつけて、雪椿を挿して駆けた。

「きれいな花だがね」

「玄蔵さんは、見かけによらずしゃれ者だったんだねえ」

泊まった宿場ごとに、宿の仲居や飯炊《めした》き女が目を細めた。気遣いつつ走ったが、江戸に着いたときには、一輪しか花が残ってはいなかった。

この雪椿が、玄蔵とおりんとの間を一気に詰めた。

波しぶきが花にかからねえように、親不知の走りには難儀をした……。

雪化粧をまとった雪椿の枝を見て、玄蔵は親不知海岸の荒波を思い出した。そして……健吉と俊助に思いを走らせた。

段取り通りに駆けていれば、今日の午後、ふたりは親不知の長走りを抜ける。

ふたりの走りを、玄蔵は案じてはいない。心配しているのは、健吉の気性である。

妙な仏《ほとけ》ごころを出すんじゃねえぜ……。

玄蔵からため息がこぼれ出た。


玄蔵が初めて長走りを駆け抜けたのは、いまから六年前の八月下旬である。二十一歳だった玄蔵は、当時の江戸組頭半次郎《はんじろう》と一緒に、江戸から金沢へと向かっていた。

糸魚川を五ツ半（午前九時）に発ったふたりは、大懐《おおふところ》には昼前に着いた。五里（約二十キロ）の道のりに一刻《とき》半（三時間）もかかったのは、激しい雨のなかを駆け続けたからだ。

「あれが波見婆《なみみばあ》さんだ。手の動きを、ようく見ておきねえ」

背負子の紐をしっかりと縛り直しながら、半次郎が波見婆さんのほうにあごをしゃくった。

気を張り詰めた玄蔵は、身体をぶるるっと震わせて海を見た。晩夏とはいえ、北陸の雨にはもはやぬるさはない。武者震いではなく、雨の冷たさに身体が震えた。

浜から一町(約百十メートル)ほどの沖に、大きなうねりがふたつ生じていた。手前には、ひとつの小波が見えた。

波見役は、沖のうねりを見ながら手を振り下ろした。

玄蔵たちよりも先に波待ちをしていた商人風のふたりが、大穴に向かって駆け出した。なかほどまで走ったときに、小波が打ち寄せた。

しぶきが商人ふたりの雨合羽《あまがっぱ》にかかった。が、足元をすくいとるほどの勢いはない。波しぶきをものともせず、ふたりは大穴まで駆け抜けた。

親子連れふたりが、玄蔵たちの前に立っていた。親子が走り抜けたあとが、玄蔵と半次郎の番である。

「かあちゃん、こわいよう」

長走りのなかほどにぶつかった波を見て、こどもが怯《おび》えた。母親は、後ろで待つ玄蔵たちを気にしたらしい。こどもの手を強く握り、目つきをやわらげた。

「これぱあの波やったら、なんちゃあやないきに」

玄蔵には聞き覚えのない西国訛りで、母親はこどもに言い聞かせた。こどもはまだぐずっていたが、母親に強く手を握られて口を閉じた。

大波がぶつかった直後に、波見が手を振り下ろした。親子が走り出した。が、途中でこどもが怯えて、足が止まった。

「走れ、走れ」

波見が怒鳴った。長走りを初めて見た玄蔵は、声も出せずに親子に見入っていた。

母親が手を引っ張った。こどもはしゃがみ込んで動かない。沖からは、大波が押し寄せてくる。

母親は、こどもを抱きかかえようとした。降り続く雨と波とで、道は濡《ぬ》れていた。

抱え上げようとしたとき、母親の足元が滑った。ふたりが重なり合って、道に倒れた。

高さ一丈（約三メートル）もありそうな波が、親子におおいかぶさった。そして、木の葉を運ぶかのように、海へと連れ去った。

玄蔵は背負子を担《かつ》いだまま、海に飛び込もうとした。半次郎の右手が背負子を摑《つか》んだ。

「余計なことをするんじゃねえ」

「ですが親子が……」

「いまさら、どうにもならねえ」

半次郎が怒鳴りつけた。

「やってみなくちゃあ、分からねえだろうがよ」

玄蔵も怒鳴り返した。半次郎の強い平手打ちが、玄蔵の頬を張った。

「おれたちは飛脚だ」

半次郎が仁王のような形相で突っ立っている。背丈では勝っているのに、玄蔵は半次郎を見上げていた。

ふうっ……。

玄蔵は、もう一度大きなため息をついた。冬場の親不知海岸では、なにが起きるか分からない。もしも健吉が難儀をしている者を見たときに、見捨てることができるかどうか、それを案じたため息だった。

飛脚になる前の健吉は、江戸の臥煙《がえん》屋敷に詰めていた。ひとに嫌われる臥煙のなかで、健吉はめずらしく地元の住民から慕われていた。

年寄にはことのほか親切で、足の不自由な者を見かけると、すぐさま背負った。

そして三貫纏《まとい》を担ぐ調子で、どこまでも送り届けた。人目のあるなしにかかわりなく、健吉は年寄を大事にした。地元の者が健吉を慕ったのは、このことゆえである。

俊助がついてりゃあ、でえじょうぶだ。

おのれに強く言い聞かせていたとき。ねずみ色細縞《ほそじま》の紬《つむぎ》に紅だすき姿の女中が、火《ひ》桶《おけ》を手にして上がってきた。真っ赤に熾《お》きた炭火が、部屋に居座っていた凍えを追い散らした。

「毎日、手間をかけてすまねえ」

物思いを閉じた玄蔵が、気持ちをこめて礼を口にした。

「なに水臭いこと言ってるかね」

三十路《みそじ》を過ぎた女中は、玄蔵よりも年上だ。物言いは、怪我《けが》をした弟を案ずる姉のようだ。

手早く火鉢に炭火をいけた女中は、お仕着せのたもとから膏薬《こうやく》紙を取り出した。鍼《しん》灸師《きゅうし》の徳田忠善《ちゅうぜん》が調製した膏薬である。

炭火で焙《あぶ》ると、膏薬がじわりと溶け出した。ほどよく溶けたところで、女中は玄蔵に膏薬紙を手渡した。

玄蔵はおのれの足首に貼《は》りつけ、木綿の脚絆《きゃはん》を巻きつけた。

「そこに座ってないで、早く走りたいだろうにねえ」

潤《うるお》いに満ちた目で、女中が玄蔵を見た。親身な言葉が、玄蔵の胸に染《し》みた。笑いかけようとしたつもりの玄蔵だが、泣き笑いのような顔になっていた。

三十

江戸城和田倉御門は、内曲輪《うちくるわ》に構えられた櫓門《やぐら》である。馬場先堀に架けられた和田倉橋を渡ると、高さ四間（約七・三メートル）、桁行《けたゆき》二十間（約三十六メートル）の巨大な二ノ門が聳《そび》えている。

門扉《もんぴ》の樫板《かしいた》には、槍《やり》、弓矢をも弾《はじ》き返す大きな鋲《びょう》が打ち込まれていた。

十二月四日、四ツ半（午前十一時）過ぎ。土佐藩江戸留守居役森勘左衛門《かんざえもん》は、木橋を渡って和田倉御門二ノ門前に立った。勘左衛門の真後ろには、三人の武家と七人の中間《ちゅうげん》が控えている。武家のひとりが門番に近寄り、鑑札を示した。土佐特産の杉板に、山内家定紋が焼印された公用鑑札だ。

二ノ門は朝六ツ半（午前七時）から八ツ半（午後三時）までは、開かれたままである。門番は従者の後ろに立つ勘左衛門に目礼し、二ノ門通過を認めた。

門の内側は、玉砂利の敷き詰められた二百坪の四角い枡形《ますがた》になっている。もしも外敵が二ノ門を破ったとしても、この桝形に溜《た》められて三方から攻められる造りだ。

勘左衛門は玉砂利を踏みしめて、枡形を左に折れた。目の前で固く閉じられた一ノ門が、行く手をさえぎっている。落ち着いた足取りで潜《くぐ》り戸まで進んだ勘左衛門は、鞘袋《さやぶくろ》を外した太刀を佩《は》いた警護役に近寄った。

一ノ門を潜るには、藩主以外は各々《おのおの》が鑑札を示すのが定めである。勘左衛門は姓名・役職が記された個人鑑札を示した。

藩主在府の折りは、五日ごとに入城している勘左衛門は、一ノ門警護役とは顔なじみである。しかし警護役は親しい素振りは一切見せない。鑑札を初めて見るかのごとく吟味したのちに、潜り戸番に開門を目で指図した。

潜り戸を入ると、正面に建つ大番所の玄関が見えた。七百坪の敷地に建つ平屋で、建坪はおよそ三百坪。玄関式台わきには、茶坊主《ちゃぼうず》の控え室が構えられていた。

玄関に入った勘左衛門は、足袋にまとわりついた玉砂利のほこりを払い始めた。すぐさま、勘左衛門を見知っている茶坊主が控え室から出てきた。

「庄田様は、すでにお着きでございます」

軽くうなずいた勘左衛門のわきに、ひとりの中間が近寄った。差し出された風呂敷《ふろしき》包みを受け取った勘左衛門は、従者を玄関に残して式台に上がった。

茶坊主が案内したのは、中庭に面した二十畳の居間である。庄田要之助は、縁側に座って庭を見ていた。

大番所に招いたのは、要之助である。立ち上がって勘左衛門を出迎えたあとは、縁側へと誘《いざな》った。

勘左衛門が座ろうとしたとき、庭に六人の武家が入ってきた。要之助と勘左衛門に付き従ってきた警護役である。

用人と留守居役の従者は、藩きっての手練者《てだれもの》ばかりだ。庭に入る前に、六人はすでに持ち場を話し合っていたようだ。要之助と勘左衛門に一礼したのち、各自が庭に散った。

「いささか寒くはござるが、庭を愛《め》でながらの昼餉《ひるげ》も一興かと存じましてな」

「いかにも」

要之助が口にしなかったことを、勘左衛門は即座に呑《の》み込んだ。

部屋のなかだと、どこに耳と目が潜んでいるか知れたものではない。が、土佐藩・加賀藩合わせて六人の武家が、庭を固めているのだ。縁側ならば、盗み聞きを案ずることはなかった。

昼餉は、加賀藩上屋敷にて調えた弁当を、要之助が持参していた。茶坊主が運んできたのは、花鳥が金蒔絵《きんまきえ》で描かれた漆黒二段の重箱である。

一ノ重には寒ブリの塩焼き、冬野菜の炊き合わせ、九谷焼の小鉢に入った酢の物が詰められていた。二ノ重はサバの切り身をあしらったちらし寿司《ずし》、香の物、水菓子代わりの干《ほ》し柿《がき》である。

小鉢の酢の物がこぼれないように気遣いながら、本郷から和田倉御門までを運んできたのだ。

運ぶ気苦労と、朝からこれらの調理をした手間の大変さを思い、勘左衛門は辞儀をして礼を言った。

「森殿の気に召したとあらば、手間など、いかほどでもござらぬ」

要之助は心底からの笑みで、勘左衛門の礼に応《こた》えた。

藩主の食事を拵《こしら》える料理番の腕のよさは、冷めた焼き物、煮物でも充分に感じられた。

すべてを食べ尽くすのが、加賀藩に対しての礼儀である。いささか腹にこたえたが、勘左衛門は干し柿にいたるまですべてを平らげた。

食後の茶が供されたところで、要之助が座り直した。

「卒爾《そつじ》ながら、森殿におたずね申し上げたいことがござる」

「越中守《えっちゅうのかみ》様の、正月のお招きのことかと存ずるが……」

「いかにも」

要之助も勘左衛門も、互いに思っていたことはひとつである。要之助が口火を切ったあとは、声を潜めながらも腹蔵のない話を交わした。

ふたりが話を付き合わせた末に、ともに内室が臥《ふ》せっており、容態は軽くないと分かった。

「差し支えない限りにて、御内室様の容態のほどをお聞かせくだされ」

病状によっては役に立てるかも知れぬと前置きしてから、要之助は土佐藩内室の病状をたずねた。

勘左衛門は内室主治医から聞き取っている詳細を伝えた。

「病が胃ノ腑《ふ》のことならば、役に立てます」

要之助は、はっきりと請合った。勘左衛門の目が見開かれた。

「我が藩には、多賀《たが》家が一子相伝いたすところの、万能特効薬がござります。それを服用いたされたならば、土佐藩ご内室の容態も回復に向かわれるかと存じます」

密丸《みつがん》にどのような薬効があるのかを、要之助は細かく話した。加賀藩内室の病も、密丸服用で回復すると伝えて話を閉じた。

「密丸の効能のほどは、しかと呑み込めましたが……てまえどもに分けていただけるだけの密丸が、上屋敷にはござるのか」

「いや、ござらぬ」

即答したあと、すかさず、飛脚を国許《くにもと》に差し向けたと要之助は付け加えた。

「今朝ほど、八人の飛脚を国許へと差し向けました。江戸三度飛脚は、長くても二十二、三日で、江戸と加賀との行き帰りを果たします」

勘左衛門が感嘆の声を漏らしたとき、庭でひとの動く気配がした。

「近々、たまと小太郎との見合いをさせてみてはいかがでござろう」

「一興かも知れぬの」

ふたりは調子を合わせて、話を変えた。凍えをはらんだ北風が、勘左衛門の頬を撫《な》でた。

三十一

昼を過ぎても、十二月四日の江戸の雲は、分厚いままである。朝方にはなかった風が、西から東に強く吹いていた。

「この調子じゃあ、今夜は雪になるかもしれねえ」

普請場《ふしんば》では、重たい空を見上げた職人が吐息を漏らした。数少ない普請仕事が、雪に祟《たた》られて滞るのを案じての吐息だった。

九月に発布された棄捐令《きえんれい》が、師走《しわす》に入るなり、江戸の景気を凍りつかせた。ひと晩に五十両、百両の大金を惜しげもなく遣っていた札差百九人が、いきなり財布の口を閉じ合わせたからだ。

去年までは師走に入ると、百九人の札差が連日酒宴を開いた。その年一年の儲《もう》けの五分（五パーセント）を、十二月ひと月で遣うためである。

札差一年の儲けをひとり（一軒）当たりに均《なら》せば、およそ九千両である。五分なら四百五十両だが、百九人分が集まれば、四万九千五十両もの大金となる。

このカネが市中に流れた。

料亭は酒と、鮮魚・野菜・米などの食材から、油・薪《まき》・炭の燃料まで、さまざまな品を買い入れた。料亭の仲居、宴席に呼ばれる芸妓《げいこ》、幇間《たいこもち》などは、身繕いを調えるためにもカネを遣う。

川上の料亭から、川下の髪結い職人にいたるまで、無数の商家、商人、職人たちが札差の金遣いの恩恵を受けていた。借家暮らしの町人も、正月を新しい畳やふすま、障子戸で迎えようとして、職人に仕事を頼んだ。その費《つい》えも、元をたどれば札差が遣ったカネが回り回っていたということが少なくなかった。

江戸の景気の根幹を支えていた札差が、棄捐令を境にぴたりと金遣いをやめた。遣いたくても、札差の米びつが底をつきそうだった。

寛政元（一七八九）年の江戸の師走は、吹く風も冷たかったが、それ以上に不景気風の凍えが身に染みた。数少ない普請場に雪が降ったりすれば、仕事が休みになる。そうなると、手間賃が入らなくなる。曇り空を見上げて職人がぼやくのも、無理はなかった。江戸の多くの町で、住民たちが吐息を漏らした。年の瀬が近いというのに、一向にふところが暖まらないからだ。

そんななかで、老中松平定信が隠れ家を構えた麹町《こうじまち》の様子は、景気の波にはかかわりがなかった。この町に暮らす武家は、だれもが他人の暮らしぶりには関心がない。ゆえに町は季節の寒暖にも、天気の晴雨にも、景気の良《よ》し悪《あ》しにもかかわりなく、ひっそりと静まり返っていた。

「本日朝、定刻五ツ半（午前九時）には、本郷浅田屋より八人の飛脚全員が加賀へと出立いたしました」

御庭番組頭《おにわばんくみがしら》大田典膳《てんぜん》の膝元《ひざもと》に、配下の吉田籐輔《よしだとうすけ》が一枚の半紙を差し出した。背筋を伸ばした五尺三寸（約百六十一センチ）の吉田は、座していても引き締まった身体《からだ》つきのほどがうかがえた。

典膳には四人の配下がいる。三十五歳の吉田は、配下の者を束ねる役目を担《にな》っていた。

『加賀に向かう飛脚は八人。
途中の熊谷《くまがや》、板鼻《いたはな》、追分、牟礼《むれ》、糸魚川《いといがわ》、魚津の各宿場に、飛脚ひとりずつが待機。
加賀まで走るのは加賀組頭にいまひとり、それと追分宿で落ち合う江戸組頭の三人。
加賀国許より密丸を運びくるために、万全の布陣を段取りした。
江戸帰着は十二月二十二日もしくは二十三日』

典膳に差し出された半紙には、細かな文字で三度飛脚の任務、行程などのあらましが記されていた。

「密丸運びのために別便か」

「仰《おお》せの通りに存じます」

吉田が重々しい口調で返答をした。

「絵図を持て」

組頭の指図を受けて、最年少の御庭番坂田健吾《けんご》が立ち上がった。持ち帰ってきたのは『中仙道碓氷《うすい》関所絵図』『安中《あんなか》藩家譜《かふ》』の二冊である。

定信が構えた麹町の隠れ家には、二重扉の書庫がある。職人を雇わず、御庭番の手で普請した書庫だ。

いまから百四十八年前の、寛永十八（一六四一）年。公儀は諸大名と、将軍御目見《おめみ》得《え》格以上の旗本に、家譜・系図の提出を命じた。その史料を元にして、林羅山《らざん》などに編纂《へんさん》させたのが『寛永諸家系図伝』である。

隠れ家の書庫には、二百七十冊を超える大名諸家の家譜が揃《そろ》っていた。

絵図を広げたあと、典膳は安中藩家譜を精読した。配下の四人は身じろぎもせずに、組頭の指図を待っていた。

「関所を越えた先であれば、藩の警護も手薄になる」

飛脚の襲撃が入り用となったときは、関所を越えた半里（約二キロ）先の、ひとの気がゆるみ始めるあたりが適しているだろう……。

典膳の指図を、配下の四人はしっかりとうなずいて受け止めた。

「籐輔」

「はっ」

典膳に名指しをされて、吉田が気合に満ちた声で返事をした。

「よくぞここまで、手懐《てなず》けたの」

「お褒めのお言葉、痛み入ります」

「この先も、抜かりなく運べ」

「はっ」

吉田が両手をついて応えた。

残る坂田健吾、野田新平《しんぺい》、石橋三四郎《さんしろう》の三人も、吉田と同じ形を示した。

「加賀藩が密丸取り寄せに動き出したとあらば、御老中様がお考えのことを、治脩《はるなが》殿はすでに察したと判ずるのが理にかなっておる」

四人の配下が同時にうなずいた。

「かくなるうえは、あの一件を御老中様に申し上げるほかはあるまい」

典膳の物言いにも顔つきにも、肚《はら》を決めた様子が色濃く浮かんでいる。場の気配が一段と張り詰めた。

「御老中様にも得心いただけますよう、遺漏なき書面を三日の内に仕上げろ」

「かしこまりました」

四人が声を揃えた。部屋の凍えが揺れた。

三十二

波よけ不動の祠《ほこら》の前で、俊助と健吉は背負子《しょいこ》をおろした。祠のわきには、一本の老松《おいまつ》が立っていた。雪をたっぷりと含んだ海風が、まともに松にぶつかっている。

凍えた風を浴びて、雪のかぶさった松枝がゆらゆらと揺れていた。が、こどもの太ももほどもある枝は、揺れることで寒風をいなしている。

松葉に積もった雪も、吹かれても崩れ落ちはしなかった。

背負子をおろしたふたりは、祠の陰で懐炉の火を確かめた。懐炉灰がほとんど燃えつきかけていた。

「お堂を借りよう」

「がってんだ」

背負子に縛り付けたままで、健吉は皮袋の口をゆるめた。中身の一番上には縞柄《しまがら》の巾着《きんちゃく》が載っている。巾着を手にした健吉は、何枚かの銭をつかみ出そうとした。指先がかじかんでおり、うまくつまめない。

懐炉で指先を暖めていた俊助が、代わりに四枚の銭を取り出した。

「お堂をお借りします」

賽銭《さいせん》を投げてから、断わりを伝えた。一段と強くなっている風が、俊助の言葉を背後の山へ運び去った。

祠のなかにも、板の隙間《すきま》から雪が吹き込んでいた。それでも十畳間ほどの真ん中までは雪が届いておらず、床板は乾いていた。

板の間に座り込んだふたりは、なにより先に懐炉の灰を取り替えた。小さな火が燃え移ったのを確かめてから、ふたりともべたっと板の間に座り込んだ。

「ここで身体を暖めとかねえと、凍えたままじゃあ長走りはつれえ」

「ですがあにい、乾いた焚《た》きつけはどこにもありやせんぜ」

困惑顔の健吉には構わず、俊助は皮袋の底から一本の竹筒を取り出した。水を入れた吸筒よりも、ひと回り小さな筒だ。

「こんなこともあろうかと、『てんぐ屋』で油をもらっといた」

「さすがあにいだ……」

健吉が心底から感心した。ふたりは皮袋を板の間に残したまま、祠を出た。そして雪の上に散っている小枝を集めた。

「松の枝は見逃すんじゃねえぜ」

俊助に念押しされるまでもなく、健吉は松の枯れ枝を余さず拾い集めた。懐炉の種火と焚きつけを巧みに使い、俊助は祠の陰で火を熾《おこ》した。

しっかりと小枝に燃え移ったところで、焚き火を祠から離した。

雪をかぶった建物に、火が燃え移る心配はない。しかし臥煙《がえん》の出の健吉には、火をあなどることはできなかった。

「見ねえ、あの波を」

火で暖まった指で、俊助は親不知《おやしらず》の沖合いを指し示した。波頭までは立ってはいないが、うねりは大きい。

「案じた通りだ、波見婆《なみみばあ》さんが出ているぜ」

小穴、大穴は波よけ不動を下った先である。目を凝らしたら、黄色い長着を着た波見役が見て取れた。

波よけ不動から小穴までは、急な下り坂の細道である。わずか四町（約四百四十メートル）を進むうちに、海に向かって三十丈（約九十メートル）も下ることになるのだ。

幅四尺（約百二十センチ）の急な下り道には、風をさえぎる木々も、手すり代わりに摑《つか》める草木のたぐいも皆無である。

山肌にぶつかって弾《はじ》き返された海風は、崖《がけ》から突き落とそうとして道を行く者に吹きつける。

薄い雪が積もった地べたは、固く凍りついていた。そしてひとの足をすくおうとして、息を潜めて待ち構えている。

「早く行かねえと、波止めを食らうことになる」

波見役の姿を見た俊助は、急ぎ祠に戻った。俊助が出てくるまで、健吉は焚き火の前で火の番を務めた。

雪をかぶせて火の始末をする直前、ふたりは指先と、両足のつま先を存分に暖めた。ほどよく沸いた吸筒の水を呑《の》んでから、健吉は念入りに火の始末を終えた。

「お不動さま、ありがとうごぜえやした」

ふたりは深々と波よけ不動の祠に頭を下げた。顔を上げたとき、俊助は案じ顔になっていた。

「どうかしやしたんで」

「おれたちが焚き火をやっていた間、だれもお参りにはこなかっただろうがよ」

「それがどうかしやしたんで?」

「長走りが渡れてねえ」

俊助は顔を引き締めて、背負子の紐《ひも》をきつく縛った。

越後からの旅人は、無事に親不知を通過できたお礼参りで、波よけ不動に立ち寄る。俊助たちのように越中からの旅人は、三十丈下で待ち構えている長走りの、無事な走り抜けを祈願する。

古びた小さな祠だが、波よけ不動にお参りする者は途絶えることがなかった。

ところが俊助が口にした通り、かれこれ四半刻《しはんとき》（三十分）近くの間、ひとりの旅人も祠の前には立たなかった。

越後からの旅人がこないということは、長走りを渡れていないということだ。越中からの人影もないのは、波止めを嫌って手前の宿場に留まっているからだろう。

「とにかく急ぐぜ」

俊助は、差し迫った口調で健吉に言い置いた。

「がってんだ……」

威勢よく答えた健吉の声を、海風が小刻みに震わせた。

三十三

重たい曇り空の下でも、浅田屋江戸店《だな》離れの普請は続いていた。

現場を差配する棟梁《とうりょう》は、昼飯の休みもわずか四半刻で切り上げている。が、四日はことのほか凍えがひどく、八ツ（午後二時）には職人の動きが鈍くなっていた。

「ひと息いれねえことには、日暮れまでは持たねえな」

棟梁のつぶやきを耳にして、職人たちが顔つきを明るくした。

「なんでえ、半公。ひと息と聞いた途端に、口元がゆるんだぜ」

「分かりやしたか」

かんなを使っていた半吉《はんきち》が、手をとめて頭をかいた。周りの職人が声をあげて笑った。

「いいってえことよ。こう寒くちゃあ、手許《てもと》の動きも鈍るてえもんだ」

棟梁は首から提げている呼子を、短く二度吹いた。休みを告げる合図である。道具を片づけた職人たちが、急ぎ足で火鉢のそばに寄ってきた。

「こんだけ冷え込んでるときぐれえは、焚き火を大目に見てくんねえかねえ」

「ばか言うんじゃない」

炭火に手をかざした番頭の忠兵衛が、焚き火を口にした大工を厳しい声で叱《しか》りつけた。

「たとえ軽口でも、この界隈《かいわい》で焚き火を口にするのはご法度《はっと》だ。そんなことは、三つのこどもでも分かっている」

「すまねえ、番頭さん。若《わけ》えもんが、口を滑らせちまって……」

棟梁が忠兵衛に詫《わ》びを入れた。

江戸市中では、冬場の焚き火はきついご法度である。とりわけ本郷は、明暦三（一六五七）年に江戸をほぼ丸焼けにした、明暦の大火の火元となった土地である。

本郷界隈では、どの町内の肝煎《きもいり》衆も、焚き火をしようとする不心得者にはきつい仕置きをした。

棟梁に詫びを入れられて、忠兵衛も顔つきを元に戻した。賄《まかな》い女たちが湯気の立つ葛湯《くずゆ》と、蒸《ふ》かし立てのまんじゅうがはいった蒸籠《せいろ》を運んできた。

「まんじゅうを食って、ひと息いれてもらいましょう」

忠兵衛が穏やかな口調で葛湯とまんじゅうを勧めた。方々から手が伸びて、火鉢の周りの気配がゆるんだ。

「話は変わりやすが……」

棟梁が、くつろいだ口調で忠兵衛に話しかけた。

「三度飛脚のひとりが、番町のあたりを走ってやしたが……あのひとたちは、江戸でも文《ふみ》を届けたりするんですかい」

「そんなことをするわけがない。それは棟梁の見間違いだろう」

「それはねえやね」

棟梁はきっぱりとした口調で、忠兵衛の言い分を弾き返した。

「背負子を担《かつ》いだ冬支度の飛脚だ、見まちげえようがねえでしょう」

「そうかねえ」

忠兵衛は首をかしげたふりをしつつ、平吉の姿を思い描いた。後をつける者がいたら振り切るといって、平吉は逆方向へと駆け出した。

そのことは、伊兵衛と忠兵衛しか知らない秘め事である。麴町を駆けていたのは平吉に違いはないが、認めるわけにはいかなかった。

「江戸には、いろんな装束の者がいるからねえ……」

これだけを言い残して、忠兵衛は棟梁のそばを離れた。

三十四

大穴の入口には、海を凝視する波見役がいる。そのわきには、走り支度を調えたふたりの旅人が顔をこわばらせて立っていた。

穴のなかでは、八人の旅人が、ひとかたまりになって、火鉢の炭火に手をかざしていた。

村の肝煎が、難所を駆け抜ける旅人のために用意した火鉢である。わずかの間だけでも、せめて温《ぬく》もりが得られるようにと、炭火は真っ赤に熾《お》きていた。

五徳に載った鉄瓶が、威勢のよい湯気を立ち昇らせている。大穴の岩壁わきには、茶の道具と、大きな水がめが置かれていた。

大穴の先には、細い道を波が洗う長走りが待ち受けている。波見役は舞い落ちる粉雪を拭《ぬぐ》おうともせず、押し寄せる波の様子を見詰めていた。

ここぞと見定めるなり、波見婆さんは手を振り下ろす。旅人は息を詰めて、後ろも振り返らずに全力で駆け抜けるのだ。

長走りの過酷さは、大穴で順番を待つ旅人のだれもが知っている。それゆえに走りを待つ者は、我知らずに本性をあらわしていた。

眉間《みけん》にしわを寄せて、火鉢の炭火を見詰めている年配者のふたり連れ。しわが深いのは、走りを案じているからだろう。

「あのひとたちが出たら、次はわしらじゃのう」

「どうしたがね、大作《だいさく》。おんしの声が震えとる」

「あほぬかせ。わしは平気じゃ」

入口のふたりが走ったあとは、この年配者たちの番だ。平気だと強がった白髪交じりの大作は、湯呑みを持つ手も震えていた。

長着も合羽《かっぱ》も濃紺無地を着込んだ壮年のふたりは、笠《かさ》もとらず、大きな荷物を背負ったままである。それでも火鉢にかざした手は、せわしなくこすり続けていた。

「あんたら、越中さんかね」

大作が、濃紺装束のひとりに問いかけた。

越中さんとは、置き薬を諸国に配り歩く、越中の薬売りである。問われた男は小さくうなずいただけで、手をこすり続けた。

「わしの番を譲ってもええぞ」

「いかん、いかん。あほう言うな」

大作の連れが、しゃがれ声を張り上げた。

「やっときた番じゃろが。おまえが走らんやったら、わしはひとりでも行くぞ」

「分かっちょるが。走るんがいやで言うたわけじゃないがね」

大作が細い声で応じた。薬売りふたりは、顔色も変えずに炭火を見ていた。
六、七歳見当の男児を連れた母親は、しきりにこどもの手をさすった。
「おまえなら、目をつぶっていても走ることはできるからね。なんにも心配はいらないよ」

小声で言い聞かせているが、声は岩壁で跳ね返る。大穴のだれもが、母親の言ったことを聞いていた。

「おら、こわくないから」

こどもが甲高い声で答えた。が、目には明らかに怯《おび》えの色が浮かんでいる。火鉢にかざしたこどもの手を、母親はぎゅっと音がするほどに握り締めた。

「これをおめえの腰に回しねえ」

俊助は、細い麻縄の端を健吉に摑ませた。

三年前の冬に、三度飛脚江戸組のひとりが波にさらわれた。そのときは幸いにも、背負子《しょいこ》に縛り付けた皮袋の中身が軽かった。飛脚はなんとか岸まで泳ぎ着き、事なきを得た。

それを教訓として、長走りを駆ける飛脚は、麻縄で互いに身体《からだ》を結び合った。たとえ波にさらわれたとしても、走りの相方が岸まで手繰り寄せて救えるからだ。

縄は三十丈。ひとりが長走りを駆け抜けても、充分の長さである。小穴《こあな》の民家と小懐《こふところ》の農家とに、それぞれ一本ずつの麻縄が預け置かれていた。

先に駆けるのは健吉である。麻縄を腰に回した俊助は、何度も強く引いて結び目が固いことを確かめた。

「おめえの結びを見せろ」

健吉の結び目も、確かなことを見定めた。こどもが、目を見開いて俊助の振舞いを見ている。

軽くこどもに笑いかけてから、俊助は湯呑みに手を伸ばした。

ひと口すったとき、入口に立った波見婆さんが手を振り下ろした。

舞い降る粉雪を押しのけて、旅人ふたりが駆け出した。沖合い遠くから、風にあおられた波が押し寄せてきた。

大懐に着いた直後に、波が長走りの細道をなめた。息を詰めて見入っていた大穴の八人が、揃《そろ》って安堵《あんど》の吐息を漏らした。

三十五

「失礼いたします」

あるじの居室に入ろうとして、忠兵衛がふすまの外から許しを求めた。

「入りなさい」

伊兵衛の返事を得て、忠兵衛がふすまに手をかけたとき。庭では棟梁が仕事再開の呼子を吹いた。

「普請《ふしん》のはかどり具合は、すこぶる滑らかでございます」

伊兵衛と向かい合わせに座るなり、忠兵衛は顔つきをほころばせた。

「旦那《だんな》様のお耳にも、棟梁の吹いた呼子が届いたかと存じますが」

「今し方、鳴ったあれか」

「さようでございます」

忠兵衛が膝《ひざ》に手を載せて、背筋を伸ばした。

「八ツ（午後二時）の休みも、葛湯とまんじゅうを口にしただけで、すぐさま仕事に戻った様子でございます」

「この寒空のなか、なんともありがたいことだ」

伊兵衛は小さく手を叩《たた》いた。顔を出した奥付きの女中に、茶と干菓子《ひがし》を言いつけた。ほどなく運ばれてきた茶は、緑色も鮮やかな上煎茶《せんちゃ》だった。

輪島塗の菓子皿には、星型のらくがん三個が載っている。加賀藩御用達菓子司、諸《もろ》江屋《えや》のらくがんである。

和三盆《わさんぼん》を惜しまず使った諸江屋のらくがんは、加賀藩のみならず、金沢の名刹《めいさつ》が競って供物《くもつ》に用いている。形と色味に工夫が凝らされた小さならくがんは、茶人の間でも評判が高かった。

いま普請のさなかの料亭あさだ江戸店では、この諸江屋のらくがんを開業時の茶請けに出す心積もりをしていた。

「江戸でこのらくがんがいただけるとは、思いも寄りませんでした」

新年早々の開業に向けて、伊兵衛はさまざまな品物を国許《くにもと》から取り寄せている。らくがんもそのひとつだが、取り寄せていることは忠兵衛にも知らせてはいなかった。

とっておきの菓子を番頭に振舞ったのは、伊兵衛の抱え持つ屈託が幾らか薄らいでいたからだ。

加賀組の八人は、つつがなく金沢へと発《た》った。途中の宿場それぞれに飛脚を待機させて、万全の布陣を敷いている。

しかも追分では、弥吉が玄蔵《げんぞう》と落ち合う手はずである。このふたりがともに走れば、万にひとつ御庭番の邪魔立てが入ったとしても、かならず凌《しの》ぎ切ることができると、伊兵衛は確信していた。

その安心感に加えて、料亭の普請が休みなく続いている手ごたえを感じた。

十二月二十三日には、密丸《みつがん》が届く。料亭の普請が仕上がるのも、同じころだ……。それを思うと、気持ちが和んだ。ゆえに諸江屋のらくがんを、忠兵衛にも振舞う気になった。

「平吉はあのまま御城を通り越して、番町のあたりにまで足を延ばしたようでございます」

二個目のらくがんを口にしたあと、忠兵衛は呆《あき》れたという口調で伊兵衛に聞かせた。

「どういうことだ、番町とは」

「うちの棟梁が、薬草を求めに今朝早くから番町に出向いたそうでございまして」

武家の町番町には、ほとんど商家はない。が、老舗《しにせ》の薬種問屋は表二番町の一角に軒を連ねていた。

「棟梁は、そこで平吉を見かけたというのか」

伊兵衛の顔つきが引き締まった。

「棟梁から聞いた話を、なにひとつ省かずに聞かせなさい」

あるじの様子の変わりように慌《あわ》てた忠兵衛は、膝を動かして座り直した。棟梁から平吉を見かけたと言われたとき、忠兵衛は知らぬ顔で話をいなした。が、それほどの大事だと思ってはいなかった。

御城に向かって走るということは、あらかじめ聞かされていたからだ。

番頭の話を聞き取るなかで、伊兵衛の顔色が変わった。

「棟梁は、江戸でも文を届けたりするのかと言ったのか」

きつい調子で問い質《ただ》された忠兵衛は、やり取りを思い返すかのように目を閉じた。

「一言一句、棟梁から聞いたことをなぞり返しなさい」

少々のことでは、大店のあるじは声を荒らげたりはしない。しかしいまの伊兵衛は、こめかみに血筋を浮かべていた。

「あのひとたちは、江戸でも文を届けたりするんですかい……てまえは、こう聞かされたと思います」

「思いますとはなんだ」

伊兵衛は剃刀《かみそり》のような物言いで斬《き》り付けた。

「おまえがどう思うかなどとは、訊《き》いてない。棟梁が言ったことを、違《たが》えずに言いなさい」

「申しわけございません」

詫《わ》びたあと、忠兵衛は下腹に力を込めて、棟梁の言ったことを正しくなぞり返した。聞き終えた伊兵衛は、ふうっと音を立てて深いため息をもらした。が、すぐさま顔を引き締めて、忠兵衛を見据えた。

「いまさらおまえを咎《とが》めても仕方がないが、不注意にもほどがある。番町が武家町であることを、おまえも知らないわけではないだろうが」

忠兵衛が息を呑《の》んだ。

「そんな町で、もしも平吉がまことに文を渡していたとすれば、それは九分九厘《りん》、御庭番のだれかに内通したに他ならない」

「まことに面目もございません」

忠兵衛が、畳にひたいをこすりつけた。

「あの男を雇い入れると決めたのは、わたしだ。おまえだけの咎ではない。それよりも、棟梁から間違いのない話を聞き出すのが先決だ」

「かしこまりました」

すぐさま立ち上がろうとした忠兵衛を、伊兵衛が押しとどめた。

「そんな調子で呼びつけたりすれば、棟梁もいぶかしく思うに決まっている。そうなれば、どんな話が棟梁の口からわきに漏れるか知れたものではない」

賄《まかな》いのおすみと魚屋とのやり取りを、伊兵衛はありありと思い出していた。

「わたしがお茶に招いていると言って、軽い調子で棟梁をここに呼んできなさい」

「かしこまりました」

忠兵衛が勢い込んで立ち上がった。

「待ちなさい」

またもや呼び止められて、忠兵衛が顔をこわばらせた。

「そんな顔ではだめだ。思いっきり笑ってみろ」

「ここで、でございますか」

「そうだ。いま、ここでだ」

忠兵衛は途方にくれた顔で、無理やり笑顔を拵《こしら》えようとした。が、うまくは笑えない。仕舞いには、こどものように、半ベソをかいていた。

番頭に笑顔をつくらせることを、伊兵衛も諦《あきら》めた。

「とにかく、何食わぬ調子を忘れないように」

忠兵衛が部屋を出たあとで、伊兵衛も目元をゆるめる稽古《けいこ》を始めた。

三十六

走ることのほかには気が回らなかったのか、大作は小さな風呂敷《ふろしき》包みを大穴に忘れていた。

大懐《おおふところ》に着いてから気づいた。

「越中さんよう……」

波しぶきと粉雪を顔に浴びながら、大作が大声で呼びかけてきた。

潮騒《しおさい》と風とが、大作の声を吹き消した。三度怒鳴って、やっと大穴の入口にいる薬売りに通じた。

「来年の種だがね。後生だから、持ってきてくだっせえ」

大作の風呂敷包みの中身は、春蒔《ま》き野菜の種だった。越後の村から越中の農村まで、種の買出しに出向いていたのだ。

薬売りのふたりは、無言で顔を見交わした。ひとりが小さくうなずき、背負った袋をおろした。分厚い布の袋には薬簞笥《だんす》が入っており、上には竹籠《たけかご》が載っている。籠には畳んだ紙風船が詰まっていた。

薬売りは竹籠をわきにずらし、風呂敷を入れる隙間《すきま》を拵えた。風呂敷の結び目をきつく縛ってから、布袋のわきに収めた。

だれもが、少しでも身軽な格好で走り抜けようとする長走りだ。たとえ目方の軽い野菜の種といえども、余計な荷物は増やしたくないはずだ。

薬売りは終始無言だが、大作の頼みを聞き入れた。順番を待つ健吉は、薬売りの男気に感心していた。

「おれたちは飛脚だ、余計な人情はご法度《はっと》だぜ」

健吉の様子を見て、俊助が念押しをした。

「分かってやす」

健吉の返事はぶっきらぼうだった。

「健吉、つらあ貸しねえ」

俊助は先に大穴の隅に移った。順を待っているのは、飛脚のほかは親子連れだけだ。俊助の尖《とが》った物言いを聞いて、こどもが怯《おび》えた。

「なんともねえからよう、ぼうず」

こどものあたまを撫《な》でてから、健吉は俊助のそばに寄った。

「念押しをするまでもねえが、あの親子連れにもしものことがあっても、助《す》けに走ったりするんじゃねえ」

健吉の耳元で、俊助が硬い口調でささやいた。健吉は渋い顔でうなずいた。

「走りの順を変える。おれが先に行くぜ」

健吉の様子に不安を覚えたらしい。俊助が先に走ると言い渡した。

「それであにいの気が済むなら、好きにしてくだせえ」

面倒くさそうに答えた健吉は、さっさと火鉢のそばに戻った。こどもの目には、相変わらず怯えの色が濃い。健吉は作り笑いを浮かべた。

「でえじょうぶだ。おっかさんが言った通り、おめえなら目をつぶってでも走り抜けられるぜ」

健吉は煙草《たばこ》入れを帯から外した。煙草を吸わない健吉は、なかに黒砂糖を詰めている。小さなかたまりひとつを取り出した。

「走るめえに、こいつをなめな」

こどもの口に、黒砂糖を入れた。母親があたまを下げて、健吉に礼を言った。

強い風が大穴に流れ込んできた。そのとき、波見役が手を振り下ろした。薬売りふたりが、並んで駆け出した。

三十七

奥付きの女中に案内された棟梁《とうりよう》は、伊兵衛の居室に入る手前で半纏《はんてん》の前を合わせ直した。

「旦那がお呼びだと、うかがいやしたが……」

あるじから直々に呼び立てられて、棟梁は硬い物言いになっている。居間には入らず、開かれたふすまの手前にひざまずいた。

「そんなところで、堅苦しいあいさつは無用です。どうぞ、なかに入りなさい」

立ち上がった伊兵衛は、ていねいな物言いで棟梁を手招きした。居間には伊兵衛しかいない。

「番頭さんは、いらっしゃらねえんで？」

「たまには、わたしと差し向かいで話をするのもいいでしょう。とにかく、入んなさい」

こわばった顔つきのまま、棟梁は示された座布団《ざぶとん》に座った。絹布《けんぷ》の分厚い座布団は、座り心地はすこぶるいい。棟梁は、上物の座布団には慣れていないようだ。背筋を伸ばしたまま、両肩に力を込めていた。

「棟梁の仕事ぶりには、心底から満足をしています」

「へっ？」

棟梁の語尾が上がり、顔つきがわずかにゆるんだ。

「あんたの差配の見事さに、礼が言いたくてお招きしたことです。肩の力を抜いて、楽になさい」

ていねいな物言いと、あるじ然とした言葉遣いとが混ぜこぜになっていた。それでも、伊兵衛の口調は穏やかである。

「へい……」

戸惑い顔ながらも、棟梁から安堵《あんど》の吐息が漏れた。

強い炭火の熾《お》きた火鉢を運んできた小僧が、棟梁のわきに置いた。すかさず、茶と菓子とが棟梁の膝元《ひざもと》に供された。

「この寒空のなか、八ツ（午後二時）の休みも惜しんで働いてくれていると、忠兵衛《ちゅうべえ》から聞いている」

伊兵衛は右手で茶菓を勧めた。棟梁は、軽くあたまを下げた。膝元の菓子皿には、色味も鮮やかな小さならくがんが載っている。

湯呑みに伸ばした、棟梁の手が止まった。目はらくがんに釘付《くぎづ》けだ。

「国許から取り寄せた、らくがんだ。棟梁にも、吟味をしてもらいたくて出させてもらった」

「あっしが吟味だなんて、とんでもねえことで……」

言いながら、棟梁は桃色のらくがんに手を伸ばした。口に入れるなり菓子はゆるやかに溶けて、口一杯に上品な甘味が広がっていく。棟梁の目尻《めじり》が下がった。

「いかがかな」

棟梁は返事の前に、口に広がった甘味を飲み込んだ。

「こんな上品な味は、二年前に日本橋の旦那に振舞われた……」

菓子の名前を棟梁は度忘れしたらしい。干菓子であることだけを覚えていた。

「鈴木越後さんの干菓子でしょう」

「それだっ」

棟梁が音を立てて膝を打った。

「あんときの干菓子に、負けねえ味でさ」

遠慮なしにと断わってから、棟梁は二個目のらくがんを口に運んだ。

「あっしは無造作にいただいてやすが、お国許から取り寄せるてえのは、さぞかし難儀でやしょうねえ」

「楽ではないが、それだけ喜んでもらえればなによりだ」

「身の丈知らずのことを言いやすが、一度口にしたら、病み付きになりそうな美味《うま》さでさ」

甘味を流し込むのを惜しむかのようにして、棟梁は茶に口をつけた。

「これを口にした者は、たとえお武家様でも、さぞかし後を引くことでやしょうね」

「うまいことを言うじゃないか」

伊兵衛が目元をゆるめた。

「あんたの言う通り、番町のさるお武家様にいたっては、このらくがんが欲しいと、矢の催促をなさる」

「無理もねえでしょう」

「あんたは無理もないと簡単に言うが、これを取り寄せるのは、いまも話した通り楽ではない」

伊兵衛は棟梁を見詰めたまま、湯呑みに口をつけた。

「なんとか次の飛脚便で国許から取り寄せるからと、今朝方、加賀に向かう飛脚に文を届けさせた」

「あっ……」

棟梁が大声を出した。手にした湯呑みが大きく揺れたが、茶はこぼれなかった。

「どうしたことだ、棟梁。そんな声を出して」

「申しわけありやせん」

湯呑みを膝元に戻してから、棟梁は伊兵衛と目を合わせた。

「あっしは、その飛脚さんと行き合わせたんでさ」

「行き合わせたとは……どこでだ」

「番町でさ。旦那《だんな》が言われた通り、飛脚さんはふたり連れのお武家に文を渡してやした」

「なんだ、棟梁に見られたのか」

伊兵衛はわざと渋い顔を拵えた。

「きつい催促への言いわけを記した文ゆえに、人目のないところでそっと渡せと念押ししておいたのだが」

伊兵衛の口調が尖っている。棟梁はきまりわるそうな顔つきになった。

「あっしが余計なことを言っちまったばっかりに、飛脚さんに迷惑をかけたんじゃあ面目ねえ」

飛脚さんは、周りを気にしながらそっと手渡しておりやしたと、棟梁は取り繕うように付け加えた。伊兵衛は渋い顔を崩さない。棟梁が膝を揃《そろ》えて座り直した。

「あっしは二度と余計な口を開きやせんから……なんとかその飛脚さんを、勘弁してやってくだせえ」

棟梁は心底からおのれの口を悔いている様子である。

「催促への言いわけは、世間体のいいものじゃない」

くれぐれも口を閉じていて欲しいと、伊兵衛はきつい口調で言い渡した。棟梁は神妙な顔でうなずいた。

平吉が御庭番に通じているのは、もはや間違いはない……。

それを思った伊兵衛は、いまでは本気で渋面を拵えていた。

平吉が御庭番と通じていると分かったいまは、なによりも早く加賀藩江戸詰用人庄田要之助《ようのすけ》様に、次第《めい》を伝えなければならない。藩の公文書御用を担《にな》っている伊兵衛は、それを思うと気が滅入った。

おのれの思惑などはどうでもいい、一刻も早く事実を伝えるのが先決だとのわきまえが、伊兵衛の気鬱《きうつ》を追い払った。

気のふさぐ話であっても、速やかに伝えるのが浅田屋の信用。

肚《はら》をくった伊兵衛は、表情を穏やかなものに戻した。

泉水の鹿威《ししおど》しが、コーンと乾いた音を立てた。

三十八

薬売りのふたりが駆け出したあとで、風がいきなり強くなった。沖合いからは、折り重なるようにして波が押し寄せてくる。

「しばらくは無理だ。あんたら、穴に入んなせ」

波見《なみみ》役は親子連れを穴に戻したあと、手を忙《せわ》しなく動かした。大懐の波見役も同じ動作で答えた。

あたまの上で両手を交差させてから、波見役は大穴に入ってきた。

「沖から、十を超える波がやってくるでよう。あれをやり過ごすまでは、だれも走れねっから」

寒風のなかで立ち通しだった波見婆《ばあ》さんは、馴《な》れた手つきで茶をいれた。強い湯気の立つ湯呑みを両手で握り、指先にぬくもりを取り戻した。

「いまの波をやり過ごしても、大波はひっきりなしだでよう。あんたら、今日はやめにしたらどんだね」

母親を強い目で見詰めて、波見婆さんは長走りを思いとどまらせようとした。

母親は強い調子で頭《かぶり》を振った。

「おとっつあんが、いまにも死にそうなんです」

女は、やっとの思いで声を絞り出した。


女の名はおそめ、在所は小懐から半里東に向かった農家である。

八年前、大穴から二里（約八キロ）西の、小さな漁村におそめは嫁いだ。婚家先から実家まで、三里足らずしか離れていないが、一度も里帰りができていなかった。

「おめさが里帰りするのは、親の死に目に会うときぐれだ。里の両親が、ここさ来るのもなんね」

ひとたび嫁いできたからには、実家との縁は断ち切れというのが、この漁村の慣わしだった。嫁に里心を抱かせぬためにである。

村の慣わしには、おそめの連れ合いも従った。ゆえにおそめの両親は、孫の顔も見てはいなかった。

昨十二月三日の七ツ半（午後五時）過ぎに、おそめの在所から父親が危篤《きとく》との報せ《しら》があった。昨日の夕刻は、まだ風も波も大したことはなかった。

「今夜は、ブリが獲《と》れた祝い酒だで。明日でも間にあうべさ」

親の危篤時だけが、唯一《ゆいいつ》里帰りのできる折りだ。しかし姑《しゅうとめ》に足止めをされたおそめは、まんじりともせずに夜明けを待った。

朝の支度をしている途中に、雪と風とが強くなった。

「船さ、浜に揚げるべ」

朝から村の漁師たちは総出で、漁船を浜に引き揚げた。おそめが村を出たのは、四ツ（午前十時）を大きく過ぎたころだった。

ひと目だけでも、父親に孫の顔を見せたい……この思いにかられたおそめは、まだ七歳の亀太《かめた》を連れて実家へと向かっていた。

「そんなわけ抱えてるなら、行くっきゃねえべな」

事情を聞き終えた波見役は、火鉢で両手をこすり合わせた。そのとき、風に乗って大懐から叫び声が流れてきた。

すぐさま大穴を出ると、目を凝らして長走りの先を見た。大懐の波見役が、大きな身振りで伝えている。しっかり読み取ってから、波見婆さんは大穴に入った。

「向こうの客は、みんな引き返したそうだ。あんたら、どうするかね」

「あたしは走ります」

おそめは迷いなく言い切った。俊助も同じ答えを口にした。

「あんたらなら、行くべさなあ」

ひとりごとのようにつぶやいてから、波見役はそれを大懐に伝えた。

「あとふたつの波をやり過ごしたら、ちょっとの間は静かになるでよ。命がけで走ってくれや」

亀太の手をきつく握り、おそめがきっぱりとうなずいた。大波がひとつ押し寄せたあとで、波見役は親子をわきに呼び寄せた。亀太の身体《からだ》が小刻みに震えている。あとを追って、俊助と健吉も大穴を出た。

「でえじょうぶだ、亀太」

俊助がこどもに話しかけている。こどもの名が亀太と分かったあと、俊助の様子が違っていた。

亀太は返事もできず、おそめにしがみついた。

「あの波が引いたら、息を詰めてすぐに出なせ」

答えたおそめは、亀太の手を握り直した。

高さ一丈半（約四・五メートル）はありそうな波が、轟音《ごうおん》とともに岸にぶつかった。

長走りの道を軽々と乗り越えて、山肌にぶつかった。

波はゆっくりと引き始めたが、道はまだ海水をかぶっている。が、波見役は、右手を振り下ろした。

「行きなっせ」

亀太の手を引き、おそめが息を止めて走り出そうとした。こどもの足がもつれた。

おそめは構わずに駆け出した。

三十九

「あぶねえっ」

俊助が大声を発した。

長走りの真ん中で、おそめが足を滑らせて転んだ。手を握られていた亀太も、同時に尻から落ちた。

「はい」

俊助が敏捷《びんしょう》に動いた。素早く背負子《しょいこ》を外し、親子に向かって駆け出した。思いも寄らない動きに出た俊助を見て、健吉はつかの間、動きが止まった。

が、すぐに俊助の背負子を大穴に投げ込み、おのれの背負子も外した。

沖合いから大波が押し寄せている。親子が転んでいるのは、長走りの真ん中あたりだ。しがみつくものは何もない。

俊助が親子に駆け寄ったとき、大波は岸から四半町（約二十七メートル）にまで迫っていた。

健吉は下腹に力を込めて、俊助とおのれとを結んでいる麻縄を握った。長さは充分なゆとりがあり、だらりと垂れていて手応《てごた》えはなかった。

それでも健吉は握り締めた。

大懐側の波見役は、小懐に向かって走り出した。

大波が岸を越えて、俊助、おそめ、亀太の三人にかぶさった。勢いは衰えず、山肌にぶつかった。

引き戻すときには、細道に這《は》いつくばった三人を、やすやすと海に落とし込んだ。

健吉の縄がピンと張った。

命綱で結ばれた俊助は、両手で亀太を抱えていた。

「婆さん、引いてくれ」

健吉が怒鳴った。波見婆さんは健吉の身体にしがみついた。

「おれはでえじょうぶだ、縄を引きねえ」

健吉が摑《つか》んだ縄は、鋼《はがね》のように固く張っている。波見役は顔を真っ赤にして縄を摑んだ。

小懐から駆け戻ってきた波見役は、三人の男を引き連れていた。なかのひとりが、浮き輪を縛り付けた縄を海に投げた。

波間でもがいていたおそめは、懸命に手を伸ばした。が、手が届かない。摑めないまま、波に呑《の》まれた。

浮き輪を手繰り寄せながら、男が細道を駆けた。そしてもう一度、おそめの沈んだあたりを目がけて投げ直した。

ぷくっと浮いたおそめの目の前に、浮き輪があった。したたかに海水を呑んだおそめは、手が伸ばせずに咳《せ》き込んだ。

「摑め、摑め」

三人の男が、おそめに怒鳴った。おそめはもがきながら手を伸ばした。右手が浮き輪の端に触れた。

「輪に手を回すだ」

「がんばれ、摑め」

男の声が、おそめに届いた。身体ごと浮き輪にのしかかり、右の腕を浮き輪に差し込んだ。

次の波が岸辺に向かってきた。男たちは縄を摑んだまま、大懐へと駆けた。おそめの身体が岸に届いたそのとき、大波がぶつかった。おそめの身体が、細道に持ち上げられた。

男三人が縄を引いた。浮き輪にしがみついたまま、おそめは男たちの足元まで引き寄せられた。

俊助と亀太は、大穴そばの細道に這いつくばっていた。波にさらわれないように、健吉と波見婆さんは懸命に縄を引いていた。

四十

波が引くなり、俊助は素早く立ち上がった。そして亀太を抱えて大穴《おおあな》へと駆け戻り始めた。

俊助は『てんぐ屋』の主人が貸してくれた、猪《いのしし》の毛皮を羽織っていた。皮は海水を弾《はじ》いているが、股引《ももひき》はたっぷり水を吸い込んでいる。

濡《ぬ》れた着衣が、俊助の動きを鈍くした。それに加えて、亀太を抱きかかえているのだ。

「婆さん、しっかりと縄を握っててくれ」

健吉は俊助に駆け寄ろうとした。新しい波が押し寄せてくる。

「にいさん、波がきてるだ」

波見婆さんが怒鳴った。

健吉は構わず、俊助に駆け寄った。亀太をもぎ取ると、全力で大穴へと駆け戻った。動きが楽になった俊助も続いた。

俊助のすぐ後ろで、波が山肌にぶつかった。大きなしぶきが俊助にかぶさったが、もはや人を海に落とし込む勢いはなかった。

波が沖へと引き返し始めたとき、俊助が大穴に戻りついた。

縄を握ったまま、波見婆さんが俊助を抱きかかえた。

「穴にへえんなせ」

婆さんは、俊助の背中を思いっきり押した。足元のよろけた俊助は、穴の岩壁にあたまをぶつけた。幸いにも角のない岩壁で、ぶつかり方も軽かった。

「いてて……」

大きな難儀を乗り切ったことと引き換えに、俊助はひたいにコブを拵《こしら》えた。ひたいをさすりながら、俊助は毛皮を脱いだ。

亀太は身体を激しく震わせながら、健吉にしがみついている。婆さんは火鉢に炭をくべた。バチバチッと音を立てて、火の粉が飛び散ったが、亀太はうつろな目のままだ。

「火鉢の端をしっかり摑んでろ」

こどもに言い置いてから、健吉は大穴を出た。相変わらず、山肌に大波がぶつかっている。

「そっちはでえじょうぶか」

波の音に負けない大声で、健吉は大懐《おおふところ》に様子を訊《き》いた。波見役と、助けに加わった男三人が大きく手を振って、おそめの無事を報せている。

波が引き返して、長走《ながばし》りが静かになった。

「そのまま待っててくんねえ。もういっぺん、こっちから走る」

「走るって……こっちにくるってことかね」

驚きの調子を含んだ怒鳴り声が返ってきた。

「支度を済ませたら、思いっきり走り抜ける」

健吉の言ったことに、大懐の男が口に手をあてて怒鳴り返している。が、新しく押し寄せた波音に、男たちの声が呑み込まれた。

健吉は穴に戻るぞと、身振りで示した。大懐の男が、手で応えた。

「安心しろ、おっかあはでえじょうぶだ」

健吉は、亀太のあたまをぐりぐりっと強く撫《な》でた。こどもの顔に朱がさした。

「すまねえが婆《ばあ》さん、もういっぺん、しっかりと波を見定めてくれ」

「走る気かね」

健吉は、きっぱりとうなずいた。

「あにいは、背負子ふたつを持ってくれ」

健吉の指図に、年長者の俊助が素直にうなずいた。

「なにか、おんぶ紐《ひも》に代わるものはねえか」

問われた波見役は、首を振った。

大穴の隅に、一本の荒縄が転がっていた。波待ちをしていた旅人が、ここに捨てていった縄だろう。

しかし長さは四尺（約百二十センチ）ほどもなさそうだった。

健吉は身体に縄を巻きつけたまま、亀太を背負って長走りを駆け抜ける気でいた。大懐に着いたあと、今度は俊助が走る。

俊助の身体も、縄で縛られている。もしも途中で波にさらわれても、端を健吉が握っている限りは、引き戻すことができる。

亀太さえ背負って走ることができれば、あとはなんとかなる……これが健吉の思案だった。

波はますますひどいことになっていた。いま、長走りを駆け抜けなければ、二、三日は波待ちの足止めを食らうことになる。無理は承知で、大懐まで走るほかはない。

俊助は、健吉の思案を察していた。が、人助けをしてはならないと言い続けていた当人が、親子を助けに走った。そして海に落ちた。

いまの俊助は、自分が亀太を背負ってさきがけを取るとは、とても言い出せないようだ。

健吉は背負子に縛った皮袋のなかをまさぐり、おんぶ紐になりそうなものを探した。さまざまな備えはしていたが、こどもを背負う用意はなかった。

「これを使いなっせ」

波見婆さんが、自分の帯をほどき始めた。粗末な帯だが、こどもを背負って縛るには充分の長さがある。

「それをほどいたら、婆さんはどうするんでえ」

「その縄でいっから」

転がっている荒縄を指差した。

「すまねえ、恩にきるぜ」

健吉が両手を合わせた。強い風が吹き込んできて、帯をほどいた婆さんの長着のすそが大きくまくられた。

薄暗い穴のなかで、緋色《ひいろ》の腰巻がはっきりと見えた。

「あんた、見たな」

婆さんが、きまりわるそうな顔になった。

「しっかり拝ませてもらったぜ」

健吉が笑いかけた。この日初めて、大穴で旅人が見せた笑い顔だった。

「走るまえに、熱い茶を飲んで、しっかり身体をあたためなっせ」

縄で黄色い長着を縛った波見役が、手早く茶の支度を始めた。

「こいつを、もういっぺん舐《な》めな。威勢がよくなるぜ」

健吉は、黒砂糖のかたまりを亀太の口に押し込んだ。

流れ込んできた風を受けて、火鉢の炭が大きく爆《は》ぜた。大穴に飛び散る火の粉は、ホタルのように美しかった。

四十一

健吉が背負った亀太の前髪が、風にあおられて逆立った。半刻《はんとき》（一時間）前に比べて、風の強さが倍加していた。

「しっかり走らねば、風に足元を取られるでな」

「分かった」

波見役の注意を、健吉は身体の芯《しん》で受け止めた。腰に縛った縄の結びをもう一度確かめてから、後ろに控えた俊助を見た。

自分の背負子を背負った俊助は、右手に縄、左手には健吉の背負子を持っている。海に落ちて以来、俊助はほとんど口を開いていない。健吉も、入り用なことしか話していなかった。

「先に行きやすぜ」

短いやり取りだが、見交わす目には力がこもっている。強い風を浴びた亀太が、健吉の肩にしがみついた。

「ああ」

波見婆さんが、しわの寄った顔を引き締めている。俊助から波見役に目を移した健吉は、しっかりとうなずいて応えた。

「あの波が返ったら、走りなっせ」

亀太の小さな手に力がこもった。風が粉雪を舞い踊らせている。走りの邪魔になるため、健吉は笠《かさ》をかぶっていない。幾ひらもの雪片が、髷《まげ》に舞い落ちた。

「命がけで、しがみついてろ」

山肌に大波がぶつかり、飛沫《しぶき》が大穴まで飛んでくる。健吉は、大きく息を吸い込んだ。

「行きなっせ」

波見役が怒鳴り声とともに、右手を力一杯に振り下ろした。

婆さんの手が肩まで下がる前に、健吉は飛び出した。亀太が息を止めて健吉の肩を摑んだ。

細道は、乾いたところがないほどに海水を浴びていた。濡れた道を、わらじの底に張った猪の皮が摑んでいる。ひとつの毛穴に、剛毛が三本。短く刈った猪の毛が、濡れた道に突き刺さった。

長走りのなかほどを過ぎたとき、健吉には岸辺を狙《ねら》って迫り来る大波の波頭が見えた。

風にあおられて、波頭からしぶきが飛び散っている。そのしぶきに、粉雪がまとわりついている。

健吉は細道を蹴《け》る両足に力を込めた。大懐まで、あと四半町もない。手を振って励ましている男たちの姿が見えた。

そのとき、亀太を縛っている帯の結び目がゆるんだ。亀太の身体がずるっとずれた。

「きゃあっ」

こどもが悲鳴を発した。

健吉は脚色《あしいろ》をゆるめず、両手で帯の結び目を摑んだ。ほどけそうになった帯が、健吉の手から逃げようとする。その帯を摑むことに気を取られて、健吉の足がもつれた。

前のめりになり、身体がよろけた。大懐まで、あと三間（約五・五メートル）のところで、亀太が健吉の背中から滑り落ちた。

波が目の前に迫っている。亀太を抱き上げるなり、健吉は男たちに向かって亀太を放り投げた。

波を浴びながら、亀太が宙を飛んだ。健吉が、渾身《こんしん》の力をこめて投げたのだ。亀太は男たちの背後まで飛んだ。

後ろで見ていたおそめが、素早く走り出た。地べたに落ちる寸前で、おそめはわが子を抱きとめた。そのまま尻餅《しりもち》をついたが、こどもは母親の腕にしっかりと抱かれていた。

押し寄せた波は、健吉の身体を山肌にぶつけて飛び散った。健吉は山肌にへばりつき、足を踏ん張った。

砕け散った波は、引き返すときには健吉の身体を山肌から引き剝《は》がそうとした。健吉は両足に力を込めた。

火事場の屋根で、三貫（約十一キロ）の纏《まとい》を振るとき。火が巻き起こす突風にあおられないように、健吉は両足に力を込める。その要領で、山肌にへばりつき、踏ん張った。

引き返す波は、健吉の足元をすくいにかかった。ずずっと海に向かって足がずれたが、健吉の踏ん張りに、猪の皮が応《こた》えた。

口惜しそうな波音を周りに響かせて、大波が引き返した。健吉は三間の道を、三歩で駆けた。

「ようやったなあ」

見守っていた三人の男が、健吉に抱きついた。なかのひとりは嬉《うれ》しさのあまり、健吉のあたまを平手で乱暴に叩《はた》いた。髷にぶつかり、健吉自慢の髷がよれた。

風も波も、さらに強くなっている。

男たちから離れた健吉は、腰に縛りつけた縄をほどこうとした。が、手がかじかんでおり、うまくほどけない。

「これを使いなせ」

男のひとりが懐炉を手渡した。健吉たちが使う懐炉とは、比較にならないほどに粗末な拵えだ。閉じ合わせがわるくて、灰は四半刻（三十分）も持たずに燃え尽きるだろう。

しかし、灰の燃え方がよいために強く熱せられている。かじかんだ手には、痛いほどに熱かった。

指先を存分に温めてから、健吉は縄をほどいた。しっかりと握ったあとで、強く引いた。縄がピンと張って、確かな手ごたえが伝わった。

大穴に立った俊助が、手を振って応えた。

「今度の波が、渡れる最後だべな」

男たちが見当を口にした。

大懐の波見役にも同じ見当に見えたようだ。大穴の波見役に向かって、右腕を真上に向けて突き上げた。

大穴から同じしぐさが返された。

「あの波さ返ったら、すんぐに走ってもらうべ」

長走りの両端では、波見役の訛《なま》りが大きく違っていた。

大穴の波見婆さんが、目一杯に手を上げている。山肌にぶつかった波が、勢いをつけて引き返した。上がっていた手が振り下ろされた。

縄と背負子《しょいこ》を両手に持った俊助が、地べたを蹴って飛び出した。

健吉は加減しながら縄を手繰《たぐ》った。

俊助の走りは速い。縄を手繰る健吉の動きがせわしなくなった。

ひい、ふう、みい……。

十二を数えたとき、俊助が大懐に駆け込んできた。背負子を手に持ったまま、俊助は肩で息をしている。

健吉は手を貸して、俊助の背負子を下ろさせた。

「あにい、ちょいときてくれ」

まだ息が整わない俊助を、健吉は人目のない岩陰につれて行った。

周りにだれもいないのを確かめてから、健吉は俊助の正面に立った。そして平手で、思いっきり相棒を張り倒した。

「人助けは、これっきりですぜ」

健吉が俊助に抱きついた。

俊助の手が相棒の背中に回され、力が込められた。

四十二

十二月四日、七ツ半（午後五時）過ぎ。

俊助と健吉は、青海村《おうみ》の旅籠《はたご》『大鍛冶屋《おおかじや》』の湯につかっていた。当初の段取りでは、糸魚川《いといがわ》がこの日の宿である。

しかし長走りで大きく手間取り、糸魚川まで向かうのは無理だった。それに加えて青海村の村長《むらおさ》が、ぜひにもと俊助と健吉を引き止めた。

「なんとか今夜は、わしらの村に泊まってくだせ」

俊助に助けられたおそめ・亀太母子は、青海村近くが在所である。三度飛脚ふたりの働きを、村人たちが総出で称《たた》えた。

大鍛冶屋は、村長が営む旅籠である。村人の命の恩人をもてなすために、旅籠はすぐさま湯を立てた。

なによりも、身体《からだ》をあたためる湯が一番だと分かっていたのだ。

大鍛冶屋は、北国街道を行き来する商人を相手の旅籠だ。宿の拵えは質素で、杉の湯船はふたりが入れば湯が溢《あふ》れた。

それでも、精一杯のもてなしがしたいのだ。ふたりが湯から上がると、囲炉裏のそばには夕餉《ゆうげ》の膳《ぜん》が調えられていた。

「こんな村だで、大したこともできねっけんど、うちの浜でもブリが獲《と》れたでな」

魚皿には、分厚い切り身の塩焼きが載っていた。

「こいつあ豪勢だぜ」

魚には目がない俊助が、焦《こ》げ目も美味《うま》そうな塩焼きに箸《はし》をつけた。荒海で揉《も》まれた寒ブリである。脂《あぶら》の乗り加減も絶妙で、ブリの旨味《うまみ》と塩味とが口のなかに広がった。

「うめえ」

ふたりの口が揃《そろ》ったとき、酒の香りを放つ椀《わん》が運ばれてきた。白く濁った汁のなかに、ブリのアラと、短冊《たんざく》に切ったダイコン、こんにゃく、油揚げが山盛りになっている。

「これだけは、うちの自慢だで」

旅籠の女房が手ずから運んできたのは、寒ブリの粕汁《かすじる》だった。

「番頭さんにそう言って、糸魚川の宿をここに替えてもらいてえやね」

俊助は真顔である。前歯の欠けた女房が顔を崩した。

四十三

日本橋大通りに軒を連ねる商家は、どこも一間（約一・八メートル）の軒を通りに向けて張り出している。軒下は、商家の地所だ。

問屋は、運び出す品々を軒下に堆《うずたか》く積み重ねている。むしろで包まれた荷物は、荒縄で縛られていた。

『越後屋様御納め　鰹節《かつおぶし》百本』

『神田佐久間町　筒井平右衛門様御用　越中魚津昆布二貫』

むしろには納め先を記した、杉の札が差してある。鰹節だの昆布だのは、いずれも正月用品だ。

差してある札の数が、問屋の商いぶりを誇示していた。

小売屋は店内に飾りきれない品や、客寄せの特売品を、軒下の台に載せていた。

「伊万里《いまり》焼の小皿が、五枚で百文。今日、明日限りの蔵ざらえです」

焼物屋の軒下では、長さ八尺（約二百四十センチ）、幅四尺の大きな台に、皿や小鉢、茶碗《ちゃわん》などが山積みになっていた。

甲高い声で客に呼びかけているのは、店の小僧である。

「ほんとうに伊万里焼が百文かい」

「てまえどもは、まがい物は扱っておりません」

問われた小僧が胸を張った。

「端に小さな傷がありますが、伊万里焼に間違いはありません」

小僧のわきに立った手代が、五枚縛りの小皿を客に差し出した。

「傷さえなければ、一枚百文の皿でございます。新年を迎えるには、なによりの縁起物でございましょう」

手代が売り込むまでもなく、品を手にした客は、いそいそと巾着《きんちゃく》を取り出していた。

景気は一向によくならない江戸だが、それでも新年を控えた師走《しわす》は、ひとの気持ちを浮き立たせる。問屋も小売屋も、目一杯に軒下を使って客の目と足とを止めさせようとしていた。

ゴオーン。

長い余韻を引いて、本石町《ほんごくちょう》の時の鐘が、七ツ（午後四時）の捨て鐘を撞《つ》き始めた。三打鳴らしたあと、刻の数だけ鐘を撞く。

次第に夕暮れが迫っている。鐘の数を聞くまでもなく、だれもが七ツだと分かっていた。

「あら……」

焼物屋の軒下で小鉢を見ていた七福《しちふく》のおりんが、雪を感じた。小鉢を台に戻して、空を見上げた。

十二月四日の江戸は、朝方からいまにも降りそうな空模様を続けていた。七ツの本鐘が鳴り始めると、空が耐え切れなくなった。

「いよいよ降り始めましたか」

「この寒さですから、雪は本降りになりそうです」

商家が、どこも慌《あわただ》しい動きを見せ始めた。雪に濡《ぬ》らされる前に、品物を店内に仕舞おうとしてのことだ。

い。

「お急ぎくださいまし」

手代に急《せ》かされたおりんは、柄の揃った小鉢を六枚買い求めた。店で使う器ではない。

家族五人に、玄蔵を加えた六人で、新年の祝い膳に用いる小鉢だ。

「ありがとう存じます」

赤絵の九谷焼小鉢が、一枚六十文。通常の半値以下である。安値のわけは、小鉢の縁がわずかに波打っていたからだ。

おりんは三百六十文の買い物に、銀の一匁《もんめ》小粒を五粒差し出した。

寛政へ改元（一七八九年）と同時に、公儀は銭相場を小判一両銭五貫文と改めた。深川銭座の鋳造《ちゆうぞう》技術が上がり、銭の流通量が大きく増加したためである。

公儀が金・銀・銭の公定両替相場を定めても、市中の相場は日ごとに動いていた。いまは銭安で、銀一匁が銭八十三文だ。二年前の天明七年に比べたら、銀一匁あたり十二文も銭の値打ちが下がっていた。

庶民はさらに銭が安くならぬうちにと、手持ちの銭を早く使おうとした。商家は銭よりも、銀での支払いを喜んだ。

おりんが銭ではなく銀の小粒で支払ったのは、買い物が玄蔵と一緒に使う器だったからだ。安くて見栄《みば》えのする器が欲しくて、本郷から日本橋まで出向いてきた。傷物だが、玄蔵が江戸と行き来をしている加賀の焼物である。破格値で求めるからには、せめて小粒銀で払いたかった。

「五十五文のお返しでございます」

小粒で支払ったおりんに、手代はすこぶる愛想がいい。小鉢は、ていねいにわらで包まれていた。

受け取った品を、おりんは木綿の手提げ袋に仕舞った。

小鉢を選んだときから、おりんは正月になにを入れるかを決めていた。

だいこんとにんじんの、紅白の膾《なます》である。甘酢作りには砂糖をおごり、玄蔵の好物、干《ほ》し柿《がき》を細切りにしてあしらうつもりだ。

走りが稼業《かぎよう》の玄蔵は、酒も好きだが甘味にも目がない。七福名物のいわしの煮つけを出すとき、おりんは父親に気づかれぬように、そっと砂糖を加えて煮返していた。

今日は十二月四日。九日には、玄蔵が江戸に帰ってくる。番傘をさして粉雪のなかを歩くおりんは、あと五日……と、胸のうちで数えていた。

チリン、チリン、チリン……。

三連打の鈴の音が、おりんの物思いを閉じさせた。ひとの群れが左右に散った。

けた。

町飛脚が、鈴を鳴らして雪のなかを駆けてきた。おりんも通りの端に寄り、道をあ
ただでさえ、気ぜわしい師走である。しかも雪が降り始めていた。先を急ぐ町飛脚は、鈴を鳴らし続けた。

真冬だというのに、飛脚は股引《ももひき》・半纏《はんてん》の軽装である。大きく足を跳ね上げると、わらじの底が見えた。

玄蔵さんたちとは、身なりがまるで違う……。

おりんは案じ顔で、目の前を駆け抜ける飛脚を見た。雪の舞うなかを走るには、わらじが頼りなく見えたからだ。

四半町ほど先で、飛脚が足を滑らせた。降り始めたばかりの雪は、まだ地べたを濡らしているだけだ。町飛脚は、その地べたに足を取られた。

尻餅《しりもち》をつきそうになった飛脚は、とっさに挟箱《はさみばこ》を手から放した。抱えたまま転んでは、書状の入った挟箱を傷めると判じたからだろう。

間のわるいことに、飛脚のすぐ後ろを武家のふたり連れが歩いていた。その武家の足元に、挟箱が落ちた。

よける間もなかった武家の爪先《つまさき》に、黒い箱が落ちた。中身は書状で軽いが、箱は漆

塗りの樫材だ。しかも長柄がついている。

「うっ……」

声を漏らして武家がうずくまった。急ぎ立ち上がった飛脚は、血の気の引いた顔で武家に駆け寄った。通りにいた者が、武家と飛脚を遠巻きにして輪を拵《こしら》えた。

わざとではなかったが、武家に粗相をしたのだ。

「こいつあ、ただじゃあ済まねえ」

「飛脚も、かわいそうによう」

ひとの輪から、ささやきが漏れた。

「申しわけございません」

飛脚は、雪が舞い落ちる地べたに両手をついて詫《わ》びた。

「よけられざった、わしがわるい。おまさんが詫びることはないぜよ」

武家は痛みに顔をゆがめながらも、飛脚を立ち上がらせた。

「土佐から出てきたばっかいで、江戸のことはよう分からざった。こいからは、飛脚から離れて歩くきに」

真冬だというのに、武家はふたりとも日焼けをしている。黒くていかつい顔で、しかも国許《くにもと》の訛りが強い。が、物言いは穏やかだ。

連れの武家が地べたに転がった挟箱を拾い上げ、飛脚に手渡した。

「はように行きなさい」

「お怪我《けが》は？」

飛脚が問うと、武家は片足を上げて爪先を振った。

「これはあのことは、なんちゃあやない。いらん心配せんと、はように行けや」

「滑らんように、気をつけえや」

武家ふたりが、飛脚に笑いかけた。飛脚は、膝《ひざ》にあたまがつくほどに辞儀をしてから駆け出した。

「いいぞう、土佐のおさむらい」

人の輪から歓声が上がった。それに続いて、拍手が起きた。

土佐藩の武家ふたりは、人垣に向かって軽くうなずいてから歩き始めた。人の輪に切れ目ができ、武家の通り道を拵えた。

飛脚さんが無事でよかった……。

一部始終を見届けたおりんは、土佐藩の名を胸に刻みつけた。

四十四

浅田屋伊兵衛が加賀藩上屋敷勝手門をおとずれたのは、本郷に雪が舞い始めた七ッ過ぎだった。

「庄田様にお取次ぎください」

門番は、伊兵衛の顔を見知っている。が、用人警護役の田所《たどころ》があらわれるまで、門番は六尺棒を強く握り、身構えを解かなかった。

加賀藩の門番は、国許から連れてきた最下級の藩士身分である。召抱えるに際しての素性調べは、厳格を極めた。

しかしいまの伊兵衛は、たとえ門番といえども疑ってかかっている。用向きをさとられぬために、諸江屋《もろえや》のらくがんが詰まった木箱を、風呂敷《ふろしき》に包んで持参した。箱の中身は、すでに門番があらためていた。

田所は幾らも待たぬうちに、勝手門にあらわれた。なにしろ十万坪を超える、広大な敷地の上屋敷だ。田所を案内してきた門番は、大きく息を弾ませていた。

要之助のそばに詰めている田所は、勝手門まで二町（約二百二十メートル）の道のりを早足で向かってきたはずだ。いかに急いだかは、門番の様子から察せられた。それなのに田所の息遣いには、いささかの乱れもなかった。

「火急のお知らせがございまして」

伊兵衛は、それ以上のことは伝えなかった。田所も聞こうとはしない。ふたりには、うかつなことを外では口にしないわきまえがあった。

要之助は、伊兵衛に大きな信を寄せている。田所にも、それは分かっているのだろう。

火急の用の仔細《しさい》を問い質《ただ》しもせずに、加賀藩用人の居室へと伊兵衛を引率した。八ツ（午後二時）で、藩の公務は終了である。要之助は十二畳の居室で、火鉢に両手をかざして待っていた。

庭に面した角部屋で、三方に障子戸が構えられている。居室は他の部屋とは接しておらず、盗み聞きをされる心配は、ほとんどなかった。

「国許より、この品が届きましたゆえ……」

伊兵衛は風呂敷包みから取り出した、らくがんの木箱を差し出した。要之助の目に強い光が宿された。

「尋常な話ではなさそうだの」

要之助から目配せをされた田所は、ふすまを開いたままで、庭におりた。ふすまの先には、長い廊下が続いている。途中にさえぎるものはなく、人が近寄ればすぐに分かる。

田所がふすまを開いたままにしたのは、要之助が廊下の様子を見定めるためだ。庭におりた田所の姿は見えない。雪が強く降っていたし、師走の七ツを過ぎれば急ぎ足で夕闇《ゆうやみ》が上屋敷を包むからだ。

要之助は、あえて行灯《あんどん》をともさなかった。らくがんの木箱は、門番への口実だと察していた。

そのような気配りがいるほどの、火急の用向きである。伊兵衛が口を開く前から、要之助は用心を重ねた。

伊兵衛は火鉢の近くまでにじり寄った。

「まことに申しわけございません」

あたまを下げて詫びたあと、伊兵衛は三度飛脚加賀組の平吉が、御庭番に通じていると話し始めた。

「まことか、それは」

要之助の目が見開かれた。

「そのほうの思い違いではないか」

「そうであってほしいと、こちらへの道々、念じ続けて参りました」

「なにゆえ、それを察することができたのだ」

小声だが、問い質す声音は張り詰めていた。

「てまえどもの離れの普請《ふしん》を請負っております棟梁《とうりょう》が、麴町《こうじまち》で平吉を見かけておりました」

「今朝方のことか」

伊兵衛は、こわばった顔でうなずいた。

「しかし伊兵衛、麴町で見かけたというだけでは……」

言いかけた要之助は、あとの言葉を固唾《かたず》とともに呑《の》み込んだ。

いつもの要之助なら、こんなことは口にしない。伊兵衛の見当が誤りであってほしいと、願うあまりの言動といえた。

が、慧眼《けいがん》で知られる要之助である。おのれの言葉の途中で、伊兵衛がまだ言い及んでいないことを察した。

「平吉なる飛脚は、武家に文を渡したのだな」

「棟梁がそれを見ておりました」

要之助は腕組みをして目を閉じた。部屋に入ってこようとしたたまが、向きを変えて歩き去った。

四十五

要之助と伊兵衛の膝元に、上煎茶《せんちゃ》が供されていた。行灯に明かりがともされて、部屋が明るくなっている。

障子戸もふすまも開かれたままである。雪が連れてきた寒気が、湯呑みから立ち昇る湯気を際立《きわだ》たせていた。

要之助が茶を勧めた。

「せっかくそのほうが持参した菓子だ。無作法ではあるが、箱から出しなさい」

このうえない深刻な話の途中なのに、要之助の顔つきが穏やかになっていた。

女中を呼んで茶を言いつけたとき、伊兵衛は心底から驚いた。それに加えて、らくがんを菓子皿にも盛らず、箱からじかに食べるというのだ。

要之助の真意が分からず、伊兵衛は戸惑った。

「平吉の一件は、このうえなき落ち度である」

菓子箱に手をかけていた伊兵衛が、息を呑んで固まった。

「なれど伊兵衛、わるいことのみでもない」

要之助に促された伊兵衛は、らくがんを茶托《ちゃたく》に載せて差し出した。一個を口にいれた要之助は、カリッと音を立てて噛《か》み砕いた。

「いつに変わらぬ味だの」

噛んだらくがんを煎茶とともに呑み込んでから、要之助は伊兵衛を手招きした。

火鉢を挟んで、ふたりがひたいを寄せ合った。熾《お》きた炭火が、顔を赤く染めた。

「平吉を手なずけたことで、御庭番の手口が見えてきた」

「てまえには、皆目見当もつきませんが」

「このたびの不始末を、怪我の功名というには……いささか痛みが強すぎるがの」

要之助が目元をゆるめた。

あるじの気配が変わったのを察したたまが、尻尾《しっぽ》を立てて戻ってきた。

四十六

『熊谷《くまがや》まで四里六町四十間（約十六・四キロ）』

鴻巣《こうのす》の茶店のわきには、熊谷宿への道しるべが埋められていた。

公儀道中奉行は中仙道《なかせんどう》沿いの諸藩に、道が枝分かれする追分などの要所には、次の宿場までの道のりを記した『里程標《りていひょう》』の設置を命じた。

宿場ごと、藩ごとに、形も設置間隔もまちまちである。が、石造りであるのは同じだった。

ところが茶店のわきに埋められているのは、樫《かし》の丸太に彫った木製である。この道しるべは、藩の役人が拵えたものではなかった。

茶店は高さ二十丈（約六十メートル）の、小高い峠の頂上に構えられていた。立場《たてば》（街道で、旅人や駕籠舁《かごか》き、牛馬などが休息する、見晴らしのよい広々とした場所）と呼ぶには、茶店の周りは狭かった。

しかし小高いとはいえ、峠の頂上である。息を弾ませて登ってきた旅人は、この店の前で呼吸を整えた。

「熊谷宿までは、あとどれぐらいあるのかねえ」

茶を飲むでもなく、ただ道のりをたずねた。

「明けても暮れても、おんなじことを訊《き》かれるのがわずらわしいでよ」

親爺《おやじ》は茶店の普請に使った樫の余材に、道のりを彫り込んだ。

熊谷宿まで四里少々なら、足を速めれば一刻半《ときはん》（三時間）で着ける。道しるべを見た旅人は、安堵《あんど》して茶店の縁台に座った。

道しるべが、客を呼び込む。

嬉《うれ》しくなった親爺は、季節が変わるごとに樫の丸太にカンナをかけて見栄《みば》えをよくした。

江戸から金沢に向かう三度飛脚は、初日は熊谷泊だ。本郷から十二里の道を休みなしに走ってきた飛脚たちは、この茶店で一服した。

熊谷までは、もう五里もない。ひと息いれたあとは、半刻（一時間）で熊谷宿まで走り抜いた。

十二月四日、七ッ（午後四時）。

茶店から熊谷へ向かう下り道には、薄い雪がかぶさり始めていた。

「今日は、あんたで飛脚さんは八人目だがね」

茶店の親爺が驚いた。

江戸からの三度飛脚は、せいぜいが一度に三人、ほとんどはふたりである。今回は加賀組八人が、揃《そろ》って熊谷を目指していた。

「あと四里か……」

「ほんならみんなは、もう峠を下りよったんか」

「七人が揃って走り出してから、かれこれ一刻になるがね」

「さよか」

平吉は巾着《きんちゃく》をまさぐり、小粒銀を一粒取り出した。

茶店の親爺が、しわの寄った顔をほころばせた。一日に小粒八匁《もんめ》の祝儀《しゅうぎ》をもらえることなど、めったになかったからだ。

ここでひと息いれる三度飛脚たちは、銘々が小粒一粒の心づけを渡した。江戸を出て、初めて休む茶店である。

親爺に祝儀をはずむのは、道中無事の縁起かつぎである。

「たんまりと、甘味を加えといたからよ」

素焼きの分厚い湯呑みに入った甘酒を、親爺は平吉に供した。雪がこやみなく降っている。指先が凍えていた平吉は、両手で湯呑みを抱え持った。

強い湯気が、平吉の顔にあたっている。ふうっと吹いて、湯呑みの飲み口を冷ました。

平吉は猫舌である。甘酒は好物だが、熱いのは苦手だった。

ずるっと音を立てて、甘酒を口にした平吉が、目元をゆるめた。親爺が請合った通り、いつも以上に甘味が強い。

「おやっさん、ええ味や」

耳の遠い親爺には、平吉の誉《ほ》め言葉が聞こえなかった。

そういうたら、あの日も美味《うま》い汁を飲ませてもろたなあ……。

口に広がる甘味を堪能《たんのう》しながら、平吉は八年前の冬を思い返していた。

四十七

平吉一家が大坂から加賀に移ってきたのは、八年前の天明元（一七八一）年五月。平吉十四歳の初夏である。

この年の四月二日に、安永から天明へと改元された。平吉の父親平助《へいすけ》は、その改元の恩赦で大坂の獄から放たれた。

一両二朱の小金盗みで捕まり、平助は腕に墨を入れられた。が、女房とこどもを養うための盗みと知って、盗んだ相手が穏便な仕置きを願い出てくれた。

初犯だった平助は、大坂所払いとなった。

一家三人は女房の在所を頼り、加賀国湯涌《ゆわく》村の山村に移った。十四歳ながら五尺五寸（約百六十七センチ）の上背があった平吉は、芝刈りの手伝いに就いた。

湯涌村に暮らし始めて間もなく、平吉は生まれて初めて氷室《ひむろ》開きを見た。夏に氷を見たことで、気持ちを大きく昂《たか》ぶらせた。

城下まで氷を追って出た平吉は、献上氷を担《かつ》いで走る、三度飛脚の雄姿にこころを奪われた。

「御城下と江戸とを、夏は五日で走るがね」

城下でそれを教えられた平吉は、自分も飛脚になろうと決めた。父親には相談せず、ひたすら山を走った。

「芝も刈らんと、なにを走り回っとるんや」

平助にきつく叱《しか》られたとき、おれは飛脚になると言い切った。

「飛脚になったら、ゼニもぎょうさん稼げるやろ」

平吉は、城下で聞き込んだ話を父親に聞かせた。

「そんなん、おまえがなるんは無理や。やめとけ」

平助の腕には、墨が入っていた。

三度飛脚になるためには、菩提寺《ぼだいじ》の過去帳の写しが入り用である。しかも三代前までさかのぼって、罪人がいないことを菩提寺に請合ってもらわなければならない。

藩の公文書を運ぶ飛脚は、体力・脚力とともに、先祖を含めて身ぎれいであることが求められた。

それでも平吉は諦《あきら》めなかった。

秋が過ぎ、山道に雪が薄くかぶっても、走りをやめない。

天明元年十一月中旬、いつものように山道を走っていたとき。冬を控えた山道で、猪《いのしし》に出くわした。

湯涌村に暮らし始めてから、何度も猪は見かけていた。が、真正面から向き合ったのは初めてだ。

猪は牙《きば》を剝《む》き出しにして、平吉を睨《にら》んだ。後足で山道を蹴《け》り、脅しにかかっている。

「なんやおまえ、おれに食われたいんか」

平吉は猪に怒鳴った。山道は、飛脚になるための大事な稽古場《けいこば》だ。怖いと思う前に、そこに闖入《ちんにゅう》した猪に腹を立てた。

怒鳴ったところで、所詮《しょせん》は十四歳のこどもだ。猪は鼻面《はなづら》を低くして身構えた。平吉は足がすくみ、身動きができない。

が、目は猪を睨みつけていた。

ブブッと激しい鼻息を吐き、猪が飛びかかろうとした、まさにそのとき。いきなり武家があらわれ、小柄《こづか》を猪の後頭部に突き刺した。

ただの一撃で、猪はその場に倒れた。武家は猪にとどめを加えてから、平吉に近寄った。

「逃げずに向き合ったとは、大したものだ」

誉めたあと、武家は手早く猪の足を縄で縛った。

「わしと一緒にこれを担げ」

仕留めた猪を一緒に担ぎ、平吉は武家の住処《すみか》へと向かった。湯涌村から五箇山《ごかやま》村に続く山道の途中に、武家はひとりで暮らしていた。

「冬も近いというのに、おまえは山道でなにをいたしておったのか」

「飛脚になりとうて、毎日、走りの稽古をしてます」

猪を小柄の一撃で倒した武家に、平吉はこどもながらも心底から感服していた。胸に思い続けている希望を、ためらいなく話すことができた。

「おまえの身体《からだ》は、さらに大きくなる。二、三年も稽古を続ければ、よい飛脚になるぞ」

凄腕《すごうで》の武家に認められた平吉は、顔をほころばせた。が、すぐに泣きそうな顔つきになった。

「どうかしたのか」

問われるままに、平吉は父親の仔細を話した。おのれの歳《とし》も明かした。

「それは難儀だな」

武家はそれ以上は問いかけず、猪をさばきにかかった。半刻後には、囲炉裏の火で猪鍋《ししなべ》を拵《こしら》えた。

「好きなだけ食っていいぞ」

味噌《みそ》仕立ての猪鍋である。初めて口にした平吉は、大きな木の椀《わん》に三杯もお代わりをした。飛脚にはなれないという屈託も、食べている間は忘れていた。

食べ終わると、武家のほうから飛脚の一件に言い及んだ。

「五年の間、稽古を続けろ」

五年後の氷室開きの翌日に、武家はこの住処に戻ってくると言った。

「そのとき、わしが走りの目利《めき》きをする。三度飛脚にかなう走りができたならば、あとのことはわしが引き受ける」

平吉は目を輝かせた。ところが武家の話を聞くうちに、顔はこわばり、身体は金縛りにあったかのように固まった。

「ここでわしに出会ったことは、一切他言はするな」

武家は厳しい口調で言い置いた。

「もしもおまえがひとことでも漏らしたならば、どこにいようがおまえの一家は皆殺しの目に遭うぞ」

脅し文句ではないと、平吉は身体の芯《しん》で呑み込んだ。

「飛脚になりたければ、日々の稽古を怠るな。真冬といえども、日に五里（約二十キロ）は走れ」

武家の住処を出たとき、平吉は怖さに身体が震えた。猪と向き合ったときには感じなかった恐怖心が、身体の奥底から湧《わ》き上がった。

ひとことでも話したら、皆殺しになる。もしも武家の目利きにかなわなかったら、そのときもきっと殺されるに違いない……。

怖さを忘れるには、ひたすら走るしかなかった。常に武家の目を背中に感じながら、平吉は稽古を続けた。

真冬も走った。武家に教えられた通り、わらじの底に猪の皮を張った。

「いったい、どないしたんや」

「ほんまやで、平吉。山ばっかり走ってるうちに、おまえ、なんぞわるいもんに憑《よ》りつかれたんやないか」

両親に問われても、答えることができない。芝刈りを続けながら、平吉は走った。怖さだけではなく、走るのが楽しかった。

五年が過ぎた、天明六年六月。武家は約束通り、氷室開きの翌日にあらわれた。住処は壊されて跡形もなかったが、五年前の十一月と同じ場所で待っていた。

「五箇山に向かうぞ」

平吉は、背丈では元々武家を超えていた。しかし山道の走りは、武家のほうがはるかに速かった。

武家との間が一町（約百十メートル）も開いたときには、平吉は殺されるかもしれないと怯《おび》えた。山道の途中で待ち構えている武家を見たとき、平吉はその場にへたり込んだ。

「下りは、登りよりもきついぞ」

休む間も与えず、武家は駆け出した。足を高く上げず、すり足のような走りだ。しかも同じ側の足と手が、同時に出ている。

下り道で、平吉は初めて武家の走りに気づいた。登りで分からなかったのは、あとを追うのに精一杯だったからだ。

どうせ殺されるんなら、おんなじことをしてみよか。

平吉は走り方を変えた。右手と右足、左手と左足を揃えて、交互に繰り出した。五町ほど走ると、身体が馴染《なじ》んできた。武家に追いつくことはできなかったが、走りが大きく楽になった。

「よくぞ気づいた」

いきなり声をかけられて、平吉は飛び上がった。いつの間にか、武家は平吉の背後に回っていた。

「いまの走りが、三度飛脚の走り方だ。おまえなら、三日も稽古すれば会得する」

まさしく三日後、武家は平吉の走りを受け入れた。

「おまえの菩提寺は、ただいま限り金沢城下の真福寺《しんぷくじ》だ。過去帳も請書も、すべて真福寺で揃えてある」

いまの走りとともに、この過去帳の写しと請書を出せば、三度飛脚に雇われると武家は言い切った。

「たずねる飛脚宿は、浅田屋だ」

飛脚宿を指図したあとで、初めておのれの正体を明かした。

「わしは公儀御庭番、吉田《よしだ》籐輔《とうすけ》だ。わけあって五箇山を張っておったが、ひとまず江戸に帰る」

武家の素性が明らかになっても、平吉は驚かなかった。これまでのいきさつから、ただの武家だとは思っていなかった。

さりとて平吉は、御庭番が何者かを知らなかった。

「上様《うえさま》御用を務めるのが御庭番だ。そのほうも今日限り、加賀殿ではなく、上様のために働け」

平吉は素直にあたまを下げた。

湯涌村に暮らしてはいるが、加賀国の生まれではない。ゆえに前田家に対する敬いの念は薄かった。

「浅田屋に雇われたのちは、適宜、江戸にてわしから繋《つな》ぎをつける」

吉田は加賀藩江戸上屋敷と、浅田屋江戸店《だな》のあらましを話した。

「すぐさま、わしから繋ぎをつけることはせぬ。浅田屋に雇われて、一年を過ぎたころ、江戸で会おう」

五箇山の御用はまだ続いているゆえ、湯涌村を出ぬようにと平助に伝えておけ……である。

これを言い残して、吉田は平吉の前から姿を消した。木の枝一本揺らさずに、である。

過去帳と請書に落ち度はなかった。それでも浅田屋は書類のみには頼らず、手代が真福寺まで出向いた。

「平吉は、まことに見所のある若者での。飛脚で得る初めての給金は、在所の親に半分を渡し、残りは当寺に寄進するそうじゃ」

住持みずからが、平吉の素性の確かさを請合った。

浅田屋本家の番頭源兵衛《げんべえ》は、金沢から魚津までの行き帰りを走らせて、雇いたい旨《むね》を伊兵衛に申し出た。

平吉を浅田屋に住まわせて、二ヵ月様子を見たあと、当主伊兵衛が雇い入れることを決めた。

天明七年、平吉が二十歳を迎えた正月のことである。

あれこれと思い返しながら、平吉が甘酒を飲み干したときには、すっかり辺りが暗くなっていた。

「密丸《みつがん》を、江戸に届けさせてはならぬ。そのためには、飛脚を始末することもためらわぬゆえ、おまえも肚《はら》を決めておけ」

吉田の指図を、平吉は受け入れた。在所の親が人質なのだ。

いまさら悩んで、どないするんや。

おのれの頬を張って、平吉は立ち上がった。粉雪が、峠の下り道を白く染めていた。

四十八

十二月四日の江戸は、暮れ六ッ（午後六時）前に雪が本降りとなった。舞い落ちる雪の、ひとひらが小さい。

「これは積もる雪かの」

庭を見ていた要之助が、伊兵衛に問いかけた。江戸生まれの要之助には、いまだ定かには雪が読めないようだ。

「一刻《とき》（二時間）のうちに、松は雪をかぶります」

北国生まれの伊兵衛は、小さな雪片を見て言い切った。うなずいてから、要之助は手を打った。

凍えが上屋敷におおいかぶさっている。小さく叩《たた》いた手の音が響き渡るほどに、廊下は静まり返っていた。

要之助の居室に続く廊下には、堅い樫板《かしいた》が用いられている。が、普請《ふしん》を工夫して、わざと廊下が鳴くように造られていた。

キュッ、キュッと板が鳴ったあとに、要之助付きの庶務役、蓬莱誠吾《ほうらいせいご》があらわれた。

雑事一切を受け持つ部下だが、加賀藩上屋敷用人の庶務役は二百石取りの身分である。五尺八寸（約百七十六センチ）を折り曲げるようにして、蓬萊は居室に入ってきた。障子戸の開け放たれた部屋は、廊下よりも凍えている。

蓬萊が息を吐くと、口の周りが白くなった。

「横沢《よこざわ》をこれへ」

「かしこまりました」

辞去する前に、蓬萊は伊兵衛を横目で見た。目の色が咎《とが》めていた。

「てまえがこの場におりましても、よろしゅうございましょうか」

伊兵衛の尻《しり》がわずかに浮いていた。

要之助が呼び寄せた横沢とは、庶務奉行の横沢好之助《よしのすけ》である。用人から篤《あつ》い信頼を得ているとはいえ、伊兵衛はただの町人だ。

用人と奉行とが向き合う場に、居合わせるのは大いにはばかられた。蓬萊の目が咎めていたのも、伊兵衛には充分に得心できた。

「構わぬ」

要之助は意に介しておらず、目の配りで伊兵衛の腰を落ち着かせた。雪が本降りとなって、一段と部屋の凍えがきつくなっている。

「これに寄りなさい」

要之助は火鉢のわきに伊兵衛を招き寄せようとした。伊兵衛は、あたまを下げただけで動かなかった。

加賀藩用人と、飛脚宿のあるじとが同じ火鉢を使うなどとは、格式から考えてもあり得ないことだ。

「構わぬから寄りなさい」

用人の口調が強くなった。有無をいわせぬ指図である。こわばった顔つきのまま、伊兵衛はにじり寄った。

「そのほうとわしとが、懇意であるのを奉行に示すゆえのことだ。遠慮は無用ぞ」

要之助に強くいわれた伊兵衛は、肚をくくって炭火に手をかざした。ふたりの間に、たまがうずくまっている。伊兵衛は、猫に遠慮をして腰をずらした。

廊下が鳴って、奉行があらわれた。要之助と伊兵衛がひとつの火鉢を使っているのを見て、奉行が険しい目で伊兵衛を睨《ね》めつけた。

またもや尻が浮きかけたが、伊兵衛は下腹に力を込めて踏ん張った。

たまの耳が、ぴくっと動いた。

四十九

六ツを過ぎて、加賀藩上屋敷のなかが、にわかにあわただしくなった。

「初雪の宴を催すこととといたせ」

要之助の命を受けた庶務奉行から、矢継ぎ早に指示が出された。日暮れてからの、いきなりの指図である。賄《まかな》い方のみならず、中間《ちゅうげん》や下級藩士は急ぎ宴の支度に動き始めた。

加賀藩江戸上屋敷では、藩主在府の有無にかかわらず、初雪を祝う宴を催した。いつ宴を催すかは、用人の専管事項である。治脩《はるなが》在府の折りの宴は、庶務奉行から「本夕開催」の旨が藩主に伝えられた。

広大な屋敷には、長屋住まいの下級藩士までを含めると、二千人の家臣が起居している。初雪の宴は、身分ごとに雪見をする場所が定められていた。

宴は五ツ（午後八時）から半刻（一時間）が定めだ。屋敷内の樹木、生垣、泉水、築山《つきやま》などにかぶさった雪を、赤松を燃やすかがり火が照らし出す。

初雪の宴には、国許《くにもと》から運んだ地酒『萬歳楽《まんざいらく》』一合が、家臣全員に振舞われた。

真冬の五ッは寒がきつい。

「手早く呑《の》んで、身体《からだ》の芯から温《ぬく》めるに限る」

初雪を祝う一合の酒は、寒さを弾《はじ》き返す妙薬でもあった。

家臣二千人に一合ずつ。都合、二十斗の酒が入り用である。上屋敷では初雪の宴と新年祝賀式に備えて、毎年十一月には四斗樽《しとだる》二十樽が国許から運ばれてきた。

今年もすでに、薦《こも》かぶりは届いている。酒の備えはできていたが、七ッ半（午後五時）を大きく過ぎての催宴指図は異例だ。上屋敷のなかは、支度で大騒動となった。

要之助が指図を下して四半刻（三十分）が過ぎたとき、庶務奉行が廊下を鳴らして戻ってきた。

「殿がお呼びにござります」

藩主治脩の呼び出しに備えていた要之助は、すぐさま立ち上がった。書棚に近寄り、文箱《ふばこ》を取り出した。

漆黒の文箱には、半紙と、銅製の矢立が納まっている。要之助は半紙三枚をふところに挟み、矢立を羽織のたもとに収めた。

「この場に控えていなさい」

伊兵衛を居室に留め置いたまま、要之助は藩主の元へと参上した。

治脩は御座ではなく、十六畳の居間で待っていた。

内室の容態は今日もすぐれず、臥《ふ》せったままである。治脩が待っていた居間は、内室の病間と隣り合わせになっていた。

「仔細《しさい》あっての、初雪の宴か」

治脩は前置きなしに、唐突な開宴のわけを問い質《ただ》した。

「御意のままにござります」

要之助も、簡潔に応じた。

他の重臣が同席していない限り、治脩と要之助は常に単刀直入なやり取りをする。

治脩はあごをわずかに引いて、要之助を近くに呼び寄せた。

「浅田屋の飛脚のひとりが、御庭番に通じておりました」

治脩から、小さな吐息が漏れた。

「尋常ならざる事態ではござりまするが、一筋の光明を得たかとも存じます」

「それゆえの宴であるのだな」

「御賢察の通りにござります」

さらに膝《ひざ》を寄せた要之助は、治脩の許しを得て耳元でささやきを始めた。藩主に対してこのような振舞いに及べるのは、要之助をおいて他にはいない。

治脩が手をかざす火鉢の炭火が、ふたりの横顔を赤く照らしていた。

平吉が御庭番に通じていると聞かされて、当初は要之助も衝撃を受けた。が、考えをめぐらせるなかで、ひとつのことに思い当たった。

御庭番の間者《かんじゃ》は、もっとも火元に近いところに潜んでいる……。

これに思い至った要之助は、上屋敷に当てはめれば賄い方のほかにはいないと断じた。

藩主および内室の賄い方であれば、日々の動静に通じている。

朝・昼・夕三食の献立から、藩主が健《すこ》やかであるか否《いな》かは、容易に察することができる。

なにを口にしたがっているか。

食べ残しはどうか。

国許から連れてきた料理番は、いずれも抜きん出た技量の者ばかりだ。下げられてきた膳《ぜん》を見れば、御典医以上に藩主の体調を判ずることができる。

内室の容態も、同様に察することができるだろう。どれほど御典医が堅く口を閉ざしていても、料理番は献立と、食べ残しから内室の病状仔細を見抜くはずだ。

料理番を雇うに際して、藩は幾重にも調べを重ねた。吟味役は料理番の在所にまで出向き、入念な聞き込みを行った。のみならず、菩提寺《ぼだいじ》からは過去帳の写しを差し出させた。三代さかのぼり、罪人の血筋でないことを確かめるためである。

今日まで、要之助は万全の吟味だと思っていた。ところが伊兵衛も同じ手続きを踏んでいたにもかかわらず、御庭番の間者が紛れ込んでいた。

「城下の真福寺住持みずからが、平吉の身許を請合っておりました」

真福寺は、寺の大きさも格式も、加賀城下ではさほどのことはなかった。宗旨は浄土宗で、開基は天和《てんな》二（一六八二）年。城下では、比較的新しい寺である。境内も広くはないし、山門もない。武家地ではなく、浅野川沿いの町家のなかに立つ真福寺には、加賀藩士の檀家《だんか》は皆無だった。

それでも、城下の老舗《しにせ》商家が何軒も檀家に名を連ねている。真福寺が、将軍家菩提寺の増上寺につながる浄土宗の寺であったがゆえである。

代々の住持が、江戸から遣わされることも、町人には受けた。

法事などの折りには、法話のみならず、江戸の様子も住持から聞くことができる。

加賀の町人には、江戸は遥《はる》か彼方《かなた》の国だ。

「浅草寺《せんそうじ》の仲見世というところは、大した賑《にぎ》わいでの。参道の両側には、二百を超える見世が並んでおる」

「春の大川は、河岸の桜並木から飛び散った花びらが川面《かわも》を埋めておっての。その美しさは、たとえようもない」

住持の話を、檀家の者は目を輝かせて聞き入った。

「さばけた寺で、町人には大層人気があります」

将軍家菩提寺である、増上寺につながる寺。

代々の住持が、江戸から遣わされる寺。

伊兵衛から真福寺の詳細を聞き取った要之助は、おのれの直感の正しさを確信した。

真福寺であれば、公儀御庭番に通じていても不思議はない。開基が天和ならば、新しいとはいっても、すでに百年は過ぎている。

御庭番が間者を手なずけるには、五年、十年の歳月をかけるという。地元に根付いた寺と御庭番とが結託すれば、厳しい素性調べの吟味も潜《くぐ》り抜けることができるだろう。

真福寺の住持は、公儀の手先。

要之助は、こう確信した。そのかたわら、御庭番に通じているのは、真福寺のみではないとも考えていた。加賀城下には、二百を超える寺がある。浄土宗を宗旨とする寺も、真福寺のほかに幾つもあった。代々の住持が江戸から遣わされる浄土宗の寺が、鍵《かぎ》。その寺を菩提寺とする料理番を、焙《あぶ》り出せばいい。

ここまで思案を進めたものの、要之助は大きな壁に突き当たった。

料理番の素性調書は、江戸にはなかった。城下の寺の詳細にも、江戸生まれの要之助は明るくない。国許から調書の写しを取り寄せるには、日数を要する。しかも浅田屋の三度飛脚は、八人全員が国許に向かっていた。

他の飛脚宿の三度飛脚を仕立てることは、要之助は一顧だにしなかった。藩の機密事項を託せるのは、浅田屋のほかには考えられないからだ。

上屋敷で雇い入れている料理番は、全員が加賀者である。が、なにしろ二千人が暮らす上屋敷だ。下働きまで加えれば、百八十人を数えた。

御庭番に通じている料理番は、藩主賄い所で働く者のなかにいると、要之助は断じた。

料理番といえども、厳格な身分が定められている。下級藩士の賄いを担《にな》う者は、藩主料理番とはたやすく口をきくこともできない。ゆえに藩主料理番が、内室の容態を格下の者に漏らすとは考えられなかった。

しかし藩主賄い所で働く料理番は、二十三人もいた。

ひとりずつ面談をして、菩提寺を聞き出すか……。浮かんだ思案を、要之助はすぐに捨てた。それをやれば御庭番の手先には、かならず面談の真意をさとられると思えたからだ。

間者に気づかれずに、その者を焙り出す手立ては……。

雪が、要之助に思案を授けた。

「手先となりし者が、すぐさま御庭番に伝えたくなる偽りの話を、宴の折りに漏らします」

そのために、要之助は伊兵衛を屋敷に留め置いていた。

「浅田屋相手に、酒を酌《く》み交わす仲でありますれば」

要之助は、一段と声を潜めた。

「わたくしめが、気をゆるめてうかつに口を滑らせたといたしましても、間者はそれを鵜呑《うの》みにいたすと存じます」

宴のあと、ひそかに二十三人全員の動向を見張る。見張り役は田所配下の者を充《あ》てると、要之助は思案を話した。

治脩は、要之助の申し出を諒《りょう》とした。藩主の耳元から離れた要之助は正面から向き合い、両手を膝に置いて顔つきをあらためた。

「ほかにも、なにかあるようだの」

用人の顔つきを見て、治脩が小声で問うた。要之助はしっかりとうなずいたあと、ふところから半紙と矢立とを取り出した。

治脩に一礼した要之助は、藩主の面前で矢立の筆を走らせた。書かれた文字は、わずかに二文字だ。

その文字を見て、治脩の顔色が変わった。

『塩硝《えんしよう》』

崩さずに、要之助は楷書《かいしょ》で記していた。

五十

「まだ起きてなさるかね」

五ツ半（午後九時）を過ぎたころ、大鍛冶屋《おおかじや》のあるじが俊助《しゅんすけ》の部屋に呼びかけた。

「起きてるぜ」

一度の呼びかけですぐさま返事があったが、声は半分眠っていた。

荒波の逆巻く海に飛び込んで、俊助はくたびれ果てている。それに加えて、晩飯で三杯も平らげたブリの粕汁《かすじる》と、一合の酒が効いていた。

「へえってもいいかね」

あるじが問うと、返事の代わりにふすまが乱暴に開かれた。

「なんでえ、こんな時分に」

俊助の声が尖《とが》っていた。

定宿であれば、ひとたび眠りについた三度飛脚を起こすようなことはしない。熟睡がなにより大事だと、旅籠《はたご》の者は心得ていた。

大鍛冶屋は三度飛脚を泊めるのは初めてで、そのわきまえがなかった。

「起こして、わるかったかね」

「いまさら、しゃあねえやね。それより、用はなんでえ」

「雪が、ひどくなってきただがね」

あるじは、ふたり分のかんじきを手にしていた。

「あんたら、かんじきの備えがねえだろうって、おそめさんが村から持ってきただよ」

作り立てのかんじきの輪が、ろうそくの明かりを照り返していた。

五十一

江戸から金沢に向かう三度飛脚が、最初に泊まる旅籠は『ほていや』である。

十二月四日の、暮れ六ツ（午後六時）過ぎ。ほていや自慢の二十畳の広間には、八人の飛脚が顔を揃《そろ》えた。

全員すでに湯上りで、宿の浴衣《ゆかた》に着替えている。銘々の前には、二ノ膳まで出されていた。

ところが膳に載っているのは、一合徳利と小鉢に入った肴《さかな》だけだ。しかも飛脚の荷物は、広間の隅に重ね合うようにして置かれていた。

「それじゃあお頭《かしら》、いただきます」

加賀組二番手の留吉《とめきち》が、頭の弥吉《やきち》に向けて盃《さかずき》を差し上げた。残る六人も、同じ形をとっている。

弥吉が小さくうなずいた。

八人が、喉《のど》を鳴らして盃を干した。最年少の平吉が、小鉢に箸《はし》を伸ばそうとしたとき。あるじの伊之助《いのすけ》が、女中頭のおみねを伴って広間に顔を出した。

間近に迫っている正月で五十路《いそじ》を迎える伊之助は、飛脚たちに負けない偉丈夫である。いつも背筋を張って飛脚を出迎える伊之助だが、このときは背中を丸めていた。

「みなさんには、大層なご迷惑をおかけいたすことになりまして」

伊之助とおみねが、畳に手をついてあたまを下げた。

「よしなせ、伊之助さん。あたまなんぞ下げねえでいっから」

弥吉は、あるじとおみねに顔を上げさせた。

「いきなり押しかけた、こっちがよくね。伊之助さんの落ち度ではねっから」

弥吉の目配せを受けた平吉が、盃と徳利を手にして伊之助に近寄った。

「ほていやはんで根深汁《ねぶかじる》を食わせてもらえるおもて、江戸から楽しみに走ってきますんや。相部屋になったぐらいは、どうもおまへん」

平吉が差し出した盃を、伊之助は両手で受けた。飛脚が相部屋を承知したと知って、あるじの背筋がようやく伸びた。

「なんとも間のわるいことに、今日は江戸のうちわ屋さんが大勢でお泊りになっておりますもので」

女中頭のおみねが、申しわけなさそうな顔で話を始めた。

江戸の商人が泊まっていると聞いて、平吉の目が光を帯びた。

ほていやは二階家の旅籠で、一、二階合わせて九つの六畳間が普請《ふしん》されていた。

十二月四日に加賀組の飛脚が泊まることは、ほていやもあらかじめ聞かされていた。しかしそれは、いつも通りふたりか三人が泊まるという段取りだった。

八人全員が加賀に向かうと決まったのは、師走《しわす》に入ってからだ。

「もしも途中の旅籠に空き部屋がなければ、今回は相部屋でも仕方がないだろう」

伊兵衛の判断に、弥吉も従った。

冬場に差しかかった中仙道と北国街道は、旅人の数が大きく減る。泊まる人数が八人に増えたとしても、旅籠には空き部屋はある……弥吉は内心では、こう判じていた。

ところがほていやは満室だった。飛脚三人分の三部屋は取り置いてあったが、残る七部屋には江戸からの商人二十一人が、相部屋となって投宿していた。

明朝、村の会所では来年七月の『うちわ祭』の寄合が催される。商人たちは、その商談に江戸から出向いてきたのだ。

熊谷《くまがや》はおよそ二百年前の文禄《ぶんろく》年間（一五九二―九六）に、京の八坂神社をこの地に勧請《かんじょう》した。うちわ祭は、八坂神社の祇園《ぎおん》祭を基にした、この土地の夏祭である。夏の祭にうちわは欠かせない。祭を盛り上げるために、熊谷の商家は息を合わせてうちわを配った。

青物屋は、一本四文の葱《ねぎ》を買う客にも、七文のうちわを手渡した。

商人たちが時をかけて汗を流したことで、いまでは七月二十日からのうちわ祭には、江戸からも見物人が押しかけるほどの盛況である。

うちわ作りは、江戸が本場だ。およそ百軒のうちわ屋が骨作りの技や、うちわに張る紙の絵柄を競い合った。

熊谷で、ひと夏に配るうちわの数はおよそ二万。うちわ屋には、願ってもない大商いである。熊谷の寄合には、江戸から大挙してうちわ屋の手代が押しかけた。注文を受けた手代は、その日のうちに江戸に帰った。

うちわ屋は正月明け早々から、祭のうちわ作りに取りかかった。

おみねが満室のわけを話し終えたとき、三人の女中が出来たての根深汁を運んできた。

「これから、次々にお料理が出来上がりますから」

根深汁が運ばれてきて、おみねがようやく声を弾ませた。二十畳の広間一杯に、香ばしい味噌《みそ》の香りが広がった。

ほていやの根深汁は、ぜいたくに鰹節《かつおぶし》でダシをとっていた。ザク切りにした熊谷産の葱と、短冊《たんざく》に切った油揚げとを、自家製の味噌で調える。他の客にはこのままの根深汁を供するが、飛脚には丸ごとの卵がとかさずに落とされた。

味噌汁で煮えた白身が、葱にからまっている。椀《わん》のなかで白身をほぐすと、半熟の黄身が溶け出した。

味噌と黄身とが混ざり合い、味噌汁の美味《うま》さが格段に引き立った。

「これよ、これ」

弥吉同様、五尺九寸（約百七十九センチ）の上背がある与作《よさく》が、白身と葱とを一緒に口にした。

葱から熱い汁が飛び出したらしい。顔を歪《ゆが》めた与作は、手にした椀を取り落としそうになった。

「あにさんは、ほんとうに懲《こ》りねっから」

いつも与作と組んで走る伸助《しんすけ》が、童顔の目を見開いて呆《あき》れた。根深汁を食べるたびに、与作は口のなかにやけどを拵《こしら》えた。

「今夜は広間で雑魚寝《ざこね》だ。口が熱いからって、妙ないびきをかくでねえぞ」

弥吉がいつになく、おどけた口調で与作に言い置いた。飛脚たちが目元をゆるめているなかで、平吉ひとりが思案顔を続けていた。

五十二

身体《からだ》の芯《しん》からくたびれ果てているのに、俊助は目が冴《さ》えて眠れなくなっていた。布団《ふとん》の上に起き上がると、出来上がったばかりのかんじきを手にした。おそめ・亀《かめ》太《た》母子《おやこ》が拵えて、雪のなかを大鍛冶屋まで届けてきた品だ。

かんじきからは、かすかに楠《くすのき》の香りが漂っている。輪に使った黒文字《くろもじ》（クスノキ科の落葉低木）が放つ香りである。

この香りと、二人の亀太の顔があたまのなかを走り回って、俊助は眠れなくなっていた。

俊助は明和三（一七六六）年の深川冬木町生まれで、二十四歳だ。八歳の夏までは、冬木町の裏店《うらだな》に暮らしていた。

父親は永代橋近くの廻漕《かいそう》問屋で働く仲仕《なかせ》。背丈は五尺八寸もあり、裏店で一番の大男だった。

ひとり息子の俊助も、父親の血を濃くひいた。七歳のころには、すでに五尺（約百五十二センチ）の上背があり、冬木町のガキ大将のひとりだった。

俊助の隣家には、楊枝《ようじ》作りの職人が暮らしていた。居職《いじょく》で子沢山だったが、江戸の裏店なら同じような家族がどこにでもいた。

俊助はひとり息子で、しかも父親は力自慢の仲仕である。実入りがよく、一日二十文という桁違《けたちが》いの小遣いを俊助に渡した。

駄菓子屋では、二文で芋飴《いもあめ》が五粒も買えた。俊助はこどもたちを引き連れて店に押しかけては、仲間に駄菓子をおごった。

楊枝職人の三男が、俊助より二歳年下の亀太である。

「おいら、俊ちゃんとならどこでも行くよ」

亀太は自分の兄よりも、俊助を慕った。駄菓子屋では、いつもおごってもらえた。身体の大きな俊助は、小柄な亀太がいじめられていると、盾になってかばってくれた。

兄弟のいない俊助には、亀太が弟に思えた。

長屋の壁は薄く、物音もにおいも隣家には筒抜けだ。亀太の父親は、黒文字を使って楊枝を拵えた。問屋から黒文字の束が運び込まれると、香りは俊助の宿にまで漂った。

俊助が八歳の夏、三日続きで大雨が降った。仙台堀に近い冬木町は、長屋の男が総出で大水に備えた。

「もっと土嚢《どのう》を拵えねえ」

俊助の父親は、先頭に立って指図をした。大雨のなか、目方二貫七百（約十キロ）の土嚢三袋を肩に担《かつ》いで駆け回った。他の男たちは、一袋を運ぶのがやっとである。

「俊ちゃんのちゃんって、ほんとうに凄《すご》いね」

亀太が目を丸くした。俊助は晴れがましくて、胸を反り返らせた。

幸いにも、仙台堀は溢《あふ》れなかった。

長屋に閉じ込められていたこどもたちは、三日ぶりの夏晴れを見て、おもてに飛び出した。

「まだ水が引いてねえ。堀には近寄るんじゃねえぜ」

だれもが、親にきつく言い渡されていた。しかし遊びに夢中になると、親の言いつけを忘れた。

「おいらは武蔵《むさし》だ」

俊助は杉の小割二本を手にして、宮本武蔵を気取った。

「ずるいよ、俊助。いっつもおまえが武蔵じゃないか」

隣町のガキ大将金次《きんじ》が、俊助に文句をつけた。

「だったら、勝ったほうが武蔵だ」

俊助が二本を構えた。金次も負けずに二本を手にした。

「俊ちゃん、負けるな」

亀太は、俊助の真後ろについて声を張り上げた。

金次がわずかに腕力で勝っていた。俊助はずるずると、仙台堀の縁まで後ずさりをした。

「えいっ」

金次が気合とともに、俊助に斬《き》りかかった。俊助は後ろも見ずに飛び下がった。

真後ろについていた亀太は、弾《はじ》き飛ばされて堀に落ちた。

「俊ちゃん、助けて」

叫びながら、亀太は流された。俊助はなすすべもなく、河岸に立ち尽くしていた。

「こどもたちのしでかしたことだ。仕方がねえでしょう」

大きな身体を二つに折って詫《わ》びる俊助の父親を、亀太の一家は咎《とが》めることはしなかった。

とむらいを終えて、四十九日が過ぎたとき、俊助一家は冬木町を出た。

かんじきの多くは、竹で拵える。火であぶれば、輪に曲げるのが楽だからだ。しかし俊助の手許に届けられたかんじきは、黒文字を細工していた。曲げるのは骨だが、竹に比べてはるかに丈夫である。輪に張られた細紐《ほそひも》も、真新しくていかにも強そうだ。健吉と寒ブリに舌鼓《したつづみ》を打っていたとき、おそめと亀太は、ひたすら黒文字を曲げてかんじきを拵えていた。

作る手間も大変だが、かんじきに用いた細紐は、決して安い品ではない。赤貧の農家には、他人のかんじきを拵えるゆとりなど、あるはずもないだろう。しかもおそめは、家人が危篤《きとく》でやっと里帰りを許された身だ。容態がどうなのか、俊助に判断はつかない。が、かんじき作りをするひまなど、あるとは思えなかった。

命の恩人のために、拵えたかんじき。危篤の病人を抱えながら、そうすることを許した、おそめの家族。

あれこれ思いをめぐらせて、俊助は眠れなくなった。

雪は相変わらず、降り続いている。ドサッと鈍い音を立てて、軒から雪が落ちた。

五十三

十二月五日、朝五ツ（午前八時）。

俊助と健吉は、藁沓《わらぐつ》にかんじき履きの出立《いでた》ちで、大鍛冶屋の土間に立っていた。

「あにい、目が真っ赤だぜ」

健吉が相棒の顔をのぞきこんだ。

「夜っぴいて、だれかとおつな二幕目を楽しんでたなんてえのは、勘弁ですぜ」

昨夜、おそめがかんじきを届けにきたと聞いて、健吉は軽口をきいた。

「そんなんじゃねえ」

俊助の物言いが厳しい。健吉は顔つきをあらためて、先に外に出た。

雪の降り方が一段と激しくなっている。

「せっかく長走りを、無事に越えなすったでよ。こんな日は無理さしねで、糸魚川《いといがわ》宿に泊まったがええど」

「しっかりと肝に銘じやす」

あるじにあたまを下げてから、俊助も宿の外に出た。四半町（約二十七メートル）

先が、降る雪にかすんでいた。

「行くぜ」

俊助が先に立った。

大鍛冶屋を出ると、道は峠に向けてゆるい上り坂になっていた。雪は一尺（約三十センチ）以上も積もっている。

「おそめさんのおかげでさ」

健吉が心底からの礼をつぶやいた。俊助は返事をせず、前方を見詰めて雪を踏んだ。

まだだれも、峠の道を通ってはいない。足跡のない雪を、キュッ、キュッと音を立ててかんじきが踏みしめた。

上り坂の途中に、小さな辻《つじ》が見えてきた。村落につながる枝道だ。俊助が一歩ずつ、同じ調子で上っているとき、辻にひとが駆けてきた。

雪道に慣れているらしく、駆け方が堂に入っている。吹きつける雪を払い、俊助は目を凝らした。

「おいちゃん」

峠を登る俊助に向かって、亀太が駆け寄ってきた。辻に立つおそめが、俊助に向かってあたまを下げた。

「おいちゃんが履いてるのは、おいらが作った」

亀太がかんじきの輪を指差した。細紐の結び目には、小刀で小さな丸が彫られていた。

「その丸は、村のお地蔵さまの御守りのしるしだから。おいちゃん、雪がいっぱい降っても平気だよ」

寒さで、亀太の頰が真っ赤になっている。俊助は綿の詰まった手袋を脱ぎ、亀太の頰を撫《な》でた。

「坊主《ぼうず》、これを食いな」

後ろの健吉が、黒砂糖のかたまりを取り出した。

「ありがとう」

こどもが元気に礼を言った。吐いた息が、真っ白なかたまりを拵えた。

「おかげさまで、親の死に目に間に合いました」

俊助は言葉に詰まり、黙ってあたまを下げた。

「どうぞ、この先もお達者で」

母のわきで、亀太がちょこんと辞儀をした。目も頰も真っ赤だった。

おそめの声を背に受けて、俊助と健吉は峠を登った。

五十四

八人が寝ることになった二十畳間は、『ほていや』自慢の広間である。

ほていや当主は、三代前から熊谷《くまがや》の名主名代を務めていた。二十畳の広間は、名代就任の折りに普請した。

広間ながらも床の間が構えられており、東西の二方は障子戸を開ければ庭に出られる造りだ。障子戸に張る紙は、四季それぞれに厚みを変える凝りようである。

広間を用いるのは武家の宴席、豪農や名家の祝言《しゅうげん》宴席、それに熊谷宿の役人と肝煎《きもいり》衆《しゅう》との寄合のみだ。広間を使わない日でも、宿の女中は念入りな掃除を怠らなかった。

それほどに当主が手入れを気遣う広間に、飛脚八人が床を並べることになった。仕切りには屏風《びょうぶ》を用いるとしても、つまりは雑魚《ざこ》寝《ね》である。

広間を普請して以来、初めて泊めるのが屈強な大男八人の飛脚だ。銘々が皮袋に背負子《しょいこ》、頑丈な拵えの上っ張りなどの持ち物を、部屋の隅に積み重ねている。

「広間に寝泊りをお願いするとは、まことに申しわけございません」

ほていやの当主は詫びを口にしながらも、部屋が汚されはしないかと案じているようだ。

「ごゆっくりお休みいただけますよう、精一杯布団は離して敷かせていただきます」

当主は屏風を二畳の隔たりで立てるように指図し、その真ん中に敷布団を敷かせた。たとえ寝相のわるい者が布団からはみ出したとしても、屏風が蹴飛《けと》ばされないようにと考えたのだろう。

ほていやが間仕切りに用いた屏風は、安物の枕屏風《まくら》ではない。いずれも格式のある宴席に使う品で、六曲一隻《ろっきょくいっせき》の極上品だ。屏風一扇の大きさは高さ五尺、幅二尺もある。八人分の間仕切りの屏風を備えていることだけでも、ほていやの格の高さがうかがえた。

「そんな立て方ではだめだ。もっと折り曲げないと、もしも夜中に倒れたらみなさんにご迷惑だ」

あるじは奉公人につきっきりで、屏風立ての指図をした。飛脚たちは部屋の隅で、床が敷かれるさまを面白そうに見ていた。

広間は横幅が六畳、奥行き三畳で、床の間が二畳の広さだ。飛脚八人の床は横に三人ずつ、床の間に向かって三列に敷かれた。

「ほんなら、廊下のほうから若いもんが寝させてもらいますわ」

平吉の言い出したことにだれもがうなずき、平吉、伸助、伊太郎の三人が最前列と決まった。

すべての屏風が布団のわきに立てられたとき、留吉が立ち上がって当主に近寄った。

「こんな上物の屏風ばかりを、枕屏風代わりに使うんかね」

加賀組二番手の留吉は、経師職人《きょうじ》の次男坊だ。飛脚のなかに屏風の値打ちが分かる者がいるとは、当主は思ってもいなかったようだ。

「お気に召していただければ、なによりでございます」

「うっかり蹴飛ばさんかと、かえって寝つきがわるくなるがね」

「滅相もございません。なにとぞ、お気遣いはご無用に願います」

当主には、留吉のひとことが嬉《うれ》しかったのだろう。目元をゆるめて、奉公人とともに広間を出た。

「ここに並んでるんは、そんなにええもんでっか」

平吉に問われても返事をせず、留吉は屏風を順に見て回った。そして、廊下に近い最前列の屏風の前で立ち止まった。

「ここはだれの床だ」

「おれです」

仲助が手を上げた。部屋の端から順に、平吉、仲助、伊太郎が寝ることになってい
た。

「おれはこの屏風が気に入った。おめ、おれの床に寝ろや」

仲助の顔が曇った。留吉は一番奥の列で、頭の弥吉と並んで寝ることになっていた。

「どうした、仲助。おれの隣で寝るのはいやか」

「そったことはねえです」

「おれのいびきは、半端《はんぱ》じゃねっからよ。紙丸めて、栓ばしとけや」

弥吉は軽口のつもりだろうが、毛深い組頭が言うとまことに聞こえる。仲助は真顔でうなずいた。

「本気にするでね。おれは、猫よりも静かに寝るべさ」

「へい」

仲助が小声で答えた。周りの飛脚が笑いをかみ殺した。

五十五

真夜中を過ぎたころ、平吉が寝床から抜け出した。七人が寝息を立てているのを確

かめてから、そっと障子戸を開いた。

廊下から凍えが部屋に忍び込んできた。素早く廊下に出た平吉は、音を立てぬように気遣いつつ、障子戸をきちんと閉めた。

隣で寝ていた留吉は、平吉が部屋から抜け出したのに気づいた。かすかな物音でも気づいて目覚めるのは、留吉の特技のひとつだ。

しかし部屋を出た平吉を、咎めることはしなかった。

ほていやに限らず飛脚の泊まる旅籠《はたご》は、女中と飛脚がともに一夜を過ごすことにはゆるかった。

三度飛脚は、ひとり一部屋が決め事である。飯も湯も一番に供する代わりに、旅籠代は部屋の定員分に加えて、充分な心付が支払われた。深酒で騒ぐことは皆無だし、朝の五ツ（午前八時）過ぎには旅立つ。旅籠にとっての三度飛脚は、金払いも行儀もよい、格別の上客だった。

飛脚と気が合えば、女中は夜中に部屋をおとずれて肌を重ねた。揉《も》め事が一度も起きないのは、飛脚がカネを惜しまなかったからだ。

奉公人も客も喜ぶことに、旅籠は堅いことは言わず、目をつぶった。

雑魚寝の広間では、ことに及ぶわけにいかねえべ……。

そう察して、留吉も目をつぶった。四半刻《しはんとき》（三十分）後に平吉が戻ってきたとき、留吉は寝息を立てていた。

障子戸が開くと、またもや留吉は目覚めた。が、平吉がふとんをかぶった気配を感じたあとは、すぐさま眠りに戻った。

十二月五日、朝六ッ半（午前七時）。

留吉は弥吉のあとで、朝湯を使った。檜《ひのき》の湯船には、朝から真新しい湯が立てられていた。

湯殿には、竹格子《たけごうし》の嵌《は》まった小さな窓が設けられている。窓からは、雪で照り返された朝日が差し込んでいた。

分厚かった雲が消えて、朝から上天気である。今日の走りは、板鼻宿《いたはな》まで十二里（約四十七キロ）の道のりだ。

江戸からの道中よりは四里も短いが、熊谷からは山道続きである。雪がやんで朝日がさしているのは、なによりありがたかった。

窓から威勢のよい朝の光が差し込んでおり、留吉は気持ちが弾んだ。湯船の湯を両手にすくい、顔を濡《ぬ》らした。弥吉ほどではないが、留吉も毛深い男だ。昨日の朝、江戸を発《た》つ前にひげをあたった。一日過ぎて、あごはひげでザラザラしている。もう一度、湯をすくってひげを湿した。しっかり濡らしておかないと、剃刀《かみそり》負けをしてしまうからだ。

充分に濡らしてから、勢いよく立ち上がった。音を立てて、湯がこぼれ出た。

窓の外には、ほていやの畑が広がっている。冬大根と葱《ねぎ》とが、畑一面に植わっていた。葉にかぶさった雪が、強い朝日を照り返していた。緑の葉と積もった雪とが、鮮やかな色味を織り成している。眺めに見とれて、留吉は小さな窓から周囲を見渡した。

納屋《なや》の陰に、平吉と女中が立っていた。平吉は周囲に気を配りながら、ふところから折り畳んだ紙を取り出した。それを女中に押しつけている。

女中は受け取るのを拒んでいた。が、平吉に強く押しつけられて、渋々ながらも袂《たもと》に納めた。

あのやろう、朝から付文かよ。

留吉があきれ顔になった。が、すぐに目元がゆるんだ。

夜中のことが、よっぽどよかったのかね……。

ぼそりとつぶやいてから、留吉は湯船を出た。引き締まった身体《からだ》には、体毛がびっしりと生えている。

胸毛についた湯の粒が、朝日を浴びて輝いた。

五十六

十二月五日は、江戸も朝から上天気となった。

四ッ半（午前十一時）を過ぎると、伊兵衛の居室に冬の日が差し込み始める。雪が弾き返す光は、いつもよりも明るく居室を照らしていた。

昨日の夕刻、要之助に問われた伊兵衛は、雪は続くと見当を口にした。しかし雪は、真夜中を過ぎたころにはやんでいた。

降り方が強く、庭には一寸（約三センチ）の雪が積もっている。とはいえ、要之助に伝えた見当は外れとなった。

伊兵衛の膝元《ひざもと》に置かれた湯呑《ゆの》みから、強い湯気が立ち昇っていた。いつもの上煎茶《せんちゃ》ではなく、焙《ほう》じ茶が入っている。湯気の強さが、茶の熱さを示していた。湯呑みもいつもの九谷焼ではなく、分厚い益子《ましこ》焼である。眉間《みけん》に深いしわを刻んだまま、伊兵衛は湯呑みを手にした。

作法にうるさい伊兵衛だが、めずらしく音を立てて茶をすすった。気持ちの苛立《いらだ》ちが、上煎茶を焙じ茶に替えさせた。いつにない茶の呑み方も、抱えもつ屈託のあらわれだった。

　されども顔つきが渋いのは、雪の見当が外れたからではなかった。

　火鉢のわきには、樫《かし》の卓が置かれている。二つに割れた九谷焼の深皿二枚が、卓に載っていた。

　鮮やかな赤絵の柄が、無残にも真ん中で割れている。割れ口が、障子戸越しの日を浴びて白く光っていた。

「このほかに、どれほどの皿が傷《いた》んでいたか、勘定はしたのか」

「大皿が一枚に、赤絵の大鉢三つが割れておりました」

　忠兵衛《ちゅうべえ》が、消え入りそうな声で返事をした。

　今朝の五ツ半（午前九時）前に、国許《くにもと》から焼物が届いた。運んできたのは佐賀町の車屋、大和屋である。

　大和屋は、佐賀町河岸《かし》に自前の船着場を構えている。江戸湾沖で大型船からはしけに積み替えた荷は、そのまま船着場に横付けされた。千石の大型廻船も、積み替えのはしけも、荷揚げの仲仕も、すべてが大和屋の自前である。廻漕《かいそう》代は他の問屋よりも三割高いが、荷扱いの確かさを求める客は大和屋を使った。

浅田屋が江戸で使う器は、漆器も焼物も、すべてが別誂《あつら》えの極上品だ。国許からの荷運びは、高値を承知で伊兵衛は大和屋に頼んだ。

食器の納めは、十二月四日の約定だった。佐賀町の大和屋は、当初の取り決め通り、四日八ツ半（午後三時）の納めを段取りしていた。

ところが四日は朝から空模様がいまひとつで、いつ雪が降り出すかもしれなかった。

「大事なお品でございますゆえ、空模様がよくなりますまで、お納めは日延べとさせていただきたく……」

大和屋の手代の申し出を、伊兵衛は受け入れた。

「雪さえやんでおりましたら、三寸までの雪道ならば、てまえどもは滞りなくお納めさせていただきます」

車も車力も、雪道には長《た》けていると手代は請合った。雪国育ちの伊兵衛は、手代に細かな問いかけをした。江戸者よりも、雪については詳しいとの自負があるからだ。

手代は越後者だった。しかも金沢城下よりもはるかに雪深い、上越高田が在所だという。

「雪道のお納めは、てまえが万事を差配させていただきます」

手代の言い分に得心した伊兵衛は、いつ納めるかの見極めを大和屋に任せた。

伊兵衛は雪が続くと読んでいたが、五日は夜明けから晴れ渡った。六ツ半（午前七時）前に、大和屋の手代が顔を出した。

「夜明けとともに、横持ち（配送）の手配りを終えております」

今日一日は上天気が続くゆえ、すぐにも納めたいというのが、手代の申し出だった。

もとより伊兵衛に異存はない。

五ツ半には、大和屋の荷車三台が浅田屋に着けられた。手代が請合った通り、車も車力も拵《こしら》えが違っていた。差し渡し二尺の車輪には、猪皮《いのししがわ》が巻きつけられている。

車輪を見ただけで、伊兵衛は大和屋の備えのよさを感じた。

車力も後押しも、綿の入った手袋をはめていた。履物は藁沓《わらぐつ》である。雪国では見慣れているが、江戸ではほとんど見かけない履物だ。

藁沓と手袋の雪拵えで、車力たちは手際《てぎわ》よく梱包《こんぽう》を運び始めた。

「あとのことはお任せください」

番頭の忠兵衛が、納めの差配を申し出た。

昨夜、上屋敷で初雪の宴に出た折りに、伊兵衛は寒気を覚えた。今朝になっても熱がひかず、足腰には痛みまで感じていた。

大事な荷は、蔵に納まるまで見届けるのが伊兵衛の流儀だ。が、この朝は体調がすぐれず、立っているのが億劫《おっくう》だった。車力の拵えと動きを見て、安心したことも重なり、番頭に任せて奥に戻った。

器の詰まった藁包みが十六俵、土間にきちんと並んだ。

荷物運びは店の土間まで、が大和屋との取り決めである。届いた俵の数を確かめた忠兵衛は、車力に心付を渡してねぎらった。

「ありがとうごぜえやす」

車力と後押しは、番頭にあたまを下げた。下げ方は軽く、土間の荷を振り返らずに店から出て行った。

忠兵衛が渡した心付は、ひとりにつき銀二匁《もんめ》、銭に直せば百六十文見当だ。つましい額ではないが、雪の日としては少額だった。

雪が当たり前の金沢では、一寸少々の雪は、積もったというよりは、地べたにかぶさった程度である。しかし江戸では、一寸積もれば立派な雪道だ。

忠兵衛には、金沢の慣《なら》わしが身体に染《し》み込んでいる。ゆえにこの朝の心付は、いつも通りの額となった。

もしも倍の額をはずんでいたら、車力たちは荷を蔵まで運んだだろう。たとえ一寸といえども、雪は歩きなれない者の足元をすくう。荷物を運ぶには、雪道への備えが入り用だ。

日常の履物のまま、浅田屋の奉公人は蔵に運び込もうとした。その途中で転び、俵を取り落とした。間のわるいことに、大物が詰まった俵だった。

「しくじりは仕方がない。差配を任せたわたしの落ち度だ」

伊兵衛がすする茶の音が、居室に響いた。忠兵衛は身を硬くして、膝元の畳に目を落とした。

五十七

十二月五日の晴天は、午後に入っても続いた。

師走《しわす》の八ツ半（午後三時）を過ぎると、日は西空へと移っている。しかし空に雲はなく、降り注ぐ光はまだ雪を強く照らしていた。

加賀藩上屋敷の築山《つきやま》には、一寸強（約三センチ）の雪がかぶさったままだ。庭木の松が強い風に揺れると、枝から雪が払い落とされた。

「公儀御庭番の間者は、湯涌《ゆわく》村が在所の杉平《すぎへい》に相違ございませぬ」

田所の物言いは常に短いが、迷いなく言い切る。火鉢に手をかざしたまま、要之助は小さくうなずいた。


前夜、初雪の宴も終盤にさしかかった五ツ半過ぎ。要之助は藩主の賄《まかな》いを受け持つ料理番全員を、用人客間に招き入れた。

加賀藩江戸詰用人が、公務に用いる客間である。部屋の広さは三十畳で、襖絵《ふすまえ》は国許の金蒔絵《きんまきえ》師が精緻《せいち》な花鳥画を描いていた。

「おっ……」

招かれた料理番たちが、襖の前で等しく声を漏らして立ち止まった。灯された二本の百目ろうそくが、襖絵のみを照らしていた。羽一枚まで細かに描かれたキジが、いまにも飛び立ちそうに思えたからだろう。

料理番たちは、襖の前から動かなくなった。

「そのまま入りなさい」

要之助に促されて、水色細縞《ほそじま》姿の男たちが敷居をまたいだ。この色味の細縞を着られるのは、藩主料理番のみである。

障子戸はすべて開かれており、庭にはかがり火が六基も置かれている。降り続く雪と、緑濃い老松とが、かがり火に照らされた光景を見て、またも低いどよめきが起きた。

酒が進んでいた要之助は赤ら顔で、いささか呂律《ろれつ》があやしくなっていた。

「急な支度を申しつけたにもかかわらず、今宵の首尾はまことに見事であった」

いつにない大声でねぎらったのち、要之助は料理番ひとりずつに一分金二枚の褒《ほう》賞《しょう》を手渡した。二分の一両に相当する、破格の褒美である。

「殿には満足至極のご様子であられる。よって、明日は朝餉《あさげ》を調えたのちは、五ツ（午前八時）より八ツ（午後二時）までの三刻、外出《そとで》勝手といたす」

料理番たちは懸命になって、顔がほころぶのをこらえていた。

「これ、義三《よしぞう》……」

要之助は、藩主料理番頭の名を呼んだ。料理番頭は、目元も口元もことさら引き締めて前に進み出た。

次の正月で四十六歳となる義三は、髪には白いものが混じっている。が、五尺八寸の上背があり、肉置《ししお》きには微塵《みじん》のたるみもなかった。

「せっかく殿より下された褒美の外出だ。もっと素直に喜びなさい」

要之助の口調が、用人とも思えないほどにくだけている。

「ありがたきことにございます」

用人の公務客間に招かれたり、褒美をもらったりと、異例ずくめだ。義三は戸惑いを隠せないようだ。

「殿には、まことにご満足であらせられた。今夜は無礼講で構わぬゆえ、これに酒を持て」

腰元に言いつけて、料理番全員に酒を振舞った。要之助と伊兵衛が酒を酌《く》み交わしている。そのさまを見つつ、料理番たちはこわばった顔で酒を口にした。

「先刻、そのほうが申しておった飛脚だが……」

要之助は、わざと声をひそめた。

「熊谷《くまがや》に向かうというのに、御城に向けて走ったとはのう」

「前夜から、そうしたいと申しておりました」

「それは、すでに聞いたが」

要之助はさらに声を低くした。

「座興というには、いささか度が過ぎているように思えるがの」

伊兵衛にささやき声で答えながら、料理番全員が耳をそばだてているのを、要之助は見定めていた。

伊兵衛は困惑顔を拵えて、要之助と小声の話を続けた。

飛脚のひとりの振舞いを、要之助はこころよく思ってはいない……それを料理番に分からせてから、要之助は宴を閉じた。

五日の朝、五ッを過ぎると料理番たちは嬉々《きき》として外出を始めた。ひとりで出かけた五人に限り、田所は町人姿に扮装《ふんそう》した配下の者にあとをつけさせた。

仲間と連れ立って出かける者に、間者がいる気遣いはない。いかに御庭番といえども、複数の内通者を料理番のなかに埋め込むことはできるはずもなかったからだ。

ひとりで出た五人のうち、三人は両国橋西詰に向かった。なかのふたりは別々の小芝居小屋に入り、残るひとりは軽業を楽しんで過ごした。

四人目の男は、人目を気にしながら足を急がせて大名坂に向かった。

湯島聖堂わきから、神田川に架かる昌平橋《しょうへいばし》の袂《たもと》までは、急な下り坂である。この坂道の両側には、高さ二丈（約六メートル）もある、大名屋敷の長屋塀が連なっている。屋根が構えられた塀の上部は、下級家臣の長屋だ。どの屋敷の正門にも門番が立っており、通りかかった町人にはきつい目を向ける。

それがいやで、町人はこの道は歩かず神田明神前の坂を下った。ところが四人目の料理番は、迷いのない足取りで大名坂に向かった。

ただでさえ人通りがない道なのに、雪が一寸半も積もっている。坂道には人影がなく、あとをつける田所配下の者は身を隠すのに難儀をした。

坂を下り切る手前で、豊後《ぶんご》府内藩松平家上屋敷と、越前大野藩土井家上屋敷とが、坂道を挟んで向かい合っている。料理番は、土井家の長屋塀が始まる手前の辻《つじ》で足を止めた。

周囲を見回す目は、差し迫った鋭い光を帯びている。加賀藩前田家と、越前大野藩土井家とは、さして親しい間柄ではない。しかも身分は最下級ながらも加賀藩士だが、料理番が他藩に用などあろうはずもない。

すわ、この者が間者か。

配下の者は色めきたち、坂の曲がり角にひそんで目を凝らした。周囲に隙《すき》のない目配りをした料理人は、やおら着物の前をはだけて小便を始めた。用足しを終えたあとは、穏やかな足取りで坂を下り、昌平橋北詰の甘味処《かんみどころ》に入った。

このうつけ者めが。

胸のうちでののしりつつ、見張り役は吐息を漏らした。

五人目の杉平は、二十八歳の煮方を務める男だった。上屋敷を出た杉平は、定まった歩みで麹町《こうじまち》に向かった。そして五十坪前後の武家屋敷が立ち並ぶ坂道を、ためらいのない足取りで歩いた。

「麹町に向かったならば、その者が間者に相違ない。相手は御庭番ゆえ、どこに見張りの目がひそんでいるやもしれぬ。料理番が武家町に入るのを見届けたならば、構えて深追いはいたすな」

田所からきつく指図をされていた配下の者は、杉平が麹町の坂に差しかかるなり、きびすを返した。

「杉平は四半刻《しはんとき》（三十分）ほどで、麹町を離れました」

田所が答えたとき、庭の松から雪が落ちた。一寸半の雪とはいえ、屋敷内には数十本の松が植わっている。一度に落ちると、それなりの音となった。

雪を払い落とした風が、庭から要之助の居室に流れ込んできた。火鉢のわきで丸くなっていたたまの耳が、ぴくりと動いた。

「浅田屋の平吉も、在所は湯涌村だと伊兵衛から聞いたが」

「御用人様ご賢察の通り、御庭番は塩硝にも気づいておりますことは、もはや動かぬものと存じます」

要之助は、たまのあたまを撫《な》でながら二度、深くうなずいた。

五十八

「何年も前から目をつけていながら、なにゆえあって公儀は塩硝のことを詮議《せんぎ》せぬのか」

「おそらくは……」

「構わぬ」

治脩《はるなが》の許しを得た要之助は、膝《ひざ》をずらしてにじり寄った。

「塩硝につきましては、まだ確かなあかしを御庭番はつかんでおらぬかと存じます」

「なにゆえ、そう判ずる」

「ことがことでございます。御庭番も、安直には上に上げられませぬ」

「わが藩が大身であるゆえか」

「御意の通りにございます。二十万石、三十万石の藩でございますれば、きざしを察しただけでも、御庭番はすぐさま上申いたしたと存じます」

御庭番は、まだ定信にも話していないかもしれないと、要之助は推測を口にした。

「もしも塩硝のことを耳にいたしておりますれば、土佐藩をともに名指すことはございませぬ」

「土佐に塩硝はないか」

「ございませぬ」

要之助は、きっぱりと断じた。

「塩硝造りの技は、密丸《みつがん》同様、わが藩の秘法にございます」

治脩は、得心した眼差《まなざ》しを要之助に向けた。

塩硝とは、加賀藩が公儀に悟られぬように気遣いつつ拵えている、火薬だ。その産地が、五箇山《ごかやま》である。

わが国に鉄砲が伝来したのは、天文十二（一五四三）年だ。その三十年後、加賀藩が徳川家大名に連なる遥《はる》か以前から、五箇山ではすでに塩硝を拵えていた。

徳川家に列したのちも、藩は公儀には秘密で塩硝造りを続けた。江戸に開府して間もないころの徳川家は、豊臣《とよとみ》家と誼《よし》みの深かった加賀藩を信用してはいなかった。

いつ取り潰《つぶ》されるかしれない。

藩はこれを案じた。また初代利家《としいえ》時代の加賀藩は、領内にひそむ一向一揆《いっこういっき》の残党と対峙《たいじ》する必要もあった。

公儀への警戒心と、領内の一揆への備えの両面から、藩は塩硝の確保に迫られた。

五箇山は剣山と深い渓谷とにさえぎられ、他の集落からは切り離された土地である。

それゆえに、塩硝造りを秘密裡《り》に進めることができた。

塩硝造りの元になる良質のヨモギと土にも、五箇山は恵まれていた。

塩硝は囲炉裏《いろり》の両側に、長さ二間、幅三尺、深さ一間の溝を、二本並べて掘ることから始まる。

掘った溝には、一番底に稗《ひえ》の殻を敷き詰める。その上にカイコの糞《ふん》や鶏の糞を混ぜ合わせた土を重ね、さらにソバ殻・ヨモギ・麻の葉を干したり蒸したりしたものを敷き詰める。その上にまた、カイコや鶏の糞の混合土を積み重ね、仕上げにひとの小便を大量にかけてから、土をおおいかぶせた。

これを五、六年かけて発酵させたものが『塩硝土』だ。塩硝土を檜《ひのき》の桶《おけ》に入れ、水を十分にかけて一昼夜寝かせる。

あとは釜《かま》で何度もこの土を煮詰め、途中で草木灰を加えて濾《こ》し、その濾液《ろえき》をまた煮詰める。

気が遠くなるほどの手間をかけ、天日干しにしたものが『灰汁煮《あくに》塩硝』である。そして塩硝に硫黄と木炭を加えれば、良質の『黒色火薬《こくしょくかやく》』が仕上がるのだ。

加賀藩は、公儀に謀反《むほん》を企てるために、塩硝を造っているわけではない。が、いまさら申し出ることもできなかった。

戦に用いずとも、塩硝にはさまざまな使い道があった。とりわけ山を切り崩して道を作る作事には、まことに有用である。

参勤交代時、公儀には内密の役職の塩硝奉行が、黒色火薬の運搬を差配した。そして崖崩《がけくず》れなどで進路をふさがれたときは、火薬で岩を吹き飛ばした。

有用このうえない塩硝だが、公儀に知られぬように、藩はことのほか秘密保持には気遣っていた。

「浅田屋の飛脚は、塩硝にも通じておるであろうが」

要之助は硬い表情のまま、仰《おお》せの通りと答えた。

「道中での入り用に備えて、飛脚は適量の火薬を持ち歩いております」

「密丸と塩硝のふたつとも、もはや御庭番の知るところであるのか」

治脩のつぶやきを、要之助はあごを引き締めて受け止めた。

五十九

四杯目の茶を飲み干した玄蔵《げんぞう》は、雪椿《ゆきつばき》を見ながらため息をついた。

盆には、梅干が山盛りになった鉢が載っている。湯呑《ゆの》みを盆に戻した玄蔵は、大きな梅干ひとつを指で摘んだ。

「三度のメシのたびに、梅干二粒を忘れずに食べろ。血のめぐりがよくなって、疲れがとれる」

先達の教えを、玄蔵はしっかりと守ってきた。が、足を痛めてからはまるで走っていない。それでも梅干二粒は、毎食後、欠かさず口にした。

走らないまま口にする梅干は、ことのほか口に酸《す》っぱかった。

「気が急《せ》くからといって、歩き回っては余計に足を痛めるだけだ」

医者は治療のたびに、安静にして足を労《いたわ》れという。分かってはいても、玄蔵は逸《はや》る気持ちに追い立てられて、宿のなかを歩き回った。

いまは二階の手すりに寄りかかり、庭の雪椿を眺めていた。今朝目覚めたときから、わけの分からない胸騒ぎを覚えていた。

夢見がわるかったわけではない。それどころか、足を痛めてからは夢はほとんど覚えていなかった。

なにが気がかりなのか。喉元《のどもと》まで出かかっているのだが、胸騒ぎの元にたどり着けないのだ。

目は雪椿に向いているが、玄蔵は見てはいなかった。ぼんやりと見下ろしていたら、鼠《ねずみ》を追いかけて猫が庭を横切った。

寒さが嫌いな猫でも、鼠を見つけると血が騒ぐのだろう。

おれも走りてえ……。

雪上に猫が残した足跡を見て、玄蔵は胸のうちで愚痴った。そのとき、不意に胸騒ぎの元に突き当たった。

密丸が切れるころだ。

このことを、胸のうちで案じていた。江戸詰用人から頼まれて、玄蔵は密丸を国許《くにもと》から江戸まで運んだ。

「効能を万全に保てるのは、長くて半年だ」

夏に密丸を運んだ折りに、玄蔵は多賀家当主から言われていた。藩主も内室も、当然そのことは知悉《ちしつ》しているだろう。

走れない自分が、なにか役に立てることはないか。そのことばかりを思っていたがゆえに、密丸が気にかかり、胸騒ぎを覚えていた。

江戸上屋敷用人が猫好きであるのを、玄蔵は知っている。夏に国許まで駆けたとき、要之助から直々に言葉をもらった。用人が猫好きだと知ったのも、ねぎらいの言葉を賜った折りだった。

雪上に残された猫の足跡が、降りしきる雪に埋もれ始めていた。

六十

江戸の天気は、目まぐるしく変わった。四日の午後遅くから降り始めた雪は、一夜でやんだ。

五日は夜明けから、真っ青な冬空と、冬にはめずらしいほどの強い日差しに恵まれた。一寸半積もっていた雪が陽光を照り返し、江戸の町は終日キラキラと輝いた。

晴天は、わずか一日しか持たなかった。六日にはまたもや分厚い雲が空にかぶさり、強い風に粉雪が舞う始末だ。気まぐれな空模様に、おもて仕事の職人は段取りを大きく狂わされた。

「気が変わりやすいのは、秋の空じゃなかったのかよ」

口を尖《とが》らせつつ、まだ昼前だというのに職人は道具箱の片づけを始めた。雪は足元をすくうため、危なくて仕事は続けられなかった。

降ったりやんだりを繰り返しつつも、雪はじわじわと厚みを増した。十二月八日の午後には、二寸半（約七・六センチ）まで積もっていた。

「めえったぜ。そうじゃなくても、仕事が遅れているてえのに……」

浅田屋の離れ普請《ふしん》を請負った棟梁《とうりよう》は、雪をこぼす鈍色《にびいろ》の空を見上げてため息をついた。四日からの不順な空模様は、普請仕事のはかどり具合を大きく遅らせた。

「段取りが狂ってしゃあねえ」

職人が口々にぼやいた。しかし寛政元（一七八九）年師走《しわす》の段取り違いは、町人よりも武家のほうが大きかった。

老中松平越中守《えっちゅうのかみ》定信《さだのぶ》が御庭番組頭大田典膳《てんぜん》と向き合ったのは、十二月八日夜の五ツ（午後八時）。典膳は五日に火急の面談を申し入れたが、定信の身体《からだ》があくまでに三日を要した。

年末を迎えた徳川家家臣の多くが、越年のカネを調達できずに音をあげた。その手立てを講ずるために、定信以下の幕閣は五日から御城に泊り込みとなった。

「二度までも報《しら》せを寄越すとは、尋常ならざる事態であろうの」

麹町の隠れ家に座した定信は、不興を隠そうともしなかった。

「札差《ふださし》どもの不埒《ふらち》な振舞いが、いかほどのご心労であられるかは、てまえも充分にわきまえております」

定信の表情が、わずかに和らいだ。五日からの城中泊り込みの起こりは、まさしく札差と徳川家家臣との揉《も》め事にあったからだ。

徳川家直属の家臣（直参《じきさん》）は、寛政元年において旗本《はたもと》がおよそ五千二百家、御家人《ごけにん》はおよそ一万七千四百家である。

禄高《ろくだか》一万石以下で、将軍御目見得《おめみえ》格の家柄を旗本と呼び、その格のない家を御家人と称した。禄高に差はあっても、旗本・御家人ともに将軍家直属の家臣であるのは同じだ。

「わが家は、徳川家旗本八万騎の一家である」

微禄の御家人に仕える武家は、こう言って背筋を張った。

旗本五千二百と御家人一万七千四百を足しても、数は二万二千六百でしかない。しかし扶持米《ふちまい》百俵取りの下級御家人といえども、数名の家来を抱えている。

旗本・御家人に仕える家来の数を加えれば、旗本八万騎もあながち誇張ではなかった。

直参の俸給である『米』の売買と、米を担保の貸金を一手に扱うのが札差である。常に金詰りの武家は、年利一割八分の高利で札差から借金を重ねていた。

直参の窮状を見かねた公儀は、九月十六日に発布した棄捐令《きえんれい》で武家の借金の大半を帳消しにした。公儀の苛烈《かれつ》な仕打ちに対し、札差は結託して『貸し渋り』で意趣返しをした。

借金は消えても、武家の手許不如意《ふにょい》は変わらない。師走を翌月に控えた十一月初旬、旗本・御家人は、新たな借金の談判に及んだ。

「貸金の元手が、底を突きました。お貸しいたそうにも、てまえどもの手許には、もはや一両の蓄えもございません」

札差は一切、追い貸しに応じなかった。

札差に開き直られた武家は、たちまちカネの工面に行き詰った。俸禄以外には、実入りのない武家である。借家住まいで担保なしの武家は、札差以外に金策の手立てはなかった。

棄捐令発布で、武家が小躍りしたのは、二ヵ月にも満たなかった。十一月下旬には、数万の武家が越年の金策に詰まった。

「抜本的な手立てを講ぜぬことには、公儀膝元にて変事を生じかねぬ」

事態を憂慮した幕閣は、城中泊り込みで打開策を討議した。町奉行の具申を受けて、棄捐令発布を承認した定信は、評定の舵取《かじと》りに追われた。

「札差のことは、いまは捨て置いてよい。火急の用向きとはなにか」

問い質《ただ》す定信の声音から、尖りが消えた。御庭番組頭が、胸に抱え持つ苦悩を察していると感じたからだろう。しかし話を聞き進むうちに、またもや顔つきが険しくなった。

塩硝の一件のあらましを聞き取ったあとは、元々色白の定信の顔色が、怒りゆえか蒼白《そうはく》になっていた。

「なにゆえもってそのほうは、このような大事を今日まで秘しておったのだ」

「不用意に上申いたしますれば、前田殿と抜き差しならぬ仕儀を迎えるは必定にござりますゆえ」

前任者の田沼意次《たぬまおきつぐ》殿も、将軍様も、いずれも短気……典膳は、定信から目を逸《そ》らさずに話を続けた。

塩硝造りの実態を聞かされた老中は、職務柄放置はできない。幕閣を集めての評定は、当然ながら『改易《かいえき》』を決議することになる。

しかし北陸の加賀藩まで出兵するには、莫大《ばくだい》な戦費と兵力を要する。加賀藩が本気で応戦すると決めれば、近隣大名のなかには味方をする者も出るだろう。諸国外様《とざま》大名とはいえ、前田家は御三家と同格の、城中大廊下詰が許されている。

大名の頂点に立つ前田家とことを構えるには、公儀にも相応の覚悟がいる。

御庭番は、将軍家護持のみを目的として作られた隠密《おんみつ》集団だ。たとえ老中相手といえども、将軍家の屋台骨が揺らぎかねない話は、うかつには口にできなかった。

ましてや短気で口の軽い家斉《いえなり》には、危なくて伝えることなどできない。

御庭番を作り上げた吉宗の血筋であればこそ、初めて塩硝の実態を定信に明かした。

事情を聞き終えた定信は、典膳を見据えていた目を閉じた。沈思ののちに目を開いたときには、老中から深いため息が漏れた。

「密丸に塩硝……あの藩は、ほかになにを隠し持っておるのだ」

答えを求めない、ひとりごとのつぶやきである。典膳は身じろぎもせず、背筋を張って定信と向き合っていた。

六十一

十二月八日、五ツ半（午後九時）過ぎ。弥吉は糸魚川《いといがわ》の定宿『えびや』で、すでに夜具にくるまっていた。

牟礼《むれ》宿から糸魚川宿までの二十五里（約百キロ）は、上り下りが連なった山道である。それでも留吉とともに、五刻《とき》（十時間）をかけずに走破していた。

積雪は深く、空には重たい雲がかぶさっていた。が、幸いにも雪はやんでおり、風もなかった。それに加えて、牟礼宿で用意してくれたかんじきと藁沓《わらぐつ》は、すこぶる履き心地がよかった。

藁は細くて目が詰まっており、雪が忍び込むことはなかった。爪先《つまさき》にはほどよい量の唐辛子が、木綿の袋に詰められていた。

ほぼ一刻ごとに小屋や地蔵堂で休みを取りながら、弥吉は二十五里の道のりをこなした。

糸魚川宿のえびやは、魚料理が自慢である。真冬の北国街道沿いの宿場は、カニとブリが名物だ。しかしいかに美味でも、翌日も長い走りを控えている飛脚は、食べるのに手間のかかるカニは敬遠した。

それを心得ているえびやは、カニの身だけを小鉢に盛って供した。万一の腹下しを考えて、味噌《みそ》は出さずに身だけである。

塩茹《ゆ》でしたカニになにも加えず、身の甘さを堪能《たんのう》する。カニと、寒ブリの塩焼き、貝の味噌汁に炊《た》き立ての飯。それに、辛口の地酒一合。

牟礼から糸魚川までは、道中で一番の長丁場だ。えびやの夕餉《ゆうげ》を堪能し、一合の酒を飲んだ飛脚は、五ッ半には熟睡した。

いつもなら、弥吉もこの時刻には深い眠りに落ちていた。しかし十二月八日は、まだ眠ってはいなかった。

明日は親不知《おやしらず》越えの難所が待ち構えている。しかし眠れないわけは、ほかにあった。

「頭《かしら》が、足を痛めやした」

牟礼の手前で出会った俊助から聞かされたとき、弥吉は言葉に詰まった。配下の者の手前、すぐに表情を戻して平静を装《よそお》った。

「おめたちは、段取り通り江戸さ走れ。金沢にはおれと留吉で行くだ」

いつもより在所の訛《なま》りが強いことに、弥吉の驚きが滲《にじ》み出ていた。

走りの相方としての留吉は、頼りがいのある男だ。夏場の走りの途中、何度か留吉と枕《まくら》を並べて仮眠をとったことがある。

わずかな物音でも、留吉は即座に目覚めた。それが分かっている弥吉は、四半刻（三十分）の熟睡をむさぼることができた。

しかし留吉は三歳年下で、二番手の男だ。配下の者に弱みは見せられず、弥吉は常に気を張り続けて道中を走った。

二十七歳の玄蔵も、弥吉よりは一歳年下である。が、ふたりとも相手の口の堅さには、心底からの信頼感を抱いていた。ゆえに、安心して遠慮のない話ができたし、苦悩を打ち明けることもした。

今年の二月初旬。金沢から江戸に到着した翌朝、弥吉は玄蔵と連れ立って押上《おしあげ》村の竃風呂《かまぶろ》に出かけた。たっぷりと汗を流し、身体の芯《しん》までほぐすことができた。

「猪鍋《ししなべ》を食いやしょう」

肉好きの玄蔵の誘いを、弥吉は受け入れた。鍋の美味《うま》さに酒が進んだ弥吉は、いつもより酔いが早く、しかも深かった。

「おら、血を見るのが滅法苦手だ」

猪肉の代わりが運ばれてきたとき、弥吉はぼそりとそれを明かした。運ばれてきた肉はまだ新しく、表面には血が滲んでいた。

体毛が濃くて、見かけは熊《くま》のような大男が、血が苦手だという。

「わけがありそうでやすね」

玄蔵はからかいもせず、親身な物言いで問いかけた。もともと、気を許しあったふたりである。酔いも手伝い、弥吉はわけを話した。

「おらの親父《おやじ》は、熊撃ちの猟師でよ。ガキの時分から、山に連れて行かれたもんだ」

弥吉には、年子の兄がいた。父親に連れられて、ふたりは月に何度も山に入った。一度の猟で仕留めるのは、熊一頭である。斃《たお》した熊を、親子三人で小屋まで担《かつ》いで帰った。

息絶えた熊の顔を目の前に見ながら、弥吉は担いだ。目を開いたままの熊が怖くて、弥吉は空を見ながら山道を歩いた。

小屋に帰り着くなり、父親は熊をさばき始めた。内臓と肉とを選り分け、皮は小屋の物干し場に干した。生暖かい皮を抱えるのがいやで、弥吉は顔を背けて運んだ。

「しっかり担がねえと、皮におっかぶされんど」

言われているさなかに、弥吉は足を滑らせた。血に濡《ぬ》れた皮が、弥吉の身体にのしかかった。

十五歳になったとき、弥吉は上背でも体毛の濃さでも、兄と父親を超えていた。見かけはすでに一人前の猟師だったが、弥吉は山をおりて飛脚宿の荷運び人夫になった。山歩きで鍛えた足腰は、町育ちの若者とは比較にならないほどに丈夫である。こども時分から熊を担いだことで、力も備わっていた。

弥吉は殺生《せっしょう》を苦手としたわけではない。獲物《えもの》をさばくときの血のにおいを、身体が受けつけなかった。

上背も腕力もあり、しかも見かけは熊のごとくである。だれもが弥吉は豪胆な男だと思い込んだ。弥吉もそのように振舞った。

が、ひとでも獣でも、血を流しているさまを見ると、背中に震えを覚えた。そして人目をさけて、激しく吐いた。

「そうでやしたか……」

聞き終わった玄蔵は箸《はし》をおき、肉の載った大皿をわきに隠した。

「おれが一緒のときには、あにいがしんどい目に遭わねえように心しやすから」

ようこそ話してくれやしたと、玄蔵は感じ入った目で弥吉を見詰めた。

江戸を発《た》つ前に、御庭番に襲われるかもしれないと弥吉は聞かされた。たとえ斬《き》りかかられても、弥吉は怯《おび》えはしない。ただ、血を見るのが苦手なだけである。

血を見て身体がすくんだとしても、玄蔵が一緒なら切り抜けられる……。

その気持ちの支えが失《う》せた。

眠れないわけは、明日に控えた親不知越えではなかった。

六十二

弥吉の隣の部屋では、暗い天井を見詰める留吉が三度目のため息をついた。

ふうっと音がするほどに、深いため息である。火の気のない部屋の布団《ふとん》の上で、こぼれた息が白く濁った。

「あにいが海に落ちたんでさ」

追分宿で健吉から聞かされた話が、留吉のあたまのなかを走り回っている。眠れないのも、三度もこぼした深いため息も、すべては健吉から聞いた話が元だった。

留吉は、おのれが臆病《おくびょう》であることをわきまえていた。少しの物音でも目覚めるのは、臆病さゆえである。

加賀組二番手の役回りは、配下の六人への目配りである。根が小心者の留吉だけに、他人の気の乱れや怯え、悩みなどには敏《さと》く気づいた。

「留吉あにいは頼りになるべさ」

「細けえことまで、よく気づいてくれるもんな」

気づいていても、番頭や組頭には、余計なことは言わない。熊谷宿で平吉が付文をしていたことも、留吉はひとりで胸に収めていた。

若い者は、心底から留吉を頼りにしている。それが分かっているだけに、余計に留吉は肝《きも》の太い兄貴分を演じなければならなかった。

弥吉とふたりで走っているいまは、相手に頼っていられる。そう思ったら、気がゆるんだ。押さえつけていた長走りへの怯えが、鎌首《かまくび》をもたげて留吉に襲いかかっていた。

何度走り抜けても、留吉は長走りが怖かった。

途中で足が引きつったら。

転んで大波にさらわれたら。

長走りの前夜は、いつも寝つきがわるくなった。健吉から冬の荒海の次第を聞いたいまは、布団にくるまっていても身体《からだ》が震えた。

夜になって、風が出た。

六十三

十二月十日の九ッ（正午）前に、俊助と健吉は巣鴨《すがも》地蔵の門前町に到着した。ここまでくれば、本郷の浅田屋は目と鼻の先も同然である。

板橋宿の飛脚会所を出るときに、ふたりは巣鴨の門前町茶店で一服しようと話し合っていた。

茶店は、地蔵堂前の『おたふくや』である。ここの豆大福は甘味をおさえた粒餡《つぶあん》と、大福に散らされた塩豆との塩梅《あんばい》がよく、俊助・健吉ともに大好物だ。

茶店に入ると、すぐさま店の女主人おとみが顔を出した。おとみは間もなく四十五を迎えるが、色白で肌は三十女のように艶々《つやつや》としている。

肉置《ししお》きのいい顔も身体つきも、屋号のお多福顔そのものだった。

「よかったよ、なんともなくて」

飛脚の顔を見るなり、おとみが胸をなでおろすような仕草を見せた。

「先《せん》にきたとき、玄蔵さんが次は九日に立ち寄ると言ってたからさあ」

おたふくの豆大福が美味いと教えたのは、組頭《くみがしら》の玄蔵である。江戸組の飛脚は、よほどに先を急いでいない限り、本郷に向かう前の一服をこの茶店で過ごした。

「あたしは聞き違いをした覚えはないし、玄蔵さんは口にした日にはかならず顔を出すひとだしねえ……昨日は日暮れになってもこないから、なにかあったんじゃないかと、夜通し心配していたんだよ」

一気に言ってから、おとみは玄蔵がいないことに気づいた。

「頭はどうしたのさ」

「それが……ちょいとわけありで、まだ金沢なんでさ」

俊助は、玄蔵が足を痛めたことは口にしなかった。おとみも余計な問いはせず、すぐさま茶と大福の支度を店の者に言いつけた。

「それで、道中はどうだったの。北の山道は、もう雪が深いんだろうねえ」

「師走でやすから」

俊助は、あごに薄く生えた無精ひげに手をあてた。江戸組の飛脚は、玄蔵と久太郎《きゅうたろう》のほかはひげは薄い。

しかし俊助も健吉も、牟礼《むれ》から板鼻《いたはな》までの三十一里（約百二十二キロ）の山道では、ときに雪の照り返しを浴びた。とりわけ八日の碓氷《うすい》峠越えでは、昼間は運良く晴天に恵まれた。

ひげは薄くても、ふたりは雪焼けして精悍《せいかん》な顔つきになっていた。

「長い道中、お疲れさまでした」

金沢から走り続けてきたふたりに、長話は禁物だと察したらしい。おとみは軽くあたまを下げて奥に引っ込んだ。入れ替わりに、湯気の立っている焙《ほう》じ茶と、菓子皿に載った大福が運ばれてきた。

「いただきやす」

健吉の大声に、縁台に座っていた年配の参詣客《さんけい》が驚いて振り返った。真冬に日焼けした大男ふたりが、白い大福を口にしている。そのさまを見て、年配客が目を細めた。

笑い返した健吉は、大福を頬張ってから茶をすすった。段取り違いとなった道中の様子が、あたまのなかによみがえった。

おとみが言った通り、当初の段取りでは江戸には九日に着くはずだった。が、長走りで手間取ってしまい、青海《おうみ》宿で一泊する羽目になった。

五日は雪がひどく、わずか五里を進んだだけの糸魚川《いといがわ》にとどまった。六日も雪は降り続いた。しかしふたりは懸命に雪道を進み、道中一番の長丁場をこなして牟礼宿に泊まった。

本来の段取りでは、六日は追分宿で、国許《くにもと》に向かう加賀組飛脚と落ち合う手筈だった。

「いまさら焦《あせ》っても仕方がねえ。明日、追分まで走る途中で行き合えるだろうよ」

俊助の言い分に、健吉もうなずいてから床に入った。翌七日、牟礼と追分とのなかほどにある村の地蔵堂で、暖を取っている加賀組と行き合うことができた。

「どうしやした、今回は五人で金沢に向かうんですかい」

「玄蔵はどうした」

弥吉と俊助は、互いに思いがけない顔ぶれをみて驚きの声を交わした。

「頭は足を痛めて、金沢に留まっておりやす」

健吉が次第を話すと、弥吉の目が大きく曇った。

弥吉からことの顚末《てんまつ》を聞かされ、追分・板鼻にそれぞれ飛脚が控えていると知った

あとは、俊助と健吉が目を見開いた。

「熊谷宿に残した伊太郎《いたろう》は、四、五日あとには浦和の『いけだや』に移る手筈《てはず》になってるからよ」

留吉は、追分と板鼻に留まっている飛脚の名を教えた。

「ゆんべ追分で行き合えなかったからよ。平吉が心配《しんぺえ》ぶってるべ」

留吉は、弥吉のようには案じ顔ではなかった。

「碓氷峠は、雪がもう一尺（約三十センチ）を超えてるからよ」

「長走りは、高さ三丈（約九メートル）の波が打ち寄せておりやす」

互いに道中の難所を伝え合ってから、それぞれが先に向けて進んだ。加賀組も江戸組も、背負子《しょいこ》にはかんじきを縛りつけていた。

玄蔵は弥吉と一緒に、金沢に向かっていると、平吉は思い込んでいた。俊助と健吉が追分宿にあらわれたのを見て、平吉は顔色を変えた。

「なんでまた、俊助はんが一緒ですねん」

「なんでとは、ごあいさつだぜ」

俊助はわざと顔をしかめてから、玄蔵は怪我《けが》をして金沢に留まっていると話した。

「ほんなら金沢からは、だれが密丸《みつがん》持って走ってくるんやろ」

「おめえのお頭と、金沢にいるうちらの組の何人かじゃねえか」

「さよか……」

思案顔になった平吉は、小便がしたくなったと言って健吉たちから離れた。

一夜明けた、十二月八日。

追分に待機する平吉を残して、俊助と健吉は碓氷峠を越えた。幸いにも天気に恵まれ、難所の峠は難なく越えられた。が、山肌の雪の様子は気にかかった。

「あの雪がゆるんだら、雪崩《なだれ》が起きそうだぜ」

峠の茶店で一服をとったとき、俊助は途中の山肌の様子を記した。

「だれか、追分宿に向かうひとはおりやせんかい」

「わしらは、いまから行くがのう」

年配の村人三人が応じた。

「すまねえがこの文を、『よろづや』に泊まっている、平吉てえ飛脚に渡してくだせえ」

村人は差し出された心付は固辞したが、文を渡すことは請合った。

残りの道中もさほどにひどい空模様には出くわさず、健吉たちは十日の正午前に、巣鴨のおたふくやに着くことができた。


「あにいが心配《しんぺえ》していた雪崩のことは、平気ですかい」

「走ってくるのは、雪国育ちの加賀組のお頭だ。山をみりゃあ、すぐに分かるさ」

平吉に文で知らせた俊助は、大丈夫だと請合って茶をすすった。

江戸の空は、今日もどんよりと曇っている。大して強くはないが、風も出ていた。

湯呑《ゆの》みを盆に戻した俊助は、身体に大きな伸びをくれた。

「あとは本郷まで、一気に行くぜ」

「がってんだ」

浅田屋まで、あとひと息である。健吉の返事は威勢にあふれていた。

六十四

四半刻《しはんとき》（三十分）の休みで、健吉の足は充分にいやされた。もともと、今日走ったのは浦和から巣鴨まで、六里（約二十四キロ）足らずに過ぎない。

熱い茶をすすり、ほどよい甘さの大福を口にして、健吉はすこぶる元気になった。

しかも、おたふくやの女主人は、江戸に向かう飛脚たちが道中無事でありますようにと、夜通し案じてくれていた。

身内でもない者が、正味で自分たちの無事を願っていてくれた。ひとの情けの芯《しん》に触れて、俊助も健吉も身体のうちから湧《わ》き上がる熱い思いを噛《か》み締めた。

「ありがとやんした」

飛脚ふたりは、勢いのいい一歩を踏み出すことができた。

巣鴨から本郷の三度飛脚会所までは、中仙道の一本道である。おたふくやを出ると、道の両側には畑が広がり始めた。

白山神社までの十二町（約一・三キロ）は、道が平らである。畑には雪が残っていたりもするが、多くのひとが行き交う中仙道の本道に雪はなかった。

駒込《こまごめ》追分までは、健吉が先を走る手筈である。本郷には四半刻で帰り着ける足の運びで、健吉は俊助を先導するように走った。

だいこん畑を右手に見ながら、ふっ、ふっと調子の定まった息遣いで健吉は駆けた。ところが三本の老松が並んで植わっている小さな辻《つじ》で、いきなり走りをやめた。のみならず両手を大きく広げて、あとに続く俊助までも止めた。

「どうした、健吉。なにか起きたのかよ」

飛脚が道端にとまるのは、尋常なことではない。健吉の身になにかが生じたのかと、俊助は案じ顔を見せていた。

「おれじゃあねえんだが、あれを見てくれ」

健吉が畑の先を指差した。農家が一軒だけ、原っぱの真ん中に建っている。その農家の藁《わら》葺《ぶ》き屋根から、黒い煙が立ち昇っていた。

黒い煙と重たい鈍色《にびいろ》の空とが、色味を重ね合わせている。本道から農家までは、一町も離れていない。遠目の利《き》く健吉と俊助には、農家の周りに人影のないのが見て取れた。

「火事じゃねえか」

「火事です」

臥煙《がえん》（火消し人足）あがりの健吉は、煙の勢いと色味の様子で火事と察した。

見ているうちに、農家から老婆《ろうば》がひとり飛び出してきた。なにができるでもなく、煙を吐く屋根を見上げて、地べたにへたり込んだ。

「あにい、すまねえ」

言うなり、健吉は農家に向かって全力で駆け出した。

「ばかやろう」

強い舌打ちをしてから、俊助もあとを追った。原っぱに着いたときは、背負子を背負ったままの健吉が、老婆に手を貸して立たせていた。

「婆《ばあ》さん、なかにはだれもいねえのか」

「寝たっきりのじさまが……」

動転した老婆は、舌がもつれてうまくしゃべれない。健吉の動きは敏捷《びんしょう》だった。背負子を外し、皮の上っ張りを脱ぎ捨てた。

「あにい、婆さんを頼む」

身軽になった健吉は、黒い煙を吐き出している農家に飛び込んだ。

「婆さん、金目《かねめ》のものはどこに置いてあるんでえ」

「じさまの……」

「聞こえねえ。もっとはっきりと言ってくれ」

「じさまの枕元《まくらもと》の、仏壇のわきだ」

「そこになにがあるんでえ」

「銭函《ぜにばこ》だ」

俊助も背負子をおろした。煙がさらに勢いを増しているが、だれも農家に駆けてくる者がいない。野良《のら》はまだ昼休みなのか、畑にも人影は皆無だった。

「ばあさん、荷物をしっかり見ててくれ」

大声で言い置くと、俊助も母屋《おもや》に駆け出した。入口まで駆けたとき、老人を抱えた健吉が出てきた。

「じいさんの枕元の仏壇わきに、銭函があるてえんだ」

「なかは火が回り始めている。あにいじゃ危ねえ」

老人を俊助に託すなり、健吉は母屋に飛び込もうとした。熱風が、戸口に立った三人に襲いかかってきた。

「母屋から離れていてくれ」

戸口には、半荷《か》（約二十三リットル）入りの水がめが置かれていた。火の用心のための、天水を入れる水がめである。幸いにも、水はかめの上まで入っていた。

ひしゃくがわきに置いてあるが、それを使っていたのでは間に合わない。気合をこめて、健吉は水がめを持ち上げた。

半荷の水にかめの重さが加わり、優に七貫（約二十六キロ）を超えている。それを頭上まで持ち上げると、なかの水をあたまから浴びた。ずぶ濡《ぬ》れになったまま、健吉は母屋に飛び込んだ。

次第に火が回り始めている。藁葺き屋根から、炎の赤い舌がチロチロッと出始めた。

老人を母屋から離れた原っぱに寝かせてから、俊助は母屋の戸口に駆け戻った。

荷物の見張りを言われたことを、老婆は気にしているのだろう。連れ合いが原っぱに寝かされても、持ち場から動こうとはしなかった。

「屋根から火が出始めたぞう」

俊助が怒鳴り声を投げ込んだとき、銭函を抱えた健吉が飛び出してきた。

樫板《かしいた》の函で、四隅には鋲打《びょうう》ちがされた堅固な函である。健吉は銭函を持って、荷物番をしている老婆に近寄った。老人をしっかりと抱えた俊助が、あとに続いた。

「すまねえな婆さん、家が焼かれるのを防げねえで」

元は臥煙の健吉である。母屋の様子を見ただけで、もはや火消しは手遅れだと断じた。ゆえに、母屋には一滴の水をかけることもしなかった。

正気が戻っていた老婆は、原っぱに膝《ひざ》をつけたまま、ずぶ濡れの健吉の股引《ももひき》にしがみついた。

「おめさのおかげで、じさまの命が助かっただよ。なんも文句はねえ」

老婆は声に出して泣き崩れた。悲しさもあるだろうが、健吉への感謝にあふれた、嬉《うれ》し泣きのようだった。

「銭函だけは持ち出したぜ」

健吉は手にしていた銭函を、老婆の前にそっとおろした。

「こんなことまで……ありがてえ、ありがてえ」

老婆は、銭函のふたを開いた。小粒銀、丁銀、一分金などの金銀が、ぎっしりと詰まっている。

分厚い雲が空におおいかぶさっているが、それでも金銀は鈍く光った。

「おめさたちは、命の恩人だ。好きなだけ、持ってってくだせ」

健吉に向かって、老婆は両手を合わせた。

「ばか言ってねえで、そんなものはとっとと閉めなせえ」

ふたを閉じようとして、健吉はしゃがみ込んだ。その拍子に、胸元から位牌《いはい》三柱が
こぼれ落ちた。

「うっかりこれを忘れてた」

健吉はていねいな手つきで、位牌を老婆に手渡した。

「仏壇は持ち出せなかったが、位牌だけはなんとか助《す》けた……」

老婆は、まるでこどものような声をあげて泣きじゃくった。

六十五

十二月十一日の八ツ（午後二時）過ぎから、金沢の町は雪の降り方が強くなった。
城下の大路には、松が十間（約十八メートル）間隔で植えられている。浅田屋本家
前の五間幅の道も、両側は松並木だ。その松が、半町（約五十五メートル）先は舞い
降る雪にかすんでいた。
雪は七ツ（午後四時）になると、一段と降り方を強めていた。

「えらい降りになってきたなあ」

浅田屋の店先で、手代がため息をついた。この調子で一夜降り続くと、明朝には二尺以上の雪が積もる。それを案じてのため息だった。

「今年の雪は、降り方にむらがあって難儀なことやが」

ひとりごとをつぶやいたあとで、いきなり棒立ちになった。

「あっ……」

来客の身なりを見た手代は、慌《あわ》てて店の外に飛び出した。

「こんな雪のなかを、わざわざお運びいただきますとは……」

客は、鹿皮《しかがわ》の合羽《かっぱ》を着用した多賀家家臣だった。茶色の皮に多賀家の定紋が、金糸で縫取《ぬいと》りされている。

前田家藩主より直々に、『密丸』製薬の一子相伝を許された多賀家である。浅田屋の奉公人は、小僧にいたるまで定紋を熟知していた。

多賀家家臣は名乗りもせず、浅田屋の土間に入った。

「傘と合羽をおあずかり申し上げます」

「無用だ」

手代の申し出を拒んだ武家は、店先に戻って雪を払った。極上の土佐紙の縁《ふち》を薄墨《うすずみ》色《いろ》に染めた、奴蛇《やっこ》の目である。この傘も、着用している鹿皮の合羽も、役職者でなければ使えない雨具だ。

武家が雪を払っている間に、手代は番頭を呼びに奥まで駆け込んだ。よほどに慌てていたらしく、本家番頭の源兵衛《げんべえ》は、羽織も着用していなかった。

「てまえは浅田屋番頭の……」

おとずれた武家とは、初顔合わせの源兵衛である。名乗りかけてから羽織を着ていないことに気づいた。

「気にせずともよい」

武家は青ざめた源兵衛を咎《とが》めず、店の周囲に目を配った。見慣れぬ人影がないのを見定めてから、武家は土間の奥まで入った。

「多賀家庶務役、尾島尚方《おじまなおかた》である」

小声で名乗った尾島は、合羽の前を開いて鑑札を取り出した。多賀家定紋が焼印された、樫札である。番頭と手代が、あらためて深くあたまを下げた。

風が出ている。雪が浅田屋の土間に吹き込んできた。

六十六

浅田屋本家には、三種類の客間が普請《ふしん》されていた。

中庭に面した十二畳の二室は、商家の得意先をもてなす部屋だ。この客間の上には、飛脚の部屋が構えられていた。

母屋奥の十六畳間は、二階部分が普請されていない。畳から天井まで九尺（約二・七メートル）の高さがある、広々とした客間だ。三ヵ月ごとに表替えをされる畳は、真冬のいまでも青々としている。四季の花が描かれた襖《ふすま》は、季節ごとに取り替えられた。

三方が庭に面したこの十六畳間は、藩の重役をもてなす客間である。尾島は雪舟の軸が掛けられた床の間を背にして座っていた。

「わが殿には、そのほうの機転のほどを天晴《あっぱ》れであると誉《ほ》めておいでであられた」

尾島は、多賀家当主の言葉を伝えた。部屋に呼び入れられた玄蔵は、腰掛に座したまま両手を膝にあててあたまを下げた。

足首を痛めていることを知っていた尾島は、玄蔵の無作法を咎めなかった。のみならず尾島は、捻挫《ねんざ》の特効薬を持参していた。

「殿よりそのほうに賜った塗り薬だ。湯涌《ゆわく》の湯につかり、三日の間朝夕の二度、足首に塗れば完治いたす」

多賀家では密丸のほかに、骨折・捻挫に効能のある塗り薬『龍虎《りゅうこ》』を調合していた。密丸・龍虎とも、藩主御用に供する薬である。

多賀家秘伝の塗り薬を町人に賜るのは、きわめて異例のことだ。

「一日も早く治し、密丸をぜひともそのほうが江戸まで運ぶようにとの、殿の仰《おお》せである」

「ありがとうごぜえやす」

江戸の職人言葉で応じた玄蔵に、源兵衛は強く眉《まゆ》をひそめた。尾島は気にもとめず、玄蔵の礼を諒《りょう》とした。

「思えば十一代（治脩《はるなが》）様と五代（綱紀《つなのり》）様とは、深い繋《つな》がりがある。こうして密丸を十一代様に御届け申し上げるのも、つまるところ縁《えにし》のなせるわざに相違ない」

尾島が口にした言葉に、源兵衛は深くうなずいた。が、江戸者の玄蔵にはうまく呑み込めず、いぶかしげな顔つきになっていた。

弥吉《やきち》が江戸から到着する前に、玄蔵は密丸の手配りに動いた。

「師走《しわす》に入ると、密丸の薬効が切れるはずだ」

今年の夏に密丸を運んだとき、玄蔵はそれを聞かされていた。

「多賀様御屋敷まで出向いて、密丸の調合を頼んでこい」

夏場に多賀家をおとずれたとき、玄蔵は久太郎を伴っていた。番頭に断わりを言ったうえで、久太郎を多賀家に差し向けた。

本家番頭といえども、御用にかかわる飛脚頭の判断には、異を唱えないのが定めだった。

金釘流《かなくぎりゅう》のひどい筆遣いながらも、玄蔵は案じていることを文にした。

多賀家は二千石の、格式高い加賀藩家臣である。屋敷をおとずれるには、あらかじめ使者が出向き、相手の都合を確かめるのが定法だ。

ところが浅田屋の三度飛脚は、前触れなしにおとずれることができた。藩の機密文書などを扱うがゆえに、加賀藩重臣同様の、特段の扱いを受けたからだ。

「よくぞ気づいたの」

玄蔵からの文を読んだ多賀家用人は、みずから久太郎の前に出向き、玄蔵の判断を誉めた。

「おめえのおかげで、密丸の仕上がりを待つ間が大きく省けた」

密丸調達の藩命を帯びていた弥吉は、玄蔵の判断に心底から感心した。

元禄《げんろく》三（一六九〇）年、前田家五代藩主綱紀は、多賀直定《なおさだ》に密丸製薬の一子相伝を下命した。同時に千五百石の禄高を二千石に加増した。

密丸製薬の元となる処方は、前田家初代の利家が漢人から入手していた。が、調合されぬまま、長らく藩主書庫に眠っていた。

元禄三年一月、江戸出府を四月に控えた綱紀は、胃ノ腑《ふ》に激しい痛みを覚えた。御典医が数種類の薬剤を調合したが、痛みは治まらない。

「直定をこれへ召し出せ」

多賀直定は医師ではないが、生薬《しょうやく》の調合に詳しかった。

「胃ノ腑に腫《は》れ物ができているかと存じますが、適した処方を持ち合わせておりませぬ」

「ならば、これを調合いたせ」

綱紀は初代から伝わった処方箋《しょほうせん》を直定に手渡した。二十七種類の薬草、海草、動物の肝などを調合すべしと記されていた。

幸いにも直定は、二十三種類を手許《てもと》に持っていた。残る四種は、熊《くま》、鹿、猿、キジの内臓などである。直定はすぐさま雪深い山里に入り、猟師と掛け合って四種類を入手した。

薬効はあらたかで、服用二日目に綱紀の胃ノ腑から痛みは消えた。

「製薬は、そのほうから一子相伝の秘法といたせ」

密丸と命名したのは綱紀である。

綱紀は新田開発を推進し、家臣の職制改正など多くの治績を残した。また学者・文人を諸国から金沢に招き、書籍の収集と刊行を奨励。演芸や美術工芸の振興にも惜しみなく金蔵を開いた。

金沢城外郭の名園、『兼六園』の前身『蓮池庭《れんちてい》』の造園を命じたのも綱紀である。

享保《きょうほう》八（一七二三）年、八十二歳の高齢で隠居し、翌享保九年に江戸上屋敷において病没した。密丸の効能が、綱紀に驚くべき長寿をもたらした。

現当主治脩は『病不知《やまいしらず》の藩主』と家臣が称《たた》えるほどに剛健である。常から身体の鍛錬を怠らないことに加えて、適宜服用する密丸の薬効が治脩の体調を良好に保っていた。

内室は病臥《びょうが》の身ながらも、密丸さえ服用を続ければ、すぐさま大事に至ることはない。五代綱紀が製薬を命じた密丸は、十一代治脩と内室のふたりには欠かせぬ秘薬といえた。

綱紀が造園した蓮池庭は、宝暦九（一七五九）年の金沢大火でほとんどを焼失した。治脩の代になって再造園を始め、完成したのは十三年前、安永五（一七七六）年のことである。

尾島が口にした五代目と十一代目の深い縁とは、密丸と蓮池庭（兼六園）を指しての言葉だった。

「雪がこやみになり次第、湯涌まで湯治に出かけやす」

玄蔵は、龍虎を早く塗りたくて仕方がない。二階の部屋から、降り続く雪をもどかしげな顔で見詰めた。

「おれと留吉《とめきち》も一緒に行くぜ」

玄蔵の物言いにつられたのか、弥吉も江戸弁で応じた。

十二月十一日の晩、雪はやんだ。

六十七

玄蔵が二階の部屋から雪を見詰めていた、十一日の夕暮れ前。俊助《しゅんすけ》と健吉《けんきち》は、熊谷宿の『ほていや』で湯船につかっていた。

飛脚には、旅籠《はたご》でつかる湯がなによりのご馳走《ちそう》である。江戸から熊谷宿までは十六里（約六十三キロ）の道のりだ。

際立《きわだ》って長い道中でもないが、それでも身体《からだ》はくたびれる。しかも俊助と健吉は、江戸に帰着したその翌日に、またもや中仙道を走っていた。

それだけに、湯のぬくもりは格別の味わいのはずだ。ところが大きな湯船につかった健吉は、顔をこわばらせていた。

「仲間を売りやがって……」

両手ですくった湯を顔にぶつけた健吉は、目尻《めじり》が吊上《つりあ》がっていた。

「犬畜生にも劣るてえのは、平吉《へいきち》のことだ。あにいも、そう思いやせんかい」

「許せねえ」

言ってから、俊助は健吉を強い目で見た。

「だがよう健吉……加賀組のお頭が追分に着くまでは、くれぐれも平吉に気づかれるなと、旦那《だんな》さんにそう言われたんだ」

「分かってやす」

「だったら、もうちっと落ち着きねえ。その顔じゃあ、おめえの胸のうちは相手に丸見えだぜ……」

舎弟をいさめた俊助だが、こみ上げる怒りで語尾が震えていた。

十二月十日の八ツ半（午後三時）過ぎに、俊助と健吉は本郷の三度飛脚会所に到着した。板橋宿の会所ではなにごともなかったが、本郷の会所は俊助たちが着くなり騒がしくなった。

浅田屋江戸店《だな》番頭の忠兵衛《ちゅうべえ》は、いつもなら店で待っていた。ところがこのときは、会所で待ち構えていた。

「玄蔵はどうした」

ふたりを見るなり、忠兵衛は場も忘れて大声を発した。会所の全員が振り返ったほどに甲高い声だった。

「お頭は足を痛めて、金沢にとどまっておりやす」

周りの目と耳を気にした俊助は、番頭の耳元で事情を伝えた。

「そうか……玄蔵の身に、なにか起きたわけではなかったのか」

玄蔵のいないわけに得心した忠兵衛は、小僧を先に店まで走らせた。

「おまえたちも元気そうで、なによりだ」

忠兵衛は到着遅れを咎めもせず、ふたりの無事な帰着を喜んだ。

「なにしろ、冬場の北国街道でやすから」

会所には、他の飛脚問屋の手代たちも詰めている。忠兵衛に道中のまことを話すこともできず、俊助は軽い調子で応じた。

「旦那様がお待ちかねだ。すぐさま店に帰ろう」

会所で到着の手続きを済ませるなり、ふたりは三町（約三百三十メートル）離れた浅田屋まで駆けた。息を切らしながら、忠兵衛もあとを追った。

伊兵衛《いへえ》は濃紺無地の紬《つむぎ》の長着だけで、綿入れも羽織らずに座っていた。

「玄蔵の足の具合は、よほどにわるいのか。おまえたちが遅れたのは、途中でなにかが起きたからなのか」

言伝《ことづて》を聞いていた伊兵衛は、ふたりが座るなり立て続けに問うた。

答える前に、俊助は座り直した。

これほどまでに、あるじが到着遅れを案じていたことは、かつてなかった。よほど藩からきつい咎《とが》めを受けたのだと思い、俊助は肚《はら》をくった。健吉も顔つきを引き締めた。

「お頭は足首を捻《ひね》っただけで、それほどのことではありやせん」

玄蔵の容態を伝えたあと、俊助は丹田《たんでん》に力をこめた。

「親不知《おやしらず》と巣鴨《すがも》とで、いささかわけがありやして……」

仔細《しさい》は俊助が話した。

たとえひとの生き死につながる変事に遭遇しても、かかわりを持たずに先を急ぐ。これが、加賀藩御用を担《にな》う三度飛脚の掟《おきて》である。

ふたりはその掟を二度までも破った。しかも到着が丸一日遅れたのだ。きつい咎めを受けるにとどまらず、三度飛脚の御役御免を言い渡されても文句は言えない身である。

話し終えたふたりは、伊兵衛の前で深々とあたまを下げて詫《わ》びた。

「なにごともなくて、なによりだ」

伊兵衛の口から、咎めの言葉が出ない。俊助と健吉は、戸惑いながらあたまを下げ続けた。

「おまえたちには済まないが、明日になったらもう一度、平吉のとどまっている追分まで向かってくれ」

伊兵衛は、いまなにが起きているかを細かに話した。

密丸《みつがん》を、一日も早く江戸に運ばなければならない事情。それを、御庭番が邪魔立てするかもしれないこと。

「弥吉には御庭番の話はしたが、平吉が隠密《おんみつ》の手先だと分かったのは、金沢に向けて発《た》ったあとだ」

思いも寄らない話を聞かされて、俊助と健吉は言葉を失《な》くした。

「密丸は、弥吉と留吉が運んでくるに違いない。おまえたちは追分にとどまり、弥吉を待ってくれ」

「加賀組のお頭に、平吉のことを耳打ちするわけでやすね」

怒りで顔を朱に染めた健吉が、身を乗り出した。

「弥吉が着くまでは、平吉に悟られぬよう充分に気を払ってくれ」

もしものためにと、伊兵衛は桐《きり》の小箱を俊助に持たせた。なかには、極上の塩硝が詰まっていた。

「御庭番の話を聞いて、お頭はさぞかし歯噛《はが》みをしてるだろうぜ」

俊助がぼそりとつぶやいた。健吉のうなずきに湯がこぼれた。

六十八

金沢城下の雪は、十二月十一日の夜に入ってやんだ。真夜中には月星が出て、朝日と入れ替わるまで青白い光で雪を照らした。

十二月十二日は、数日ぶりに朝日が夜明けを告げた。

「玄蔵さんは、五ッ半(午前九時)には発つんだとよ」

「晴れてよかったがね」

「かなやさんの湯なら、玄蔵さんにもよう効くやろうしねえ」

浅田屋の賄《まかな》い婦は、みな玄蔵びいきである。朝餉《あさげ》の支度を始めた三人は、全員が顔をほころばせていた。

江戸から走ってくるときの玄蔵は、三人に小物のみやげを買ってきた。金沢滞在中は三日に一度、夕餉のあとで小粒銀の心付をはずんだ。

それも受け取る者が負担に思わぬように、汁椀《しるわん》の下に潜ませてである。

初めて心付をもらった翌朝、三人は廊下に並んで深々と玄蔵にあたまを下げた。

「よしてくれ」

玄蔵は本気で口を尖《とが》らせた。

「おめえさんたちが拵《こしら》えてくれた飯が美味《うま》いから、礼をしたまでだ」

二度とあたまなぞは下げてくれるなと、三人はきつく言い渡された。

以来、小粒銀の心付をもらった翌朝は、軽い会釈《えしやく》で礼を伝えてきた。玄蔵に、格別の扱いをしているわけでもない。強いて言うなら、玄蔵好物の小梅を茶請けに切らさないことぐらいだ。

心付をはずんでも威張らず、恩着せがましい振舞いにも及ばない。別扱いも求めない。

そんな気性であるがゆえに、賄い婦たちは心底から玄蔵を大事に思っているのだ。

玄蔵が足首を捻った十二月二日、三人は夕餉の買出しに出た足で、卯辰山《うたつやま》の愛宕《あたご》神社まで出向いた。

「なにとぞ玄蔵さんの足が、すぐに治りますように」

寒風が吹き渡るなかで、玄蔵の回復祈願でお百度を踏んだ。

「玄蔵さんがよくなるまで、明日っから代《かわ》り番《ばん》こでお参りにこよう」

強くうなずき合った三人は、十二月三日から交代で愛宕神社へのお参りを始めた。

雪が積もった石段は、登るも下るも難儀である。

それでも、一日も休まずに回復祈願の参詣《さんけい》を続けた。その祈りが通じたのだろう。

「多賀家から玄蔵さんに、龍虎《りゅうこ》という捻挫《ねんざ》の特効薬が下されたがね」

手代の口から、吉事が奉公人全員に伝わった。

「湯涌《ゆわく》の湯につかって龍虎を塗ったら、三日もしないうちに治るとよ」

大喜びした賄い婦たちは、話を聞かせた手代に砂糖湯を振舞った。

「これで、玄蔵さんの足が治る」

「いい按配《あんばい》に、雪もやんでくれたがね。明日の湯涌行きも安心だわさ」

寝床に入る前に、三人は愛宕神社に向かって深くこうべを垂れた。


へっついの火を小さくしてから、賄い婦のひとりが庭に出た。昇り始めた朝日が、幾筋もの光の帯を空に散らしている。

「きれいな朝だわさ」

凍えがきついだけに、朝空の美しさが際立って見えた。残るふたりが、支度の手をとめて庭に出てきた。

「玄蔵さんの湯涌行きを、お天道様が祝ってくれてるんだがね」

ひとりが朝日に向かって手を合わせた。すぐさま、ふたりが続いた。

「玄蔵さんの足が治りますように」

三人とも、胸のうちで同じ祈りを唱えていた。

六十九

玄蔵、弥吉、留吉の三人は、城下から湯涌村まで馬を雇った。駕籠《かご》も思案のひとつだったが、村の入口から湯治場までは、だらだらと長い登りが続く。

「雪の登り道は、駕籠より馬のほうがずっと楽だでよう」

浅田屋出入りの馬子に強く勧められて、玄蔵たちは馬にした。馬子は、雪国育ちで脚が太く、蹄《ひづめ》も大きい丈夫な馬を用意した。

一尺（約三十センチ）の雪をものともせず、馬は確かな歩みで街道を進んだ。浅田屋を出たのが五ツ半、湯涌村の入口には八ツ（午後二時）過ぎに着いた。

三頭の馬は、二刻半《ときはん》（五時間）で四里（約十六キロ）の道のりをこなした。

「おめえは、よく頑張ってくれたぜ」

鞍《くら》に座ったまま、玄蔵は右手を伸ばして馬の首を撫《な》でた。小さないななきで、馬が応《こた》えた。

「ここからは登り道だでよう。しっかり手綱を摑《つか》んでてくれや」

村の入口から湯治場までは、およそ半里（約二キロ）の登り道である。玄蔵たちは鞍から尻《しり》を浮かせて座り直そうとした。

浅田屋からの道中を進むうちに、馬と乗り手の息遣いが合ってきたようだ。玄蔵が座りやすいように、馬は歩みを加減した。

馬子も馬も、雪道には慣れている。一尺の雪が積もった登り道を、足取りも変えずにずんずんと進んだ。

「駕籠じゃなくてよかったぜ」

しみじみと玄蔵がつぶやいたとき、先頭を行く弥吉を乗せた馬がいきなり立ち止まった。馬上の弥吉が前のめりになったほどに、急な止まり方だった。

「なにがあったんでえ」

後ろに続く玄蔵が大声で問いかけた。弥吉の馬を引く馬子が、細道の両側に生い茂る杉林を指差した。

城下に比べて、山里は雪が深い。杉の細枝が、葉に積もった雪の重さで大きくしなっていた。

とはいえ、杉は真《ま》っ直《す》ぐに立っている。枝がしなっているほかは、格別におかしな様子もなかった。

「あの木は倒れるだ。馬がそう言ってる」

言うなり馬子は、弥吉を乗せたまま馬の向きを変えた。残る二頭も、弥吉の馬に続いた。

「おれには、なんともねえようにしかめえねえぜ」

「そうだな、わけが分からね」

玄蔵と弥吉が小声を交わした。その声に、不気味な軋《きし》み音が重なった。始まりはギシッ、ギシッとのろかったが、次第に調子が早くなった。

玄蔵と弥吉が呆気《あっけ》にとられた顔で見ている間に、杉の大木が細道に向けて倒れてきた。道に積もった一尺の雪が、杉の大木を受け止めた。

木が倒れても轟音《ごうおん》は立たない。静けさが、かえって不気味だった。

倒れた杉は、根元が裂けている。長さおよそ三丈、根元の幹周りは三尺（約九十センチ）はありそうだ。取立てて大木というわけでもないが、見た目見当でも重さは二百七十貫（約一トン）を超えていそうだった。

鞍から飛び降りた弥吉は、馬の鼻面《はなづら》に身体《からだ》を寄せた。熊《くま》の毛皮を着ている弥吉だが、馬はいやがらずに白い鼻息を吐いていた。

「あのまま歩ってたら、おめか留吉かが下敷きにされたべさ」

「その通りだ」

玄蔵も右足を気遣いつつ、鞍からおりた。そして弥吉の馬と自分の馬の二頭の顔を、気持ちをこめて撫でた。馬は白い鼻息を強く吐いて、玄蔵の気持ちを受け止めた。

「助かったはいいが、この杉をどうすりゃあいいんだ」

倒木が細道をふさいでいる。馬子と飛脚の六人では、到底動かせそうになかった。

「馬子さんよう」

手招きされて、頭領格の馬子が弥吉に近寄った。

「この辺りで、ちっとばかり音を出しても文句は言われねえべな」

「そんだことは平気だ。冬場はここいらの猟師が、始終鉄砲さぶっぱなしてるがね」

「そいつは好都合だ」

留吉と目を見交わした弥吉は、ふたり揃《そろ》って皮袋から細長い紙包みを取り出した。

留吉がひとつ、弥吉はふたつの紙包みを手にしている。

「弥吉あにいも留吉も、そんなものを持ち歩いていたんですかい」

玄蔵が呆《あき》れ顔になった。包みは、極上の黒色火薬が詰まった『破裂薬』である。

雪山を駆ける三度飛脚は、この破裂薬と塩硝とを携行していた。崩れた雪に閉じ込められたり、行く手をふさがれたりしたときに使う、いわば脱出用の非常薬である。

玄蔵も飛脚で走るときには、常にふたつを携行した。が、湯治に出向く今日は携えてはいなかった。

「雪道では、なにが起きるか分からねっからよ」

弥吉と留吉は、慣れた手つきで破裂薬の包みに、導火線を差し込んだ。太めの木綿糸に黒色火薬をこすりつけた導火線は、少々の水に濡《ぬ》れても火は消えない。

「長さは五尺（約百五十二センチ）にするべ」

携行はしていても、使うことは滅多にない破裂薬である。久々に使えるのが嬉《うれ》しいのだろう。留吉に指図をする弥吉は、声を弾ませた。

馬とひととが通れるだけの、隙間《すきま》ができればいいのだ。破裂薬三包は、倒木の中ほどに仕掛けられた。

「おめたちは、半町下がってろ」

馬三頭と、馬子三人に玄蔵が、指図された通りに倒木から離れた。

ふところから懐炉を取り出した弥吉は、息を吹きかけて火を強くした。懐炉灰が真っ赤になった。

互いに顔を見交わしてから、弥吉と留吉は手にした導火線に点火した。

シュル、シュル、シュルッ……。

強いにおいと、鋭い音を発しながら、火が走ってゆく。一尺燃えたのを見定めてから、弥吉と留吉も木から離れた。

玄蔵たちは、耳に手を当てて破裂を待っていた。

「そんなことしなくても、音は大したことはねっから」

弥吉が言った通りだった。破裂薬は、杉の真ん中を見事に吹き飛ばしたが、破裂音はさほどに大きくはなかった。

「藩の塩硝役は、音が立たねえ破裂薬を拵えてくれてっからよ」

何度か使ったことのある弥吉が、自慢げに鼻を蠢《うごめ》かした。

玄蔵は、破裂薬を使ったのを見たのは初めてである。真ん中が吹き飛ばされた杉が、雪道に横たわっている。威力に驚いた玄蔵は、いつまでも目を見開いて杉を見詰めていた。

七十

「そうですか……龍虎をお使いになるんですか……龍虎をねえ……」

玄蔵の顔を見詰めたまま、かなやの番頭は何度も同じ言葉を口にした。

「龍虎がどうかしやしたかい」

意味ありげな顔つきをした番頭を、玄蔵はいぶかしく思った。問いかける口調には、刺《とげ》が含まれていた。

「どうかしたわけではございませんが、あのお薬を使われるとは、さすがに三度飛脚のお方は剛毅《ごうき》だと、感心いたしたまででございます」

それだけを言い残すと、番頭は宿帳を手にして部屋から下がった。

夏の氷室《ひむろ》開きを差配するのが、かなやの当主である。温泉宿は数軒あったが、かなやは宿の造作が抜きん出て美しかった。

玄蔵たち三人は、二階の十畳間に案内されていた。障子窓を開くと、中庭と泉水、それに露天風《ぶ》呂《ろ》が見える眺めのよい部屋である。

「おめと一緒に寝るのは、初めてでねえか」

「言われてみりゃあ、その通りでやすね」

「おめ、いびきはどうだ」

「おれはうさぎみてえに静かに眠りやすぜ。弥吉あにいこそ、いびきは勘弁してくだせえ」

「おれは見た目の通りだ。熊っこととおんなじで、いびきはかかねえ。そうだな、留」

「そうだと思うけんど……」

三人がいびき談義をしているさなかに、女中が茶を運んできた。弥吉、留吉の順に湯呑《ゆの》みを差し出し、最後に玄蔵の前に湯呑みを置いた。

「お客さん、龍虎を使うって番頭さんが言ってたが、大丈夫かね」

女中は、村の農家から手伝いにきている娘である。年は若いが、物言いには遠慮がなかった。

「番頭さんも言ってたが、龍虎がどうかしたてえのか」

「どうかしたかって……お客さん、龍虎のことは知らねっかね」

玄蔵は知らないと答えた。女中の顔色が変わった。

「多賀家のお武家さんから、なんも聞かねで?」

「湯涌の湯につかって、三日間、朝夕の二回塗ればいいと言われたぜ」

「そんだけかね」

「ほかになにかあるのかい」

「大変だわさ」

急須《きゅうす》を卓に残したまま、女中は階下に駆け下りた。戻ってきたときには、先刻の番頭が一緒だった。

「多賀家のお武家様は、お客様の肝の据わり具合を見込まれましたがゆえに、なにも申されなかったのでしょうが……」

いままでこの宿で、湯治に龍虎を使った客は五人いたと、番頭が話し始めた。

「どのお方も、ご立派なお武家様でございましたが……」

番頭は話の途中で口を閉じ、玄蔵を見詰めた。先が聞きたい玄蔵は、話を続けてくれと番頭をせっついた。

「四人のお武家様は、一度塗っただけでおやめになりました」

「あとのひとりはどうしたんでえ」

「二日目の朝まで……三度目までは我慢なさったようですが、結局はそこでおやめになりました」

五人とも、塗ったあとの激痛に音を上げての取りやめだった。

「お客様が、最後まで続けられることを念じております」

部屋を出るときの番頭と女中は、憐《あわ》れむような目で玄蔵を見た。階段まで進んでから、番頭は言い忘れをしたかのように急ぎ足で戻ってきた。

「龍虎《りゅうこ》を塗られる前に、せめてご夕食は存分に召し上がってください」

番頭と女中が階段を下りると、二階の座敷は静まり返った。いびきがどうこうと弾んだ声で話していた三人が、口を固く閉ざしている。

「良薬は口に苦してえ、言い伝えもあるんだ」

玄蔵は、弥吉と留吉の気持ちを引き立てるかのように、わざと明るい声で話を始めた。

「なにをおいても、江戸まで走らなけりゃあならねえんだ。おれは龍虎をたっぷり塗るぜ」

「よく言った」

立ち上がった弥吉は、玄蔵とひたいがくっつくほどに間合いを詰めて座り直した。

「おめには、おれと留吉がついてるでよ。思いっきりやれや」

あたかも、土壇場《どたんば》に向かう男を励ますような調子である。不意におかしさがこみ上げたのか、玄蔵と弥吉は笑い転げた。

存分に湯につかったあと、身体から湯気を出しつつ部屋に戻った。そして、息を詰めて玄蔵は足首に龍虎を塗った。

たちまち、白目になった。

七十一

十二月十二日、五ッ（午後八時）。湯涌温泉かなやは、騒々しいことになった。

「すまねけんどねえさん、番頭さんに二階さすぐにきてくれって言ってけれ」

気が急《せ》いた留吉は、お国訛《なま》り丸出しである。女中に言い置いたあと、留吉は音を立てて階段を駆け上った。間をおかず、番頭と女中が部屋に顔を出した。丸めた手拭《てぬぐ》いを口に銜《くわ》えた玄蔵が、うめき声を漏らして激痛をこらえていた。

わきに座った弥吉は、玄蔵の右手をしっかりと握っている。浴衣《ゆかた》の袖《そで》からのぞく弥吉の腕には、毛がびっしりと生えていた。

その毛を押し分けるように、血筋がくっきりと浮かんでいる。玄蔵の手を握る強さが、いかに強いかが察せられた。

「龍虎を塗ったお武家さんたちは、どんだけ長い間、痛《いて》って騒いだんだかおせえてくれ」

差し迫った声の留吉が、番頭に問うた。

「お武家さまによって違いましたから、一概には申せませんが」

「なんでもいいっから、分かってること言ってみろ」

表情を変えない番頭に苛立《いらだ》った弥吉が、声を荒らげた。身体つきも顔つきもいかついが、弥吉は滅多に怒鳴り声はあげない。

頭《かしら》の荒々しい物言いを聞いて、留吉が息を詰めた。

「とりわけご丈夫だったお方は、四半刻（三十分）ほどで痛みがひいたようでございました」

「聞いたか、玄蔵。おめなら四半刻もかからね。しっかり踏ん張れ」

弥吉の励ましを聞いた玄蔵は、うめきながらもうなずいた。が、身体を動かすと、さらに痛みが増すらしい。玄蔵は、手拭いを食いちぎりそうなほどに強く噛《か》んだ。

「どうした玄蔵、しっかりするだ」

弥吉の腕に、いっそうくっきりと血筋が浮かんだ。

「雪をたっぷりいれた桶《おけ》と、手拭いを二本、持ってきなさい」

番頭に言いつけられた女中は、すぐさま階段を駆け下りた。戻ってきたときには、桶に山盛りの雪を運んできた。

「雪だけじゃあ、しょうがないだろう。水を汲《く》んできなさい」

土瓶一杯の水を桶にあけた番頭は、雪混じりの水に手拭いをつけた。軽く絞ると、幾重にも畳んで玄蔵のひたいに載せた。

火鉢ひとつだけの、凍えた部屋に玄蔵は横たわっていた。しかし強い痛みに襲われて、ひたいには脂汗《あぶらあせ》を浮かべている。

番頭の気働きで、よく冷えた手拭いがひたいに置かれた。それが心地よいらしく、玄蔵のうめき声がわずかながらも小さくなった。

「気持ちいいか、玄蔵」

弥吉の問いに、玄蔵がうなずいた。それでまた、痛みがぶり返したらしい。龍虎を塗った右足が、ぴくっ、ぴくっと引きつり始めた。

「足首も冷やしたほうがいいんでねっか」

「いけません」

弥吉の言ったことに、番頭は強い口調で駄目を出した。

「冬場にここで龍虎を塗ったお武家さまは、あまりの痛みに我慢がきかず、ご家来に言いつけて雪をかぶせられました」

「それで、どうなった」

「余計に痛みが増したらしく、ご家来に当り散らされて……桶を投げつける騒ぎになりました」

じっと我慢なさるほかはありません、と番頭は小憎らしいほどに落ち着いた声で答えた。

深いため息をついたあと、弥吉は玄蔵の手を握った。弥吉の手は、毛深くて分厚い。その手が白く見えるほどに、玄蔵も力をこめて握り返していた。

何度か、強いうめき声が玄蔵から漏れた。が、次第に痛みが和らぎ始めたのだろう。

番頭が口にした四半刻も経《た》たぬうちに、玄蔵の握り返しが弱くなった。

弥吉の後ろに控えていた番頭が、心底から感心したような顔つきになった。

「さすがは三度飛脚のお方です」

番頭に言いつけられた女中は、燗酒《かんざけ》の入った一合徳利三本を運んできた。あて（酒の肴《さかな》）には、下地《したじ》（醤油《しょうゆ》）を薄くかけた、するめが用意されていた。

「ひとたび和らぎ始めたあとは、どのお武家さまも、あっという間に痛みが消えたとおっしゃいました」

番頭が言い終わらぬうちに、玄蔵は銜えていた手拭いを口から外した。

「なんだったんでえ、あの痛みは」

身体《からだ》を起こした玄蔵当人が、呆気《あっけ》なく消えた激痛に、だれよりも驚いていた。

「せっかく痛みが消えたところに水を差すようでございますが、二度目、三度目と、回を重ねるごとに痛さは増すそうでございます」

三度まで我慢したひとりの武家は、三度目が一番きつかったと番頭に話していた。

「三日で治ると、尾島様が請合ってくだすったんだ。どんだけ痛くても、命まではとられねえ」

「おめなら、やるさ」

番頭が用意した燗酒を酌《く》み交わしたあと、三人はふたたび露天風呂に向かった。

「龍虎になにが入ってるか、番頭さんがおせえてくれたけんど……」

露天風呂の岩に寄りかかった留吉に、弥吉と玄蔵が目を向けた。

「なんだってあの番頭さんは、そんなことを知ってるんでえ」

「三度目までこらえたお武家が、多賀家のひとから聞きだしたんだと」

「それを、あの番頭さんから聞かされたてえのか」

玄蔵の目を見ながら、留吉が小さくうなずいた。

「なにが入ってるだ、留吉」

「虎《とら》と熊《くま》のきんたますり潰《つぶ》した粉と、鹿《しか》の脳みそを乾かしてすった粉だと」

「虎と熊のきんたまだとぉ?」

玄蔵の声が裏返った。

「金沢には、虎がいるてえのか」

「いるわけはね。唐土《もろこし》か高麗《こうらい》から多賀家は手に入れてるべさ」

玄蔵の驚きかたがおかしいのだろう。弥吉の目元がゆるんだ。

「ほかにも色々入ってるそうだけんど、多賀家のひとは詳しいことは言わなかったてえやした」

玄蔵に話す留吉は、江戸弁と国訛りとがごちゃ混ぜになっている。

「玄蔵よう」

露天風呂の真ん中で、弥吉が立ち上がった。石灯籠《いしどうろう》の明かりが、岩に積もった雪に照り返されている。びっしりと生えた弥吉の体毛に、湯涌の湯がまとわりついていた。

「虎と熊のきんたまに食いつかれたら、そりゃあいてえべさ」

笑い転げる弥吉の股間《こかん》で、一物が揺れている。玄蔵と留吉の目が、弥吉のモノの立派さに釘《くぎ》づけになっていた。

七十二

番頭が聞かせた通り、塗る回数が重なるにつれて、玄蔵に襲いかかる痛みは増した。なかでも十三日の夜の苦しみ方はひどかった。

「しっかりしろ、玄蔵」

声を限りに励ます弥吉までが、痛みに顔をゆがめた。握り返す玄蔵の力が、それほど強かったのだ。

しかも三度目のときは、四半刻《しはんとき》が過ぎても玄蔵の痛みは引かなかった。塗ってからほぼ半刻近くも、玄蔵は激痛にもだえた。そのあとで、いきなりぐったりとなった。

「なんだか様子が違うべ」

頭の弥吉に、留吉は我を忘れてぞんざいな物言いをした。弥吉にもわけが分からない。

「しっかりしろ、玄蔵。どうした、なんか言ってくれ」

大声で呼びかけても、玄蔵から応《こた》えがない。弥吉の手を握り返す力も失せている。

青ざめた弥吉は、玄蔵の右手を握ったまま、口元に顔を寄せた。

「息はしてる」

息遣いに乱れがないことを見極めた弥吉は、玄蔵の頬を強く叩《はた》いた。

「しっかりしろ。おれの声が聞こえっか……玄蔵、なんか言え」

弥吉は、目一杯の力で玄蔵の頬をひっぱたいた。二発目も同じ調子で叩き、三発目を食らわせようとしたとき、玄蔵が目を開いた。

「あにい、それぐれえで勘弁してくんねえ」

玄蔵の物言いに、いつもの調子が戻っている。

「このやろう……ひとに心配させやがって、なにが勘弁しろだ」

安堵《あんど》の思いがこみ上げた弥吉は、乱暴な物言いをしながらも目元が大きくゆるんでいた。

「あんまり痛《いて》えんで、ふっと気が遠くなっちまった」

身体を起こした玄蔵は、きまりわるそうな顔で手を頬に当てた。力まかせに弥吉が張った右の頬は、ぷくっと腫《は》れていた。

「あにいが龍虎を塗るときは、おれが面倒みやすぜ」

「そいつは願い下げだべな」

江戸組の頭と加賀組の頭が、笑顔で見交わした。

かなや三日目の朝飯のあと、玄蔵はいつになく思い詰めたような顔つきになっていた。

「情けねえ話だが、四度目を塗るのがおっかねえ」

玄蔵は真顔である。弥吉も、半端《はんぱ》なことは言えないと思っているのだろう。うなずきもせず、じっと玄蔵を見詰め返した。

「ここからが、男の勝負どころでやしょう」

おのれに言い聞かせるようにつぶやいてから、玄蔵は龍虎が詰まった蛤《はまぐり》の貝殻を開いた。

窓の障子戸は、大きく開かれている。斜め上の空から、二階座敷に朝の光が差し込んでいた。

貝殻に詰まった龍虎が、黒光りしている。玄蔵、弥吉、留吉の三人が、息を詰めて龍虎に見入った。

薬を見るのは四度目で、もはや見慣れたはずの色である。ところがこの朝は、いつも以上にどす黒く見えた。あたかも、玄蔵の肚《はら》の据わり具合を確かめるかのような、不気味な色味である。

大きく息を吸い込んでから、玄蔵は右の人差し指と中指で、龍虎《りゅうこ》をたっぷりとすくった。量の多さが、玄蔵の覚悟のほどを示していた。

塗る前に、玄蔵はひと呼吸をおいた。大きく息を吸い込み、そのまま息をとめて一気に足首に塗った。

弥吉も留吉も、玄蔵と同じように息を詰めて見守った。

昨日の夜の三度目のときは、塗るなり玄蔵は押し殺した悲鳴を漏らして、後ろに倒れこんだ。四度目はどうなることかと、弥吉と留吉が尻《しり》を浮かせて身構えた。

玄蔵の顔が痛みでゆがんだ。が、悲鳴もうめき声も漏らさなかった。

「こらえることはねっから、思いっきり声を出せ」

「妙な具合だ……」

悲鳴ではなく、玄蔵はいぶかしむような物言いをした。

「なにが妙だ、玄蔵」

「ゆんべよりは、ずっと痛くねえ」

「ほんとか」

「ちくちくするが、これぐらいなら、どうてえことはねえ」

「おめ……塗ったのは龍虎に間違いねっか」

「ほかに薬は持ってねえ」

言いながら、玄蔵は貝殻を確かめた。弥吉の言ったことを聞いて、つい不安になったのだ。貝殻も、薬のにおいも、龍虎に間違いはなかった。

「ひょっとしたら、おめの足は治ってきたんでねっか」

「おれもいま、おんなじことを思ってやした」

三度目を乗り切ったあと、玄蔵の足は急速に治癒《ちゆ》に向かっていた。

五度目を塗った十四日の夜は、ほとんど痛みを感じなくなっていた。

「それは、治っていることのなによりのあかしです」

番頭は龍虎の中身がなんであるかのほかにも、大事なことを武家から聞いていた。

「打ち身だとか、捻挫《ねんざ》だとかがないかたは、龍虎を塗ってもまるで痛みは感じないそうです」

塗っても激痛を覚えないのは、玄蔵の足が治っているからだと番頭は請合った。

「そんなことがあるのかよ」

「ございますとも」

番頭の答えにはよどみがない。三人の目が番頭に向いた。

「お疑いでしたら、みなさんでお試しになればよろしいでしょう」

番頭の口調が強くなった。

「肘《ひじ》でも膝《ひざ》でも、どこかにぶつけてみれば、すぐに分かります」

「おれがやってみるべ」

留吉が試し役を買って出た。

最初に留吉は、なんでもない向こう脛《ずね》に龍虎を軽く塗った。痛みもなにも感じないのを確かめてから、卓の角に向こう脛をぶつけようとした。

「くれぐれも、軽く、でございますよ」

留吉は笑いながら、卓の角に向こう脛をわざとぶつけた。ところが加減を誤り、顔をしかめた。

「それだけ強くぶつけられますと、塗ったあとが大変でございますが」

番頭が案じ顔になっている。

「どってことね、こんぐらい」

玄蔵と同じ手つきで、留吉は龍虎を指ですくった。そして、向こう脛に強く塗りつけた。

「ギャッ」

熊に襲われた猿のような声を発して、留吉が後ろ向きに倒れ込んだ。

「ですから、お気をつけくださいと申し上げましたのに……」

番頭は冷たく言い置いて、座敷から出て行った。留吉は目に涙を浮かべて痛みをこらえている。

弥吉は啞然《あぜん》とした顔で、痛がる留吉を見ていた。

七十三

十二月十五日の朝、玄蔵の捻挫は見事に完治していた。

「見てくれ、あにい。飛び跳ねても、もうなんともねえ」

治ったのが嬉《うれ》しい玄蔵は、露天風呂《ぶろ》に通じる石畳の上で、こどものようにぴょんぴょんと飛び跳ねた。

「よしな。雪を踏んで転んだら、おめはもう一回、龍虎を塗る羽目になるぜ」

「ちげえねえ」

あたまを搔《か》いた玄蔵は、それでも完治した喜びが身体の芯《しん》から湧《わ》き上がってくるのだろう。露天風呂にだれもいないことを見定めてから、勢いよく湯船に飛び込んだ。

飛び散った湯が、岩に積もった雪を溶かして穴をあけた。

「足慣らしには、ここからご城下まではお誂《あつら》えの道のりだ。けえりは三人で歩きやしょう」

弥吉も同じことを思ったのだろう。ふたつ返事で受け入れた。

「またいつでも、湯治にお越しくださいまし」

番頭の言葉を背中に受けて、三人は城下への帰途についた。玄蔵の足取りが、一番軽やかだった。

七十四

十二月十五日、八ッ半（午後三時）過ぎ。弥吉、玄蔵、留吉の三人が、金沢浅田屋本家まで半町（約五十五メートル）の辻《つじ》に姿を見せた。

大路の両側に植えられた松は、葉にたっぷりと雪を載せている。この日の昼前まで、城下一帯に雪が降った。松葉と枝には、新しい雪がかぶさっていた。

「お頭たちが帰ってこられました」

土間に駆け込んだ小僧が、甲高い声で報《しら》せた。江戸組二番手の久太郎が、土間に飛び降りて雪駄を突っかけた。嘉市《かいち》、良助《りょうすけ》、新吉《しんきち》、吾助《ごすけ》の江戸組四人が続いた。

「どうだ、玄蔵は自分の足で歩けているのか」

源兵衛《げんべえ》にうなずいた小僧は、赤い頬の顔をほころばせている。

「そうか……」

源兵衛から安堵の吐息が漏れた。小僧は賄《まかな》い場に駆け込み、弥吉たちが帰ってきたことを告げた。

「玄蔵さんは？」

賄い頭のおうめは、源兵衛と同じことを小僧に訊《き》いた。

「かんじきを履いた足で、しっかり歩いておられます」

小僧の答えを聞いて、賄い女三人が手をとめた。前掛けで手を拭《ぬぐ》うなり、おうめ、おきく、おすぎの順に店先へと駆け出した。

湯涌《ゆわく》から城下までの道中は、ほぼ積雪一尺の道が続いた。が、藁沓《わらぐつ》にかんじき履きの三人は、確かな足取りで雪道を歩いてきた。

「おかえんなせえやし」

久太郎が軒下であたまを下げた。

「おかえんなさい」

江戸組飛脚と、奉公人の声が重なった。ひと息遅れて、賄い女三人が出迎えの言葉を口にした。

土間には源兵衛が立っていた。

「ご心配をかけやした」

「ほんとうに三日で治るとは、龍虎の効き目は大したもんだ」

「明日っから、江戸に向かいやす」

笠《かさ》をかぶったまま、玄蔵があたまを下げた。笠の雪が土間に落ちても、気に留める者はいなかった。

飛脚たちが二階に上がったあとで、源兵衛はおうめを呼び寄せた。

「急な言いつけですまないが、いまからじぶ煮はできるかね」

「まかせてくんなせ。ちゃんと用意してっから」

おうめが胸を叩《たた》いた。手回しのよさに、源兵衛は舌を巻いて感心した。

足首が完治すれば、玄蔵がこの日に湯涌から帰ってくると、おうめたちには分かっていた。十二日から今日までの四日間、おうめ、おきく、おすぎの三人は、毎日愛宕《あたご》神社に完治祈願に出向いた。

今朝方のお参りをすませた帰り道、おうめは市場に出向いた。そして鶏肉《とりにく》と加賀野菜の金時草《きんじそう》を買い求めた。

冬場、金沢から江戸への便が出る前夜には、加賀料理のじぶ煮を拵《こしら》えるのが浅田屋の決まりだ。鶏肉も金時草も、じぶ煮の食材である。

玄蔵さんが、明日には江戸に向けて走り出せますように……。

縁起をかついだおうめは、源兵衛の指図を待たずに材料を買い求めていた。

「それじゃあ、支度を頼んだよ」

「あいよう」

弾んだ声で応じたおうめは、台所に戻るなり夕食の支度を再開した。玄蔵が帰ると信じていたおうめたちは、先取りしてじぶ煮の下拵えを進めていた。

市場で買った鶏肉は、すでにそぎ切りにして、小麦粉をたっぷりとまぶしていた。

「おきくさんには、生麩《なまふ》としいたけを任せっからね」

「あいよう」

指図への返事は、あいようが決まりだ。おきくは手馴《てな》れた庖丁さばきで、しいたけの石突きを取り、飾り包丁を入れ始めた。

おすぎは金時草の葉を摘み、塩茹《ゆ》でに取りかかった。金時草は、葉の裏が鮮やかな紫色をしている。初めて口にしたとき、玄蔵は江戸では見たことがないと言って喜んだ。それをおすぎは覚えている。また喜んでもらえると思ったのか、塩茹でをする顔が嬉《うれ》しそうだ。

下拵えを終えた鶏肉、生麩、しいたけ、それに煮汁をくぐらせた金時草を器に盛りつける。その上に煮汁をかけ、わさびを盛ればじぶ煮の出来上がりである。

やっと玄蔵さんに、じぶ煮が出せる……賄い女は三人とも、目元がゆるみっぱなしだった。

三度飛脚の箱膳《はこぜん》には、七品の料理が載っていた。座の話も大いにはずんでいる。時折り、大きな笑い声も生じた。

七十五

出立を翌朝に控えた弥吉、玄蔵、留吉、久太郎の四人が、じぶ煮を食べ始めた六ツ半(午後七時)。江戸の麴町《こうじまち》では、松平定信と大田典膳とが差向いに座っていた。

定信と典膳の膝元に出されているのは、湯呑《ゆの》みに注がれた茶だけである。その茶にすら、定信は口をつけていなかった。

「旗本・御家人の金詰りをいかにして打開いたすかに、だれもが気をとられておる」

加賀藩の塩硝をどのように沙汰《さた》すべきか……その評定は当面はむずかしいと、定信は苦々しい口調で典膳に聞かせた。

「旗本は五千家以上、御家人にいたってはおよそ一万五千家が、越年の金子《きんす》工面にあえいでおる」

「有《あ》り体《てい》に申し上げますれば、その数はまだまだ内輪にござります」

「さもあろう」

手焙《てあぶ》りにかざしていた定信の右手が、強く握られた。

「急ぎ五万両を札差に貸し与えるよう、勘定奉行には十二日に下命いたしたが、不埒《ふらち》にも、札差どもは貸付を断わりおった」

定信の口元が歪《ゆが》んだ。

喜怒哀楽をあからさまに見せないのが、老中職にある者の務めである。幕閣を前にしたときの定信は、このような顔を見せることはない。

典膳相手であるがゆえに、いまは素の感情を見せた。典膳は口を閉ざしたまま、定信の怒りが鎮《しず》まるのを待っていた。

棄捐令《きえんれい》発布後、札差百九人は一斉に貸し渋りの挙に出た。

「お貸しいたそうにも、手許《てもと》には一両のカネもございません」

奉公人にこう言わせて、当主は武家に会おうとはしなかった。札差以外に、武家には金策の手立てはない。町場の金貸しは、確たる担保のない武家を相手にしなかった。

武家と商人との精算は、盆暮れ二度の『節季《せっき》払い』が定めだ。年末の払いを目前にして金策に詰まった旗本・御家人たちは、幕閣に札差をなんとかしてほしいと強く迫った。

直参の窮状ぶりは、将軍家斉《いえなり》の知るところとなった。

「すみやかに金蔵を開くがよい」

将軍直々の下命を受けた定信は、公金五万両を札差に貸し付けることにした。

「五万両を用いて、追い貸しに応ずるように」

勘定奉行は、役所に召し出した札差肝煎《きもいり》にこれを申し渡した。ところが肝煎五人は、その場で五万両の受け取りを拒んだ。

借りても返済の目処《めど》が立たないというのが、拒絶の理由である。

公儀からの貸付利息は一年に三分。札差が武家に融通する貸付利息は、年利一割八分だ。帳面面《づら》では、一割五分の差益が得られる、札差には有利な話である。

それを断わったのは、棄捐令に対する意趣返しだけではなかった。

たとえ年三分の低利であっても、所詮《しょせん》は貸付金である。融通を受ければ、札差は公儀に対して返済義務を負うことになるのだ。武家は、いつまた棄捐令を発布するか知れたものではない。そんな相手に追い貸しなどは、危なくて応じる気にはなれなかった。

借りても返済の目処が立たない。開き直りも同然だが、融通を拒む筋は通っている。借りても返せないという相手には、勘定奉行といえども借りろと強要することはできない。

が、札差の言い分を受け入れれば、直参の金詰りの放置につながり、将軍の下命に逆らうことになるのだ。

さりとて公儀が旗本・御家人に限って貸付を行うのは不可能である。なにゆえ徳川家だけが、家臣に対して手前勝手な措置を……諸藩からこう責められたときには、申し開きができなくなる。

なんとしても公金は、札差を経て直参に貸すしか手立てがなかった。

いかにして、札差に公金融通を受け入れさせるか……。

年末を目前に控えたいま、幕閣はこの対処に追われていた。

「かくなるうえは、正月に内室同伴を果たせぬことを責めるしかない」

「それを端緒として、塩硝の一件を治脩《はるなが》公に問い質《ただ》されるということでござりましょうか」

わずかにうなずいた定信の眉間に、二本のしわが寄った。きつい指図を下す折りには、このしわが刻まれる。典膳は居住まいを正した。

「いかなる手立てを講じようとも、密丸《みつがん》を届けさせてはならぬ」

「御意のままに」

下された指図も、典膳の答えも短い。定信は、眉間《みけん》にしわを寄せたまま典膳を見詰めた。

「すでに配下の者を、追分宿に差し向けてござります」

典膳はあいまいな言い方で、足りない言葉を補った。答えに得心したのか、定信はすっかり冷めた茶に初めて口をつけた。

七十六

十二月十五日夜の出立準備は、いつにも増して念入りだった。江戸に向かうのは弥吉と留吉、それに玄蔵と久太郎である。

加賀組と江戸組が、ともに頭と二番手を江戸に差し向ける。三度飛脚の老舗《しにせ》浅田屋でも、初めてのことだった。

しかも運ぶのは『密丸』だけである。加賀藩の命運がこの秘薬にかかっていることを、江戸に向かう四人は熟知していた。

それゆえに、出立の備えは念入りを極めた。

密丸は、弥吉と玄蔵が分けて持つことにした。江戸までの道中で、御庭番の襲撃があるかもしれない。玄蔵のみならず、留吉も久太郎もそれを知っていた。

「どっちかひとりが、江戸に着けばいい」

弥吉が口にしたことを、玄蔵、留吉、久太郎の三人はしっかりと胸のうちに刻みつけた。

懐炉灰。長めの命綱。着替え。破裂薬に導火線。そして、若干の加賀みやげ。皮袋の中身は限られていた。

足りない品は、途中の宿で仕入れる手はずである。四人が荷物を詰め終えたとき、源兵衛が顔を出した。

「大事をとって、青海《おうみ》に一泊する段取りで道中割を記してある」

四人に一枚ずつの半紙が手渡された。書き上げたばかりの道中割は、まだ墨の湿りが残っていた。

十六日　金沢～魚津。
十七日　魚津～青海。
十八日　青海～糸魚川《いといがわ》。
十九日　糸魚川～牟礼《むれ》。
二十日　牟礼～追分。
二十一日　追分～板鼻《いたはな》。
二十二日　板鼻～浦和。
二十三日　浦和～江戸。

日にちと宿場名だけが記された、素っ気ない道中割である。しかし四人の飛脚は、銘々が半紙の先に道中の様子を思い描いていた。

御庭番は、どこで待ち伏せしているのか……だれも、口には出さなかった。が、半紙を見詰める四人の顔が引き締まっていた。

源兵衛も、今回の道中が尋常なものでないとわきまえている。その思いが、道中割の筆遣いに出ていた。

どの文字も太く、たっぷりと筆にひたされた墨は、黒々としている。まだ湿っている墨に、道中の無事を願う源兵衛の願いがこもっていた。

「今夜は、ゆず湯を立てさせておいたから」

四人の気持ちを引き立てるかのように、源兵衛が明るい口調で告げた。

「そいつあ、ありがてえ」

玄蔵が勢いよく立ち上がった。浅田屋の湯殿には、五人の大男でも一度に入れるだけの広さがある。

「弥吉あにいと一緒にへえるのは、あんまりぞっとしねえが……そうだろう、留吉」

玄蔵の軽口に、留吉は目元をゆるめて応じた。

「勝手なことを言ってやがるぜ」

歯切れのいい物言いをした弥吉が、最初に部屋を出た。残る三人は団子になって弥吉を追った。

分厚い檜《ひのき》の板で拵えた湯船は、横幅一間半（約二・七メートル）、奥行き一間（約一・八メートル）もある。四人が同時につかったら、大きな音を立てて湯が溢《あふ》れ出た。湯と一緒に、ゆずも湯船からこぼれた。転がったゆずは、檜の簀子《すのこ》の下に潜り込んだ。

「もったいねえ」

湯船から飛び出した久太郎は、簀子の下に手を差し入れた。湯でふやけてはいても、ゆずは球形である。久太郎の手から逃れるように、あちこちへと転がった。

「うわっ」

簀子の下をまさぐっていた久太郎が、身体《からだ》つきに似合わぬ声を漏らして飛び下がった。

「どうした、久太郎」

なにごとが起きたのかと、玄蔵が湯船の真ん中で立ち上がった。湯が動き、またもやゆずがこぼれ出た。

「うっかり、なめくじに触っちまったんでさ」

「ばかやろう。おめえ、幾つだ」

「すまねえこって……」

あたまを掻《か》きながら、久太郎が湯船に戻った。

「なめくじが怖くて、御庭番を相手にできるのかよ」

久太郎の顔を目がけて、玄蔵は思いっきり湯をぶっかけた。しょげ返った久太郎を見て、三人の男が笑い転げた。ひとしきり笑ってから、弥吉が真顔になった。

「ついでに白状しとくが、おれは血を見るのが苦手だ」

えっ……と、留吉、久太郎が言葉に詰まった。

「血を見るのがいやで、飛脚になったようなもんだ」

「山で出くわしたら、熊《くま》のほうが弥吉あにいから逃げ出すだろうによ」

ひとは分からねえもんだと、いまさらながらに玄蔵がつぶやいた。

「おら、ほんとうは臆病《おくびょう》だでよう」

留吉が怖いものを白状したあとは、玄蔵に三人の目が集まった。

「おれの苦手なのは……」

ひと息おいて、乳の大きな女だと玄蔵が言い放った。

「ふざけんじゃねえ」

三人が玄蔵に湯をかけた。一個残らず、ゆずが湯船からこぼれ出た。

七十七

十二月十六日の八ツ半（午前三時）に、江戸の雪はやんだ。急ぎ足で雲が流れ去り、夜明けは久々に晴れた。

大店《おおだな》は季節・晴雨にかかわりなく、明け六ツ（午前六時）には店の雨戸を開く。商家の小僧が、東の空を指差した。

「うわあ、きれいだ」

「寒くて耳がちぎれそうだけど、ごらんよ……お天道《てんとう》さまが、とってもきれいだよ」

八ツ半まで降り続いた雪が、御府内の各町を純白に塗り替えている。朝日は、まっさらな雪を照らしながら昇っていた。

夜になっても、晴天は続いた。

六ツ半（午後七時）に、一挺《ちょう》の宝仙寺駕籠《かご》が浅田屋江戸店《だな》の前に着けられた。駕籠《かご》舁《か》きは、雪道に備えて藁沓《わらぐつ》履きである。

「お待たせいたしやした」

浅田屋の土間に入った前棒が、深々とあたまを下げた。背中に『本郷鳥山』と染め抜かれた綿入れの半纏《はんてん》を着ている。

本郷鳥山は、江戸でも三本の指に数えられる駕籠宿の老舗《しにせ》である。屋根つきの宝仙寺駕籠を十挺も有しており、舁き手のしつけも行き届いている。

ゆえに、本郷界隈《かいわい》の武家や大店は鳥山をひいきにした。

「旦那《だんな》様、駕籠が参りました」

土間にいた小僧が、駕籠が迎えにきたことを伝えた。間をおかず、数人の男たちが土間に出てきた。先導しているのは、江戸店番頭の忠兵衛である。

「凍えておりますから、お足元にお気をつけください」

明かりを落とした土間は、薄暗い。すぐ後ろに続く当主に、忠兵衛が言葉を添えた。

当主は、羽織り袴《はかま》の正装である。羽二重の羽織りには、丸に崩し卍《まんじ》の五つ紋が染め抜かれていた。

駕籠舁きに案内されて、当主は宝仙寺駕籠へと向かった。浅田屋の奉公人たちは、店先から駕籠までの両側に立っている。あたかも、あるじを寒さから守るかのようだ。

当主が乗り込むと、すかさず忠兵衛が手焙りを駕籠に差し入れた。

「雪の夜道は、ことのほか凍えがきついかと思われますので」

忠兵衛の声が、いつになく大きい。当主に話しかけるというよりは、周りに聞かせているかのようだ。

番頭の大声に、当主はわずかなうなずきで応《こた》えた。結い直したばかりの髷《まげ》が、びんつけ油の甘い香りを放っていた。

「旦那様のお出かけでえぇす」

小僧がひときわ甲高い声で、当主の出立を告げた。奉公人全員があたまを下げた。

駕籠舁きの前に立った先導役が、家紋の描かれた提灯《ちょうちん》を胸元に掲げた。ろうそくの明かりが、雪道を照らし出した。

後棒の三歩後ろには、後詰役《ごづめ》のように男がひとり続いている。町人髷で提灯を持ってはいるが、歩き方に隙《すき》がない。

下り坂の途中で、男は提灯を左手に持ち替えた。加賀藩江戸詰用人・庄田要之助の警護役、田所研介《たどころけんすけ》の顔が浮かんだ。田所は、ひとに悟られぬように小さな息遣いで坂道を下っている。

とはいえ、吐く息で時折り口の周りが白くなるのは防げなかった。

はあん、ほう。はあん、ほう……。

雪の夜道に聞こえるのは、駕籠舁きの掛け声だけだった。

七十八

浅田屋江戸店を六ツ半に出た宝仙寺駕籠は、山谷堀今戸町《さんやぼりいまど》へと向かった。晴れた昼間であれば、四半刻《しはんとき》（三十分）もかからない道のりだ。

しかしこの夜の駕籠が山谷堀に着いたのは、浅草寺が五ツ（午後八時）を撞《つ》き終わったところだった。

大川《おおかわ》と山谷堀とが交わる場所に架かっているのは、今戸橋である。橋のたもとには、三杯の屋形船が同時に横付けできる大きな船着場が構えられていた。

土佐者に限った口入屋兼業の船宿『濱田屋《はまだや》』の、自前の船着場である。真冬の五ツだというのに、屋形船は三杯とも軒下の提灯に明かりが入っていた。

三杯の船は、一列に舫《もや》われていた。ひっきりなしに三味線、小太鼓、鉦《かね》の音曲《おんぎょく》が流れてくる。賑《にぎ》やかな音に、山谷堀の川面が揺れた。

が、騒いでいるのは先頭と後尾の二杯である。真ん中の一杯も軒下の提灯に灯は入っているものの、船は静かだ。

しかし傍目には、三杯の屋形船すべてが騒いでいるように見えた。

今戸橋のたもとで宝仙寺駕籠をおりた要之助を、濱田屋の提灯を手にした手代が出迎えた。

「今夜はこじゃんと（めっきり）冷えちょりますきに、足元には気をつけてつかあさい」

手代は土佐訛《なま》りである。要之助は大店の当主らしく鷹揚《おうよう》にうなずき、手代に続いた。

田所は、提灯の明かりを消して後に続いた。

真ん中の屋形船に案内された要之助は、雪駄を脱いで座敷に上がった。浅田屋当主に扮《ふん》した要之助は、履物にまで気を配っていた。

土佐藩江戸留守居役森勘左衛門《かんざえもん》が、座敷のなかほどに座っていた。後ろには、羽織り姿の町人が控えている。濱田屋当主、潤兵衛《じゅんべえ》だった。

要之助が座につくと、勘左衛門が居住まいを正した。

「本郷からの雪道、まことに雑作をおかけ申した」

「会談を申し入れたのは、てまえでござる。気遣いは無用に願いたい」

禄高《ろくだか》では加賀藩が土佐藩を大きく上回っていた。が、互いにこだわりなく、互角の物言いをしている。それほどに、要之助と勘左衛門は相手を信頼していた。

「この者が、先般お聞かせ申した濱田屋潤兵衛でござる」

勘左衛門にうながされて、潤兵衛が留守居役のわきまでにじり出た。

「六代目濱田屋潤兵衛にございます」

潤兵衛はきれいな江戸弁を話した。要之助はうなずきで応じたが、名乗りはしなかった。

濱田屋初代は、土佐手結《てい》湊《みなと》の網元である。百三十八年前の慶安四（一六五一）年に、初代は尾張熱田湊へと出向いた。熱田の漁師から勇魚《いさな》（鯨《くじら》）獲《と》りの技を学ぶためにである。

土佐の海に勇魚は群れていたが、漁法は拙《つたな》いものだった。慶安当時の土佐藩重臣野中兼山《けんざん》は、財政立て直しにつながる漁法・技法を、他国から土佐に持ち込ませようとした。

尾張から招いた勇魚漁師もそのひとつだったが、漁師はすべてを教えぬままに帰国した。

「熱田湊にて、技を修得いたせ」

兼山直々の命を受けた初代は、総勢十五人で尾張に出向いた。半年で漁法は身につけたが、初代は土佐に帰らなかった。

「手結の濱田屋は、弥次郎《やじろう》に譲ると言うちょいてくれ」

実弟に手結の網元を譲った初代は、江戸に出た。熱田でいい仲となった遊女にせがまれてのことである。

肝《きも》の太さと才覚とに恵まれていた初代は、開府から五十年後の承応《じょうおう》二（一六五三）年に、江戸の今戸町で船宿を興《おこ》した。

当時はまだ、土佐から江戸に出てくる者は限られていた。土地に不案内な土佐者は、だれもが濱田屋を頼った。初代潤兵衛が今戸にいることは、国許《くにもと》でも知られていたからだ。

以来、濱田屋は今日まで長屋の世話から仕事の世話まで、土佐者の周旋を続けている。仕事の口入先は、商家に限らず武家もある。それらの土佐者の口から、さまざまな話が濱田屋当主の耳に届けられた。

濱田屋が、土佐藩の御用にも応じていたのは言うまでもない。勘左衛門は、濱田屋の大きな耳に全幅の信頼を寄せていた。

「庄田殿からお聞かせいただいた料理番の一件は、まさしく正鵠《せいこく》を射ておった」

「それでは、土佐藩でもやはり料理番が……」

問われた勘左衛門は、顔つきを引き締めてうなずいた。

「それのみではござらぬ」

勘左衛門が声をひそめた。要之助は、わずかに膝《ひざ》を前に進めた。

「貴藩の塩硝同様、当家にも公儀には厳に秘しておきたい一事がござっての……」

屋形船には勘左衛門、濱田屋潤兵衛、要之助、田所の四人しかいない。勘左衛門が本題に入ろうとしたのを察して、潤兵衛と田所は座敷の隅に下がった。

耳を塞《ふさ》ぐためではない。船の周囲に気を配らんがためである。田所は万一に備えて、浅田屋半纏のたもとから寸鉄《すんてつ》と匕首《あいくち》とを取り出した。寸鉄とは、手のひらに隠せる鉄の棒である。

潤兵衛も胸元のさらしに挟んでいた匕首を取り出して膝元に置いた。

二杯の屋形船が、大騒ぎを始めた。

七十九

十二月十六日夜、五ツ過ぎ。本郷一帯には、六寸（約十八センチ）の雪が積もっていた。

「番頭さん、お気をつけて……」

手代の声に送られて浅田屋江戸店を出たのは、番頭の身なりをした伊兵衛だった。

当主は六ツ半に、宝仙寺駕籠で出かけたことになっている。ゆえに伊兵衛は、番頭忠兵衛に扮していた。

髷も忠兵衛の形に結い直しており、羽織ではなく綿入れの半纏を着ている。みずから提灯を提げた伊兵衛は、六寸も積もった雪道を歩くために、藁沓《わらぐつ》にかんじきをつけていた。

そうまでして伊兵衛が出向こうとしている先は、湯島天神だ。加賀藩と浅田屋の、安泰祈願の夜参りのためにである。

加賀藩も浅田屋も、幾つも難儀を抱えていた。

加賀藩用人は、土佐藩留守居役と打開策を話し合うために、今戸橋に出向いていた。御庭番の目をあざむくためとはいえ、百万石大名の重臣が町人に扮し、あろうことか町駕籠に乗って出かけた。

「土佐藩とは、腹蔵なき談判をいたす所存だ」

言ったあとの要之助の目は、かつて伊兵衛が見たこともないほどの強い光を帯びていた。

「すべては密丸《みつがん》が二十五日までに届くという、まさしくその一点にかかっておる。二十五日を過ぎたならば、たとえ御内室様が服用なされても、御回復あるや否《いな》やは定かではないというのが、御典医の診立てだ」

しかと頼んだぞ……。

要之助は目の光とは裏腹の、物静かな口調で言い置いた。静かな物言いであっただけに、伊兵衛には余計にこたえた。

今日はすでに十六日である。

段取り通りに弥吉《やきち》たちは、密丸を持って江戸に出立できたのか。それを知る術《すべ》のない伊兵衛は、胸の内に大波が立った。さりとて奉公人の手前、あからさまな苛立《いらだ》ちを見せることはできない。焦《じ》れながらも平静を装《よそお》い続ける。当主の務めとはいえ、伊兵衛は身体《からだ》の芯《しん》に強い疲れを覚えた。

座っていると、わるいことばかりに思いが走った。

もしも途中で、御庭番の襲撃を受けて、密丸が届かなくなったら。

要之助が町人に扮してまで土佐藩と談判していることが、すべて無駄になる。そうなれば加賀藩のみならず、土佐藩までが改易の憂《う》き目に遭うかもしれない。

加賀藩改易となれば、浅田屋も無事ではすまない。身代《しんだい》取り潰《つぶ》しのみならず、わるくすれば御役目不行届きということで、鏖殺《おうさつ》（一族みなごろし）の沙汰《さた》が下されるかもしれなかった。

間のわるいことに、頼みの綱と思っていた玄蔵《げんぞう》は、足首を痛めて走れないという。

もしも密丸が届かなかったらと思うと、伊兵衛の胃ノ腑《ふ》がきりきりと痛んだ。ただ座しているときではないと思い直し、伊兵衛は湯島天神への夜参りを決めたのだ。

離れの普請《ふしん》が首尾よく運んでいることが、ただひとつの光明だった。

闇《やみ》ばかりではない。一筋だけとはいえ、光は差している。昨日は舞い降る雪模様のなかで、職人たちはひたむきに普請を続けた。

棟梁《とうりよう》みずからカンナを持ち、雪を払いのけながら檜《ひのき》を削っていた。だれもが命がけで働いてくれている。力がひとつに合わさっている。

普請場の様子を思い返すことで、伊兵衛はおのれを励ました。

提げているのは、二十匁《もんめ》の太いろうそくを灯した大型の提灯である。凍《い》てついた夜空には、満月があった。蒼《あお》い月光と、ぬくもりのある提灯の明かりが混ざり合って、雪道を照らしている。伊兵衛は六寸の雪を、かんじきでしっかりと踏みしめた。

息遣いを整えて、一歩ずつ、同じ歩調で進んだ。

わたしが湯島天神への行き帰りをしっかりと歩むことで、弥吉たちの道中無事がかなうに違いない……。

胸の内で飛脚たちの無事を念じつつ、伊兵衛は雪道を歩いた。五ッを過ぎたいまは、雪が凍り始めていた。

サクッ、サクッ……。

硬くなった雪を、かんじきが踏みしめている。調子の揃《そろ》った小気味よい音が、伊兵衛の歩みの確かさを示していた。

半町（約五十五メートル）先に、湯島天神の常夜灯が見えてきた。菜種油を燃やす常夜灯は、明るくて頼もしくさえ見える。伊兵衛の歩みがわずかに早くなった。

が、鳥居をくぐり、境内の石橋を渡ったところで伊兵衛の歩みが止まった。

石橋から本殿までの四半町には、石畳が敷かれている。いまは六寸の雪がおおいかぶさっていた。

その雪の上を、上背のある女が裸足で駆けていた。一心になにかを唱えながらの、お百度参りである。

おりんさんじゃないのか……。

七福に行ったことのない伊兵衛は、おりんを知らない。しかし俊助や健吉が、おりんの話をしているのを何度も聞いていた。

「五尺六寸（約百七十センチ）のおりんさんなら、お頭《かしら》と並んでもお似合いだぜ」

常夜灯の明かりは、本殿までは届かない。伊兵衛が手にした提灯の明かりだけが、お百度を踏む女をぼんやりと浮かび上がらせていた。

見た目に五尺六寸はありそうだ。それだけの上背がある女は、そうざらにはいない。

石橋のたもとに立つ伊兵衛に気づかないほどに、おりんは夢中になってお百度を踏んでいた。

わたしのほかにも、飛脚の無事を願ってくれるひとがいる……。

伊兵衛は気持ちをこめて、おりんにあたまを下げた。石橋のたもとには、一本の梅の古木がある。正月に咲くことで知られた梅である。

伊兵衛は小枝に提灯を向けた。ものみな凍てつく寒気のなかで、枝には小さな膨らみが生じていた。

八十

「我が藩も、藩主料理番のひとりが御庭番と通じており申した」

土佐藩江戸留守居役森勘左衛門は、屋形船の真ん中で声をひそめた。留守居役が内に抱えた苦衷は、要之助もすでに味わっている。

要之助は引き締めた顔でうなずき、話の先をうながした。

「まことに迂闊《うかつ》きわまりないことだが、その者は一領具足《いちりょうぐそく》の血筋でござった。百年以上の付き合いがある料亭の推挙ゆえ、雇い入れの吟味には甘さを生じておった」

濱田屋の調べで、初めてまことの素性が判明いたした……話す勘左衛門の口元が歪《ゆが》んでいた。

一領具足とは、戦国時代の土佐国主長宗我部《ちょうそかべ》配下にあった下級武士を指した。中世から続く農兵で、農耕に従事しながらも鎗《やり》の柄にわらじと兵糧《ひょうろう》をくりつけて畔《あぜ》に置いた。

有事にはすぐさま軍役に服す一領具足は、長宗我部戦力の中核ともいえる組織だった。

関ヶ原の合戦の軍功を称《たた》えられた山内一豊は、禄高を四倍増されて遠江《とおとうみ》国掛川から土佐国へと移封された。ところが土佐には、一領具足が待ち構えていた。

何度も一揆《いっき》騒動を繰り返したのち、一領具足は平定された。土佐藩初期の重臣野中兼山は、一領具足の一部を郷士《ごうし》や庄屋に取り立てて、新田開発を推し進めたりもした。

しかし多くは農民となって雌伏。いまだに土佐藩への対決姿勢を捨ててはいなかった。

御庭番と通じていた土佐藩藩主の料理番は、名を鉄太郎《てつたろう》という。国許の蓮池《はすいけ》町生まれで、三十七歳の料理人である。

藩が雇い入れたのは、五年前の天明四（一七八四）年。城下でも指折りの料亭『花《か》壇《だん》』が、鉄太郎の請け人となっていた。花壇は藩の重臣もひいきにしている料亭で、創業は寛永六(一六二九)年の老舗《しにせ》である。藩主付きの料理番は、代々花壇の推挙する者を雇い入れてきた。

いままで一度も不祥事はなかったがゆえ、鉄太郎の素性吟味は花壇の言い分を鵜《う》呑《の》みにしていた。

「藩主料理番のひとりが、公儀御庭番と通じていた」

要之助からの急報を受けた勘左衛門は、すぐさま濱田屋潤兵衛を呼び寄せた。

「これらの者の素性を、念入りに吟味してもらいたい」

藩主料理番六人の名を、勘左衛門は手渡した。初代が江戸で船宿を興して以来、濱田屋には城下はもとより、周辺郡部にいたる寺の過去帳が揃っていた。

郡部には、一領具足の残党が数多く潜伏している。それらの血筋の者を周旋しては、濱田屋の屋台骨を揺るがしかねない。寺の過去帳の写しを手許に置くのは、濱田屋には欠かせない備えといえた。

鉄太郎当人は蓮池町正蓮寺《しょうれんじ》の檀家《だんか》で、素性にあやしい記載はなかった。が、正蓮寺は江戸・芝増上寺につながる浄土宗の寺である。

勘左衛門から示された六人のなかで、鉄太郎ただひとりが浄土宗の檀家だった。

「鉄太郎の身元を調べろ」

潤兵衛の指図で、江戸にいる土佐者への徹底した聞き込みがなされた。その結果、鉄太郎の遠縁の者が領内物部《ものべ》村にいることが判明した。

物部村には、いまだに一領具足が多く潜んでいる。

「よくぞ調べてくれた」

潤兵衛から報告を受けた勘左衛門は、その日のうちに鉄太郎の捕縛を命じた。加賀藩のように、内通者を泳がせておくゆとりは土佐藩にはなかったからだ。

公儀にはひた隠しにしているが、一領具足残党と土佐藩との対立は、抜き差しならない局面を迎えていた。

武術鍛錬を怠らない一領具足は、戦闘能力では土佐藩士を大きく上回っていた。藩は鉄砲をひそかに調達して、万一の襲撃に備えた。二十年にわたって買い集めた鉄砲は、百挺《ちょう》を超えている。

城中の武器庫に厳重に隠してあるが、もしもそれが公儀に露見すれば改易には格好の口実となる。

鉄太郎が、どこまで鉄砲の一件を知っているのか。

なにを御庭番に話してきたのか。

一領具足と鉄太郎は、どこまで深くつながっているのか。

それらを訊《き》き出すために、勘左衛門は拷問《ごうもん》もいとわなかった。すべてを白状したのち、鉄太郎は絶命した。

「公儀は一領具足に手を貸し、国許《くにもと》での騒動を画策しておった。幸いにも鉄太郎は鉄砲の一件は知らなかったが……内通者を失ったとあっては、越中守《えっちゅうのかみ》様が一段と警戒の目を当家に向けられるは必定でござる」

「いかにも」

要之助は目元を引き締めて応じた。

「ただいま御老中方は、旗本と御家人の救済に忙殺されておる」

それが幸いして、まだ定かには摑《つか》めていない塩硝だの鉄砲だの詮議《せんぎ》は行われてはいない……要之助が口にした見立てに、勘左衛門もしっかりとうなずいた。

「それゆえに、もしも当家や尊藩の御内室様病臥《びょうが》を知ったとあらば、越中守様はきつい御沙汰を下されるに相違ござらぬ」

まさに……と答えた勘左衛門は、あとの口を閉ざして要之助が話すのを待った。

「密丸を携えた飛脚は、すでに国許を出ております」

「さようでござるか」

この夜初めて、勘左衛門が顔つきを明るくした。

「二十三日までには、江戸に届く手筈《てはず》でござる」

いかに御庭番が邪魔立てをしようとも、密丸はかならず届くと、要之助は請合った。口調からは、浅田屋への厚い信頼がうかがえた。

「なにとぞよしなに」

勘左衛門が辞儀をした。要之助も辞儀で応《こた》えて談判は終わった。

頃合を見計らって屋形船の船頭ふたりが、酒肴《しゅこう》を運んできた。器も膳《ぜん》も吟味された上物だが、所詮は屋形船常備の食器である。

加賀藩で使う品に比べると、漆の仕上がりは大きく劣っていた。しかし椀《わん》のふたを取るなり、要之助は思わず口元をゆるめた。

「これは……」

「お祭しの通り、寒ブリを用いた粕汁《かすじる》でござる」

濱田屋の料理番はこの日の朝早く、日本橋の魚河岸《うおがし》まで出向いた。加賀藩用人に供するために、料理番は六寸も積もった雪道もいとわなかった。

間のよいことに、目の下三尺（約九十センチ）もある寒ブリが売り台に載っていた。黒潮に乗って回遊するブリは、冬場の土佐では鰹《かつお》や勇魚《いさな》の代わりに大いに好まれた。

加賀から越中にかけての海でも、寒ブリは多く獲《と》れる。あたまをぶつ切りにし、冬野菜と炊《た》き合わせて酒粕で味付けをする『粕汁』は、冬場の北陸名物だ。

濱田屋の料理番はブリ料理に長《た》けており、粕汁も手の内の一品だった。

「密丸を携えた三度飛脚は、いまごろは魚津もしくは糸魚川でござろう」

雪のなかでは、一段と粕汁が美味であろう……要之助の口ぶりには、三度飛脚の無事を願う思いが色濃く滲《にじ》んでいた。

八十一

前夜来の雪がやみ、十二月十七日の追分宿は冬晴れの朝を迎えた。

追分は本陣一軒、脇《わき》本陣二軒、旅籠《はたご》三十五軒の宿場だ。さほどに大きくはないが、飯盛女《めしもりおんな》の数は百五十人を超えていた。

「気持ちよく晴れたつうのに、なんて顔をしてるだね」

炊き立て飯を給仕するおよねが、平吉《へいきち》の気を引き立てようとした。およねは三度飛脚の定宿『よろづや』の飯盛女で、平吉の夜伽《よとぎ》役でもある。

俊助《しゅんすけ》と健吉が同席した朝飯の場でも、馴《な》れ馴《な》れしい物言いを隠さなかった。

「いらんこと言わんでもええさかい、さっさと飯をよそうてくれ」

平吉は仏頂面《ぶっちょうづら》のままである。仲間の手前というよりは、内に抱えた屈託ゆえの不機嫌だった。

「メシを食うたら、わては出かけますわ」

「好きにすりゃあいいさ」

俊助は、気にもとめないという口ぶりで応じた。

「雪しかねえ宿場で、どこに出かけるてえんでえ」

平吉と同い年の健吉は、物言いに遠慮がない。問われた平吉は返事もせず、飯に生卵をかけた。

「どこに行くんでえ、平吉」

健吉は声を尖《とが》らせて、さらに問いを重ねた。

「そんなことを、いちいちおまえに言わんならんのか」

「なんでえ、その言い草は」

健吉が力任せに茶碗《ちゃわん》を膳に置いた。ガタッと尖った音が立ち、およねが顔をこわばらせた。

「おれっちらは、遊び半分で泊まってるわけじゃねえぜ」

「そんなこと、いまさら言われんかて分かってるわ」

「だったら、どこに行くかを俊助あにいに言いねえ」

「まちねえ、健吉」

いきどおる健吉を、穏やかな物言いで俊助が抑えた。

「加賀組のお頭たちが着くのは、まだ先だ。平吉だって、少しは気晴らしがしてえだろうよ」

「ですが、あにい……」

健吉はおさまらないようだ。が、俊助に強く睨《にら》まれて口を閉じた。平吉は仲間ふたりを見ようともせず、急ぎ朝飯を食べ終えた。

「ほんなら、お先ですわ」

平吉が立ち上がったとき、俊助は平気な顔で味噌汁《みそしる》を口にしていた。

「ねえさん、あとはおれたちで好きにやるからよう」

およねを板の間から下がらせたあと、俊助は顔つきをあらためた。

「やろうがどこに行くか、大方の見当はついている」

「えっ……ほんとうですかい」

健吉が目を見開いた。味噌汁を呑《の》み終えた俊助は、小粒の梅干を口に含んだ。カリカリと音がする、硬い梅干である。

玄蔵の好物は、配下の者たちにもうつっていた。

「あいつは裏山を登って、狼煙《のろし》をあげる気だ」

「のろしって……あの煙をあげる狼煙のことでやすかい」

「でけえ声を出すんじゃねえ」

叱《しか》ってから、俊助は板の間を見回した。人目がないことを見定めてから、健吉を招き寄せた。

「おくみに言いつけて、平吉の動きを見張らせてある」

おくみは、俊助とは恋仲の女中だ。おくみの気性を買っている俊助は平吉とおよねの様子を見張らせていた。

「あいつは昨日、宿場の染物屋で紅と藍《あい》の染め薬を買い込んだてえんだ。職人でもなけりゃあ、そんなものは、狼煙のほかには使わねえ」

「そう言われても、おれにはさっぱり分からねえや」

健吉は首をかしげた。

「やろうが出て行ったら、どこに向かったのかをおくみがおせえてくれる。慌《あわ》てることはねえ」

俊助は、二粒の梅干を一度に含んだ。小気味よい音が、口元からこぼれた。

八十二

五ッ（午前八時）を四半刻《しはんとき》（三十分）過ぎたころ、平吉は裏山を登り始めた。目指す場所は、二町（約二百二十メートル）ほどゆるい山道を登った地蔵堂だ。

狼煙を焚《た》く籠《かご》は、地蔵堂のなかに隠してある。雪は三尺（約九十センチ）も積もっていたが、背負って登るのは薪《まき》と焚きつけだけである。火薬、色薬、火種などは腰に提げた皮袋に納めていた。

御庭番とは、四ッ（午前十時）に狼煙をあげる取り決めだ。約束までには、まだたっぷりとときがある。かんじき履きの平吉は、一歩ずつ雪を踏みしめて山道を登った。

地蔵堂まで一町の場所で、平吉は足を止めた。薪を背負ったままで、登ってきた道を振り返った。俊助たちが、あとを追っていないかを確かめるためである。

人影は見えず、山道には平吉がつけたかんじきの跡しかなかった。ふうっと吐息を漏らし、平吉は周囲を見渡した。

眼下には宿場が見えた。が、どこもかしこも雪だけである。空に雲はなく、冬の陽が宿場に降り注いでいる。雪の照り返しを浴びて、平吉はまぶしげに目を細くした。

俊助と健吉がいきなり追分宿に戻ってきたときは、平吉は肝を潰《つぶ》さんばかりに驚いた。

もしや……。

内通がばれたかと案じたからだ。しかし俊助の様子には格別変わったところはなかった。なにかと健吉が突っかかるのは、うっとうしい。しかしそれも、自分を怪しんでのことではなさそうだと分かり、平吉は相手にせずにやり過ごした。

これからあげる狼煙で、御庭番が宿場にやってくる段取りだった。密丸《みつがん》を携えた飛脚たちが到着すれば紅色。まだなら、藍色の狼煙をあげる取り決めである。

御庭番たちがどこにひそんでいるのか、平吉は知らなかった。が、狼煙の見える場所まで近寄っているのは間違いなかった。

「宿場役人の目もある。十七日四ツの狼煙は、晴れていればつかの間でよい。雪模様であれば、四ツと八ツの二度あげるように」

二日前、十五日の夕刻に御庭番からの指図が届いた。届けてきたのは、板鼻《いたはな》宿からの旅人だった。

ひと息いれた平吉は、定まった歩調で地蔵堂まで一気に登った。祠《ほこら》の前には、ひとつの足跡もなかった。それでも平吉は、念入りに周囲を見回してから地蔵堂の扉を開いた。隙間《すきま》から吹き込んだ雪が、うっすらと積もっている。狼煙を焚く籠にも、薄く雪がかぶさっていた。

雪を払ってから籠を立てた平吉は、焚きつけを底に敷いた。干した葦《あし》を芯《しん》にして、干し草を巻きつけた焚きつけである。

懐炉を取り出すと、強く息を吹きかけた。懐炉灰のなかに赤い火が熾《お》きた。火を移されると、焚きつけから小さな炎が立ち昇った。

が、ほとんど煙は出ない。炎の勢いを見定めてから、平吉は小さく割った薪をくべた。

脂《あぶら》を多く含んだ赤松である。たちまち薪がくすぶり始めた。

煙をまっすぐ立ち昇らせるには、乾かした狼《おおかみ》の糞《ふん》を用いる。あらかじめ御庭番から受け取っていた平吉は、皮袋から糞を取り出した。ふたつの固まりを投げ入れると、においを発しながら煙が立った。

いきなり、地蔵堂の扉が開いた。

「どうやら、取り込み中らしいな」

仁王立ちの俊助が笑いかけた。

八十三

いきなりあらわれた俊助と健吉を見るなり、平吉は籠から離れた。そして皮袋から紅色と藍色の染め薬を取り出した。

健吉が飛びかかって押さえつける間もなく、地蔵堂の床に振り撒《ま》いた。

床には、壁板の隙間から吹き込んだ雪が薄く積もっている。染め薬は、見る間に雪に溶けた。二色の薬が混ぜ合わされて、床板の雪が紫色に染まった。

「この野郎」

健吉は、勢いをつけて平吉に飛びかかった。染め薬を振り撒いた直後で、平吉には隙があった。飛びかかってきた健吉を防ぎ切れず、相手に馬乗りを許すことになった。

炎をあげて燃え始めた籠が、大きく揺れた。素早く俊助が動き、籠を地蔵堂の隅にどけた。

「てめえっ」

馬乗りになった健吉は、右手をこぶしに握り、平吉の頬に叩《たた》きつけた。続けて左手のこぶしが、反対側の頬を殴りつけた。

健吉は左利《き》きである。ゴッンと鈍い音がした。こぶしが、平吉の頬骨を捉《とら》えた音だった。

続けざまに二発を食らい、平吉はぐったりとなった。

「それぐらいにしておきねえ」

馬乗りになった健吉をどけて、俊助は平吉を立ち上がらせた。

「この野郎をなんとしても、御庭番に会わせなけりゃあなんねえ。顔が腫《は》れてたんじゃあ、すぐに相手にばれちまう」

俊助は、凄《すご》みを含んだ笑い顔で平吉を見た。平吉は、怒りに燃え立った目で俊助を見詰め返した。

「てえした目つきを見せてくれるじゃねえか」

いきなり俊助のこぶしが、平吉の鳩尾《みぞおち》に叩き込まれた。平吉は、身体《からだ》をふたつに折り曲げて崩れ落ちた。

「面《つら》はうまくねえが、身体は少々腫れても、外から見たんじゃあ分からねえ」

仲間を裏切った平吉への怒りは、健吉よりも俊助のほうが深いのだろう。鳩尾に叩き込まれたこぶしの強さが、怒りのほどを示していた。

「野郎を縛り上げろ」

「がってんだ」

健吉は麻縄を持ってきていた。親不知《おやしらず》の長走りを駆けるときに使う、丈夫な麻縄である。それを適度な長さに切って縛れば、暴れてもゆるむことはない。

後ろ手にして平吉を縛り上げると、麻縄がぎゅぎゅっと鳴いた。勝手な動きができなくなった平吉を、俊助は正面に座らせた。

「おめえ、染め薬を狼煙にくべる気だったんだろうがよ。おめえがしようとしたことなんざ、とっくにお見通しだぜ」

平吉は腫れ上がった顔で、俊助を睨《にら》み返した。

「薬を放り投げて、ことを片づけたつもりらしいが、そうは問屋が卸さねえ」

俊助はおくみに言いつけて、平吉が買い求めたものと同じ色の染め薬二色を用意させていた。薬を見て、平吉の顔色が動いた。

「かれこれ四ツ（午前十時）の見当だ。おめえは四ツの鐘を合図に、狼煙をあげる気だったんだろう」

図星をさされて、平吉の目にうろたえの色が浮かんだ。

「おめえ、どっちの色をあげる気だったんでえ。正直に言ってくれりゃあ、手荒な真《ま》似《ね》をしねえですむ」

「知らんわ、そんなこと」

「そう出るなら、しゃあねえ」

健吉に目配せして、平吉を立ち上がらせた。薪が燃え盛っている籠に近寄ると、俊助は炎をあげている赤松を一本取り出した。

「この薪できんたまを焼かれたら、歩くのに難儀をするぜ」

「あんたに、そんなむごいことやる度胸はないやろ」

「甘く見てくれるぜ」

俊助は薪を手にしたまま、平吉の股間《こかん》に膝蹴《ひざげ》りをくれた。後ろ手に縛られた平吉は、息を詰まらせて崩れ落ちた。

健吉は、乱暴な手つきで平吉を立ち上がらせた。

「仲間を売るやつには、手加減はしねえ。次はほんとうに、きんたまを焼くぜ」

俊助の目の色を見て、平吉は観念したようだ。

「密丸が届いたら藍色、まだやったら紅色の薬を燃やせと言われた」

平吉は素直に狼煙の色分けを白状に及んだ。俊助は、平吉の目を覗《のぞ》き込んだ。

「おめえ、ほんとうだろうな」

「どのみち、あんたらも御庭番の連中に始末されるんや。いまさら、嘘《うそ》を言うてもしょもないわ」

平吉は、開き直ったような物言いをした。

「御庭番に始末されるとは、言ってくれるぜ」

俊助は、平吉の目を見詰め続けた。平吉はふてくされた顔をしながら、俊助の目を見ようとはしなかった。

「どうしやす、あにい。平吉の言う通りに、紅色を燃やしやすか」

「いや、そいつあ嘘だ」

平吉の目の動きから、俊助は嘘を見破っていた。

「御庭番連中は、この狼煙がめえるあたりまで近寄ってるはずだ。こいつはおれに嘘をおせえて、この地蔵堂に御庭番を呼び寄せる魂胆にちげえねえ」

紅色はすぐにこい、藍色はまだくるなの合図だと俊助は判じた。

「紅色をあげたら、会いたくもねえ連中がここにくる。そいつらに、おれとおめえを始末させる気だ」

判じ終えた俊助は、もう一度平吉の股間にしたたかな膝蹴りをくれた。

「とことん、こいつはおれたちをコケにする気だろうが、その手は食わねえ」

俊助は藍色の染め薬が詰まった紙袋を取り出した。

「どっちにしても、御庭番はこの宿場の近くに隠れてるにちげえねえ。おめえはいまから、牟礼《むれ》宿に向かって走ってくれ」

牟礼宿までは、雪の山道を二十一里（約八十二キロ）も金沢に向けて走った先である。ときはすでに四ツが近い。

「今日のうちに、牟礼に着くのは無理に決まってるからよう。走れるところまで走ってくれ」

俊助の指図に、健吉は強くうなずいた。今日は十二月十七日である。加賀組がどれほど雪道を早く駆けたとしても、まだ魚津か糸魚川《いといがわ》のあたりにいるはずだと、俊助と健吉は読んでいた。

ことによれば、長走りで波待ちをしているかもしれない。加賀組が牟礼宿に着くのは、早くても十九日だろうと、俊助は見当をつけていた。

追分から牟礼の間には、小諸、田中、海野、上田、坂木、上戸倉、下戸倉、矢代《やしろ》、篠ノ井《しののい》追分、丹波島、善光寺、新町の十二宿があった。

「雪道は得手じゃあねえだろうが、上田、上戸倉宿までは今日中に走れるだろう。明日は牟礼に走って、加賀組を待つんだ」

「まかせてくだせえ」

健吉は胸を叩いて請合った。

「加賀組のお頭に、御庭番が追分宿で待ち構えていると伝えてくれ」

「平吉はどうしやす」

「野郎は、おれひとりで充分だ、おめえはすぐにも出かけねえ」

「分かりやした」

がってんだではなく、健吉は分かりやしたと応じた。俊助をひとり残して地蔵堂を離れることには、こころのどこかに不安を覚えたのだろう。

が、俊助に強く言われて、健吉は地蔵堂を出た。空は真っ青に晴れ渡っていた。

八十四

健吉が地蔵堂を出るなり、俊助も平吉を縛った縄を引いて外に出た。

「このくそったれ野郎が」

太い松の幹に縛る間、俊助は毒づき続けた。きつく幹に縛り終えると、地蔵堂から薪を焚いている籠を運び出した。その他の持ち物は、地蔵堂のなかに残した。狼煙をあげてから、取りに戻るつもりなのだ。

狼煙の場所は、地蔵堂の正面に決めていた。ここなら、煙は樹木の枝にさえぎられることなく立ち昇る。平吉の皮袋を念入りに調べた俊助は、狼の糞を見つけ出していた。「こんなものを使うとは、まったく御庭番てえのは油断がならねえ」

狼の糞と、藍色の染め薬をふところに仕舞ってから、俊助は篝の火に手をかざした。平吉が最初にくべた薪が、燃え尽きそうになっている。新しい薪を篝に投げ入れようとしたとき、宿場から四ツの鐘が流れてきた。

俊助は薪を雪の上に投げ捨て、急ぎ狼の糞と藍色の染め薬を取り出した。合図の狼煙は、四ツの鐘が鳴っている間にあげるものと、俊助は断じていた。

三打目の捨て鐘が打たれているとき、俊助は狼の糞をくべた。そして間をおかずに、袋に詰まった藍色の染め薬すべてをくべた。

鮮やかな蒼《あお》い色味の煙が、まっすぐに立ち昇った。煙は、薬が燃え尽きるまで昇り続けた。

「こんだけたっぷり狼煙をあげりゃあ、御庭番も見逃すことはねえだろうさ」

煙が燃え尽きたあとで、俊助はかじかんだ手を篝の炎で暖めた。

「身体が震えて、凍え死にしそうや。助けるおもて、わても火にあたらせてえな」

「なにを甘えたことを言ってやがる。凍え死にしたけりゃあ、遠慮はいらねえ」

「そんな殺生《せっしょう》なことを言わんと、ちょっとの間でええさかいに……」

平吉が、憐《あわ》れみを乞《こ》うような物言いをした。

「なんてえ声を出しやがる。てめえ、それでも三度飛脚かよ」

雪のうえに唾《つば》を吐き捨てた俊助は、新しい薪を二本くべた。が、平吉の縄をほどこうとはせず、炎の立った籠を平吉から二尺離れた場所まで近づけた。平吉が暴れても、籠は蹴飛ばせない間合いである。

それだけ離れていても、薪が放つぬくもりは平吉にも届いた。

「おおきに。恩に着ますわ」

「ふざけんじゃねえ。てめえに恩なんぞ着られてたまるか」

言葉を吐き捨ててから、俊助は地蔵堂に入った。なかに残してある荷物を片づけるためだ。

平吉に飛びかかったり、馬乗りになったりしたことで、地蔵堂のなかは散らかっていた。信心深い俊助は、ゴミを残さないように、ていねいに片づけた。俊助が持ってきた荷物と、平吉が背負ってきた背負子《しょいこ》を両手に抱えて、地蔵堂の扉を開いた。

扉の外には、御庭番の野田新平《しんぺい》が待ち構えていた。俊助が、息を呑《の》んだような顔になった。

野田は右手に寸鉄を握っていた。

御庭番は、この寸鉄で相手の急所を突いて仕留める技を持っていた。が、野田には俊助を殺《あや》める気はなかった。

鳩尾に力を抜いた突きを入れた。手加減してはいても、武芸練達の御庭番の突きである。俊助は白目を剥《む》いて膝を折った。

追分宿には、野田新平、坂田健吾《けんご》と、吉田籐助《とうすけ》の三人が出張ってきていた。そして、地蔵堂からわずか三町（約三百三十メートル）しか隔たっていない山中にひそんで、平吉の狼煙を待っていた。

狼煙に混ぜる染め薬の色味については、俊助は平吉の嘘を見破った。が、狼煙をあげる「長さ」については考えが及ばなかった。

平吉と御庭番との取り決めは、色味だけではなかった。もしも狼煙をあげているさなかに揉《も》め事などが生じたら、狼煙を長くあげることになっていた。

「もしものときには、十を数える以上の長さで狼煙をあげよ」

俊助は我知らず、みずから御庭番を呼び寄せてしまったのだった。

八十五

十二月十六日に、弥吉、玄蔵、留吉《とめきち》、久太郎《きゆうたろう》の四人は、金沢を出発した。翌十七日八ツ（午後二時）過ぎには、難儀をしながらも長走りを抜けた。

青海《おうみ》村の『大鍛冶屋《おおかじや》』に四人が顔を出したのは、八ツを四半刻《しはんとき》ほど過ぎたころである。

「三度飛脚さんに、立て続けにごひいきになるとは思わんかった」

思いがけない客を迎えた大鍛冶屋のあるじは、すぐさま女中を浜へと走らせた。寒ブリと、カニとを仕入れさせるためである。運良く、ブリもカニも浜に揚がったばかりの品が手に入った。

「うちで自慢できるんは、たっぷり湯が沸いた風呂《ふろ》と、獲《と》れ立ての魚を出すぐらいじゃもんでのう」

あるじみずからが庖丁を手にして、夕餉《ゆうげ》の支度を調えた。

ブリの切り身は、浜で拵《こしら》えた粗塩をひと振りしてから炭火で焼いた。冬の荒海で揉まれたブリは、脂《あぶら》の乗りがよく、身はしっかりと引き締まっている。

「皮も血合《ちあい》も、滅法うめえ」

金沢城下でも、これほど新しいブリを口にできるのはまれだ。寒ブリを食べなれているはずの弥吉も、美味《うま》さに舌を巻いた。

アラは、冬だいこんと一緒に炊《た》き合わせた。急ぎの料理ゆえ、アラにはまだ荒々しさが残っていたし、だいこんもいささか硬かった。が、なんといっても、ブリもだいこんも真新しいのだ。アラから滲《にじ》み出た旨味《うまみ》を吸っただいこんを、玄蔵は立て続けに五切れも口にした。

ブリが終わると、カニが出た。まだ強い湯気の立っている蒸籠《せいろ》を、旅籠《はたご》の女中がふたりがかりで運んできた。蒸籠は四段で、すべてに大きなカニが入っていた。

「釜茹《かまゆ》でにするよりは、蒸籠で蒸《ふか》したほうが、ずっと美味いでよう」

ふたりの女中は、つきっきりでカニの身を殻からほぐし出した。四人の大男は、ひたすら身を食べるだけである。

脚を広げると、幅が一尺五寸（約四十五センチ）もある大きなカニ四杯を、飛脚たちはきれいに平らげた。

「この先しばらくは、カニを見たくもねえ」

久太郎はぜいたくなことを口走りながら、大きなげっぷをした。カニくさい息をかいで、留吉が顔をしかめた。

食事のあとは、四人全員で二度目の湯につかった。

「牟礼宿を過ぎたら、山道で御庭番の連中が襲ってくるかもしれねえ」

金沢出立前に、久太郎はあらかじめそれを聞かされていた。が、そのときはまだ、話し半分の気持ちだった。

いまは青海宿まで進んでいた。段取り通りに走れば、明日は糸魚川で、その次の日が牟礼宿である。

いまにも、御庭番の足音が聞こえそうだった。

「どんな手を使ってきても、こっちにはあれとあれがあっから」

湯につかったまま、留吉が手の形で示した。破裂薬の包みと、龍虎《りゅうこ》の詰まった貝殻だった。

八十六

追分宿の晴天は、十二月十七日で終わった。十八日は、朝から牡丹《ぼたん》のような大きな雪片が舞っていた。

「こんな日に山道さ行くのは、難儀だがね」

『よろづや』の板の間で朝飼を摂《と》る旅人が、ため息混じりの愚痴をこぼした。すでに夜明けから半刻（一時間）以上が過ぎた、六ツ半（午前七時）だ。しかし空は重たく、旅籠の外には雪が舞っている。

囲炉裏の火が赤々と見えるほどに、板の間は薄暗かった。

泊り客に手早く給仕を終えたおくみは、番頭が寝起きする六畳間に出向いた。

「朝飼さ終わったで、今日はこのあと休ませてくだせ」

「それはいいけんど、あのひとが戻ってきたあと、世話をしねでいいんかね」

「かまわねっす」

おくみの声音が沈んでいたが、物言いはきっぱりとしていた。

「なら、休んでいっから」

番頭は、女中を気遣うような目の色で応《こた》えた。

おくみと俊助がいい仲なのを、番頭は心得ている。その俊助が、昨日の朝出て行ったきり、よろづやには帰ってこなかった。

俊助が帰ってこないわけは、飛脚仲間の平吉から聞かされた。おくみも同じことを聞いている。

番頭が気遣うような目を見せたのは、平吉が口にした中身にあった。

昨日の朝の五ツ半（午前九時）前に、俊助と健吉は連れ立って旅籠を出た。おくみは戸口でふたりを見送った。

空はきれいに晴れ渡り、青空のどこにも雲はなかった。

四ツ（午前十時）の鐘が宿場に流れた直後に、健吉がひとりで帰ってきた。

「おれはこれから、牟礼宿まで走るからよう。俊助あにいが戻ってきたら、ちゃんと出て行ったと言っといてくれ」

背負子に当座の着替えなどを詰めた皮袋を縛り付け、まだ新しい自前のかんじきを履いた。

「これはおれの御守りだからよう」

三度飛脚のために、どこの旅籠もかんじきは用意してある。が、俊助と健吉は、ともに自前のかんじきを履いていた。

俊助と健吉がどれほど仲がいいかは、おくみも承知している。牟礼に向けて出立する健吉を、おくみは宿場の大木戸まで送った。

正午近くになって、平吉が帰ってきた。頬が腫《は》れあがっているのを見て、番頭が驚き顔を拵えた。

「熊《くま》の脂を塗ったらええ」

「かめへん、こんなもん。雪道でちょっと転んだだけや」

旅籠の土間で平吉と番頭がやり取りしているところに、おくみが通りかかった。

「宿場の大木戸のとこで、俊助あにさんと行きおうたんやけどなあ」

俊助の名を耳にしたおくみは、土間の藁沓《わらぐつ》を揃《そろ》え始めた。

「あにさんは、なんやらわけのありそうな女と一緒やったわ」

「それはまた……」

番頭にだけではなく、旅籠のみんなに聞かせようとするかのような大声だった。

おくみが近くにいるのを気遣い、番頭は平吉の口を抑えようとした。が、平吉は大声で話を続けた。

「ここの近所の湯治場に行くゆうてはった。あの調子やったら、そっちに泊まらはるおもうわ」

「ここの近所には、湯治場はないですがのう」

「そんなん、わてはしらんわ」

冷たく言い放ったあと、平吉は健吉の所在をたずねた。

「用ができたとかで、牟礼宿に出て行ったですだ」

「さよか」

気乗りのしない返事をした平吉は、二階へ上がった。

俊助が帰ってこないまま、夜が更《ふ》けた。天気はわるくなったが、寒さがわずかにゆるんだのだろう。真冬の追分宿にはめずらしい牡丹雪が、夜明け前から降り始めた。

「あのひとが帰ってきたら、だれかを使いにやってもええど」

おくみは黙ったまま、あたまを下げた。両目は重たく沈んでいた。

八十七

おくみがよろづやを出たのは、五ツを四半刻（三十分）ほど過ぎたころだった。

牡丹雪は、一向にやみそうにない。夜明け前から降り始めた雪だが、さらに五寸（約十五センチ）は積もっている。

よろづやまで通うときのおくみは、父親と同じ猟師の身なりである。蓑《みの》代わりに羽織っているのは、熊の毛皮だ。宿場の大木戸を出てから、まだ二町も山道を登っていない。それなのに、毛皮が白く染まっていた。

一歩ずつ、確かな歩みでおくみは山道を登った。履いているかんじきも藁沓も、おくみの手製である。

新雪をかんじきが踏みしめると、キュッ、キュッと雪が鳴った。こども時分から、この音を聞くのが好きだった。

俊助から所帯を構えようと言われて、おくみは胸のうちで大いに喜んだ。が、俊助には確かな返事はしなかった。

所帯を構えるとなれば、江戸に出なければならない。そのことには、大きなためらいがあった。わけのひとつが、江戸には余り雪がないことだった。

「雪の鳴き声なんざ、おれはあんまり気にとめたことはねえ」

俊助と寝物語に話したことを、おくみは思い出した。俊助の肌のぬくもりも、分厚い胸板に触れたときに感じた、父親と同じような安心感も、身体《からだ》が覚えている。

おくみの歩みが速くなった。

おくみは猟師のひとり娘だ。実家は宿場西の大木戸から三町ほど山中に入った木地《きじ》村で、いつもは通いの奉公である。

俊助が投宿したときは、一夜をともに過ごした。ふたりが互いに好きあっているのは、健吉も、よろづやの番頭も知っていた。

「折りを見て、夫婦《みょうと》になろうじゃねえか」

俊助は本気だった。おくみも心底から相手を好いてはいるが、村を出ることには、相手には言えない大きな迷いを抱えていた。

おくみは追分宿の外で暮らしたことはなかった。夏場には三日の休みをもらい、両親と連れ立って善光寺詣《もう》でに出かける。その行き帰りに、温泉につかるのを楽しみにしてきた。

おくみが知っている土地は、追分宿と、善光寺までの宿場町だけだ。

雪が解けたあとは、信州や北陸に向かう江戸からの旅人も、追分宿に逗留《とうりゅう》する。旅人の口から、江戸の話は一再ならず聞いていた。

が、おくみは江戸に出たいとは思わなかった。冬場は雪に閉ざされる山村だが、木地村がどこよりも好きだった。

二年前の夏、生まれて初めて俊助と肌を重ねた。成り行きでそうなったが、おくみに悔いはなかった。以来、二ヵ月から三ヵ月に一度しか、俊助には会えないできた。

十二月は、七日に俊助が金沢から走ってきた。

「次に会うときには、江戸の湯島天神様から、初春の御守りを授かってくるからよ」

そういい残して江戸に向かった俊助が、十三日にまた顔を見せた。

「ちょいとわけがあってよ。しばらく、ここに泊まることになるぜ」

俊助が何泊もできるというのは、初めてだった。おくみは大喜びをしたが、俊助は時折り、厳しい顔つきになった。

「どうかしたんか、俊さん」

訊《き》いても、俊助は生返事で答えなかった。が、十五日の夜明けが近くなったとき、俊助のほうから話を切り出した。

「おめえに折り入っての頼みがあるが、他言はならねえぜ」

前置きしてから聞かされたのは、おくみには思いも寄らない話だった。

「一緒に泊まっている平吉から、目を離さねえでいてくれ。あいつは、おれたちをおかみの隠密《おんみつ》に売ったイヌ野郎だ」

俊助がおくみに話す気になったのは、手を借りたいからだと正直に打ち明けた。

「たとえ命がけで惚《ほ》れているおめえ相手でも、こんなことは聞かせてはならねえ。それをわきまえていながら話をするのは、おめえの気性を信じてるからさ」

猟師は、獣と命のやりとりをする生業《なりわい》だ。そのことをおくみは、こどものころから父親に教えられた。

熊でも鹿《しか》でも、斃《たお》す相手には深い敬いを持って臨む。命をもらう代わりに、毛皮の切れ端、骨のかけらまで無駄にはしない。そうすることが、斃した相手への礼儀……。

父親からこうしつけられて育ったおくみは、言葉ではなく、おのれの本能のささやきで相手の本性を感じ取った。

言葉に惑わされず、言葉でごまかしを言わない。おくみの真正直な気性は、俊助にも充分に伝わっていた。加賀藩の浮沈にかかわる秘事をおくみに話したのは、相手に惚れて俊助のわきが甘くなったからではない。

むしろ逆で、おくみにならば正味の助力を頼めると判じたからだった。

おくみは頼みを聞き入れた。格別の修練を積んだわけではないが、おくみは物陰に潜んでおのれの気配を消すことができた。父親と一緒に猟に出るなかで、知らぬ間に身に備わった術である。

十二月十六日の昼飯のあとで、平吉は宿場の染物屋をおとずれた。追分は織物・染物の産地で、宿場には三軒の染物屋があった。

平吉が店を出るのと入れ替わりに、おくみは染物屋に入った。こども時分から出入りしている店で、古株の女奉公人とおくみは顔見知りである。

「いま出てったひとは、うちに泊まってる飛脚さんだわ」

加賀友禅の本場のひとが、追分でなにか気に入ったものでもあったのかと、自然な口調で問いかけた。

「なんもよ。欲しがったのは、染め薬だわさ」

平吉は、藍色《あいいろ》と紅色の染め薬を小袋にひとつずつ買い求めていた。

「あんなもん、いったいなにに使うんかねえ」

小首をかしげる相手に軽くあたまを下げて、おくみは染物屋を出た。宿で次第を聞くなり、俊助は顔色を変えた。

「平吉は、狼煙《のろし》をあげる気だ」

たちどころに断じたわけは、俊助が染物屋の近くで育ったからだ。

「ガキの時分は、染め薬を火にくべて遊んだものよ。火鉢を路地まで持ち出して、炭火の上に振り撒《ま》いた。においはひでえが、きれいな煙が立ち昇ってよう」

御庭番の連中は、狼煙が見えるあたりにまで近寄っている……それを察して、俊助の顔色が変わったのだ。

翌朝の朝飯を終えるなり、平吉は外出すると言い出した。知らぬ顔で聞き流した俊助は、すぐさま外出の支度を始めた。

「幾日かあとに、金沢から加賀組のお頭が走ってくる。もしもおれがけえってこなかったら、平吉が御庭番に通じているとおせえてくれ」

「俊さん、大丈夫？」

「遠出をするわけじゃねえし、けえらねえてなことは、万にひとつもねえ。念のために言ったまでさ」

笑顔を見せて、俊助は健吉と一緒に出て行った。おくみは何度も旅籠の外に出て、俊助を待った。帰ってきたのは、健吉ひとりだった。

御庭番の話を聞いたことは、健吉にも絶対に内緒だと言われていた。おくみは俊助の様子を聞くこともできず、牟礼《むれ》宿に向かう健吉について大木戸まで歩いた。

空は真っ青に晴れ上がっている。雪に弾《はじ》き返された陽光が、おくみの顔を照らした。

「あのう……」

俊助の様子を問いかけようとしたが、おくみは言葉を呑《の》み込んだ。それをしては、俊助との約束を破ることになるからだ。

「どうした、おくみさん」

「なんでもねっす」

作り笑いを浮かべて、健吉を見送った。

旅籠《はたご》に帰ったあとは、胸騒ぎに襲われて落ち着かなかった。猟師の血が濃く流れているおくみは、並の者よりも勘働きが鋭い。なにかあったのかと焦《じ》れながら待っていたときに、平吉が旅籠に戻ってきた。

おくみは用があるふりをして、番頭と平吉が立ち話をしている土間に出た。

俊助がわけありげな女と、湯治場に出かけた……おくみはすぐに嘘《うそ》だと見抜いた。

腫れ上がった平吉の顔を見て、俊助の身に異変が起きていると断じた。

が、番頭に言えることではない。

まんじりともせず一夜を明かしたあと、休みがほしいと番頭に願い出た。

おくみといい仲でありながら、俊助は別の女と外泊をしたと、番頭は思い込んでいた。おくみを可哀《かわい》そうに思ったのだろう、番頭はふたつ返事で休みを許した。

父親にすべてを話して、助けを借りようとおくみは決めていた。

御庭番がどんな相手かは分からないが、強くて怖いことは察せられた。父親には、猟師の仲間が六人いる。いずれも冬山に通じている男たちだ。

御庭番は江戸者だ。どれほど武芸に長《た》けていても、冬山なら猟師のほうに分がある。

俊助と初めて肌を重ねた翌日、おくみは母親にそのことを話した。

「おまえがその気になったんなら、なによりだがね」

娘は父親同様に、好き嫌いがはっきりとした気性だ。これまで何度も近隣の町から縁談が持ち込まれた。

「おら、とっちゃまと一緒に山で暮らすほうがええ」

男のような物言いで、おくみは持ち込まれた縁談をことごとく撥《は》ねつけた。そんな娘を案じていたとき、おくみは顔を赤らめて母親に好きな相手ができたと打ち明けた。

物言いも、娘らしいものに変わっている。江戸の男だということは気になったが、それ以上に年相応の娘らしさが見えたことを母親は喜んだ。

猟から戻ってきた父親も、話を聞いて顔をしかめることはしなかった。

俊助さんのためなら、とっちゃまもきっと力を貸してくれる。そう確信して、おくみは歩みを速めた。

キュッ、キュッと雪が鳴る。

俊助さんと添い遂げたい……。

いまのおくみは心底から思っていた。

八十八

降り続く牡丹《ぼたん》雪が、鐘の音をくぐもらせている。追分宿に流れる四ッ（午前十時）の鐘は、ぼんやりとしか俊助の耳には届かなかった。

俊助に鐘の音がうまく聞こえなかったのは、雪のせいだけではない。寒さに凍えて、息をするのもやっとなのだ。あたまがはっきりせず、目も耳も、感度がにぶくなっていた。

地蔵堂の板壁に寄りかかったまま、俊助は力のない吐息を漏らした。

いまの鐘は、四ッだよなあ……。

吐息のあと、おのれの正気を保つために声に出してつぶやいた。身体は凍え切っているが、吐く息にはまだぬくもりがあるのだろう。

口の周りが、わずかに白く濁った。

御庭番は、俊助の動きをぎりぎりまで封じる縛り方をした。両手が肩幅よりも内側にこないように、地蔵堂の板に革紐《かわひも》で結びつけてある。まるっきり自由がきかないわけではないが、結び目をほどくまでには、左右の手が届かなかった。顔を寄せて歯でほどこうとしても、そこまでは手の自由がきかない。ひとの動きを封ずることに長けた、御庭番ならではの縛り方である。

両足も同じだった。立ち上がることはできるが、二歩目は踏み出せない。なまじ身体が動かせるだけに、俊助は余計に苛立《いらだ》ちを募らせた。

縛られた者に、気持ちの激痛を味わわせる、拷問《ごうもん》のような縛り方である。苛立ちにさいなまれて、もがけばもがくほど、手と足の縛り目はきつく締まった。

何度も暴れてみて、すべてが徒労だと思い知った。手首と足首に食い込む革紐は、細くて強靱《きょうじん》である。細いがゆえに、締まると激痛を覚えた。

「そんなん、なんぼやっても痛いだけや」

平吉からあざけりを浴びせられても、俊助にはなす術《すべ》がない。気力が萎《な》えると、寒さに襲いかかられた。

十七日の朝に『よろづや』を出たとき、俊助は毛皮を羽織っていた。御庭番の三人は俊助を縛りつける前に、下帯まで脱がして身体を改めた。

毛皮にも着衣にも、なにも細工がないと見極めたうえで、俊助は毛皮を含めて着用を許された。

しかし、火の気のまるでない地蔵堂である。隙間《すきま》から忍び込む風と雪の寒さは、毛皮でも防げなかった。

十七日に俊助が口にできたものは、平吉が夕刻前に運んできた握り飯二個だけだ。

「熱い茶がほしいやろなあ」

わざと気をそらせて、平吉は口元をゆがめて薄笑いを浮かべた。

「こんな寒いなかで、寝たら死ぬで。あにさんに死なれたら、わてがえらい目に遭わされるよってな」

俊助に近寄るなり、平吉は力一杯の張り手を頬に食らわせた。それも一発ではなく、左右からの往復である。冷え切った俊助の頬が、見る間に赤くなった。

「わてにしてもろたことへの、ほんのお返しや。礼はいらへんで」

散々に俊助をなぶってから、平吉は地蔵堂を出た。扉の外から、かんぬきをかける音が聞こえた。

平吉が出て行ったあと、俊助は半刻（一時間）の間は身動きをしなかった。万にひとつ、平吉が戻ってくることを案じてのことだ。

陽が落ちて、地蔵堂が闇《やみ》に包まれたとき、俊助は毛皮の袖《そで》の縫い目に口を近づけた。幸いにも、そこまでは顔を近づけることができた。

右袖の縫い目に、前歯を当てた。少しずつ糸を食いちぎっているうちに、おくみが教えたものを前歯と舌とが探り当てた。

「これは、とっちゃまの毛皮だ。なんかあるといけねっから、これを着てってくだせ」

おくみが着せかけたのは、猟師が着る毛皮だった。両袖が、筒状になった熊《くま》の毛皮を縫いつけた上っ張りである。飛脚の鹿皮よりは重たいが、桁違《けたちが》いに暖かい。俊助が礼を言おうとしたら、おくみがさえぎった。

「しっかり、ここを見ておいてくだっせ」

おくみが指し示したのは、右袖の縫い目である。肩に近く、前歯が届く場所だった。

「そこには、まむしと鹿と熊の肝を混ぜ合わせた丸薬が仕込んであるって、とっちゃまが言ってた」

一粒を飲み下せば、丸一日は正気が保てる。その間に、もしも湯を飲むことができれば、身体の隅々にまで勢いよく血がめぐりだす。

「ふた粒仕込んであるで、もしものときはそれで気張ってくだっせ」

そんなことにならないようにと言葉を添えて、おくみは俊助を送り出した。

丸薬を飲んだのは、十七日の五ツ（午後八時）ごろだった。が、ひとによって効き目が異なるのかもしれない。俊助は、十八日の夜明けごろには、気力がほとんど萎えていた。

四ツの鐘が鳴り終わった直後に、地蔵堂の扉が開いた。風が、大きな雪片を吹き込んでくる。雪を浴びた俊助が、億劫《おっくう》そうに身体《からだ》を動かした。

「まだ、死んだらあかんで」

鹿皮の上っ張りを着て、背負子《しょいこ》を背負った平吉が、嫌味な物言いを俊助に投げつけた。

「あにいに逝《い》かれてもうたら、わてが御庭番にどやされるわ」

前日と同じことを口にした平吉は、俊助の前にしゃがみ込んだ。

「せいぜい気張って、あと何日かは生きててや」

背負子をおろしたあと、焼物でできたよろづやの湯たんぽと、湯呑みを取り出した。

「ちょっとはぬくいもんを口にせんことには、ほんまに身体の芯《しん》から凍えるさかいな」

湯たんぽの湯を湯呑みに注ぎ、俊助の口元に運んだ。

「慌《あわ》てて呑んだら、やけどするで」

両手両足を縛られたままだが、俊助は白湯《さゆ》を口にできた。平吉は気づかなかったが、俊助の身体のなかを、熱い血が駆け巡り始めていた。

八十九

十二月十八日は、上田宿から牟礼宿にかけての街道筋も、雪に見舞われていた。追分宿よりも上田宿のほうが、凍えはきつい。牡丹雪ではなく、粉雪が激しく降り続いていた。

健吉の顔に、正面から雪が吹きつけてくる。かんじきを履いてはいても、踏みしめるのは前夜から降り積もった新雪だ。

健吉の目方は十九貫（約七十一キロ）である。一歩を踏み出すごとに、雪が大きく沈んだ。

雪にまみれた足を抜き、反対の足を踏み入れる。その足が、また深く沈んだ。

息遣いを工夫して、健吉は歩みを速めようとした。慌てなくても、日暮れ前には牟礼宿に到着できる。分かってはいても、気が急《せ》いた。

上田宿の旅籠で、健吉はいやな夢を見た。夢にうなされて、まだ夜明け前に飛び起きた。

「けんきちい……けんきちい……おれの声が聞こえねえのか」

俊助に呼びかけられた健吉は、雪原を見回した。夜明け前の闇は深い。暗くてなにも見えないのに、雪だけは見えた。

立っているだけで、すぐさま肩に雪が積もった。動こうとしても、両手両足とも、寒さにかじかんで動かない。ところが、首だけは好き勝手に動いた。手足がまったく動かないのに、首は四方を見回すことができた。それを奇妙とも思わず、健吉は暗い雪原に目を凝らした。

俊助は、深い溝に落ちていた。身動きできないはずの健吉が、いつの間にか、その溝の縁《ふち》に立っていた。

「あにい、そんなところでなにをやってるんでえ」

健吉は、分かりきったことをたずねた。自分の声とも思えない、のんびりした物言いだった。

「溝にはまって、上がるに上がれねえんだ。手を貸してくんねえ」

「手を貸すって、どうすりゃあいいのかなあ」

「ガキじゃあるめえに、なんてえ言い草をしやがる。綱か縄をめっけて、おれに放り投げろ」

溝の底から、俊助が怒鳴った。声は尖《とが》っているのに、俊助の顔は笑っているみたいだ。が、それは健吉の見間違いだった。

目を凝らすと、俊助は泣き笑いの顔になっていた。まるで、底から這《は》い上がるのをあきらめたかのようだ。

「あにい、なんてえ顔をしてやがる。もっとしっかりしねえかよ」

無性に悲しくなった健吉は、溝の底に向かって怒鳴った。声がわんわんと、こだまのように鳴り響いた。

俊助は、相変わらず笑っている。その顔めがけて、雪が落ちた。

あにい……と叫ぶところで目が覚めた。部屋は凍えているのに、口のなかは渇いていた。

行灯《あんどん》のそばににじり寄った健吉は、気を落ち着けてから火打ち石を打った。火の粉が飛び、行灯の灯心に明かりが灯った。

卓には、土瓶と湯呑みが載っている。すっかり冷めた茶をたっぷり湯呑みに注ぎ、一気に飲み干した。ふうっと息を吐き出してから、健吉は窓に近寄った。障子戸を開くと、闇のなかで粉雪が舞っていた。つい今し方、夢で見た通りの強い降り方だった。

胸騒ぎに押されるようにして、健吉は雪道を歩き続けた。上田宿の旅籠を出るときには、牟礼《むれ》には行かずに追分宿まで引き返そうかと思った。

が、金沢から走ってくる飛脚たちは、平吉が公儀のイヌだとは知らないのだ。心構えのないまま、追分宿に向かわせることはできない。

おのれに課せられた使命を思うと、健吉は牟礼宿に向かうしかなかった。

俊助あにい、なにごともありませんように……。

雪山に向かって、健吉は声に出して俊助の無事を祈った。降り続く雪が、健吉の祈り声を呑み込んだ。

九十

糸魚川《いといがわ》宿から牟礼宿へと向かう海沿いの街道は、幸いにもきれいに晴れ上がっていた。

十二月十九日、朝五ツ（午前八時）。冬晴れの空から降り注ぐ陽が、群青色《ぐんじょういろ》の海原を照らしている。

晴れ間を喜んだ漁船が、海岸から二百間（約三百六十メートル）の沖合いに錨《いかり》を投じていた。艫《とも》に立った漁師が、めずらしく穏やかな海に網を打った。

その眺めを遠目に見ながら、三度飛脚の四人は一列縦隊になって牟礼宿へと急いでいた。

先頭を行くのは久太郎である。そのあとに留吉、玄蔵と続き、弥吉がしんがりについていた。

前方に、長いだらだらの上り坂が見えてきた。

「おらが出る」

久太郎にひと声かけて、留吉が先頭に立った。久太郎はわきに外れて、最後尾に回った。

この日の行程は、糸魚川宿から牟礼宿までの、二十五里（約百キロ）である。江戸までの道中で、一番の長丁場だ。

四人は、明け六ツ（午前六時）に糸魚川宿を出発した。七ツ（午後四時）までの五刻（十時間）で、牟礼宿まで歩き通す段取りである。

昼飯と途中の休みを考えて、四人は半刻あたり三里（時速約十二キロ）の歩調で牟礼宿を目指した。

上り坂に出合うたびに、四人は先頭を交代した。空は晴れ渡っており、向かい風もほとんど吹いていない。歩くには絶好の日和《ひより》といえたが、それでも雪道の上り坂は難儀である。

先頭を歩く者は、隊列の歩みの牽引《けんいん》役である。調子を落とさずに坂道を登るのは、風がなくてもきつい。

さりとて先頭が歩みの調子を落とすと、後続の三人がのろくなる。雪さえなければ、半刻で三里は三度飛脚には歩きも同然の遅さだ。

が、いまは積雪一尺半の山道である。健脚自慢の三度飛脚といえども、歩みの調子を保つのは容易ではなかった。

先頭が交代したことで、玄蔵は一番手に上がった。背負子に縛りつけた皮袋には、着替えと昼飯、それに長さ二十尋《ひろ》（約三十六メートル）の麻縄、龍虎《りゅうこ》が納まっているだけだ。

留吉の背を見て歩きながら、玄蔵は朝の『えびや』出立を思い出していた。

七ツ半（午前五時）に、三度飛脚の四人は朝飯を済ませた。食事をする板の間には、四本の百目ろうそくが灯されていた。

「こんだけ明かりが豪勢なら、朝飯がうめえや」

高価な百目ろうそくを、惜しげもなく四本も灯している。久太郎は、えびやの心遣いを喜んだ。

この日が牟礼宿までの長い道中であることは、えびやも心得ている。身体の芯からぬくもるようにと、味噌汁《みそしる》には酒粕《さけかす》が加えられていた。

食事を終えたあとは、全員が朝湯につかった。入ったときはぬるく、頃合を見て釜《かま》番《ばん》が薪《まき》をくべた。

「このまんま眠ってられりゃあ、極楽気分だが……」

玄蔵が思わず漏らした本音に、残りの三人が大きくうなずいた。身体を洗うわけではない。ほどよく熱くなった湯から上がったときには、飛脚四人の身体から湯気が立ち昇っていた。

銘々が着替えたあとは、弥吉の部屋に集まった。えびやのあるじは、熱い焙《ほう》じ茶と、酒粕まんじゅうを用意していた。

大きなサイコロの形にした酒粕の真ん中に、黒砂糖が詰まっている。それを炭火でこんがりと焼き上げたまんじゅうである。

頬張ると、炭火で溶かされた黒砂糖の甘味が、口のなか一杯に広がった。この酒粕まんじゅうも、雪道を二十五里も歩く飛脚を思っての心遣いだった。

「もういっぺん、備えを確かめる。久太郎から中身を出せや」

弥吉の指図で、久太郎、留吉、玄蔵の三人が、それぞれ皮袋の中身を取り出した。

江戸まで、無事に密丸《みつがん》を届けるのが、このたびの唯一《ゆいいつ》の目的である。三人の持ち物は、拍子抜けするほどに少なかった。

冬場の道中には、着替えが欠かせない。銘々が一着ずつを皮袋に納めていた。牟礼宿に着けば、宿にも着替えの備えはある。それぞれが一着を持っていれば充分だった。

破裂薬は、久太郎と留吉が二十包みずつを持っている。龍虎は玄蔵が、密丸は弥吉がそれぞれ納めていた。

「おめが半分を持ってくれ。どっちかが江戸に着ければいいでよ」

気負いなく弥吉が口にした言葉に、玄蔵の顔が引き締まった。

上り坂の頂上に差しかかると、左手には大海原が見えた。美しい眺めを見て、留吉の歩みが速くなった。

九十一

十二月十九日の朝を迎えても、追分宿の雪は一向に降りやむ気配がなかった。

しかも一段と凍えが厳しくなっている。雪は、牡丹《ぼたん》雪から粉雪模様に変わっていた。

粉雪といっても、山里の降り方は尋常ではない。十八日からわずか一日で、二尺五寸（約七十六センチ）も積もっていた。

「すまねえけんど、今日も一日、お暇をくだっせ」

朝餉《あさげ》の片づけを終えたところで、おくみは番頭に休みを願い出た。通いを許されているとはいえ、女中が二日続けて休みを願い出るのは、許されることではない。

番頭はさすがに顔を曇らせた。

「俊助さんのことではねっから」

おくみは、しっかりと番頭の目を見た。

「とっちゃまの容態がよくねっす。おっかさも風邪さこじらせて寝込んでっから、茶もわかせねっす」

番頭はおくみの目を見詰め返してから、仕方がないという調子でうなずいた。

「他の者には、わしからうまく言っとくだ」

「ありがとさんでっす」

「宿場をうろちょろ動いて、女中たちにめっかるでねえだぞ」

番頭はおくみの嘘《うそ》を呑《の》み込んだ上で、今日限りだぞと釘《くぎ》をさした。ぺこりと辞儀をしたおくみは、すぐさま旅籠を出た。

地蔵堂につながる山道のふもとまで進むと、松の木陰に身を隠して後ろを振り返った。山で育ったおくみは、物陰に素早く身を隠す術《すべ》を体得していた。

目を凝らして見張ったのは、平吉か御庭番らしき者があとをつけていないかだった。とはいうものの、御庭番がどんな身なりの者に扮装しているかは分かってはいない。しかも、いまは激しい雪が降っている。たとえ宿場では見かけない者でも、雪拵《ごしら》えをされると土地の者との見分けがつけられない。

それゆえおくみは、ゆっくりと二百を数える間は、その場を動かず辺りの様子に目を凝らした。

「獣の姿ば見えんようになっても、二百を数える間は動くでねえど」

こども時分から、父親に言われ続けたことである。夜明け前に『よろづや』に出かけるときにも、二百数えろときつく指図をされていた。

雪の降り方が、朝よりもさらに激しくなっている。四半町（約二十七メートル）先の宿場の大通りも、粉雪のとばりに閉ざされていた。

おくみは目だけに頼らず、あとをつける者はいないという、五感のささやきを信じた。

山道に差しかかると、できる限り道の端を歩いた。身体《からだ》を前倒しにして、素早く足を引きあげる。こうして歩くことで、雪道にかんじきの跡が深く残らない。

この雪の降り方なら、おくみがつけた浅い跡など、たちまち雪がおおい隠してくれるだろう。

ひいっ、ふうっ、みいっ、ようっ。

調子をつけて一から四までを数えつつ、おくみは山道を登った。目指すは地蔵堂である。

「江戸もんの飛脚は、地蔵堂に押し込められているに決まってるだ」

昨夜の夕餉のあと、囲炉裏のわきでそう断じたのは、四人の猟師全員だった。

おくみの父親、熊十《くまじゆう》の仲間三人が山から下りてきたのは、十八日の七ツ（午後四時）過ぎである。

木地村の猟師は、得手とする獣をそのまま名前にした。名前のあとには、初代から数えて何番目かの数字をつけた。

おくみの家は代々が熊獲《くまと》り猟師で、今年四十五の父親は十代目だ。

山から戻ってきたのは、鉄砲撃ちの猪五《ししご》、弓遣いの鹿六《しかろく》、罠《わな》仕掛けの卯七《うしち》の三人である。

熊十は四人のなかでは最年長で、五尺七寸（約百七十三センチ）の上背も一番の大柄だった。

熊十のほかは、三人とも独り者である。山で仕留めた獲物《えもの》は、すべてを熊十の小屋に持ち寄るのが定めだ。猟師の飯の支度は、おくみの母親のひのきが受け持っている。

猟師たちの暮らしに入り用な獣肉の余りは、宿場の旅籠に売りさばいた。

十八日の七ツ過ぎに山から下りてきたときは、鹿二頭が獲物だった。二頭とも、鹿六が弓で仕留めていた。

「牡丹雪のなかで、半町（約五十五メートル）先の鹿ば射抜いただよ。今日はつくづく、鹿六の弓には感心した」

猪五は心底から出た言葉で、鹿六を讃《たた》えた。卯七も深くうなずいた。

「鉄砲は使えなかっただか」

「山の斜面には、一尺余の新雪が積もってただ。うっかりぶっぱなしたら、雪の機嫌ばそこねっから」

追分宿の山には、十一月下旬から根雪が積もった。十八日からの雪は、硬い根雪にかぶさった新雪である。山肌の根雪に馴染《なじ》んでいない雪は、いつ表層雪崩《なだれ》を起こすか知れたものではない。

雪崩の起きそうな斜面の猟には、鉄砲は禁物だった。

獲物一頭をさばき終わったところで、夕食となった。酒と鹿鍋《しかなべ》とで身体が温まった頃合を見て、熊十はおくみから聞かされた話を始めた。時折り、おくみが言葉を添えた。すべてを話し終わったときには、どぶろくの詰まった大きな五合徳利が空になっていた。

「狼煙《のろし》ばあげる場所と、ひとば押し込む小屋みてえなもんがあるとしたら、地蔵堂しかねえべ」

「そっただとこだな」

追分の山は、どこも猟師には庭も同然である。おくみの話から、四人は口を揃《そろ》えて俊助が押し込められているのは地蔵堂だと察しをつけた。

「だけんど、江戸もんは雪には弱いべさ。この凍えのなかで、生きてられっかのう」

「俊助さんには、とっちゃまの毛皮さ着せてっから」

丸薬二粒を飲んで、きっと踏ん張っている……おくみは強い口調で、生きていることに望みをつないだ。

「だったら、いまから地蔵堂ば押しかけっか。御庭番がなんぼのもんか知らねっけんど、わしらには道具があるでよ」

鹿六が弓矢の鏃《やじり》を、慈《いつく》しむかのように撫《な》でた。

おくみが俊助と好きあう仲であるのは、父親以外の三人の猟師も知っている。そのおくみが俊助を助けてほしいと頼み込んだのだ。

猟師たちはいささかのためらいも見せず、御庭番相手に立ち向かうことを決めていた。

「わしら、夜目も利《き》くでよ。鹿六の言う通り、夜討ちば仕掛けるほうがいいべさ」

熊十は返事をしないまま、小屋の外に出た。相変わらず、牡丹雪が舞っていた。

「だめだ、雪が強すぎる」

たとえ俊助を助け出したとしても、身体は弱りきっている。御庭番は、地蔵堂で寝ずの番をしているかもしれない。しかも、何人いるかも分からないのだ。

御庭番を仕留め損ねたら、闇《やみ》のなかで俊助を連れて逃げるのは難儀だ。

「夜明けとともに出向くだ」

朝まで待つわけは、ほかにもあった。平吉を取り押さえるためである。

「修業ば積んだ御庭番ならともかく、平吉が凍えた小屋で夜明かしばするわけはねえ。もしも江戸もんがまだ生かされていたら、平吉は朝になったら様子ば確かめに行くべさ」

「熊十さの言う通りかもしんね」

猪五は深くうなずいて同意した。

「夜明け前に地蔵堂ば近寄ったとき、御庭番がおったら火のにおいがするべ。それがしなけりゃ、地蔵堂にはひとっこがいねってこんだでよ。すぐに飛び込んで、御庭番か平吉が来るのを待ち伏せするだ」

猟師たちの話がまとまった。十二月十九日と日付が変わったころから、凍えがきつくなった。雪が粉雪に変わった。

明け六ッ（午前六時）前のまだ暗いうちから、猟師四人とおくみは宿場へと向かった。猟師たちは地蔵堂への山道を登り、おくみはよろづやへと向かった。

「もしも平吉が旅籠《はたご》さいなかったら、おめはまっすぐ、おっかのところさけえれ」

指図をする熊十の物言いには、微塵《みじん》も甘さがなかった。

旅籠にいないということは、居場所は地蔵堂だ。とはいえ、平吉がひとりで夜明かしをするわけがない。御庭番が一緒のはずだし、そうなれば猟師たちと命のやり取りになる。

家に帰れという熊十の指図は、ひのきを守れという意味だ。おくみは父親から、鉄砲の使い方の稽古《けいこ》をつけられていた。

山道のふもとで別れたおくみは、平吉が旅籠にいますようにと、祈りながらよろづやに向かった。二階の客間に、部屋付きの女中と一緒にいると知ったときは、へっついの前でひとまず安堵《あんど》の吐息を漏らした。

が、安心できたわけではない。

果たして地蔵堂に俊助がいるのか。そこには、御庭番が待ち構えていないのか。

まだまだ、それは分からないのだ。

もしも地蔵堂から火のにおいを感じたときは、熊十がよろづやに顔を出す手筈《てはず》になっていた。そしておくみが平吉を外におびき出し、猟師たちが取り押さえて白状させる段取りである。

熊十たちであれば、地蔵堂までの行き帰りは四半刻《しはんとき》もあれば充分だ。へっついの前にしゃがんだおくみは、火加減を見るのに気が入らなかった。

六ツ半（午前七時）になっても、父親はこなかった。泊り客に朝飯の給仕をするとき、おくみはようやく愛想笑いを浮かべることができた。

地蔵堂が目の前に見えてきた。祠《ほこら》の手前には、松の老木が群れになって茂っている。松葉に積もった雪の重さで、枝が大きく下がっている。

地蔵堂を正面に見る松の陰に身を隠し、おくみはうぐいすの鳴き真似《まね》をした。真冬にうぐいすはいない。

地蔵堂の床の下で、卯七がおくみに手招きをした。安堵したおくみが、真っ白な息を吐いた。

九十二

平吉は例によって、四ツ（午前十時）の鐘が鳴り終わったころ、地蔵堂に出向いてきた。

「ほんまのことというて、あにさんはしぶといひとや。こんななかで、よう生きてられるわ」

取り出した湯たんぽで、平吉はかじかんだおのれの手にぬくもりをくれた。俊助は、力のない目で平吉のしぐさを追った。

「なんやら、物欲しそうな目やで。そんな情けない目えするとは、やっぱりまいってるんか」

湯たんぽの湯を注いだ湯呑みを、俊助に手渡した。俊助は右手で湯呑みを摑《つか》み、わずかなぬくもりをむさぼった。

「昨日とちごうて、あんまりにおわんけど……あにさん、しょんべんこらえてるんか」

ほとんど身動きのできない俊助は、壁に寄りかかったまま小便を垂れ流すしかなかった。昨日は強くにおっていたが、いまはにおわない。

「においも凍りついたんやろな」

「もう一杯、呑ませてくれ」

「なんや、口がきけるんか」

平吉が、酷薄げな笑いを浮かべた。

「呑みたいんやったら、平吉さまお願いしますと言うてみい」

俊助から空の湯呑みを取り上げると、平吉は湯を注いだ。ほどよく注がれた湯呑みを、手渡す手前でわざと取り落とした。

「もったいないこと、してしもた。あにさんがちゃんとわてに頼まんさかい、ぽろっと落ちたわ」

平吉があごを突き出した。

「ちゃんと言わんと、なんべんでも落とすで」

「平吉さま、どうかもう一杯呑ませてくだせえ」

俊助が懇願した。平吉の笑いが、あざけりに変わった。

「ひと一倍、男を売ってるあにさんが、そんな声を出すんかいな」

憐《あわ》れみを乞《こ》うような俊助の物言いに、平吉は満足したのだろう。湯呑みに半分の湯を注ぐと、俊助の右手に摑ませた。

俊助は顔を湯呑みに近づけて、ゆっくりと口に含んだ。

「加賀組の連中が、ここに来るまでの命や。せいぜい気張っててや」

「おれは殺されるのか」

俊助が、声を震わせた。平吉が口にしたことに、怯《おび》え切っているかのようだ。

「心配せんかて、始末されるんはあにさんだけやない。密丸《みつがん》を運んでくる連中みんなやよって、ちゃんと道連れがおるで」

俊助は身体《からだ》を震わせた。いつもは剛毅《ごうき》だった俊助が、殺されると知って震えている。

そのさまを見て、平吉は気をよくしたのだろう。

「えらい震え方や。なんやら可哀《かわい》そうやさかい、湯をもう一杯めぐんだるわ」

冥土《めいど》の土産に聞かせたるわと、平吉は御庭番の企《たくら》みを話し始めた。

牟礼《むれ》宿に向かった健吉は、追分宿の顛末《てんまつ》を加賀組頭《くみがしら》の弥吉に話すに決まっている。

平吉も御庭番たちも金沢から走ってくるのは、弥吉と留吉だと断じていた。

雪の北国街道を金沢まで走った弥吉も留吉も、くたびれ果てている。冬場の疲れをいやすには、十日は入り用だった。

本来ならば、江戸組頭の玄蔵に任せただろう。ところが玄蔵は足を痛めている。弥吉の気性から考えて、玄蔵抜きの江戸組に密丸運びを任せるはずもなかった。

外の江戸組飛脚が詰めているからだ。浅田屋金沢本家には、俊助と健吉以
もう一度江戸に向かうのは、弥吉と留吉のはずだ。加賀藩の浮沈につながる最重要の任務である。気心の知れている留吉を連れて走るに違いないと、平吉は読んだ。御
庭番もその考えを諒《りょう》とした。

牟礼宿から追分宿に向かってくる飛脚たちは、平吉の裏切りも、御庭番の待ち伏せ

も知っている。弥吉、留吉、健吉の気性から考えて、やすやすと御庭番が待ち伏せている追分宿に走ってくるはずがない。

が、平吉を取り押さえた俊助が待っているのだ。危ないとは分かっていても、追分宿を避けることはできない。なにがあろうとも、仲間を見捨てないのが三度飛脚だからだ。

「宿場の手前で、あにさんには手え振って迎えてもらわなあかん」

飛脚たちが揃《そろ》ったところで、ひとり残らず始末をする……これが御庭番の企みだった。

したり顔で話し終えたとき、猟師四人が地蔵堂に飛び込んできた。

平吉は湯たんぽを取り落とした。

九十三

江戸の雪は、伊兵衛が湯島天神に詣《もう》でた十二月十六日の夜で、ひと区切りとなった。

十七、十八の両日とも、冬空特有の鈍色《にびいろ》の雲が江戸の空におおいかぶさった。が、雪にはいたらず、氷雨《ひさめ》がこぼれることもなかった。

十九日は、夜明けから晴れた。重たい色の雲を取り除いたら、青くて透き通った色の空が出てきた。

地べたには、まだ雪がたっぷりと残っていた。夜明け前の凍えにさらされて、雪は硬く凍りついている。

「気をつけて歩かないと、足元を取られるぞ」

「もう少し硬いものですくわないと、凍った雪は地べたから剝《は》がせないだろうに」

商家の店先では、固まった雪をどかせようとして、手代と小僧が往生していた。それでも空がすっきりと晴れ渡っているゆえか、早朝の道を歩くひとの足取りは威勢がいい。

「こっちにおいでよ、松どん」

「どうしたの」

「あそこを見てごらん」

「うわあ……きれいだ」

本郷富士見坂の商家では、丁稚《でっち》小僧ふたりが息を呑んでいた。

商家や武家屋敷の屋根には、まだ雪が薄く残っている。うわぐすりを塗った本瓦《ほんがわら》の黒と、薄く残った雪の白が、屋根の上に市松模様を描き出していた。

その屋根を照らしながら、朝日が昇っている。青空の果てには、雪におおわれた富士山が見えた。

耳と指先が千切れそうに痛い。しかし、その寒さをしばし忘れさせてくれるような、美しい夜明けだった。

浅田屋伊兵衛は、朝湯につかっていた。浅田屋の飛脚のほとんどは、朝湯で身体をあたためてから一日の走りを始める。伊兵衛も飛脚に倣《なら》って、朝湯から一日を始めた。

あるじの湯殿は、中庭に面して造作されている。湯船は檜《ひのき》で、真冬の朝でも強い香りを漂わせていた。

平吉が公儀に通じていると分かったのが、十二月四日である。以来今朝まで、気持ちを落ち着けて朝湯につかったことは一度もなかった。

十六日の夜には、加賀藩庄田要之助《しょうだようのすけ》と、土佐藩江戸留守居役とが密談を交した。要之助は浅田屋当主に扮装《ふんそう》し、町駕籠《まちかご》で浅田屋から出て行ったほどに、用心を重ねた。

金沢から江戸に向けて、密丸は間違いなく運ばれている……これを伝えることが、十六日夜に加賀藩と土佐藩が密会した目的のひとつだった。

密丸の江戸到着が遅れたら、加賀藩のみならず、土佐藩にも致命傷となる。伊兵衛も、江戸に向かって走っている飛脚たちも、そのことは充分にわきまえていた。いまかいまかと、庄田要之助は、伊兵衛以上に密丸の到着を待ち望んでいるはずだ。さぞかし焦《じ》れているに違いない。

それなのに、十七日、十八日の二日間とも、加賀藩上屋敷からは問い合わせも指図もなかった。伊兵衛の差配と、飛脚たちの走りを信じてくれていればこその、上屋敷からの音沙汰なしである。

湯につかった伊兵衛は、要之助に心底から感謝した。そして、今日もまた確かな歩みを続けるであろう飛脚にも、深い思いを抱いた。

さらには、江戸店《だな》の奉公人たちにも深く感謝をした。

密丸が江戸に届くまでは、気が休まることはない。が、それでも江戸店の舵《かじ》取りと、離れ普請《ふしん》のはかどり具合を案ずることは、なにひとつなかった。

奉公人たちは、寒い中でもよく働いてくれている……ありがたいことだと、胸のうちで礼をつぶやいた。両手で湯をすくい、湯船のなかで顔を洗った。

湯加減がほどよく、身体の芯《しん》からしっかりと目覚めた。

玄蔵の足首の具合は、どうなっているんだろうか。伊兵衛はふと、玄蔵のことを思い浮かべた。大事な任務に就けず、さぞかし歯《は》噛《が》みをしているだろう……気性を分かっているだけに、走りたくても走れない玄蔵の苛立《いらだ》ちが伝わってくる思いがした。

玄蔵を思ったことで、伊兵衛は脳裏に十六日夜の湯島天神の情景を思い出した。

雪のなか、懸命にお百度参りを続けていた、七福のおりん。あのときの伊兵衛は、おりんには声をかけずに帰ってきた。が、玄蔵の無事を願ってくれるおりんの想《おも》いは、しっかりと受けとめた。

そうだ。

ひとつの思案を思いついた伊兵衛は、湯のなかで手を打った。飛び跳ねた湯が、顔と髷《まげ》にかかった。

今夜は奉公人全員を連れて、七福に出かけよう。そして好きなものを食べさせて、日ごろの働きをねぎらおう。玄蔵を想ってくれている七福のおりんにも、多少は報いることができる……われながら妙案だと、伊兵衛はひとり目元をゆるめた。

七福は繁盛《はんじょう》している店だ。浅田屋の奉公人全員で押しかけるなら、前もって七福に伝えておく必要がある。

着替えを終えた伊兵衛は、いそいそと忠兵衛《ちゅうべえ》の元へと向かった。久々に、伊兵衛は朝から晴れやかな顔つきになっていた。

九十四

十二月十九日夜の七福は、いつもは聞くことのないこどもの声が土間に響いた。

浅田屋江戸店には、三人の小僧がいる。その三人が、横並びになって卓に座っていた。

「番頭さんが、生卵を頼んでもいいって言ってくれた」

「知ってるよ。おいらだって、もう頼んだもん」

炊《た》き立てのごはんに生卵をかけて食べるのは、こどもには一番のぜいたくである。

三人の小僧は、互いに弾んだ顔を見交わした。

「サバ焼きが五人分、あがったよ」

「味噌汁《みそしる》とごはんを、順に出しますから」

「土瓶のお茶が、からっぽになってるよう」

七福の調理場では、殺気だった声が飛び交った。なにしろ、三十人の客が一度に押し寄せてきたのだ。前もって心構えはしていたものの、いざ給仕が始まると、思った以上に大変な仕事となった。

それでも七福は、浅田屋奉公人に夕餉《ゆうげ》を楽しんでもらいたくて、全員がひたいに汗を浮かべて立ち働いていた。

浅田屋の手代が七福に顔を出したのは、朝の五ツ半（午前九時）前である。仕入れに出た順次郎《じゅんじろう》は、まだ魚河岸《うおがし》から帰ってきてはいなかった。

「本日の暮れ六ツ過ぎから、てまえどもの奉公人三十人の夕餉をお願いしたいと、あるじが申しておりますのですが……」

応対に出たのは、長女のおりんである。飛脚の面々は七福に何度も顔を見せていたが、浅田屋の手代と話をするのは初めてだった。

「三十人様の夕餉とは……浅田屋さんに、なにかあったのですか」

大勢の客がきてくれるというのに、おりんの顔には困惑の色が浮かんでいた。七福のような一膳《いちぜん》飯屋には、出し抜けのまとまった客はありがた迷惑も同然だったからだ。

店には、毎日のように昼飯・晩飯を食べにくる常連客が何人もいた。順次郎が毎日仕入れるのは、ほぼ一定量である。常連客の分を取り除いた残りが、一見客《いちげん》に回せる数だ。とても、三十人分が揃《そろ》うとは思えなかった。

さりとて、玄蔵が仕える浅田屋から持ち込まれた話である。

「うちは旦那《だんな》さんの器量が大きいから、奉公人もすこぶる気立てのいい者ばかりだ。働くのが心地よくってしゃあねえんだ」

玄蔵は、常から浅田屋を誉《ほ》めていた。とりわけ当主の伊兵衛については、度量が大きくて慧眼《けいがん》な男だと、心底から敬意を抱いていた。どういう次第かは分からないが、浅田屋当主の思いつきで、今夜は奉公人全員が七福で夕餉を済ませるというのだ。

なんとかせねばと思案をしていたとき、サバの干物《ひもの》に思い至った。

雪がひどかった十六日、魚河岸には寒サバが大漁に入荷した。脂《あぶら》がのって見るからに美味《うま》そうだが、あいにくの雪模様でまるで売れない。

「七福さんで引き取ってくれるなら、二十尾まるごと捨て値で出すぜ」

順次郎は二十尾すべてを引き取り、店で三枚におろした。そして雪模様のなかで、干物を拵《こしら》えた。寒風にさらされてほどよく乾いたサバを、おりんは一枚焼いてみた。

炭火に脂が垂れ落ちて、皮がきつね色に焦《こ》がされた。

だいこんおろしと合わせると、脂の強さが和らいで見事な味となった。

サバの干物でよければ、三十人分は揃う。ほかに小鉢を一、二品用意すれば、なんとか三十人は引き受けられる。おかずはサバの塩焼きでどうかと、おりんは申し出た。

寒サバは旬《しゅん》の美味さである。手代に異存のあろうはずもなかった。

三十人の奉公人におかずとごはんが行き渡ったころに、伊兵衛が七福をおとずれた。

前垂れで手を拭《ぬぐ》って、おりんが応対に立った。

「今日はまた、ご迷惑なことをお願いしました」

「迷惑だなどと、滅相もございません。大勢さまにお越しいただけて、なによりの景気づけになりました」

おりんは如才のない応じ方をした。伊兵衛は一歩おりんに詰め寄ると、声をひそめた。

「玄蔵は、いつもあなたのことを話しています。今後とも、どうぞよろしく」

伊兵衛のささやきで、おりんは耳まで真っ赤になった。伊兵衛はそんなおりんが、よほどに気にいったらしい。三度飛脚宿の当主が、一膳飯屋の調理場のそばから動こうとはしなかった。

九十五

三度飛脚の牟礼宿の定宿は、『玉屋《たまや》』である。十二月十九日の五ツ過ぎ、弥吉《やきち》・玄蔵・留吉・久太郎・健吉の五人が、弥吉の部屋に集っていた。

十二月十九日は、まことに中途半端な日にちだ。いわゆる五《ご》、十日《とおび》でもないし、旬日でもない。月末というわけでもない。つまりは、なんでもない一日である。

ゆえに玉屋には、五人のほかにはひとりの客もいなかった。三度飛脚は、旅籠《はたご》賃を気前よく払う。玉屋のあるじは、相好《そうごう》を崩して五人それぞれに一部屋ずつをあてがった。

弥吉の部屋は、玉屋で一番大きい床の間つきの十二畳間である。いつもの健吉なら部屋の造りを見て「さすがはお頭《かしら》の泊まる部屋は違う」ぐらいの、軽口を叩《たた》いただろう。

しかしこの夜は、深刻な話の煮詰めが控えていた。今夜は、だれも酒を口にはしていない。湯で存分に暖まった身体《からだ》は、ほてりを帯びている。が、五人とも顔は強く引き締まっていた。

「平吉の口から、いったいどんなことが御庭番に漏れてやがるんでえ」

玄蔵の口調が尖《とが》り気味である。健吉は頭の言ったことを身体の正面で受け止めていた。

「洗いざらい、全部でやす。間違いなく御庭番は、密丸を知ってやす」

「それは当然だろうさ」

旅籠から半紙と矢立を借り受けた玄蔵は、御庭番がなにを仕掛けようとしているのか、考え得る限りのことを書き出し始めた。
◎御庭番は三度飛脚を襲撃して、密丸を奪い取る。飛脚を殺《あや》めるのもいとわない。
これには、だれも異を唱えなかった。ゆえに玄蔵は、◎をつけた。
◎御庭番は複数いる。いずれも腕が立ち、雪山にも長《た》けている。
これも文句なしに◎だった。
▲玄蔵が走ることを、御庭番は知らない。弥吉と留吉、それに健吉が走ると思い込んでいる。
「▲は、どういう意味でやすか」

「相手がどう思っているか、察しがつかねえという意味だ」

久太郎に答えたあと、玄蔵は細かな説明を始めた。

御庭番が物事を判断するのは、平吉から聞き取ったことが元である。

玄蔵が足を痛めたという話は、俊助と健吉から平吉も聞いていた。ゆえに金沢から、よもや玄蔵が向かってきているとは、平吉は思ってもいないだろう。久太郎が玄蔵に付き従っていることも、平吉には思いも寄らないはずだ。平吉は、弥吉と留吉が江戸に向かっている……と、思い描いているはずだ。

追分宿まで、俊助と健吉が出迎えに出たことも、平吉は知っている。が、それを御庭番に知らせる前に、俊助は平吉を縛り上げていた。

◎平吉の裏切りを、三度飛脚は知っている。ゆえに追分宿に向かう道中を、飛脚は気をつけて歩くと御庭番は判じている。

「俊助あにいは、ひとりで平吉の番をしながら、御庭番も相手にしているてえことですかい」

久太郎の問いかけは、急所を突いていた。玄蔵もまったく同じことを考えていた。

「『よろづや』は、追分宿でも大きな旅籠だ。宿場の代官所も近い」

万にひとつも、御庭番がよろづやを襲撃することはないだろうと、玄蔵は考えを口にした。考えというよりは、そうあってほしいという、願いに近いものだった。

弥吉は、幻想を抱かなかった。

「地蔵堂から平吉を旅籠に連れてけえる途中で、御庭番に襲われるということはねっか」

弥吉の問いには、だれも答えが言えなかった。

「ことによったら、平吉が命がけで暴れ出したかもしんね」

弥吉から深いため息が漏れた。

「俊助は、御庭番の手に押さえられたと思ったほうが、ええんでねっか」

「弥吉あにいの言う通りだ」

玄蔵は、肚《はら》をくったという物言いになっていた。

「ぐだぐだと、てめえをごまかしても、いまは毒になるだけだ」

玄蔵はもはや、おのれをごまかしてはいなかった。

「おれは追分を動かずに、俊助あにいと一緒にいりゃあよかったんだ」

健吉はおのれの頬を、両手で力任せに張った。ばちんと鈍い音が立った。

「おめえが雪のなかをきてくれたんで、おれたちは戦《いくさ》に備えることができてるんだ。ばかなことを言って、てめえを責めるんじゃねえ」

玄蔵は、真顔で健吉を叱《しか》りつけた。

「御庭番は、玄蔵お頭が一緒だとは知らねえんだ。これはなによりの強みですぜ」

「久太郎もいいことを言うだ」

皮袋を手にした留吉は、中から破裂薬を取り出した。

「おらたちも負けらんねって」

男たちがうなずいた。龍虎《りゅうこ》を知らない健吉は、戸惑い顔になっていた。

九十六

追分宿の西の外れは、中仙道と北国街道の分岐点、『分去れ《わかされ》』である。

この別れ道を左に進めば、木曾路《きそじ》の始まりだ。ゆるやかな下り坂が続くことから、土地のひとは下道《したみち》と呼んだ。

分去れを右に曲がれば、道はすぐさま急な上り坂となった。道幅はおよそ二間（約三・六メートル）、牛馬のすれ違い場所でもせいぜいが三間（約五・五メートル）幅ぐらいだ。

善光寺や、その先の上越・越中・加賀などを目指す旅人は、この善光寺街道・北国街道を歩いた。

「冬場の上道《うえみち》を登るのは、えらいしんどいことやがね」

地元の者ですら、上道を歩くのは難儀そうだった。追分宿から半里（約二キロ）の道をだらだらと上れば、立場《たてば》に出る。雪解けのあとは、一軒の茶店がこの立場で商いを始めた。

しかし真冬のいまは、茶店の老夫婦は追分宿に下りている。茶店には、杉戸が固く閉じ合わされていた。

火の気も食糧もない小屋は、ネズミすら棲《す》むことのない空き家である。格別の戸締りをしなくても、盗人が入り込む心配もなかった。

冬場の茶店には、雪下ろしに出向く者もいない。ゆえに屋根は雪が積もらないように、急峻《きゆうしゆん》な尖った形となっていた。

御庭番の三人は、平吉からこの茶店のことを聞き込んでいた。町人に扮装して追分宿に入った三人は、手分けして茶店の様子を探った。

「あの家屋であれば、いらぬ気を引くことを案じなくてもよさそうだ」

「街道沿いにありながら、ひとがまるで気を払わぬとはのう」

二日間の探りの末に、御庭番はこの茶店に潜むことを決めた。それでも用心のため、昼間は煙を発する薪《まき》は一切使わなかった。

暖の元は、炭火だけである。その炭も、火の粉の飛ばない硬い樫炭《かしずみ》を板鼻宿《いたはな》から運び込んでいた。

十二月二十日も朝から雪が降り続いた。しかも前日以上に強い降りで、十間（約十八メートル）先が雪にさえぎられて見えなかった。

夜明けまでには、まだ半刻《はんとき》（一時間）も間がある、七ツ半（午前五時）。

吉田籐輔《とうすけ》、野田新平《しんぺい》、坂田健吾《けんご》の三人は火鉢を真ん中に置き、腰掛に座って暖をとっていた。火力が強くて、ひとたび熾《お》きれば火持ちのよい樫炭である。

赤く熾きた火が、御庭番三人の顔を照らし出していた。

「猟師が助勢に回るとは、思ってもみませんでした」

「いかにもおまえの申す通りだが、相手がはっきりとしたことで、手のうちようも定まった」

三人の首領格である吉田が、落ち着いた物言いで野田に応じた。

「しかし吉田様、相手が猟師とあっては、いささかの油断もならぬかと存じますが」

「分かっておる」

吉田は炭火から身体を離し、坂田を見詰めた。赤い光が届かなくなり、吉田の顔は土間の闇《やみ》に溶け込んだ。

「猟師どもは、わしらが身を潜めていたことも察しておった」

「まさか、そのような……」

野田が息を呑《の》んだような顔つきになった。

「のみならず、あの折りはわしらが襲撃をせぬということまで、四人の猟師は見抜いておった」

吉田の身体は、炭火から離れている。話をする吉田の口の周りが白く濁っていた。

十二月十九日の四ツ（午前十時）に、平吉は猟師の四人組に取り押さえられた。その一部始終を、吉田は雪洞から見ていた。

「毎朝四ツには、俊助の世話をいたせ。断じて死なせてはならぬぞ」

平吉に世話を言いつけた翌日から、御庭番たちは地蔵堂近くに身を潜めた。毎朝五ツ半（午前九時）になると、地蔵堂から二十間（約三十六メートル）離れた山肌に雪洞を掘って祠《ほこら》を見張った。

御庭番は三人ともが、俊助を助けにくる者がいると判じていた。平吉を毎日地蔵堂に差し向けることで、俊助を助け出そうとする者をあぶり出そうと策した。

平吉には、地蔵堂と旅籠との行き来を続けさせる。もしもまだ旅籠近辺に三度飛脚を助けたり警護したりする者が潜んでいるなら、かならず平吉に襲いかかる……御庭番たちは、こう判じていた。

吉田、野田、坂田は、三度飛脚の警護役には加賀藩の武芸者を想定していた。密丸《みつがん》運びは、加賀藩の浮沈がかかった任務である。飛脚たちは知らなくても、藩はひそかに警護役を飛脚につけるに違いないと、吉田たちは判じていた。

ところが案に相違して、地元の猟師と、その娘とおぼしき者が俊助を助けにきた。それを見て、吉田は地蔵堂襲撃を断念した。

猟師は、武芸者以上に手ごわい相手だ。しかも追分宿の猟師であれば、この周辺の山にも通暁《つうぎょう》している。

うかつに戦いを仕掛けたりすれば、御庭番といえども返り討ちに遭うかもしれない。

吉田はそう判じて、猟師たちが去るのを見逃した。

地蔵堂から離れるとき、猟師たちは何度も吉田たちが潜んでいるあたりに目を投じてきた。あたかも、そこに隠れているのを見抜いたがごとくだった。

しかも、いまは御庭番が襲撃してこないと猟師が見切っているのも、吉田には察せられた。

雪洞から外を見張っていたのは、吉田ひとりである。野田と坂田は、身動きもせずに息を詰めていた。

「いかなるゆえかは分からぬが、土地の猟師が飛脚の助勢についているのは間違いない」

雪山を知り尽くしている猟師が、敵に回ったらどうなるか。野田と坂田は、くどいことを言われずとも、事態がいかに深刻かを悟った。

「かくなるうえは、ここで待ち伏せはできぬ。もっと小諸寄りに進み、襲撃の折りを計るほかはない」

野田、坂田もきっぱりとうなずいて吉田に同意した。

立場の茶店が冬場は空き家となるのは、平吉に限らず他の飛脚も知っている。猟師ももちろん知っている。たとえ平吉が口を割らなかったとしても、茶店に潜んでいるであろうことは、たやすく察しがつくと思われた。

こうしている間にも、猟師たちはこの茶店に襲いかかってくるかもしれない。隠れ家に潜んでいるときは、もっとも守りが脆《もろ》くなるときだ。それは、ひとも獣も同じである。

もしも猟師が本気で御庭番と戦う気なら、先手必勝で、茶店に襲撃をかけると思われた。

吉田は杉戸の隙間《すきま》から外を見た。まだ夜は明けておらず、外は薄暗い。しかも凄《すさ》まじいばかりに、粉雪が舞っていた。

こちらからなにも見えないということは、猟師にも同じだろう。夜目遠目が利《き》くことにかけては、たとえ猟師が相手でも御庭番は一歩もひけをとるものではない。

立場から小諸に向かう途中の、半里、一里（約四キロ）、一里半（約六キロ）の三ヵ所それぞれに、三人はすでに雪洞を拵《こしら》えてあった。いずれも、三度飛脚を待ち伏せするための隠れ場所である。

飛脚はかならず、今日のうちに追分宿に向かう……平吉から聞き取っていた道程から、吉田はそう断じていた。

「今日のうちに、飛脚を仕留める」

言い切ったあとで、吉田は火鉢に両手をかざした。赤い炭火を顔の下から浴びた吉田には、仁王のような凄《すご》みが感ぜられた。

九十七

猟師四人の知恵は、御庭番を大きく上回っていた。

「隠密《おんみつ》連中は、地蔵堂のすぐ近くに身を隠していただ」

「ああ、三人ともだべさ」

猟師は四人全員が、御庭番の気配を感じ取っていた。

「おらたちが六ッ（午前六時）過ぎに地蔵堂についたときには、あんな気配はしなかったべさ」

「途中から穴んなかに、身体《からだ》っこ隠したんでねっか」

猟師たちは、御庭番の気配を感じ取っただけではなかった。手出しをせずに山道を下りさせたわけにも、察しをつけていた。

「わしらを泳がせといて、折りがきたら一気に仕留める気だべ」

「そうは問屋が卸さねってよ」

御庭番が立場の茶店に潜んでいるということを、熊十《くまじゅう》たちは平吉から聞き出した。が、鵜《う》呑《の》みにはしなかった。

「どうせ、おめの口から漏れることを隠密連中は勘定にいれてるべさ」

十九日の午後から夕刻にかけて、熊十たちは追分宿から小諸宿にかけての山と地形とを、分かる限り絵図に描き出した。

立場から半里の場所には、熊ノ沢があった。街道が山肌ぎりぎりまで近寄る場所で、谷底に向かって道の片側が落ち込んでいる。

雪が積もった沢で足を滑らせると、谷底まで五十丈（約百五十メートル）は止まらない。

熊ノ沢からさらに一里小諸に進むと、龍《たつ》ノ口《くち》が口を開けて待ち構えていた。龍ノ口は、煮えたぎった熱湯が溢《あふ》れ返っている巨大な湯壺《ゆつぼ》のような場所だ。

街道から壺までは、急な谷になって落ち込んでいる。ここの道にも柵《さく》はなかった。

が、龍ノ口が近くなると、強い硫黄のにおいが鼻をつく。そのにおいで、旅人たちは一歩ずつの歩みを確かめて進んだ。

「隠密連中が、おとなしく茶店で待ってるわけがねえべ」

「仕掛けるとしたら、龍ノ口か熊ノ沢だべなあ」

御庭番は、密丸を手に入れる必要はなかった。それが江戸に届きさえしなければいいのだ。

龍ノ口で、熱湯のしぶきが飛び散る壺に落ちるもよし。

熊ノ沢で、深さ五十丈の谷底に転がり落ちるもよし。

いずれの場所も、ひとたび足を滑らせでもしたら、命と密丸の両方を失《な》くすのは明らかである。万にひとつも助かる見込みはないのだ。

「龍ノ口の向こうまで先回りをして、隠密がどこで待ち伏せしているかを伝えるだ」

「そんなら小諸宿がええ。あすこまでなら、三里半（約十四キロ）だ。いまから行けば、夜明け過ぎにはつけるべさ」

猟師四人に俊助が加わり、五人で小諸宿まで向かうことになった。十二月二十日と日付が変わったばかりの、真夜中過ぎのことである。

「平吉はふん縛ってあっから、おめとおっかあで番をしてろ」

二十日のうちには、御庭番とのケリがつく。もう一日ぐらい、旅籠《はたご》を休むのも仕方がないだろうとおくみに言い置き、熊十たちは先に猟師小屋を出た。

間断なく粉雪の降る闇夜である。並の者なら、猟師小屋から宿場に向かうだけでも道に迷うだろう。

ところが木地《きじ》村の猟師四人は、先頭と後尾のふたりだけが提灯《ちょうちん》を手にして山に入った。四人はそれぞれが鉄砲だの弓だのの道具を手にしている。『よろづや』から皮袋を持ち出してきた俊助は、破裂薬と着替え、麻縄を袋に詰めて背負子《しょいこ》に縛りつけた。

「今日の日暮れまでには、加賀組のお頭や健吉と一緒に、よろづやにけえってくるぜ」

おくみに言い置いてから、俊助は平吉に近寄った。熊十は後ろ手に回させた平吉の左右の親指を、細い蔓《つる》できつく縛り合わせていた。

たったこれだけのことで、平吉はほとんど自由がきかなくなっている。

俊助が近寄ると、柱の陰に隠れようとした。

「身動きできねえてめえを蹴飛《けと》ばすほど、おれは腐っちゃあいねえ」

湯呑みに注いだ白湯《さゆ》を、平吉に呑ませた。平吉は喉《のど》の音を立てて、白湯をむさぼり呑んだ。

「御庭番としっかりケリをつけたあとで、おめえと差しの勝負だぜ」

猟師を追って小屋を出るとき、俊助は平吉を見ようともしなかった。

九十八

十二月二十日も牟礼《むれ》宿から追分宿まで、二十一里（約八十二キロ）の長丁場である。しかも、いつなんどき御庭番の襲撃に遭うかもしれないのだ。

飛脚五人全員が、身体の芯まで朝湯で暖まった。

炊《た》き立て飯に生卵をかける朝飯は、どこの旅籠でも同じである。牟礼宿の旅籠では、ざく切りの葱《ねぎ》と豆腐がたっぷり入った、熱々の味噌汁《みそしる》を拵えた。

味噌汁にも、半熟の落とし卵が入っていた。

「今日は、ことのほかしっかりと走るぜ」

朝飯を終えたあと、五人は銘々が手際《てぎわ》よく支度を調えた。

「すまねえが、ちょいとつらを貸してくれ」

玄蔵《げんぞう》を部屋に呼び寄せた弥吉は、皮袋から御守を取り出した。浅田屋近くの、尾山神社で授かった道中無事の御守である。

「おめえが持っててくれ」

弥吉はひとことのわけも口にせず、玄蔵に御守を託した。問いかけることを許さないような弥吉の目を見て、玄蔵は黙って御守を受け取った。

「どこで連中が、待ち伏せしているかも分からねえんだ」

牟礼から追分まで、一宿ずつ茶店に入ることを決めた。どこに入るか、茶店の名前も口で確かめ合った。

通過するのは新町、善光寺、丹波島、篠《しの》ノ井《い》追分、矢代《やしろ》、下戸倉、上戸倉、坂木、上田、海野、田中、小諸の十二宿である。

先行するのは弥吉、留吉《とめきち》、健吉《けんきち》の三人。四半刻（三十分）遅れて、玄蔵と久太郎《きゆうたろう》が追いかける段取りだ。十二宿すべての茶店に入れば、もしも先発組が襲われたとしても、ほとんど間をおかずに分かる。

「襲われるとすりゃあ、おれたちだ。おめえがあとを追ってきてるとは、お釈迦様《しやか》でもご存知あるめって」

弥吉は、わざとおどけた口調で話を閉じた。

「弥吉あにい、呼子を首から吊《つ》るすのを忘れちゃあいけやせんぜ」

「忘れるわけはねえ」

弥吉は前をはだけて、呼子を見せた。錫《すず》で拵えた、三度飛脚別誂《あつら》えの呼子である。

「こいつを吹いたところで、気休めみてえなものだがよう」

「そんなこたあねえ」

玄蔵は強い物言いとともに、弥吉に詰め寄った。

「あにいの笛を聞いたら、おれは命がけで駆けつけやすぜ」

「おめえなら、そうするさ」

弥吉が微笑《ほほえ》んだ。玄蔵の気性を受けとめた、心底からの笑みだった。

粉雪が一段と激しく舞っている。半町先が雪にかすんで、ほとんど見えなくなっていた。

九十九

弥吉、留吉、健吉の三人は、十二月二十日の五ッ（午前八時）前には牟礼宿の大木戸を通り抜けた。そして顔にかぶさる雪を払いのけながら、ひたすら追分宿を目指した。

善光寺宿の仏具屋で、三人は並の四倍もある特大の懐炉灰を買った。

「この懐炉灰なら、二刻半（五時間）は持つでよ。小諸宿まで、突っ走る」

「がってんでさ」

健吉が威勢のよい江戸弁で返事をした。三度飛脚三人に茶を注いでいた仏具屋の内儀が、江戸弁を耳にして目元をゆるめた。去年の二月から三十日間、内儀は上野不忍池《しのばずのいけ》の線香屋に長逗留《ながとうりゆう》した。その折りに毎日耳にした江戸弁が、なつかしかったのだろう。

「お待ちくださいい」

店を出ようとした三人を引き止めた内儀は、帳場から鑽《き》り火《び》の道具を取り出した。火打石と火打金とを打ち合せ、旅の無事を祈願して打ちかける火が、鑽り火である。

内儀は弥吉、留吉、健吉の順にチャキッ、チャキッと火を飛ばした。

「なによりの縁起をもらいやした」

飛脚三人は深い辞儀をしてから仏具屋を飛び出した。そして粉雪のやまぬ雪道をひたすら早足で進んだ。

三人が小諸宿の東木戸をくぐったのは、九ツ半（午後一時）過ぎである。牟礼宿から小諸宿までの十七里半（約七十キロ）を、二刻半で踏破した勘定である。

宿場役人に引き止められたときには、健脚自慢の三人とも、番所の腰掛に座り込んだ。

「暫時《ざんじ》、待たれよ」

役人は一本の手拭《てぬぐ》いを弥吉に手渡した。浅田屋の定紋が描かれた手拭いで、隅に「宿場なかほどの旅籠荻《おぎ》ノ屋《や》にて、そのほうらの同輩が待っておる」

「俊助」と名が記されていた。

「この手拭いは、俊助あにい当人がお役人様に預けやしたんで？」

健吉が声を弾ませた。が、わきの弥吉は慎重だった。

「これを預けた男は、三度飛脚に間違いねがったでやしょうか」

「相違ない」

役人はきっぱりと言い切った。小諸宿に三度飛脚が投宿することは、きわめてまれだ。が、役人は宿場の大木戸を駆け抜ける三度飛脚を常に見ていた。

国許《くにもと》と江戸とを行き来する飛脚に対しては、どこの宿場役人も相応の敬意を示した。

また、三度飛脚以外の者が身分を騙《かた》ろうとしても、役人はたちまち見抜いた。三度飛脚と他の者との間には、太ももの張り具合、肩の形、胸板の厚みなど、姿かたちに際立った違いがあった。

役人の返事を聞いて、弥吉がやっと顔つきをゆるめた。番所の小者から供された茶を、飛脚三人は余さず飲み干した。

粉雪の降り方は、追分宿が近くなるにつれて激しくなっている。荻ノ屋は小諸宿の真ん中に立つ老舗《しにせ》である。高さ一間（約一・八メートル）、幅三間半（約六・四メートル）の大看板が、荻ノ屋の自慢だ。

しかし十間（約十八メートル）も離れると、その大看板が見えなくなるほどの雪の降りだった。

飛脚三人は横一列に並んで、荻ノ屋に顔を出した。女中が声を発する前に、俊助が飛び出してきた。

百

弥吉の到着からきっかり四半刻《しはんとき》（三十分）遅れて、玄蔵と久太郎が荻ノ屋にあらわれた。

「お頭……」

雪道を苦もなく歩いてきた玄蔵を見て、俊助はあとの言葉に詰まった。俊助の身体には、幾つも痣《あざ》ができている。

「おめえも、さぞかし大変だっただろうよ」

玄蔵の短い言葉には、ずしりと重たい情がこもっていた。

「こちらの四人のおかたは、あっしの命の恩人でさ」

弥吉たちには顔つなぎが終わっていたが、俊助はあらためて玄蔵と久太郎に四人の猟師を引き合わせた。

「舎弟が世話になりやした」

玄蔵は畳に両手をついて礼を言った。熊十たち四人は、しっかりとその言葉を受け止めた。

「手際よくやらねえと、日が暮れちまうからよ」

あらかじめ猟師から次第を聞き取っていた弥吉は、あとの段取りをすでに思案していた。

「おれと留吉、健吉の三人は、三度飛脚だとはっきり分かる身なりで早足を続ける。おめと久太郎は、猟師の恰好《かっこう》であとからきてくれ」

御庭番は、玄蔵と久太郎の顔を知らない。平吉は、木地《きじ》村の猟師小屋に捕らえてある。ゆえにふたりが飛脚以外に扮装《ふんそう》しても、平吉の口から御庭番に伝わる恐れはない。

とはいえふたりとも大柄で、見るからに頑丈な身体《からだ》つきである。猟師にでも化けない限り、御庭番をごまかすことはできそうになかった。

「御庭番が仕掛けてくるとすれば、龍《たつ》ノ口《くち》か熊ノ沢だというのが、熊十さんたちの見当だ」

「おれもここまでの道々、おんなじことを思案してきやした」

猟師が口にした見当に、玄蔵も弥吉も深く得心していた。

「御庭番の連中は、密丸《みつがん》が欲しいわけではね。江戸に届きさえしなければ、それでいいわけだ」

間違いなく、おれたちを始末しようとして襲いかかってくる……弥吉は、当たり前のような口調で断じた。飛脚たちに加えて、四人の猟師も弥吉のつけた見当を受け止めた。

「おれたち三人は、御庭番のおとりになる。襲いかかられたのを見たら、構わず先に行ってくれ」

弥吉はおのれが持っていた密丸を、玄蔵に渡した。

「むざむざ、やっつけられはしねっからよ」

弥吉が、凄《すご》みを含んだ笑みを浮かべた。

「御庭番が襲ってきたら、熊十さんたちも助《す》けてくれる。御庭番は三人、こっちは七人だ。負けるもんじゃねえべ」

弥吉が胸を張った。熊十はしっかりと熊撃ち銃を握っていた。

「わしらは弥吉さんたちより先回りして、龍ノ口で御庭番を待ち伏せしてるでよ」

雪山のことならだれにも負けないと、熊十はきっぱりと請合った。

「連中が龍ノ口にいなけりゃあ、熊ノ沢まで先に行ってるでよ」

熊十と弥吉がうなずきあった。

「ちょいと待ってくだせえ」

ここまで口を開かなかった俊助が、顔つきをこわばらせて気色《けしき》ばんだ。

「あっしの役目は、どうなってやすんで」

「心配《しんぺえ》するんじゃねえ。いま、それを言おうとしていたところだ」

弥吉から受け取った密丸を、玄蔵は俊助に手渡した。

「もしも弥吉あにいたちも、おれと久太郎も御庭番にやられたときは、おめえがこれを江戸まで届けろ」

そのときは、四人の猟師も命を落としているだろう。おくみさんに道案内を頼み、木曾路《きそじ》回りで江戸に向かえと玄蔵が指図をした。

「おれたちがみんなやっつけられたときは、逆に御庭番が生き残ってるてえことだ」

玄蔵は一語ずつ、区切るように話を進めた。

「おめえのツラは、御庭番に知られている。もしものときには、くれぐれも見つかるんじゃねえぜ」

「待ってくだせえ、お頭。それじゃあ、あんまりだ」

玄蔵の指図には常に従ってきた俊助だが、いまは違った。

「みんなが命がけで出かけるときに、おれひとりここに残るてえのは、とっても得心できやせん」

俊助は両目に力を込めて、玄蔵を見詰めた。玄蔵は右手に力を込めて俊助を張り飛ばした。

「もしものときは、おめえだけが頼りだ。分からねえことを言うんじゃねえ」

玄蔵は手を叩《たた》いて旅籠の番頭を呼び込んだ。およその事情を察していたのだろう、番頭は顔をこわばらせて部屋に入ってきた。

「今日一日、この男をゆっくりと休ませてくだせえ」

「かしこまりました」

「飯も湯も按摩《あんま》も、しっかりと頼みやしたぜ」

番頭は深い辞儀をして出て行った。

「心配《しんぺえ》いらねえ、俊助。おれたちは御庭番なんぞに負けやしねえ」

玄蔵は右手を伸ばして、張り飛ばした俊助の頬を撫《な》でた。

「連中をやっつけたあとは、おめえを『よろづや』で待ってる。明日の夜はおくみさんも一緒になって、追分宿で酒盛りだぜ」

玄蔵が顔つきを明るくして言い置いた。が、俊助はまるで得心していなかった。

「後生でやすから、おれだけここに残すことはしねえでくだせえ」

玄蔵を真正面から見詰めながら、俊助が両手を合わせた。玄蔵を押しのけて、弥吉が俊助の前に仁王立ちになった。

「ばか野郎」

俊助の胸ぐらを摑《つか》むと、力ずくで立ち上がらせた。

「おめには、玄蔵の思いが分からねってか」

思いっきり怒鳴ったあとで、弥吉も俊助の頬に平手を食わせた。よろけた身体を、留吉がすかさず羽交い締めにした。

「ぐずぐず言ってねえで、今日はゆっくり寝てろ」

江戸組二番手の久太郎が、俊助の頬にたっぷりと龍虎《りゅうこ》を塗りつけた。

グエッ……とひと声漏らしたあと、俊助は頬に手をあててうずくまった。後ろ向きに倒れ込んだときには、白目をむいていた。

初めて龍虎の効き目を見た健吉と猟師四人は、言葉を失って俊助を見詰めていた。

百一

十二月二十日の信濃《しなの》は、八ツ（午後二時）を過ぎると国中が激しく冷え込んだ。

「この雪は、とってもやみそうにねっから」

「そんだなあ。今日は出歩くのはよしにするべさ」

雪の降り方は尋常ではなく、わずか十間先が雪にかすむほどである。北国街道に限らず、信濃路のすべてでひとは外歩きを控え始めた。

とりわけ小諸宿と追分宿とを結ぶ善光寺（北国）街道からは、旅人の姿が失《う》せた。

この区間は道幅が狭いうえに、急な勾配《こうばい》が連続する。しかも道の片側には山肌が迫り、反対側は深い谷に向けて落ち込んでいる。

いつ雪崩《なだれ》が生ずるかもしれぬうえに、足を滑らせると奈落の谷底に落ちる羽目になる。

三十間（約五十五メートル）先まで見通せない限り、旅人はこの街道を行き来することを控えていた。

熊ノ沢を目の前にした雪洞のなかで、坂田健吾は懐炉灰の火を移し替えた。きっかり半刻（一時間）で燃え尽きるように誂えた懐炉灰である。

正午に雪洞に身を潜めて以来、これで三度、火を移し替えた。ときはすでに八ツ半（午後三時）である。

間もなく飛脚が来る。

懐炉をふところに収めた坂田は、降りしきる雪の街道に目を戻した。膝元《ひざもと》には弓矢が置かれていた。

立場《たてば》の茶店で、吉田・野田・坂田の御庭番三人は、二十日の朝六ツ半（午前七時）から一刻（二時間）にわたって襲撃の段取りを討議した。

剣術、弓術、槍術《そうじゅつ》、砲術に加えて、素手の格闘術にも長《た》けた三人である。立ち会う相手がだれであれ、後れをとる面々ではなかった。

そんな三人が、一刻の長きにわたり段取りを話し合った。御庭番たちが、三度飛脚をいささかも甘く見てはいなかった証左である。

しかも飛脚には、いかなる次第かは分からないが、木地村の猟師が助勢に加わっていた。雪山を知り抜いていることでは、御庭番といえども猟師には歯が立たない。

相手を見くびらず。おのれを過信せず。敵と立ち会うとき、御庭番はこの戒めをなによりも重んじた。

ゆえに手練揃《てだれぞろ》いの三人なのに、襲撃の段取りは入念をきわめた。

「三度飛脚は四人だ」

頭領格の吉田籐輔《とうすけ》は、炭火の明かりのなかで半紙に絵図を描いていた。

金沢から向かってきた弥吉と留吉。それに江戸組の健吉と俊助が加わっている。平吉から散々にいたぶられてはいても、俊助はかならず飛脚に加わるに違いない……吉田はそう断じた。野田と坂田も、吉田の判断に同意していた。

飛脚四人に加えて、猟師が四人である。いかに御庭番とはいえ、三人で八人を一気に仕留めるのは、できる相談ではなかった。

「猟師と飛脚が、一緒に動くことは断じてない」

獲物《えもの》を追う猟師は、獣以上に敏捷《びんしょう》である。御庭番を仕留めようと決めた猟師四人ならば、飛脚と同じ行動をとるわけがない……これが吉田の読みだった。

「猟師たちは、飛脚の近くに身を潜めているに相違ない」

「吉田様は、飛脚と猟師とを同時に相手になさろうとお考えなのでしょうか」

御庭番三人で、八人と対峙《たいじ》することを考えたのだろう。問いかける坂田の目つきが、険しくなっていた。

「それはあまりに無謀だ。なにより、猟師を殺生《せっしょう》しても得るものはない」

吉田は猟師には構わず、飛脚をひとりずつ始末しようと考えていた。

「飛脚の最後尾の者から順に、弓で仕留める。一番手は坂田、おまえに任せる」

炭火の赤い光が、坂田のこわばった横顔を浮かび上がらせた。

御庭番は三人とも、弓の名手である。とりわけ坂田は、深川三十三間堂の通し矢で、続けさまに二十本を真ん中に射抜く技量を持っていた。

熊ノ沢の雪道は幅が狭く、しかも蛇行している。飛脚四人は、一列縦隊で歩くしかないだろう。

吉田は、最後尾の者から順に仕留める算段をしていた。

降りしきる雪のなかで、飛脚たちは前方のみに気を配って歩いて行く。おのれの後ろの者が仕留められても、すぐには気づかない。気配を察したときには、次の矢がおのれに向かって飛んできている……。

「飛脚が四人とも仕留められたと分かれば、猟師たちは腰が砕ける。公儀に歯向かってまで、飛脚の仇討《あだう》ちを考えるはずもない」

吉田の思案した段取りを、野田と坂田はしっかりと受け止めた。

坂田は雪の彼方《かなた》に目を凝らした。街道まで二十間。坂田の技量なら、的を外す恐れは皆無である。懐炉に手をあてて、坂田は指先を暖めた。

粉雪のなかに弥吉があらわれた。

百二

熊《くま》ノ沢《さわ》の雪山道を、弥吉が先頭になって歩いていた。雪はとめどなく舞い落ちており、たちまち先を歩く者のかんじき跡を埋めようとする。

「はあん、ほう。はあん、ほう」

弥吉、留吉、健吉の三人は、駕籠舁《かごか》きと同じ掛け声を発しながら歩いた。駕籠の前棒と後棒が調子を合わせる掛け声なら、先を歩く者とあとに続く者とが、ぴたりと歩みを合わせることができた。

熊ノ沢の雪山道は、四半町（約二十七メートル）ほども真《ま》っ直《す》ぐなところがない。左右に大きく蛇行する道の左側には、山肌が迫っていた。見詰めても、急峻《きゅうしゅん》な山肌は雪のとばりに隠されてほとんど見えない。が、山側を歩いている分には、道を踏み外して転落する恐れはなかった。

雪山道の幅は、広いところでも半間（約九十センチ）しかない。しかも道には、新雪が堆《うずたか》く積もっていた。

十二月二十日の、八ッ半（午後三時）が近い雪空である。晴れていても陽はすでに西空へと移り始める頃合だ。いまの空には分厚い雲がかぶさっており、陽光はお愛想ほどの明るさでしかなかった。

道の右側は、深い谷底に向けて急な斜面が落ち込んでいる。斜面には、一本の木も、ひとつの岩も見えない。雪一色のつるつるの斜面には、転がりを食いとめる手立ては皆無だ。

「はあん、ほう。はあん、ほう」

先頭を歩く弥吉が、掛け声の調子を取っている。弥吉のそのすぐ右側を、熊撃ち銃を手にした熊十が歩いていた。

あとに続く留吉の右には猪五《ししご》が、健吉の右には鹿六《しかろく》が、それぞれ守りについていた。

いずれも、飛脚が足を踏み外さぬ用心役である。

一行のしんがりは、罠名人《わな》の卯七《うしち》が守っていた。猟師は四人とも、猪《いのしし》と熊の毛皮を張り合わせて拵《こしら》えた長沓《ながぐつ》を履いている。沓の底に張った猪の剛毛は、しっかりと雪を捉《とら》えて身体《からだ》を支えていた。

天の底が抜けたかと思えるほどに、粉雪が舞い落ちている。前後左右とも、十間を見通すのがやっとである。聞こえるのは、飛脚が雪を踏みしめるかんじきの音と、はあん、ほうの掛け声だけだ。

一歩ずつ、弥吉は確かな歩みで雪山道を踏んだ。道は山側に大きく曲がり始めている。その曲がり始めの道に、弥吉が一歩を踏み出したとき。

熊十がいきなり身をかがめた。激しく降り続く雪の先に、なにか異変を察知したのだろう。

弥吉も熊十と同じように、すぐさま腰を落とした。

ヒュッ、ヒュッ。

熊十は短い指笛をふたつ吹くなり、弥吉の手をがしっと摑《つか》んだ。そして谷側の斜面へと、力任せに身体を引っ張った。

「雪のなかに足を突っ込んで、身体を支えろ。雪山道から、あたまを出しちゃあなんねえ」

熊十の指図通りに、弥吉はあたまを道端から引っ込めた。

指笛を聞くなり、猪五と鹿六も同じ動作でそれぞれ飛脚を谷側へ引っ張り込もうとした。鹿六の動きが、わずかに遅れた。

「ギャッ……」

健吉から悲鳴が漏れた。御庭番の放った矢が、健吉の左足のふくらはぎに突き刺さっていた。

粉雪をついて、矢は立て続けに飛んでくる。三人の御庭番が、同時に弓矢を射ているのだ。猟師と飛脚は、斜面にへばりついて矢をよけた。

ブシュ、ブシュ、ブシュ。

いやな音を立てて、矢は雪山道に突き刺さった。矢を射る御庭番たちには、飛脚と猟師の姿が見えているのだろう。

「雪さほじくって、もっと身体を斜面にくっつけろ」

熊十が飛脚三人に怒鳴った。弥吉と留吉は、すぐさま身体を斜面の雪に押しつけた。

健吉はふくらはぎの痛みで、身動きができなくなっている。鹿六はおのれの弓矢を斜面に埋めてから、健吉を俯《うつぶ》せにさせた。五尺一寸（約百五十五センチ）の小柄な鹿六が、難なく大男の健吉を引っくり返した。

「あんたの皮袋には、大事なものが入ってっか」

「いや……あっしの身の回りの品だけでさ」

激痛に顔をゆがめながらも、健吉はしっかりと答えた。鹿六は腰の鞘《さや》から小刀を取り出し、健吉の背負子《しょいこ》の紐《ひも》を切断し始めた。

背負子の紐は、麻と皮とを撚《よ》り合わせた丈夫な拵えである。その紐を、鹿六の小刀はスパッと断ち切った。

斜面を背負子が転がり落ちた。身軽になった健吉は、おのれの手で雪を掻《か》き分けて身体を斜面に埋めた。

飛脚と猟師が斜面に身を伏せてから、まだ瞬《まばた》きを幾つかした程度である。それなのに、矢はもはや一本も飛んでこなくなっていた。

「わしらの動きを、雪洞のなかから見極める気だ」

熊十のつけた見当に、三人の猟師がうなずいた。

「こっちが動いたら、こんだけ降ってる雪のなかでも、やつらの矢に狙《ねら》い撃ちにされるべ」

御庭番たちの弓の技量を、鹿六は微塵《みじん》もみくびってはいなかった。斜面は、へばりついて身を伏せているのがやっとである。横に動こうとすれば、たちまち谷底へと転がり落ちるだろう。

動くためには、尾根道に這《は》い上《あ》がるしかない。が、御庭番たちはそれを待ち構えている。

うっかり身体を見せれば、たちまち何本もの矢の餌食《えじき》にされるのは目に見えていた。

ピイーー。ピイーーーー。

弥吉は錫《すず》の呼子を吹いた。乾いた音色が、粉雪を突き破って四方へと散った。

百三

弥吉たちが小諸宿の木戸を通り抜けたあと、玄蔵は五百を数えてからあとを追った。

牟礼《むれ》宿から小諸宿までは、弥吉の指図通り四半刻《しはんとき》の隔たりを保って歩いた。が、小諸宿から追分《おいわけ》宿の間には、御庭番が待ち構えていると分かりきっていた。

「あにいがどう言おうが、これだけは譲れねえ」

玄蔵は五百を数える隔たりで、すぐあとを追うと言い張った。玄蔵たちは雪道でも一町（約百十メートル）を百の調子で歩く。五百数えてからあとを追えば、弥吉たちとの開きはおよそ五町だ。

この開きであれば、もしものときには一気に追いかけることができる。

「呼子の吹き方が短いときは、笛を聞いたらすぐに追ってきてくれ」

もしもピイーーーーと長く吹いたときは、あとは追わずにわき道に逃げろ……これが弥吉と玄蔵との取り決めだった。

弥吉たちから五町離れた後ろを、玄蔵が先に立って歩いた。五歩離れて久太郎が続いている。雪の降り方がひどく、ふたりは隔たりをあけずに歩こうと決めていた。

玄蔵も久太郎も、熊の毛皮を着た猟師の身なりである。かんじきを履いておらず、熊十たちと同じ長沓だ。

はあん、ほう。はあん、ほう。

玄蔵は声には出さず、胸のうちで掛け声をつぶやいた。猟師の身なりをしているいまは、掛け声を口にするわけにはいかなかった。

が、黙ったまま歩くことには、玄蔵も久太郎も慣れていない。小諸宿を出てしばらくの間は、歩みにぎこちなさがあった。

龍ノ口の手前の地蔵堂の裏で、玄蔵は足を止めた。小諸宿から追分宿の間にある、ただひとつの地蔵堂である。周囲を見回しながら、久太郎が玄蔵のわきに近寄った。

どこにも、ひとの足跡は残っていない。地蔵堂の戸が開かれた様子もなかった。が、雪が降り続いているのだ。ひとの足跡などは、あっという間に新雪が埋めてしまう。

ふたりは気を張り詰めて、地蔵堂のなかを覗《のぞ》き込んだ。ひとの気配は皆無だと分かり、玄蔵が吐息を漏らした。

四方を念入りに見回したが、どこにも人影は見えない。小諸宿からも追分宿からも、ただのひとりの旅人も歩いてはこなかった。

「あにいたちは、龍ノ口は無事に越えたようだ」

龍ノ口までは、二町の隔たりしかない。錫の呼子を強く吹けば、四半里（約一キロ）は楽に届いた。ここまで呼子が聞こえなかったということは、弥吉たちが龍ノ口を無事に通過したあかしである。

「御庭番が待ち構えていやがるのは、熊ノ沢てえことでやすね」

うなずいた玄蔵は、ふところから懐炉を取り出した。そして火の加減を確かめた。

別誂《あつら》えの二刻半（五時間）も持つ懐炉灰である。点火してまだ半刻（一時間）も経ていない灰は、しっかりと赤い火を保っていた。

「破裂薬の備えに抜かりはねえな」

「ありやせん」

久太郎はふところに手をあてて、きっぱりと応《こた》えた。猟師の身なりのふたりは、背負子を背負ってはいない。破裂薬と密丸《みつがん》は鹿皮の袋に詰めて、首から提げていた。腰に回した革帯には、鞘に入った小刀と、細身の麻縄の五丈（約十五メートル）巻きが結わえつけられていた。

「ここから追分宿までが、本当の胸突き八丁だぜ」

「へいっ」

久太郎の短い返事を聞いてから、玄蔵は雪道に戻った。

龍ノ口を過ぎても、ひとりの旅人ともすれ違わなかった。先を歩いているはずの弥吉たち七人の足跡は、まったく雪山道に残っていない。

降り続く雪が、たちまち足跡を埋めていた。

『熊ノ沢まで急な登り三町（約三百三十メートル）』

高さ一間の丸太に、熊ノ沢までの道のりが記されていた。この道しるべを過ぎると、一歩ずつ石段を登るような急な登り道となるのだ。

三町先の熊ノ沢は、舞い降る粉雪のはるか彼方である。白一色の山の真ん中を、狭い道幅の雪山道が熊ノ沢に向かって伸びていた。

道しるべのわきで、玄蔵は大きく息を吸い込んだ。一気に登坂するときの、玄蔵の験《げん》かつぎである。あとに続く久太郎も同じことをした。

吸い込んだ息をふうっと吐き出しているとき、呼子が鳴った。

ピイーーー。ピイーーーー。

呼子は長い韻を引いている。あとを追わずにわき道に逃げるというのが、弥吉との取り決めだった。

しかし、道は熊ノ沢に向けての一本道だ。逃げるためには、小諸宿へと戻るしかなかった。

「おめえは小諸宿まで戻れ」

密丸は俊助、久太郎、玄蔵の三人が分けて持っていた。久太郎の面は、御庭番に割れてはいない。俊助と久太郎のふたりに後を託しておけば、どちらかは江戸にたどり着ける。

「分かりやした」

おのれに課せられた使命の重さを、久太郎はしっかりとわきまえている。玄蔵の指図には素直に従った。

「お頭《かしら》、お達者で」

軽くあたまを下げるなり、久太郎は小諸宿へと引き返し始めた。その後姿に合掌してから、玄蔵は熊ノ沢へと駆け出した。

はあん、ほう。はあん、ほう。

玄蔵は、だれはばかることなく、掛け声を発していた。

百四

弥吉たち七人は、ひとかたまりになって斜面にへばりついていた。

追分宿のほうから熊十、弥吉、猪五、留吉、鹿六、健吉、卯七の順に並んでいる。全員が身体の下の雪を掻《か》き出し、俯せになっていた。

手傷を負っているのは、健吉ひとりである。健吉は左のふくらはぎに刺さった矢を、抜かずにいた。

地べたに突き刺さった矢を引き抜いた鹿六は、鏃《やじり》の形をつぶさに見た。

「あの連中は、とことん人殺しの玄人《くろうと》だ」

鹿六は大きな舌打ちをしてから、矢を谷底に向けて放り投げた。

「あんたに刺さっている鏃は、無理に抜こうとしたら足の筋を断ち切ってしまうだ。

筋が切れたら、あんたは歩くことができんようになる」

木地村の猟師小屋に戻るまで、矢の痛みを我慢してくれと、鹿六が言い聞かせた。

「へい……」

じわじわと痛みが身体《からだ》の芯《しん》を蝕《むしば》んでいる。健吉の返事に、威勢のよさはなかった。

「これを呑《の》むだ」

左隣の卯七が、小さな茶色の丸薬を健吉に手渡した。降り続く雪の凍えが、物のにおいを消している。ところが丸薬は、そんななかでも強い異臭を放っていた。

健吉はにおいをかいで、うっと息を詰まらせると、慌《あわ》てて顔を背けた。

「においはひどいが、痛みにはよく効くでよ」

「へい」

健吉は丸薬を口に運ぼうとした。が、においに我慢ができず、口に薬が入らない。

「ちょっと待《ま》つだ」

卯七は腰に吊《つ》り下げていた、錫の器を取り外した。なかに雪をひと摑み入れると、器の底に懐炉をあてた。ほどなく雪が溶けて、器のなかに水ができた。

「水を口に含んでから、思い切って呑めや」

斜面にへばりついた無理な姿勢で、卯七は健吉のために水を拵えた。その好意を重く受け止めた健吉は、においを我慢して水と一緒に丸薬を呑んだ。たちまち、健吉の顔から痛みのゆがみが失せ始めた。

「痛みがひいて、身体が滅法楽になりやした」

「痛みを消してるだけで、傷が治ったわけではねっからよ。無理して動くでねえだ」

軽い調子でモノを言い始めた健吉を、卯七がきつくたしなめた。

斜面の端では、弥吉と熊十が小声で話を交わしていた。

「熊十さんが御庭番の頭領なら、このあとはどうするだね」

弓矢が飛んでこなくなって、不気味な静けさに包まれている。弥吉のささやき声の問いかけが、斜面にへばりついた全員に聞こえた。

「飛脚のあんたらを、皆殺しにさえすればいいわけだべ?」

密丸を取り上げる手間をかけず、ただ飛脚の命を奪うだけで御庭番は役目を果たしたことになるのかと、熊十は弥吉に確かめた。

弥吉はそうだと応じた。

「なら、谷に突き落とすだけだ」

間もなく、御庭番たちは一気に襲いかかってくると熊十は断じた。

「おれもそうだと思う」

弥吉はふところから懐炉を取り出した。赤い火を放って燃えている。深い息を吸ってから、弥吉は破裂薬を取り出した。そして、長い導火線を破裂薬に差し込んだ。

百五

玄蔵の八間（約十四・五メートル）前方で、雪山道は右への大曲《おおまがり》になっていた。熊《くま》ノ沢《さわ》は、大曲の先だ。

玄蔵の先を歩く旅人も、大曲から玄蔵のほうに向かってくる者も、ひとりもいない。見えるのは、十間先も隠してしまうほどの粉雪ばかりだ。

大曲まで、あと六間。傾斜はゆるやかになっているが、それでもまだ、道は登っていた。

サクッ、サクッ。

玄蔵は猟師の長沓を履いている。雪を踏み締めると、音を立てて長沓が沈んだ。雪に埋もれた足を抜くとき、引き足に力を込め過ぎると息遣いが乱れてしまう。

はあん、ほう。はあん、ほう。

駕籠《かご》舁《か》きの息遣いを忘れず、同じ調子で一歩を前に踏み出した。

大曲まで、あと三間。粉雪の舞い方は激しいが、ここまでくれば熊ノ沢の一角が見えた。玄蔵は歩みをのろくして、前方に目を凝らした。

むっ……。

短いうなり声を漏らして、玄蔵は道の端に立ち止った。降り続く雪を透して、もう一度前方の雪道を見た。

間違いねえ、あれは弓矢だ。

玄蔵は小声でつぶやいた。

ひい、ふう、みい……数えたら、矢は八本も雪道に突き刺さっていた。

刺さった矢の角度から、射た者がどれほどの手練《てだれ》かが察せられた。

道端に立ち止まった玄蔵は、熊ノ沢で生じていることを推し量った。

矢の数と形から、弥吉たち全員が熊ノ沢の斜面にへばりついていると、玄蔵は判じた。

御庭番三人が、無駄な矢を射るなまくらな射手とは思えなかった。弥吉たちは猟師を含めて七人だ。射られた矢は、地べたに残っているだけで八本。

御庭番が狙《ねら》ったのは飛脚だけではなく、七人全員に間違いなしと思われた。矢が雪道に刺さったままなのは、まだ弥吉たちが斜面から動いていないあかしだろう。

もしも御庭番に弥吉たちが立ち向かったとしたら、矢はとうに抜かれている。刺さったままになっているのは、御庭番と弥吉たちが互いに対峙《たいじ》しあっているがゆえだ。格闘武芸に秀《ひい》でた御庭番といえども、熊撃ち銃を手にした猟師が四人もいては、うかつに動けないに違いない。

ふところから懐炉灰を取り出した玄蔵は、おのれの指先をしっかりと温めた。このあとでなにをするにしても、指先がかじかんでいては仕事ができない。

弥吉たちが斜面のどこにいるかは、突き刺さった矢が教えてくれている。七人とも、矢のすぐ下の斜面にいるのは間違いなかった。

御庭番がどこに潜んでいるかも、およその見当はついた。矢の羽根をまっすぐ後ろにたどれば、そこが御庭番たちの隠れ場所だ。

はあっ……。

玄蔵は懐炉で温めた指先に、ぬくもりのある息を吐きかけた。両手を強くこすり合わせたら、指先にまで熱い血が巡った。

大曲の先には、御庭番が潜んでいる。それを思うと、心ノ臓の鼓動が激しくなった。

雪は容赦なく降り続いている。身体を動かしていないと、たちまち凍えてしまいそうだ。

あにい、いま行くぜ。

玄蔵は、はっきりと声に出して弥吉に呼びかけた。

百六

雪の斜面にしがみついたまま、弥吉は破裂薬の包みに導火線を差し込んだ。導火線の長さは一尺（約三十センチ）である。

「導火線は、一寸（約三センチ）燃え走るのに十を数えるだけかかる。一尺なら、百の間は走ってられるでよ」

導火線に火をつけたら、全力で走って熊ノ沢から逃げろ……隣の熊十に、弥吉はきっぱりと言い渡した。

「あんたはどうする気だね」

「心配《しんぺえ》いらね。薬が破裂するまでには、おれも逃げ出す」

「いんや、そったださことはできね。とっても間に合わねえべ」

熊十は弥吉の言い分を撥《は》ねつけた。熊撃ち猟師の熊十は、弥吉よりもはるかに破裂薬だの、銃弾だのの扱いには長《た》けていた。

「おめさは御庭番たちを道連れにして、雪崩《なだれ》に巻き込まれる気だべさ」

「お見通しなら、しゃんめえ。熊十さんの言う通りだ」

弥吉はあっさりと、熊十の見立てた通りだと認めた。

御庭番は頃合を見計らって、かならずこちらに襲いかかってくる。武器が矢なのか、刀なのかは分からないが、飛脚の息の根をとめる手段で襲撃してくるのは間違いなかった。

一緒にいれば、猟師もかならず巻き添えを食らう。

「どの道殺されるなら、襲われるのを待ってることはねえ」

弥吉が雪洞に向かって走れば、御庭番の三人は弥吉に狙いを定めて矢を射るだろう。

その隙《すき》に、飛脚と猟師はこの場から逃げ出せばいいというのが、弥吉の思案だった。

「むざむざ、やつらの餌食《えじき》にはならねっから」

「口ではそんなこと言ってるが、あんた、死ぬ気だべさ」

「死ぬ気なんかねえが、もしものときはしゃんめえさ」

「あんたひとりを、死なすわけにはいかね。そったことしたら、木地村の猟師の名折れになる」

熊十は、断固として弥吉の申し出をはじき返した。が、このまま斜面にへばりついているだけでは、御庭番に襲撃されるのを待っているようなものだ。

矢に射られた健吉は、顔から血の気がひいていた。他の者たちも、身体の芯からじわじわと凍え始めている。懐炉を握って指先を温めてはいるが、雪の斜面にへばりついたままでは長くは持たない。

「熊十さんの気持ちは嬉《うれ》しいが、このままではだれも生き残れね。ここは、おれの指図に従ってくれ」

弥吉は懐炉のふたを開き、灰に息を吹きかけた。導火線の端を持ち、赤い火に近づけようとした。

「お頭……」

留吉に呼びかけられて、弥吉は点火しようとした手を止めた。

「なんだ」

「玄蔵お頭の声が」

留吉は左手で大曲の方角を指し示した。雪に顔を押しつけていた健吉が、玄蔵の声を聞いて顔を持ち上げた。血の気がひいて蒼白《そうはく》だが、いまは目に力がこもっていた。

玄蔵が歌う、馬子唄《まごうた》が聞こえてきたからだ。

小諸出て見りゃ　ヨー

浅間のエー山に　ヨー
玄蔵は歌いながら向かってきた。

玄蔵はひとりで、猟師の身なりである。連れのいない猟師は、雪道を歩くときには声高に歌を歌った。大声を出せば、身体が凍えに蝕まれるのを防ぐことができる。

雪国では、雪中の軍事稽古《けいこ》を行う藩士たちも、大声で歌いながら雪道を進むのが常である。ひとり歩きの猟師が大声で歌うのは、いささかも奇異なことではなかった。

「玄蔵は、なにか知恵を隠し持って向かってきている」

弥吉は懐炉のふたを閉じた。が、いつでも点火できるように、導火線の端は右手に握ったままだった。

百七

玄蔵は歩みの調子も、馬子唄の調子も変えずに熊ノ沢に差しかかった。
今朝も　ナー　三筋のヨー　エー煙立つヨー
歌いながらも、雪道に刺さった矢に目を走らせた。降り続く雪は、道の端では五寸（約十五センチ）は積もっていた。

矢はその雪を突き抜けて、硬い地べたに突き刺さっているようだ。凍えた山の土は、雪の下でカチカチに凍っているだろう。御庭番たちが射た矢は、凍土をも貫いているわけだ。

矢の真横まで歩いて、玄蔵は馬子唄を歌いながらも、あらためて御庭番の凄《すご》みを感じていた。

玄蔵はただの旅人ではなく、猟師である。命がけで雪山の獣を追う猟師が、地べたの弓矢に気づかないのは不自然だ。

そう判じて、玄蔵は立ち止まった。そして身体をかがめて、突き刺さった矢を一本引き抜こうとした。ところが案の定、矢は凍土深くまで突き刺さっていた。

しかも、容易には抜けない細工のしてある鏃《やじり》である。玄蔵は、気合を込めて引き抜こうとした。鏃を地中に残して、矢は途中で折れた。

真っ当な猟師なら、雪の地べたに突き刺さった矢を見たら、かならず周囲を見回すだろう。御庭番に凝視されているのを承知の上で、玄蔵は周囲を見回した。矢の羽根の方向をなぞったが、雪の降り方が激しくて雪洞は見えない。しかし、御庭番たちには玄蔵は見えているはずだ。

玄蔵はほどほどに山肌を見詰めてから、折れた矢を雪の上に捨てた。御庭番に見えるように、わざと大きな身振りを見せた。

矢を捨てると同時に、玄蔵は腰に吊るした細い麻縄を手に取った。うまい具合に、縄は薄い肌色である。降り続く雪のなかでは、間近で見ても麻縄は見えにくかった。ましてや御庭番たちは、雪洞のなかに潜んでいる。いかに目を凝らしても、雪洞から麻縄を見極めるのは不可能だろう。

ゆっくりと歩き始めた玄蔵は、斜面のほうに麻縄の端を投げた。縄は五丈（約十五メートル）巻きである。熊ノ沢の先の曲がり角まで、やっと届く長さでしかない。それを承知で、玄蔵は縄の端を斜面に投げた。

麻縄の端は、弥吉の顔の前に落ちてきた。真冬の雪道を進む三度飛脚には、必携の品である。もちろん、弥吉も麻縄は見慣れていた。

玄蔵はこの縄で、ひとりずつ引き寄せる気だ……。

弥吉は即座に、玄蔵の計略を察した。が、玄蔵は追分宿に向かって歩いている。ひとりずつ引っ張るためには、右端の者から結ぶしかない。

追分宿に近い右端にへばりついているのは熊十だ。

「おらはいらね。怪我《けが》してる飛脚さんから逃がしてやんなせ」

熊十は健吉に縄を結べと言った。弥吉も最初に逃がす者は、怪我をした健吉だと思っている。しかし健吉は鹿六《しかろく》と卯七《うしち》に挟まれて、左端近くの斜面にへばりついていた。

縄は五丈の長さだ。健吉に結ぶためには、玄蔵を近くに呼び寄せるしかないのだ。

「熊十さんに頼みがある」

「なんだね」

「この縄を身体《からだ》に結わえて、玄蔵のところまで走ってくだせ」

玄蔵とふたりで、怪我をしている健吉を逃がす手立てを考えてもらいたい……弥吉は強い口調で熊十に頼み込んだ。

「分かった、やるべ」

きっぱりとした物言いで、熊十は弥吉の頼みを聞き入れた。すぐさま弥吉は熊十の身体に麻縄を結わえた。

「頼みましたぜ」

「任せろ」

熊十は熊撃ち銃を左手に握り、麻縄をツン、ツンと二度引いた。合図を感じ取った玄蔵は、ぐいっと縄を引っ張った。

熊十の身体が、斜面から雪道に引き揚げられた。

ヒュッ、ヒュッ、ヒュッ。

粉雪のとばりを突き破って、三本の矢が熊十目がけて飛んできた。三本とも、熊十の心ノ臓に狙《ねら》いをつけていた。

熊十は身体ごと前方に飛び、矢をかわした。積もった雪が熊十を受け止めた。雪に埋もれて、熊十の身体が見えなくなった。

御庭番の手元の矢は、数に限りがあるのだろう。三本のあとは、一本も飛んでこなかった。

雪のうえに倒れ込んだ形で、熊十は縄にツン、ツンと合図をくれた。玄蔵は、すぐさま熊十の考えを察した。雪のうえにしゃがみ込み、力の限りに縄を引き始めた。

熊十の身体が、橇《そり》のように雪上を滑って行く。雪洞に潜んだ御庭番からは、熊十の姿は見えないのだろう。玄蔵に引かれても、矢は一本も飛んではこなかった。

玄蔵の足元まで引かれて、熊十は勢いよく立ち上がった。

「隠密《おんみつ》連中も焦《あせ》ってるだ」

雪を払いながら、熊十は断言した。

「どうしてそう思われやすんで」

「あいつら三人とも、わしの胸元目がけて矢を射ってきただ」

「それは、あっしも見てやしたが」

「焦ってなければ、まずわしの足を狙うだ。足に矢を突き立てて、身動きできねようにしてから、相手をゆっくりと仕留めるのが常道だ」

　ところが御庭番は、三人とも一度に心ノ臓を狙ってきた。一気に仕留めようとして、三人が焦ったからにほかならない……猟師の言い分を、玄蔵はしっかりと受け止めた。

「御庭番連中が焦ってるとすりゃあ、こっちにも大いに勝ち目が出てきやすぜ」

「その通りだべな」

　熊十は弥吉から頼まれたことを手短に伝えた。健吉が足に怪我を負っていると知り、玄蔵の目には強い怒りの色が宿された。

「弥吉さんは、破裂薬をぶっ放して雪崩を起こす気だ」

「そんなことをしたら、御庭番だけじゃなしに、みんなが雪に巻き込まれちまいやす」

「いや、そんではねって」

　弥吉はおのれの命と引き替えに、飛脚と猟師を逃がそうとしている。仲間と猟師を逃がすためなら、身体中に矢が突き刺さっても構わないと思っている……。

「弥吉あにいを死なせてたまるか」

　御庭番への怒りで、玄蔵の顔は雪のなかで朱色に染まっていた。

「すまねえが熊十さん、この縄をしっかり摑《つか》んでてもらえやせんか」

「おやすいことだが、あんたはどうするんかね」

「あっちに行って、弥吉あにいとあとの段取りをかんげえやす」

玄蔵は熊ノ沢に行くと決めていた。

「頼みついでにもうひとつ、これを預かっててくだせえ」

玄蔵はふところから、密丸《みつがん》の包みを取り出した。

「もしもあっしらが御庭番連中に仕留められそうになったら、熊十さんには、すぐさまここから立ち去ってもらいてえんでさ」

江戸までの道のりは長いが、なんとしても本郷の浅田屋まで密丸を届けて欲しい……玄蔵は深くあたまを下げて、熊十に頼み込んだ。

「雪山を歩きなれた熊十さんなら、碓氷《うすい》峠も越えられやす」

玄蔵の物言いには、猟師を動かす強さがあった。ひとりだけ逃げ出すのは心地よくねえと言いつつ、熊十は頼みを聞き入れた。

百八

大きく息を吸ってから、玄蔵は息を詰めた。そして、急ぎ足で斜面に向かおうとして身構えた。

「ちょっと待ってくれ」

熊十が、玄蔵の毛皮の袖《そで》を引いて引き止めた。

「どうかしやしたかい」

気が急《せ》いている玄蔵は、尖《とが》った声で問いかけた。

「あんたの毛皮を、わしのと取り替えるだ」

熊十は玄蔵の返事もきかず、さっさと毛皮を脱いだ。

「あんたも脱ぐだ」

玄蔵に指図をしたあと、熊十は自分の着ていた毛皮を裏返しにした。見る間に、毛皮が真っ白になった。

「雪のなかで獲物《えもの》を追うときには、このほうがええでよ」

熊十の毛皮の裏には、うさぎの毛皮が張り合わせになっていた。汗で黄ばんではいるが、遠目には真っ白にしか見えない。

「こっち側にして着たら、雪洞からは雪に溶け込んで見えねっから」

「こいつあ、ありがてえ」

斜面にへばりついている猟師は、三人とも同じ毛皮を着込んでいるという。が、急斜面で毛皮を裏返しに着替えるのは至難のことに思えた。

「なんとかできるようなら、裏返しに着替えてもらって、御庭番の目をあざむきやしょう」

熊十はしっかりとうなずいたあと、玄蔵の耳元に口を寄せた。降りしきる雪で、口の周りがかじかんでいる。声を出そうとすると、つい大声になりそうだ。

それを防ぐために、熊十は玄蔵の耳元に口を寄せた。

「あんたも破裂薬を持ってるかね」

「たっぷりと持ってやすぜ」

玄蔵は首から提げている皮袋の口を開いた。袋詰になった破裂薬が六包、二丈巻きの導火線、それに極上の塩硝の包みふたつが入っていた。

「あんたらの破裂薬ちゅうのは、音はでけえか」

「この包みは、どれも飛び切りでけえ音がしやす」

「弥吉さんもそったことを言ってたが、でっかい音がするかどうかは、心配《しんぺえ》とかなくてもいいだな?」

「でえじょうぶでさ。あっしはこの目と耳とで、確かめやした」

玄蔵は湯涌《ゆわく》村に向かう途中で、杉の古木を吹き飛ばしたことを思い出した。

あのときの破裂薬は、音よりも吹き飛ばしの力に優れていた。いま持参している破裂薬は、御庭番と出くわしたときに備えての包みである。

「この薬は、吹き飛ばしも大したもんだが、音のほうがすげえだ。山で破裂させたら、木だけでなしに、山も揺れるべさ」

音の威力のほどは、弥吉がしっかりと請合っていた。

「だったら、あんたに折り入っての相談がある」

破裂薬は音の威力が大きいらしいと、熊十は得心したようだ。

「ここから二町半（約二百七十三メートル）下った立場《たてば》わきに、牛と馬を三十頭ばっかし飼っている百姓家があるだ」

「知ってやす」

玄蔵はすぐさま応じた。

「追分宿から上ってくる途中の、二軒目の茶店の奥でやしょう」

追分宿から見て、一軒目の茶店は御庭番たちがひそんでいた空き家である。二軒目の茶店は、牛馬を飼っている奥の農家が営んでいた。

「あんた、馬には乗れっかね」

「乗れやす」

玄蔵は迷いのない返事をした。父親に連れられて諸国の山を巡っていたとき、玄蔵は乗馬の技を身につけていた。

「あんたが馬に乗れるなら、話は別だ。ちょっと耳ば貸してくれ」

玄蔵の耳元で、熊十が細かく段取りを話し始めた。玄蔵が何度も深くうなずいた。

急いで斜面に戻ろうとしていた玄蔵も、いまは熊十の指図に従っている。降り積もる粉雪が、玄蔵の毛皮をさらに白く塗り替えていた。

百九

十二月二十日、八ッ半（午後三時）。木地《きじ》村の猟師小屋では、薪《まき》が炎をあげて燃え盛っていた。

小屋の柱二本に、平吉は両腕を縛りつけられていた。御庭番たちが、俊助《しゅんすけ》の自由を奪ったのと同じ縛り方である。

おくみは女ながらに熊《くま》をさばくほどの度胸と、刃物使いの技とを併せ持っている。平吉を綱で縛るぐらいは、雑作もなかった。

「ねえさん、また小便が溜《た》まってきたよって」

平吉が小便に立たせてほしいと頼み込んだ。

「さっき行ったばっかでねえか」

おくみは、雪よりも冷たい物言いで突き放した。

「なんやしらんけど、身体が凍えて小便がようけ溜まりよるんや」

「こんなに薪が燃えてるのに、身体が凍えるわけないべさ」

太い針で毛皮を縫い合わせているおくみは、平吉を見ようともしなかった。俊助の身体を、散々にいたぶった男である。口をきくたびに、おくみは腹立たしさを覚えていた。

「そんなこと言われたかて、ほんまに身体の芯《しん》から凍えてるで」

「うるせって」

毛皮を膝元《ひざもと》に置いたおくみは、土間におりて平吉を睨《にら》みつけた。

「寒いってのは、いまも雪のなか走ってる飛脚さんたちだべさ。こんなに薪の燃えてる土間にしゃがんでて、あれこれ言うでねえだ」

「なんやねん、その剣幕は」

立ち上がった平吉は、自由のきかない両手を突き出そうとした。おくみが睨みつけても、平吉は平然とその目を受け止めた。

「飛脚の連中やったら、いまごろは皆殺しの目におうてるで」

平吉の顔に、薄ら笑いが浮かんだ。

「御庭番は、ここの小屋のこともよう知ってるさかい、そのうち襲いにくるやろ」

平吉はあごを突き出した。おくみが手出しをせずに睨みつけていると、平吉はさらにしゃべり続けた。

「わてにあんじょうしてくれたら、あんたらの命は助けてくれるように、わてから口添えしてもええで」

技と武器の両方の備えに抜かりのない、御庭番が相手だ。いかに雪山に通じた猟師でも、御庭番には歯が立たない。いまごろは、飛脚と一緒に、猟師四人も御庭番の手で始末されているだろう。命が惜しければ、縄をほどけ。そうすれば、御庭番に命乞《ご》いをしてやる……。

平吉は、一気にこれらのことを言い放った。小便が溜まっているのも、すっかり忘れたらしい。

「言いてえことは、そんだけか」

おくみの物言いには、平吉の口を閉じさせる凄《すご》みがあった。

「おめは、仲間を公儀に売ったイヌだもんな。毛皮着てっから、着物はいらねえべさ」

熊をさばく出刃庖丁を手にしたおくみは、平吉の帯に刃をあてた。庖丁を上に撥《は》ね上げると、小気味よい音とともに帯が断ち切れた。

「なんちゅうことを、やりさらすねん。このアホたれが」

前がはだけて、下帯が丸見えになった。平吉は寒さに身体《からだ》を震わせながら、怒鳴り声を発した。

「動くと、おめの身体を刻むど」

おくみは下帯に刃をあてて、一気に断ち切った、ばらりとふんどしが落ちると、平吉の縮み上がった股間《こかん》のモノが剝《む》き出しになった。

「しょんべんしたけりゃあ、片足あげて垂れ流せ。イヌにはそれが、お似合いだべさ」

おくみは右手に握った庖丁を、平吉の喉元《のどもと》に突きつけた。力を加えられた庖丁の切っ先が、平吉の喉を突いた。

「ひえええ」

平吉が悲鳴を漏らした。股間から漏れた小便が、土間を濡《ぬ》らした。

「もういっぺんいやなことを言ったら、本気で喉を突くど」

うなずいたら、庖丁が喉に当たってしまう。平吉は何度も目をしばたたかせて、おくみに返事をした。

「うちのとっちゃま相手にした御庭番たちは、今日が命日だでよ。おめはそこで、念仏でも唱えとれ」

平吉にひと睨みをくれてから、おくみは毛皮を繕う針仕事に戻った。小便で土間を濡らした平吉は、座ることもできず、小屋の壁に寄りかかった。

壁板は冷え切っている。慌《あわ》てて壁から離れた平吉は、おのれが垂れ流した小便を踏んづけた。

百十

うさぎの毛皮を着込んだ玄蔵は、素早い動きで斜面に横たわった。間近にいても、白い毛皮は雪に溶け込んで見えない。

「玄蔵でねえか」

横に並ばれた弥吉が、思わず声を漏らした。白い毛皮を見た驚きと、いきなり斜面にやってきたことへの驚きとが重なりあったのだ。

「おめえは密丸持って、追分宿へ行ってくれたんでなかったか」

「安心してくれ、あにい。密丸はちゃんと届くように手配りしてある」

久太郎を小諸宿まで戻したことと、熊十に言付けたことを弥吉に明かした。

「あにいとおれの身になにか起きたとしても、密丸は届きやすぜ」

雪に顔をくっつけた形で、玄蔵が笑いを浮かべた。弥吉も、大いに気が楽になったようだ。

「だとしたら、これに火をつけるのに、もう遠慮はいらねえべさ」

弥吉はふところから破裂薬と懐炉を取り出した。

「待ってくれ、あにい。ちょいとした思案があるんだ」

玄蔵は弥吉の耳に口を寄せた。そして熊十が決めた段取りを話した。

「ほんとうに、そんなことができるってか」

「熊十さんが、きっぱりと請合ってくれやしたぜ」

「だったら、できるだろうな」

「できるに決まってやす」

玄蔵がまたもや目元をゆるめた。

「おれはこれから、熊十さんのところまで駆けつけやす」

「おめえも馬に乗るわけか」

「へいっ」

威勢よく玄蔵が答えると、口の周りの白い息が揺れた。

「斜面にへばりついたままで、かんじきを脱ぐことはできやすかい」

「小刀があればやれるべ」

「あにいはそう答えるだろうって、熊十さんも言ってやした」

玄蔵はふところから小刀を取り出した。毛皮を取り替えたとき、熊十から借り受けた小刀である。鞘《さや》も柄《つか》も、熊十の手作りである。柄には、薄い鹿皮《しかがわ》が巻かれていた。

「熊十さんとおれとが上ってくるまで、あにいは短気を起こして動いちゃあいけやせんぜ」

玄蔵は小声ながらも、はっきりと言い置いた。

先刻までの弥吉は、破裂薬を手にしたまま、雪洞近くの山肌に突っ込もうとしていた。破裂薬の轟音《ごうおん》で、雪崩《なだれ》を起こさせる気なのだ。導火線に火のついた破裂薬を手にして駆け寄れば、御庭番たちは浮き足立つだろう。その隙《すき》に、飛脚と猟師を逃がすというのが、弥吉の思案だった。

雪崩が生じたら、御庭番たちは雪に巻き込まれて絶命するだろう。しかし弥吉も同じ目に遭うに決まっている。

熊十の口から、玄蔵は弥吉の思案を聞かされた。おのれの命を賭《と》して、仲間と猟師の命を救う。頭の弥吉ならではの思案だった。

冗談じゃねえ。あにいひとりを、死なせることはできねえ……。

熊十から話を聞くなり、玄蔵はそれを強く思った。

「くどいようでやすが、おれが戻ってくるまで短気を起こしちゃあいけやせんぜ」

玄蔵は小声で念押しをした。

「分かったから、はええとこ始めてくれ」

弥吉は玄蔵の肩を押して、斜面から押し出した。

雪洞のなかでは、野田《のだ》と坂田《さかた》が頭領格の吉田《よしだ》を真ん中に挟み、ひとかたまりになっていた。

「飛脚のひとりは、深手を負っているはずです」

「分かっておる」

「それがお分かりでしたら、ここでただ待つのみというのは、兵法にも適《かな》いません」

最年少の坂田が、吉田に詰め寄った。目下の者が頭領格の年長者に口を尖《とが》らせるなどは、武家社会では有り得ないことだ。

しかし雪洞のなかの御庭番三人は、次の手に関して考えが定まっていなかった。それゆえに、若い坂田には焦《あせ》りが生じていた。

「斜面には、四人の猟師もひそんでいます」

「四人ではない。馬子唄《まごうた》を歌いながら通り過ぎた者も、四人の猟師と気脈を通じた一味だ」

歌いながら通り過ぎた玄蔵を、吉田は一味だと断じていた。

「わたしも気になりましたが、あの者はやはり一味でしょうか」

「無論だ」

吉田にきっぱりと言われて、野田は得心したようだ。

「飛脚どもが立ち向かってくるとは思えぬが……」

言葉を区切った吉田は、両側の野田と坂田を交互に見た。

「猟師どもは、獣を相手に日々命のやり取りをいたしておる。あの連中を軽んじては、思わぬ反撃を食らうやも知れぬ」

話しながら、吉田は顔つきを引き締めた。

「信濃《しなの》に限らず雪国の猟師は、ことのほか弓と罠《わな》とに長《た》けておる。いまこの場で、罠は仕掛けようもないだろうが、弓は別だ」

うかつに雪洞を出ると、猟師の弓の的になりかねないと吉田は案じていた。

「斜面にひそんでいる限り、やつらの姿は見えぬ」

弓で仕留めようにも、射かけようがないと吉田は口惜《くや》しがった。

「かくなるうえは雪崩を生じさせて、雪もろとも、やつらを谷底に突き落とすのが最上の策かと存じます」

「いかにもさようだ」

吉田は手元の胴乱《どうらん》（硬い革で拵《こしら》えた方形の袋。薬・印形《いんぎょう》・煙草《たばこ》・銭などを入れて腰に提げる）を開き、長方形の破裂薬を取り出した。公儀の大筒《おおづつ》組が火薬を調合した破裂薬である。雪崩を生じさせるだけなら、一発破裂させれば充分だった。

「猟師を巻き添えにするのは、情においては忍びないが、ほかに手立てはない」

吉田は、破裂薬で雪崩を起こさせるほかはないと断じた。

飛脚と御庭番とは、期せずして同じ思案を抱いていた。

吉田から目配せを受けて、野田は懐炉灰を吹いた。赤い火が熾《お》きた。

百十一

「気配に、尋常ならざるものを感じます」

弓を手にした坂田健吾が、小声でつぶやいた。懐炉灰を吹いて赤い火をおびき出している野田は、坂田のつぶやきには気を払わなかった。

「確かにこの気配は、尋常なものではない」

坂田のつぶやきに応じた吉田は、導火線に火をつけようとしていた野田の右手を抑えた。

「間違いなく、すぐ近くでなにかが起きておる」

「なにやら、獣が騒いでいるかと思われます」

見当を口にした坂田が、吉田と顔を見合わせた。野田の右手を抑えていた吉田が、ゆっくりと手を放した。

「わたしは、いささかも不審な気配は感じておりませんが」

野田は、坂田と吉田の様子に得心していない。火の熾きた懐炉を左手、導火線の刺さった破裂薬を右手に持った野田は、点火することに気を集めていた。

「いまこれを投じなければ、飛脚と猟師たちを利するばかりです」

「分かっておる」

吉田が引き締まった顔で応じた。

「ならばいますぐに、点火をさせてください」

野田が頭領に迫った。坂田は弓を持つ手に力をこめている。

「いまひと息、様子が明らかになるまで待て」

吉田の指図に、野田はあからさまに顔をしかめた。


「狙《ねら》いは定まってっか」

猪五《ししご》の問いかけに、鹿六は返事をしなかった。声を出すと、狙いが狂ってしまうからだ。

猪五にも、そのことは分かっている。留吉の背中越しに鹿六の様子を見たあとは、口を閉ざした。

鹿六に弓を構えろと指図をしたのは、熊十である。その指図は、玄蔵が伝えてきた。

「ほどなく熊ノ沢の下手で、破裂薬を二発、立て続けにぶっ放す」

ことによるとその音につられて、御庭番たちが飛び出してくるかもしれない。こちらが弓で連中を狙える、ただ一度限りの折りだ。

「もしも飛び出してきたら、ひとりだけでいいから、しっかり仕留めてくれ。それができたら、こちらに大きな勝ち目が生まれる」

御庭番は、よもや自分たちが矢に射られるとは思ってもいないだろう。見下している相手に仲間が射られたりしたら、負った手傷よりもはるかに大きな、こころの打撃となる。

これが熊十の考えだった。

「弓はおらにまかせろって、あにさに言ってくれ」

鹿六がきっぱりとした物言いで請合った。身体は五尺一寸（約百五十五センチ）と小柄だが、弓を引く腕力は熊十よりも強い。腕相撲をやると、五番勝負のうち三番は鹿六が熊十を負かした。

「熊十さんも、鹿六さんにまかせておけば、なんの心配《しんぺえ》もねえって言ってやした」

熊十からの言伝を猟師に伝えてから、玄蔵は二町半先の農家に向かって駆けて行った。

弥吉《やきち》には無茶をするなと、玄蔵は二度も言葉を重ねて言い残した。弥吉もしっかりとうなずいて応じた。懐炉は取り出していたが、導火線に点火するわけではない。いざというときに備えて、指先を暖めていた。

雪はいささかも降り方が弱まってはいない。雪洞がどこにあるのか、方向の見当はついている。しかし降り続く粉雪に邪魔をされて、雪洞は見えてはいなかった。

「そろそろ、玄蔵が着いたころだ」

弥吉が、はっきりとした声を発した。斜面にへばりついた猪五、留吉、鹿六、健吉、卯七の耳に、弥吉の言った言葉が届いた。

健吉の左のふくらはぎには、矢が突き刺さったままだ。しかもまだ、かんじきを履いていていた。

おそめと亀太《かめた》が、夜業《よなべ》仕事で俊助と健吉のために拵えたかんじきである。寒村の冬の夜は、暗くて冷たい。そんななかで、母子が拵えたかんじきだった。

いま健吉が履いているかんじきは、亀太が俊助のために拵えたものである。追分宿を出るとき、健吉はうっかり履き間違えていた。

「おいちゃんが履いてるのは、おいらが作った」

俊助のかんじきには、亀太が小刀で細紐《ほそひも》の結び目に、小さな丸を彫っていた。

「その丸は、村のお地蔵さまの御守りのしるしだから。おいちゃん、雪がいっぱい降っても平気だよ」

長走りで命を助けてもらった礼に、亀太が思いを込めて拵えたかんじきである。こどもの気持ちを思うと、切り離して谷底に捨てることはできなかった。

足を動かすたびに、突き刺さった矢の痛みに襲いかかられる。かんじきを捨てれば、斜面にへばりつく動きは楽になる。

弥吉にそうしろと強く言われても、健吉は応じなかった。それゆえ、身体《からだ》を動かして痛みに襲われても、声を漏らすことができなかった。

「みんな、用意はいいな」

弥吉に確かめられて、全員が短く応じた。健吉も痛みをかみ殺して「へいっ」と応じた。

風が強くなり、粉雪が真横に流れ始めた。追分宿から吹き上がってくる風が、飛脚たちの横顔に粉雪を叩《たた》きつけた。

ふうっ……。

健吉が吐息を漏らした。

「もうちっとで終わるでよ。痛いの、こらえろや」

卯七が小声で健吉を励ました。

ドオーン。ドオーーン。

立て続けに生じた二発の轟音《ごうおん》が、卯七の小声に重なった。

百十二

熊ノ沢の下手からの轟音を聞いて、雪洞にひそんでいる御庭番三人が息を詰めた。

「なにを始めたのだ」

破裂薬と懐炉灰を手にしたまま、野田が雪洞を出ようとした。

「待て、出るでない」

吉田が厳しい声で引き止めた。が、野田はすでに雪洞から出ていた。

轟音に続いて、雪道を走る蹄《ひづめ》の音が風に乗って聞こえてきた。が、音だけでなにも見えない。

破裂薬の轟音。

蹄の音。

いずれも、野田には思いも寄らない展開だった。飛脚と猟師は、自分たちが追い詰めているはずだった。それがあかしに、七人の飛脚と猟師は、身動きができずに目の前の斜面にへばりついているのだ。

なのに、なんだあの音は……。

一瞬、われを忘れた野田は、急ぎ導火線に点火しようとした。破裂薬を投げて、斜面の雪を崩れさせる。そして、へばりついている七人を、雪もろとも谷底に落とす。

それですべてのケリがつくのだ。

「野田、戻れ」

吉田は大声で呼び戻そうとしたが、野田の耳には届いていなかった。破裂薬を雪のうえに置き、懐炉のふたを開いた。そして、火を熾《おこ》そうとして灰を吹いた。火熾しに気をとられた野田に、大きな隙が生じた。

横殴りの風をついて、弓矢が野田に襲いかかった。鹿六の狙いは、雪のなかでも確かである。矢は野田の首筋に突き刺さった。

ぐわっ。

短い声を漏らして、野田は膝《ひざ》から崩れて前に倒れ込んだ。破裂薬と懐炉が、雪の上に転がり落ちた。

雪に這《は》いつくばった吉田は、野田に近寄った。鹿六の弓の張りには、猪《いのしし》の胴をも突き破る強さがある。野田を射た矢は、首の中心部にまで深く突き刺さっていた。

まだ絶命はしていないが、到底助かる見込みはない。矢の刺さったわきから、血が滲《にじ》み出していた。

吉田は雪に身体を伏せたまま、野田の身体に雪をかぶせ始めた。血の滲んだ雪は、粉雪が降り続くなかでも目立って仕方がない。血で赤く染まった雪を斜面の敵の目から隠すために、吉田はまだ絶命していない野田に雪をかぶせた。

手のひら一杯に雪をすくっては、野田にかぶせ続けた。胸のあたりがわずかに動いていることで、まだ野田の息が続いているのが分かる。

吉田は迫りくる蹄の音を聞きながら、倒れた身体に雪をかぶせた。野田には、もはや逆らう気力も体力も残っていないのだろう。

胸のあたりは小さく動き続けていたが、雪をかぶせられても、されるがままだった。

野田を雪に埋めたあと、吉田は破裂薬を手にして雪洞に這い戻った。両目が怒りで燃え立っていた。

蹄の音が、すぐそばまで迫っている。弓を手にした坂田が、大きく息を吸い込んだ。

百十三

熊《くま》ノ沢《さわ》の下方から、蹄の音が迫ってきた。熊十と玄蔵が、破裂薬で追い立てた牛馬である。

「きたぞ」

弥吉が斜面にしがみついた面々に知らせた。

最初にあらわれたのは、馬の群れだった。鞍《くら》も手綱もついていない裸馬で、数は十頭である。馬は足を高く上げながら歩いてきた。

斜面にしがみついた弥吉たちの前に、馬の壁ができた。

「いまのうちに、健吉を逃がせ」

弥吉が大声で指図した。蹄の音で、小声では押し潰《つぶ》されるからだ。

「がってんだ」

留吉がすぐさま動こうとした。その肩に猪五が手を置いた。

「おらにまかせろ。あんた、馬だの牛だのには慣れてねえべさ」

留吉がうなずくのを見定めてから、猪五は素早く斜面から這い上がった。

馬の群れが、音を立てて次々に雪道を登ってきた。走っているわけではなく、蹄はしっかりと雪を踏んづけている。

馬は、熊十と玄蔵が破裂させた音に怯《おび》えていた。行き先は定まっておらず、ひたすら雪道を登って音から逃げているかのように見えた。

馬をよけて、猪五は雪道の端に這いつくばった。一歩を誤れば、馬の群れに蹴飛《けと》ばされる狭い間合いだ。すぐ背後を馬が音を立てて進んでいるのに、猪五は息遣いも乱さず健吉に手を差し伸べた。

健吉は両手を伸ばして、猪五の右手を摑《つか》んだ。

「そのまま、おらの手を摑んで這い上がれ」

猪五が怒鳴った。背後を行く馬の群れが、真っ白な鼻息を撒き散らしていた。

「馬の壁が続いている間に、早く這い上がってくるだ」

健吉は両手に力をこめて、猪五の手を摑んだ。猪五はおのれの右腕を引き上げた。

かんじきを履いた健吉の足が、ズルズルッと斜面に積もった雪を引きずった。

引き上げられる途中で、健吉の身体がねじれた。足に突き刺さった矢が、雪の斜面にこすられた。

「ギャアッ」

健吉から悲鳴が漏れた。が、猪五は力をゆるめず、健吉を引っぱり続けている。健吉は歯をくいしばって激痛をこらえた。

なんとか身体が斜面から引き上げられたときには、すでに馬の群れが通り過ぎていた。

雪に這いつくばったが、猪五も健吉も、真っ黒な毛皮を着ている。雪洞にひそんだ御庭番たちから、ふたりは丸見えになっていた。

「吉田様」

弓を手にした坂田が、鋭い声を発した。馬が通り過ぎたあとの雪道に、黒い毛皮を着た人影ふたつが見えたからだ。

坂田はすぐさま弦《つる》を一杯に引いた。純白の雪のなかを、黒い毛皮がずるずると動いているのだ。どれほど低く這いつくばっていても、見逃すものではなかった。

坂田は足に矢が突き刺さっている、後ろの毛皮に狙いを定めた。野田の仇討《かたきう》ちとばかりに、存分に弦を引き、矢を放った。

野田が射殺されたのが、よほどに悔しかったのだろう。達人坂田健吾にしてはめずらしく、気を昂《たか》ぶらせていた。

その昂ぶりが、矢の狙いを狂わせた。健吉の首を狙った矢は、後ろにずれて足に突き刺さった。

ギャッと悲鳴をあげて、健吉は這うことができなくなった。

狙いを外した坂田は、すぐさま二の矢をつがえた。そしてギリギリと音を立てながら、弦を存分に引いた。雪のなかで俯《うつぶ》せになった健吉は、身動きできずにいる。

「止まっちゃ、なんね。とにかく動くだっ」

健吉を案じた猪五は、われを忘れて振り返った。怒鳴り声をあげたとき、吉田の放った矢が猪五の右腕に突き刺さった。

ウグッと猪五が抑えた声を漏らした。間髪を容《い》れず、坂田の射た矢が健吉の尻《しり》に突き刺さった。

三本の矢を食らった健吉は、もはや身体をよじることすらできない。留吉と卯七が、同時に雪道に飛び出した。

「手をつかめ」

身体を目一杯に低くした留吉は、右手で猪五の左手を摑んだ。雪に這いつくばったまま、留吉は猪五の身体を引き始めた。

留吉も猪五も、毛皮を着ている。矢は容赦なく、しかも狙いを定めて飛んできた。

猪五の身体を引きずる留吉の足にも、矢が突き刺さった。激痛に顔をゆがめた留吉が、雪の上に倒れた。

斜面の上端ぎりぎりのところで、弥吉は留吉が射られるのを見た。目の端を吊《つ》り上げた弥吉は、懐炉灰を強く吹いた。灰が飛び、赤い火があらわれた。

導火線はすでに破裂薬の包みに差してある。赤い火に導火線をくっつけた。

バチバチと火薬が弾《はじ》けて、導火線が燃え始めた。長さは一尺（約三十センチ）。破裂するまで、百の猶予《ゆうよ》しかない。

「おれが立ち上がったら、おめはすぐに逃げれ」

斜面の鹿六にしっかりと指図してから、弥吉は雪道に這い上がった。

ドッ、ドッ、ドッと蹄の音がして、牛の群れが上ってきた。大きな角を生やした十頭の牛が一列になって進んでくる。

雪道に転がっている留吉は、懸命に力をこめて猪五の身体を牛から離した。卯七も健吉を引きずって、雪道の端まで逃げた。雪の塊が斜面を転がり落ちた。

牛の最後尾には、熊十と玄蔵の姿が見えた。熊十はあたかも牧童のように、牛を追い立てていた。

牛が間近に迫ったのを見て、弥吉が立ち上がった。バチバチと音を立てて、導火線が燃えている。一本の矢が、弥吉めがけて飛んできた。

百十四

牛馬の群れが通り過ぎようとしているのに、熊ノ沢は不気味なほどに静まり返っていた。

八ッ半（午後三時）を過ぎたころから、粉雪は一段と降り方を強めていた。わずか十間（約十八メートル）先が、舞う雪に閉ざされて見えないほどだ。

しかし、風はさほどに強くはない。積もった地べたに新たな雪が重なっても、雨のようには音を立てない。

どれほど激しく舞い落ちようとも、雪は粛々と降り積もった。

牛は啼《な》くこともせず、白い息を吐きながら雪道を歩いた。十頭の牛の蹄が同時に雪を踏みしめると、サクッ、サクッという音が立った。それでも、熊ノ沢の静寂を突き破るまでには至らなかった。

熊ノ沢にいる御庭番、飛脚、猟師のいずれもが、息遣いの音をひそめている。口の周りは、吐く息に合わせて白く濁った。しかし周囲は一面の雪だ。白濁の息は純白の雪と溶け合って、定かには見えなかった。さほどに広くもない熊ノ沢に、牛馬と人とが群れていた。が、奇妙なことに、物音はしなかった。

ちぐはぐで不気味な静寂を突き破って、一本の矢が弥吉をめがけて飛んできた。矢は、シュルルルと風切り音を発した。

弥吉はことのほか、血を見るのが苦手だった。獲物《えもの》をさばく父親の手元を正視できなくて、猟師を継ぐことを断念したほどだ。

とはいえ、親の血は濃く弥吉に流れている。身に迫る危険は、本能が素早く察知した。飛脚で野山を疾走するなかで、弥吉はこれまで何度も本能のささやきに助けられてきた。

粉雪をついて飛来する矢の音を聞く前に、弥吉の本能は身体によけよと命じた。が、坂田の弦の張りは、桁違《けたちが》いに強かった。

バスンッ。

あまり耳にすることのない鈍い音を立てて、矢は弥吉が着込んだ毛皮に突き刺さった。

坂田は、弥吉の顔面から首筋を狙って射ていた。弥吉は本能の命ずるがまま、身体を動かした。雪をしっかりと踏んで、あたかも背伸びをするかのような形をとった。

標的の位置がずれた。矢は首筋の下、右胸のあたりに突き刺さった。

うっと短い声を漏らした弥吉は、破裂薬を手にしたまま、雪の上に膝をついた。

「あにいっ」

牛の群れの最後尾にいた玄蔵が、叫び声とともに飛び出した。

「動くでねって」

熊十は怒鳴り声をあげて、玄蔵の動きを抑えようとした。しかし玄蔵は、すでに走り出していた。

うさぎの毛皮を着た玄蔵は、白くて見えない。弥吉に駆け寄ろうとしても、玄蔵めがけて飛んでくる矢はなかった。

「動くでねえ。玄蔵」

熊十が差し迫った声で玄蔵の動きを止めようとした。

「行っちゃあなんねってのが、聞こえねってか」

熊十が怒鳴っているのは、御庭番の矢を恐れてではなかった。急に駆け出した玄蔵に驚いて、牛の歩みが乱れ始めたからだ。

「止まれ、玄蔵」

熊十が腹の底からの大声を発した。玄蔵は止まらずに駆けた。

モオオウ。モオオウッ……。

牛たちが、次々に騒ぎ出した。

百十五

矢を射るなり、坂田は強い舌打ちをした。弦から矢が離れた刹那《せつな》、的を外したと感じたからだ。

案じた通り、矢は弥吉の顔面ではなく、右の胸に突き刺さった。存分に弦の力を受けて飛んだ矢は、弥吉が着込んだ分厚い毛皮を突き破っていた。

が、仕留めるに至らないであろうことは、だれよりも射た坂田が分かっていた。それゆえに坂田は、武家にはめずらしく腹立ちまぎれの舌打ちをした。

手元の矢は、残り二本しかない。もはや、射損じるゆとりはなかった。しかし思わず舌打ちはしたものの、坂田は手練《てだれ》の武芸者である。弥吉を仕留め損なったことへの悔いは、即座に捨て去り、次に備えた。

大きく息を吸い込んだあとで、ふところから懐炉を取り出した。容器は刺子の袋に入っている。坂田が取り出した懐炉は、分厚い雲の下でも黄金色《こがねいろ》に輝いていた。

両手でしっかり懐炉を握ると、指先に存分のぬくもりをくれた。

急《せ》いてはことを仕損ずる。

坂田は骨の髄にまで、この戒めを叩《たた》き込んでいる。十を数える間、懐炉を握って指先を暖めた。ぬくもりが指先から身体《からだ》に伝わってくる。坂田は、ふうっと息を吐いた。

御庭番たちが懐中に忍ばせている懐炉の容器は、金座の職人が別誂《あつら》えにした丈夫な拵《こしら》えだ。小判同様の槌目《つちめ》が打たれた懐炉は、少々手荒く扱っても閉じ合わせの金具はビクともゆるまなかった。

頑丈でありながらも、金の容器は懐炉灰の熱を素早く伝えた。燃やす灰は、大筒組の火薬番差配が手ずから調合した逸品だ。点火した後は、二刻《とき》（四時間）の間、強い火力を保つ。うっかり素手で容器に触れれば、やけどするほどに灰の熱は高かった。

懐炉のぬくもりを指先に感じながらも、坂田の目は十間先の弥吉を凝視していた。

「あの飛脚は、破裂薬を手にしておるぞ」

吉田が鋭い声音で坂田に注意を与えた。

「見えております」

坂田の両眼は、燃え続ける導火線の小さな炎を捉《とら》えていた。そして、導火線の残りは五十を数える間だと読んでいた。

矢で射抜き、すぐさま飛脚に駆け寄る。そして導火線を引き抜くまでに、十五の間が入り用だとも見切っていた。

猟師のひとりが、野田を射殺した。技量がいかに秀《ひい》でているかは、首筋に刺さった矢を見て分かっていた。しかしいまは、猟師も飛脚も熊ノ沢から逃げ出そうとしていた。

雪崩《なだれ》を生じさせて、熊ノ沢の谷底に落とし込む算段だろう……。

坂田は、猟師と飛脚の戦法を見抜いていた。十間先の弥吉は、破裂薬を手にしたま、逃げずに立ち向かってくる気だと坂田は断じた。

坂田が矢を射てもひるまず、手にはしっかりと破裂薬を握っている。

「わてのお頭《かしら》は、なにがあっても仲間を見捨てて逃げ出すような男やおまへんで」

平吉はおのれが公儀のイヌであることも忘れて、弥吉の気性を高く評した。新たな矢をつがえながら、坂田は平吉が口にしたことを思い返した。

確かに、おのれひとりが助かろうなどとは微塵《みじん》も考えない男だ……弥吉の振舞いを見て、坂田はそれを察した。仲間を熊ノ沢から逃がすための盾となって、弥吉はひとりで立ち向かってこようとしていた。

破裂薬が轟音《ごうおん》を発すれば、間違いなく雪崩が起きるだろう。どれほどの雪が上辺に積もっているかを、坂田は定かには判じられなかった。

とはいえ、ひとたび雪崩が起きれば、まばたきをする間もなく、熊ノ沢の斜面に押し出されるのは目に見えていた。しかしそのとき流されるのは坂田と吉田のみならず、破裂薬を手にしている弥吉も同様なのだ。

いかに飛脚が韋駄天《いだてん》走りをしたところで、雪崩から逃げられるはずもなかった。

弥吉は命を賭《と》している。

泰平続きのいまの世、生半可な武家では、おのれの命を捨てて敵に立ち向かうことはできない。そのことは、常に生き死にの境目に立つ御庭番が、だれよりも強く感じていた。

恥じることもせず、二言目にはカネ、カネと声高に言い募る武家。いっときは棄捐《きえん》令《れい》に浮かれたが、年の瀬を控えて、またもや血走った目をして金策に奔走する、旗本や御家人。そんな武家は、おのれの命と引き換えに仲間を助けようとする気概など、かけらも持ち合わせていないだろう。

弥吉たち飛脚は、仲間を見捨てることはしないのだ。助勢に加わっている木地《きじ》村の猟師も、肝の据わった男たちだと坂田は強く感じた。

野田の命を奪った猟師と飛脚を、坂田は憎悪《ぞうお》した。が、憎らしく思いつつも、あっぱれな心意気だと胸の内で少しく称《たた》えた。しかし……。

もはや、これまでだ。

きっぱりと言い切ってから、坂田は矢をつがえた。

雪は激しく舞っている。弥吉は十間先で、雪に膝《ひざ》をついていた。狙《ねら》いを外すことはない。

坂田は存分に弦を引いた。ギュウッ、ギュウッと音を発して、弦が引かれている。

弓が大きくしなった。

坂田は両目で弥吉を見据えた。狙いは眉間《みけん》だ。そこに狙いを定めれば、万にひとつ下方にずれても、矢は喉《のど》を射抜く。

狙いを正確に定めようとして、坂田は息をとめた。

百十六

牛の騒ぎ方で、弥吉は玄蔵が背後に迫っているのを察した。

「くるでねえ」

振り返りもせず、弥吉は強くて鋭い声で玄蔵を押し留めた。

「おめえの命は、おめえだけのものじゃねえ。密丸《みつがん》をしっかり持って、とっと逃げろ」

毛皮を突き破った矢は、身体に深く刺さっているようだ。弥吉がしゃべると、ひゅう、ひゅうと不気味な音を立てて身体から息が漏れた。

「ばかいうねえ。あにいを放ったまま行けるかよ」

玄蔵が怒鳴った。弥吉を連れて逃げようとする思いのこもった、肚《はら》の底からの怒鳴り声である。

「ならねえ」

弥吉は命がけの声で怒鳴り返した。怒鳴った拍子に、弥吉は口から血を吐いた。突き刺さった矢が、身体のなかに血を溢《あふ》れさせているのだ。弥吉の前の雪が鮮血で染まった。

弥吉が命を賭《か》けて発した怒鳴り声である。大声に驚いた牛が、弥吉めがけて突進した。玄蔵が止める間もなく、牛は角を前に突き出して弥吉に迫った。

弥吉は背後に気配を感じて、身体を素早く横倒しにした。牛は弥吉の姿がなくなっても、構わずに突っ込んだ。

坂田が放った矢は、その牛のわき腹に突き刺さった。牛は本能で、矢が飛んできた方角を察知したのだろう。矢が刺さったまま、猛然と雪洞めがけて走り始めた。

「みんな、逃げれっ」

弥吉は初めて後ろを振り返った。溢れる血で、口の周りが赤く染まっている。弥吉のさまを見た玄蔵が、棒立ちになった。

「逃げれ。あと二十五しかねえだ」

弥吉は破裂薬をしっかりと握っていた。

坂田の矢が的を外したと見るなり、吉田が短く言い放った。

「斬《き》り斃《たお》せ」

「はい」

律儀《りちぎ》に返事をしてから、坂田は弓を太刀に持ち替えて雪洞を飛び出した。雪上で鞘《さや》を抜き払い、弥吉に向かって駆けた。

わき腹を射られた牛は、真《ま》っ直《す》ぐに坂田に角を向けていた。牛と坂田の隔たりは、すでに七間（約十二・七メートル）もなかった。

牛は積もった雪を蹴散《けち》らして、坂田めがけて突進している。怒りゆえか、それともわき腹の痛みゆえなのか、猛烈な鼻息を漏らしていた。

坂田は、牛の鼻先で体《たい》を躱《かわ》すための間合いを見切っていた。暴れ牛や暴れ馬を仕留める鍛錬は、これまで存分に積んでいた。

冬眠から覚めた熊に、脇差《わきざし》だけで立ち向かう修行も毎年のように繰り返している。坂田にしてみれば、突進してくる牛の一頭などは、敵ともいえない存在だ。

いささかも足をゆるめず、体を躱す間合いまで駆け寄ろうとした。

牛を坂田にまかせた吉田は、鞘に収めた太刀を手にして駆けた。目指す相手は弥吉である。まずは弥吉と破裂薬を始末し、そののち猟師と飛脚を仕留める算段だった。

導火線が短くなっている。余すところ十五と読んだ吉田は、立ち止まると、鞘から小柄《こづか》を抜いた。五間（約九メートル）までの隔たりであれば、小柄の一投で相手を仕留める技を吉田は持っていた。顔のどこに突き刺さっても、弥吉の動きを封ずることができる。息を止めた吉田は、小柄で弥吉の顔面に狙いを定めた。

グワッと坂田が短い声を漏らしたのは、吉田が小柄で狙いを定めようとして息を止めたときだった。

部下の尋常ならざる声を耳にして、吉田は牛を見た。雪上に横倒しになった坂田に向かって、牛が角を突き立てていた。

体を躱そうとしたとき、坂田は足を滑らせた。牛馬を相手に修行を重ねていたが、雪上で為合《しあ》う稽古《けいこ》はしていなかった。牛は坂田の思惑を大きく上回る速さで、正面から突っ込んできた。それゆえ間合いが掴《つか》みきれず、身体のすぐ前まで突進を許した。慌《あわ》てて躱そうとして、坂田は足をもつれさせた。牛は角の一撃を食らわせた。

身動きできなくなった坂田を、牛は尖《とが》った角で繰り返し突いた。

吉田は渾身《こんしん》の力をこめて、小柄を牛に投げた。小柄は牛の角に当たり、乾いた音を生じた。小柄投げの達人が、狙いを外した。

牛ははじき返した小柄など気にも留めず、坂田への突きを続けている。

短い気合を発した吉田は、抜刀した太刀を手にして牛に向かった。顔には、あきらめの色が浮かんでいた。


「あにい、いまだ」

御庭番ふたりが牛を相手にしているのを見て、玄蔵は弥吉のそばに駆け寄った。熊十が追い立てた牛が、次々に熊《くま》ノ沢《さわ》に向かっている。御庭番ふたりの動きは、牛の群れがしっかりと封じてくれるだろう。

「破裂薬を残して、とっとと逃げようぜ」

導火線の残りは、すでに十を切っていた。

「密丸を届けるのがおめの役目だ」

血を口の周りからこぼしながらも、弥吉は玄蔵をしっかりと見詰めた。

「間に合ううちに、走れ」

弥吉の両眼が、玄蔵に別れを告げている。相手の思いを汲《く》み取った玄蔵は、同じ目で応《こた》えた。そして深く一礼をすると、急ぎその場を離れた。

曲がり道の先で、飛脚と猟師がひとかたまりになっていた。

留吉。健吉。玄蔵。

熊十。猪五。鹿六。卯七。

七人の男が、息を詰めた。

轟音のあと、熊ノ沢が揺れた。雪煙が、空を覆《おお》いつくしていた。

百十七

寛政元（一七八九）年十二月二十八日。江戸の夜明け過ぎには、まだ厚手の雲が広がっていた。

「今日もまた、大雪が降り続くのかなあ」

積もった雪と、天道《てんとう》の見えない空とを、商家の小僧が恨めしげな顔で見比べた。たとえ大雪が降ろうとも、老舗《しにせ》の商家は明け六ツ（午前六時）には店の雨戸を開く。道幅十間の大通りが、分厚い雪に埋もれている。店の板戸を開いた小僧の手は、寒さでかじかんでいた。

「のんびり突っ立ってないで、さっさと雪かきを始めろよ」

年かさの小僧が、きつい物言いで叱《しか》りつけた。大路の真ん中までの雪かきは、小僧たちの仕事である。

店先の雪を、いかに早く片づけるか。大店は、雪かきの早さを競った。六ツ半（午前七時）までに店先の雪を片づけ終えれば、褒美《ほうび》に甘味を利《き》かせた葛湯《くずゆ》を口にできる。

小僧たちは、白い息を吐きながら精を出した。

十二月二十五日から二十七日の三日間にわたり、江戸にはこの冬一番のまとまった雪が降った。とりわけ二十七日は、終日激しく降り続いた。

その雪が残ったまま、二十八日も鉛色の雲が張りついた朝を迎えた。ところが五ツ（午前八時）の鐘とともに、雲は見る間に消え始めた。半刻（一時間）後には、空の低いところに天道が顔を出した。

「ごらんなさい、あの富士山を」

本郷は高台である。町の方々から、富士山を見ることができた。

「こんな眺めが楽しめるなら、雪もわるくはありませんなあ」

「まったくです」

軒を接した商家の番頭ふたりが、雪に埋もれた江戸の町と、はるか彼方《かなた》の富士山の眺めに見とれた。

家々の屋根には、本瓦《ほんがわら》・萱葺《かやぶ》き・板葺きの区別にかかわりなく、分厚い雪がかぶさっている。一面の白地のなかに、大名屋敷や寺社に植えられた松や椿の葉が緑色を見せている。

葉も雪をかぶってはいるが、陽光を浴びて濃緑が際立《きわだ》っていた。

キラキラとした輝きは、日差しをはじき返している神田川の水面《みなも》だ。目を凝らすと、川を行き交う小船も見えた。

大晦日《おおみそか》を間近に控えた江戸が、五ッ半（午前九時）過ぎには、久しぶりの晴天に恵まれたのだ。江戸のいたるところで、人々はほころんだ顔を見交わした。

しかし浅田屋江戸店《だな》には、日が差し始めても浮かれた様子はなかった。

離れの普請《ふしん》は、雪が降り続いていたさなかの二十六日に仕上がった。が、格別落成の催しもしなかった。

「いささか雪が激し過ぎますゆえ、春を迎えましたのちに、あらためてご案内をさせていただきます」

十二月二十七日。降り続く雪をついて、浅田屋の手代たちはおもだった得意先に断わりを告げて回った。

多くのひとが難儀をした大雪だが、浅田屋には落成祝宴日延べの、格好の口実を与えてくれた。

密丸は、無事に加賀藩上屋敷に届けられた。大役を果たすことはできたものの、浅田屋は加賀組の頭弥吉を失った。

足と尻《しり》に深手を負った健吉と、足を射られた留吉は、いまも追分宿《おいわけ》で養生をしている。玄蔵の許しを得て、俊助は二人の養生に付き添っていた。

仲間を裏切った平吉は、熊十親娘《くまじゅうおやこ》が急ぎ拵《こしら》えた檻《おり》に閉じ込めてある。いずれ加賀藩と浅田屋とが談判したうえで、平吉の沙汰《さた》が決まるだろう。

弥吉はおのれの命を賭《と》して、任務を成就《じょうじゅ》させた。そして加賀藩の窮状を救ったし、浅田屋ののれんも守ってくれた。

玄蔵、久太郎《きゅうたろう》の二人は、豪雪に埋もれた碓氷峠《うすい》を、卯七《うしち》、鹿六《しかろく》の先導で踏破した。

途中で合流した伸助、伊太郎とともに江戸に着いたのは、十二月二十四日の昼過ぎである。

玄蔵は、本郷に帰り着くなり、浅田屋の土間に倒れて気を失った。

「命と見栄《みえ》のどっちを取るかと訊《き》かれたら、おれは見栄をとる」

常からこう口にしていた玄蔵が、人前もはばからずに土間に倒れ込んだのだ。いかに身体《からだ》を張って走ってきたかが察せられた。

加賀藩の浮沈にかかわる『密丸運び』の大役は、果たしおおせた。

仕上げ近くで雪にたたられたものの、離れの普請もしっかりと終えた。

懸案は片づいたともいえるが、伊兵衛《いへえ》はとても宴《うたげ》を催す気にはなれなかった。当主の顔つきは、空から日が差し始めても厳しい。

周りの商家が明るく弾んでいるなかで、浅田屋は静まり返っていた。

四ツ（午前十時）の鐘が鳴り終わったとき。

「浅田屋伊兵衛殿をこれへ」

梅鉢の定紋が染め抜かれた半纏《はんてん》を着用した中間《ちゅうげん》が、浅田屋の手代に言い渡した。後ろには、深紅の皮羽織を着用した武家が立っていた。

「お待ちくださりませ」

手代は急ぎ足で奥に向かった。間をおかずに顔を出した伊兵衛は、五つ紋の羽織を着ていた。

中間が後ろに下がり、皮の羽織を身につけた武家が前に進み出た。

「本日九ツ（正午）に、当家正門まで来られたい」

加賀藩の使者は、それだけを伝えて浅田屋を出た。土間におりた伊兵衛は、使者の姿が辻《つじ》を曲がるまで見送った。

百十八

加賀藩上屋敷に構えられた客間は、二十七を数えた。それぞれの客間には、厳格な格付けがある。

十二月二十八日に上屋敷正門から迎え入れられた伊兵衛は、御家門《ごかもん》（徳川将軍家の一族で三家・三卿《きょう》以外の大名）格大名を接待する客間に案内された。客間の広さは二十畳で、さほどに広いわけではない。が、部屋の畳、欄間、襖《ふすま》のすべてが、国許《くにもと》から職人や絵師を呼び寄せて普請したものである。

伊兵衛が案内されたとき、客間の障子戸は庭に面した一面が開かれていた。檜《ひのき》細工の濡《ぬ》れ縁《えん》の先には、築山《つきやま》が広がっている。

「山茶花《さざんか》が見ごろであろう」

伊兵衛を案内した武家が、庭を指し示した。八寸（約二十四センチ）も積もった雪の純白が、葉と花の色味を一段と引き立てていた。

「御用人様がお見えになるまで、存分に庭を愛《め》でておられたい」

「そのような無作法など、滅相もございません」

伊兵衛は顔色を変えて拒んだ。が、武家は目元をわずかにゆるめていた。

「御用人様よりの御指図だ。いささかも遠慮は無用だ」

武家の指図を受けて、御殿女中が茶托《ちゃたく》と湯《ゆ》呑《の》みの載った盆を手にして、障子戸の近くに立った。

「座りなされ」

武家が指し示した場所には、絹布《けんぷ》の分厚い座布団《ざぶとん》が用意されていた。伊兵衛は会釈《えしゃく》をしてから、座布団のわきに座した。

女中は伊兵衛の膝元に湯呑みを置いた。年若い武家ふたりが、差し渡し二尺（直径約六十センチ）もある、大型の火鉢を運んできた。炭火が真っ赤に熾《お》きている火鉢は、伊兵衛のすぐ前に置かれた。

「遠慮は無用ぞ」

重ねて言い置いて、武家は客間から出て行った。

雲がすっかり消えた空から、真昼の日差しが庭に降り注いでいる。日を浴びて、庭木の枝に積もった雪がゆるくなったのだろう。ドサッ、ドサッと音を立てて、あちこちで落ちていた。物音がまったくしない庭は、雪の落ちる音を際立たせた。

風はないが、眼前は一面の雪である。日が差してはいても、庭にぬくもりはなかった。

客間に忍び込んでくる寒気が、伊兵衛の吐く息を真っ白に濁らせていた。寒さがきつくて、伊兵衛は火鉢に手を伸ばしかけた。

が、すぐさま思いとどまり、その手を引っ込めた。

密丸《みつがん》を江戸に運んできた玄蔵たちも、熊ノ沢に落ちた弥吉も、そして追分宿に留まっている留吉、俊助、健吉も、だれもが桁違《けたちが》いに深い雪と闘った。

飛脚が身体を張ったがゆえに、伊兵衛はいま、こうして加賀藩上屋敷の客間に座っていられるのだ。

庄田要之助《しょうだようのすけ》の用向きがなんであるか、加賀藩の使者はひとことも言い及ばなかった。客間まで案内をしてくれた武家も、なにも言わなかった。

しかし正門から迎え入れられたことや、御家門格の客をもてなす客間に案内されたことからも、庄田がわるい話を切り出すとは思えなかった。

飛脚の働きがあればこそだ。

伊兵衛は、わずかな寒さを我慢できずにいるおのれを恥じた。白い息を吐きつつ、目を庭に転じた。

山茶花が、見事な花を咲かせていた。

「御用人様がお見えである」

先刻の武家が、おごそかな声で告げた。伊兵衛は両手をついて、あたまを下げた。

「おもてを上げなさい」

庄田の声音は、いつになく潤《うるお》いに富んでいた。伊兵衛の目の前に、若衆三人が漆塗りの三方《さんぽう》を置いた。それぞれの三方には紫色の袱紗《ふくさ》が敷かれており、桐箱《きりばこ》が載っていた。

桐箱には、前田家家紋が金箔《きんぱく》で描かれていた。

「このたびの浅田屋の働きには、殿にもことのほか、お喜びであらせられた」

三方に載った桐箱は、治脩《はるなが》から飛脚たちへの恩賞だった。

「命を賭した弥吉の働きには、殿にも深くお感じあられたようでの。黄金二十枚を賜られた」

黄金一枚は、七両の値打ちである。破格の褒美を知った伊兵衛は、言葉を失って両手をついた。

「玄蔵、留吉、久太郎、俊助、健吉の銘々には、黄金五枚。助勢をいたした木地《きじ》村の猟師四名には、それぞれ黄金二枚ずつが下されることとなった」

「過分のお褒めにあずかり、飛脚たちに成り代わりまして厚く御礼申し上げます」

両手をついてあたまを下げた伊兵衛は、不覚にも落涙した。慌《あわ》てて袂《たもと》から正絹の汗押さえを取り出し、畳を拭《ふ》こうとした。その伊兵衛の動きを、要之助が抑えた。

「昨日、あの雪のなかを越中守《えっちゅうのかみ》(松平定信)様よりの御使者が、当家にお見えになられた」

定信は、正月二日の初潮の宴の取りやめを伝えてきた。

「御上よりの格別の御用があって、正月二日は御城出仕の儀のお申しつけがあられたそうだ」

使者は加賀藩のあと、土佐藩上屋敷にも同じことを伝えに回った。

「このたびは事なきを得たが、御公儀はさらに当家に目を配られるは必定であろう」

伊兵衛は、顔つきを引き締めてうなずいた。

「これからも、より一層、忠勤に励んでもらいたい」

「浅田屋伊兵衛の一命に賭《か》けまして、御用を務めさせていただきます」

「春になれば、殿にも一夕、浅田屋離れに御成りあるとおおせられた」

要之助は言外に、平吉の一件はお咎《とが》めなしであると伝えていた。

「ありがたき幸せにござります」

伊兵衛は畳にひたいをこすりつけた。雪が、音を立てて落ちた。

終章

大晦日《おおみそか》の四ッ過ぎ。玄蔵はおりんと連れ立って、湯島天神への参道を歩いていた。

六尺（約百八十二センチ）の玄蔵に、縞柄《しまがら》のお仕着せを着た五尺六寸（約百七十センチ）のおりん。大柄なふたりが連れ立って歩くと、多くのひとが目を見開いた。

おりんが履いているのは、普通歯の塗り下駄である。参道の雪かきはできているが、まだ一寸（約三センチ）近い雪が残っていたりもする。

雪をよけようとしたおりんが、足元を滑らせた。たもとに入っている小さな加賀人形が気がかりで、足元に気が回らなかったのだろう。倒れそうになったおりんを、玄蔵が抱きとめた。

おりんの目が、嬉《うれ》しさで潤んだ。

前々日の二十九日八ツ半（午後三時）に、玄蔵は七福《しちふく》をおとずれた。この日の昼で、七福は年内の商いを終えていた。

「おりんさんと、所帯を構えさせてくだせえ」

玄蔵は仲人《なこうど》も立てず、おのれの口でおりんの両親《ふたおや》に願い出た。

「いいとも」

順次郎《じゅんじろう》は、いささかのためらいも見せず、玄蔵の願いを聞き入れた。順次郎は、玄蔵の一本気な気性を高く買っている。話は玄蔵が拍子抜けしたほど、あっけなくまとまった。

「それで玄蔵よう、祝言《しゅうげん》はいつ挙げるんでえ」

すっかり玄蔵の人柄を気にいった順次郎は、酒が進むうちに呼び捨てにしていた。

「勝手なことを言いやすが、来年の五月まで待ってくだせえ」

「なんでえ、そりゃあ」

順次郎が、あからさまに顔をしかめた。先延ばしの祝言が気にいらないのだろう。

「加賀組の頭と、五月の雪解けを迎えるまでは会えねえんでさ」

祝言は、その男と再会を果たしてから挙げたい……詳しいことは一切言わず、玄蔵は五月過ぎまで待って欲しいと頼み込んだ。

相手の目を見詰めていた順次郎は、玄蔵が口にしないことを感じ取ったようだ。

「しっかりやんねえ」

ぼそりとしたつぶやきで、翌年五月の祝言を認めた。

参道両側に建ち並ぶ商家は、どこもすでに正月飾りを終えている。まだ消えずに残っている雪に、冬のやわらかな日が差していた。

山から伐《き》り出したばかりの松は、眼に染《し》み透るような濃緑である。竹は青々としており、千両の赤い実は小粒ながら鮮やかだ。

松を見て、玄蔵の足が止まった。

「弥吉あにいは、正月の松飾りがことのほか好きだと言ってた……」

獣の血を見るのがいやで、猟師を継ぐのをあきらめたと、弥吉は猪鍋《ししなべ》をつつきながら玄蔵に聞かせた。

「だがよう、玄蔵。おれは雪の山に入るのは大好きだ」

雪にめげずに、緑の葉を茂らせる松を見るのが、なにより好きだと弥吉は続けた。

「金沢の正月は、雪と松葉が色味を競い合うからよ。雪のねえ江戸より、ずっときれいだべさ」

弥吉が口にした言葉を、玄蔵は一語ずつ思い出していた。

「五月になったら、あたしも熊ノ沢に連れて行ってください」

おりんにも、玄蔵は詳しいことは話していない。が、玄蔵の様子から、弥吉がどこにいるかを察していた。

「あにいに、おめえを自慢するぜ」

弥吉からもらった御守を、玄蔵は右手で強く握っていた。

商家の松から雪が落ちた。

解説

児玉清

おもしろくて、人間の温《ぬく》もりが、じんと胸にしみこむ、しかも江戸時代のさまざまな未知の部分を丹念に且《か》つ存分に教えてくれる。さらには男っぽくて骨太で、その上に滅法熱い作者の魂がじんじんと伝わってくる。

いろいろと思いつくままに羅列してしまったが、僕の山本一力時代小説に傾倒する所以《ゆえん》だ。

本書「かんじき飛脚」は、僕の大好きな作品で、山本一力時代小説の真髄をぜひとも味わっていただきたい珠玉の一冊。

これまで作者は、江戸時代の庶民の様々な生業《なりわい》を詳《つまび》らかにすることで読者を楽しませてくれたが、それはまた山本作品の真骨頂でもあり、次はどんな職業のプロが登場するのかと待ち詫《わ》びることにもなるのだが、今回、作者が取り上げたのは「飛脚」。飛ぶ脚と書いて「飛脚」とはなんとも言い得て妙な言葉。辞書を引くと、「近世、手

紙・金銀・小荷物などの送達を職業とした人。また、その通信機関。」とある。（明鏡・国語辞典）

わざわざ辞書を引くまでもなく、読者のほとんどの方は「飛脚」の存在を知っていることだろう。かく申す僕も、これまでに時代小説や時代劇映画を通じて、おおまかなことはわかっていたつもりだったが、本書を読んで、まさに目を剝《む》くというか、目から鱗《うろこ》が、ではないが、生れてはじめて「飛脚」について、また「飛脚業」について本当のことを知ることができた、という思いで愕然《がくぜん》としたものだ。この点だけでも、作家山本一力氏の突出した輝きが顕著なのだが、加えてこの職業に従事する登場人物一人一人の心情を、心意気を、熱気を、そして彼らを取り巻く人間たちの心根を独自の筆致で綴《つづ》った飛脚物語は彼らの肌の温りや実際の息遣いまでも感じるかのように、共に一喜一憂しながら、彼らと江戸の時代を、その世界を共有することとなる。そして、予断を許さぬ波瀾万丈《はらんばんじょう》の物語の展開は、時々刻々と究極の瞬間に向って進む時限爆弾の仕掛けのごとく、読者の心を不安と期待で徐々にもみくちゃにしながら、クライマックスへとついには到達するのだから、エキサイティングこの上ないおもしろさ。

物語は、天明九年（一七八九）が、年明け早々の一月に寛政へと改元された年の十一月末に幕を開ける。改元の旗振り役は、二年前の天明七年六月に老中首座に就いた松平定信。定信は田沼意次《おきつぐ》失脚ののち徳川御三家と、一橋治済《はるさだ》の強い推挙により就任したのだが、彼の世直し政策「なによりも倹約を旨《むね》とせよ」は、最初のうちは庶民たちに大きな期待を持たせたが、改元からわずか二ヶ月過ぎたあたりから、俄《にわか》に庶民の評価が変わり始めた。徹底した緊縮財政を武家のみならず、庶民にも節約・倹約を強いたのも、田沼政権の放漫財政の結果、公儀が深刻な金詰りに直面していたからだが、そのあまりの厳しさに、「世直してえのは、こんなにしんどいことなのかよ」と庶民が文句を言い始めたのだが、そんな矢先に、定信は、その不満を一気に吹き飛ばす、桁《けた》違いの大きな花火を打ち上げた。札差が武家に対して持つ貸し金、実に百十八万両余のカネを、丸ごと棒引き、つまり帳消しにするという「棄捐《きえん》令」を公儀が発布したのだ。この「棄捐令」は、一方的な儲《もう》け頭の不埒《ふらち》な、公儀を恐れぬといった札差への仕置きと、札差の高利にあえぐ武家救済という両面の効果があったのだが、世の景気は一気に悪くなった。湯水のごとくカネを遣っていた札差がピタッと財布の紐《ひも》を閉じた結果、たちまち市中にカネが回らなくなったからだ。不景気は諸々《もろもろ》の不満を爆発させる原因となる。公儀を司《つかさど》る松平定信はピンチに追いこまれることとなった。

物語はこうした時代背景のもとに進行することとなる。山本作品の大きな特徴の一つが、こうした世の中の仕組みを鮮明にし、いつの世も経済が人間社会の根幹であることを今更のごとく読者に悟らせることにある。今回も、江戸時代の金融を支える札差と武家の関係を詳らかにすることで、読者に有無を言わせぬといったリアリティと無類のおもしろさをもたらすこととなる。

さて、前置きがかなり長くなってしまったが、この物語の肝腎要《かんじんかなめ》の主人公は、金沢と江戸を往来する三度飛脚と呼ばれる颯爽《さっそう》とした豪の者たち。彼らは加賀百万石、十一代目藩主、前田治脩《はるなが》御用の飛脚宿浅田屋の三度飛脚。なぜ三度飛脚と呼ばれるかといえば、加賀藩国許《くにもと》と江戸本郷上屋敷との間、およそ百四十五里（約五百七十キロ）を、毎月三度、夏場なら五日間で、冬場なら七日間で走り抜くことからきている。運ぶものは藩の公用文書と、藩主および内室御用の品で、浅田屋は江戸と国許の両方に、常時八人の三度飛脚を抱えていた。江戸組は、玄蔵を頭に久太郎、健吉、俊助、嘉市、良助、新吉、吾助の八人。加賀組は、弥吉を頭に留吉、六助、伊太郎、平吉、三蔵、伸助、そして与作の八人。それぞれが五尺八寸（約百七十六センチ）から六尺（約百八十二センチ）の大男たち。今の日本ならいざしらず、当時としては群を抜くといった偉丈夫ばかりというのだから迫力満点の三度飛脚たちだ。驚くべきは、そのスピードとスタミナの凄《すご》さ。しかしその見返りである報酬も飛び抜けている。ひとりの三度飛脚は、月に一度江戸と金沢を往復するのだがその稼ぎ高はなんと三十一両という大金だ。いかに彼らが図抜けたプロ集団であったかがうかがえて、ここでも読者の心をときめかす。

ところで今回の物語のおもしろさを際立《きわだ》たせているのは、この浅田屋の三度飛脚、江戸組と加賀組合わせて十六人が武家社会の凄絶《せいぜつ》なる抗争の矢面に立たされるという非常事態のストーリー展開だ。その抗争とは、前述の公儀代表、老中首座松平定信と加賀藩主、前田治脩との確執から生じたものだ。関ヶ原の戦いから早や百九十年ほどの時が経過したが、外様《とざま》大名の筆頭である加賀藩の諸藩に対する影響力は今も大きく、この藩の動向は絶えず監視する必要があった。時恰《あたか》も寛政の改革による不景気風が吹き抜ける世情にあって、徳川家を支える旗本たち、直参、御家人は唯一《ゆいいつ》の資金源である札差からのカネの融通を絶たれ、ニッチもサッチも行かなくなり、寛政の最初の年の瀬を無事越えられるのかアップアップの状態であった。定信の「棄捐令」に対する札差たちの報復手段の結果だが、他の大名たちも窮状を訴える中で、特別に旗本たちだけにカネを援助することもならず、そこで、この窮状を打破するために定信が思いついた一計は、外様大名の雄である加賀藩前田家の弱点をにぎり、そのことをおおやけにすることによって、この大藩に強い影響力をふるうことをもくろんだのだ。そうすれば、世の不満の矛先《ほこさき》を公儀から他へと移すこともできるかもしれない。

弱点とは藩主前田治脩の内室が胃ノ腑《ふ》を患《わずら》っていることであった。内室は常時江戸の藩邸にいなくてはならないという幕府の人質的存在。その内室が重篤《じゅうとく》な病とあれば、幕府にはあれこれと藩の内政に嘴《くちばし》を容《い》れる格好の材料、口実となる。御庭番（幕府直属の忍びの者）によって内室の病状を察知した定信は、正月の賀宴に前田治脩と内室を招待することで、病気を露見させることを企てた。

一方、招待を受けた加賀藩では、藩主治脩が最も信頼を置く家臣、江戸詰用人庄田要之助が定信の意図する計画をいち早く見抜き、これに対抗する手段を考えた。加賀藩には五代目綱紀のときからの一子相伝の秘薬、多賀家の「密丸」があった。これまでも幾多の藩主をはじめ家臣の命を救ってきた内臓疾患の特効薬ともいえる秘薬で、内室の体も現在この「密丸」によって保たれている状態なのに、なんと折悪《おりあ》しく江戸藩邸のたくわえ分が底をつきつつあったのだ。そこで庄田要之助は藩御用達の飛脚問屋「浅田屋」の当主、伊兵衛を呼んで年内、しかも十二月二十五日以前に、なんとしてでも「密丸」を金沢から取り寄せるよう厳命した。この一事に加賀藩の命運がかかっていることを知らしたのち、彼は御庭番への内通者がいることと、定信の御庭番組頭大田典膳配下の忍びたちから手段を選ばぬといった、阻止するための妨害行動があることも示唆《しさ》したのだ。

さあ、かくして物語が動きはじめた。幕府を敵に回すこととなった加賀藩を救うため、雪の山を越えて国許へ走る飛脚たち。そして、金沢から江戸へ。行く手には大雪、荒れる海、難所中の難所である親不知子不知《おやしらずこしらず》を、ましてや冬場のこの地獄とも思える危険な断崖絶壁《だんがいぜっぺき》の小道を無事走り抜け、通過することができるのか、さらにその先には、屈強の忍びたちの刺客が待っている。そして裏切り。期限は十日間だ。三度飛脚、江戸組頭玄蔵、加賀組頭弥吉たち十六人の運命やいかに、また彼らの足に命運を賭けた加賀藩の運命やいかに。さぁさぁ、それは読んでのお楽しみということになる。
「もう一回言うが、今度の走りは三度飛脚十六人が束になって、命をかける仕事だ。それをしっかりと、おまえたちのあたまに叩《たた》き込むだ。分かったら、肚《はら》くって返事をしろ」（本文より）
物語のおもしろさを一段と加速させてくれるのは、スリリングな御庭番との死闘へと導かれるまでの三度飛脚たちの仕事振りだ。どのような組織でどのような仕組みで三度飛脚が運営されているのか、作者の説明は具体的でわかり易《やす》く、見事に納得してしまったのだが、なんといっても最高におもしろかったのは、飛脚たちの走り方や、道中での生活というか、旅の仕方だ。『同じ側の足と手を同時に出すのが、飛脚の走りである。加賀鳶《とび》と同じだが、飛脚のほうが一歩の歩幅が広かった。手と足とを同時に出せば、身体がよじれなくてすむ。見た目には不器用でも、長い道中を行くには身体にやさしい走り方だった。』(本文より)この記述を読んで、僕はこの方法で何十米《メートル》か実際に外に出て走ってみたのだが、たしかに身体のよじれがなくなっていることは体感したのだが、普段の歩き方、走り方が身についてしまっている者にはなんとも可笑《お》しく、とても不自然に思えてすぐに止《や》めてしまった。しかし暫《しばら》く経《た》ってみると、なにやら、このナンバの走り方の方が一歩一歩の調子がリズミカルに大きく弾んで、長丁場の走りには楽なような気がしてきたのだ。あなたもぜひ一度、この本の途中で一度外に出て、三度飛脚の走り方で走ってみることをおすすめする。きっと彼らの心情の一端に触れた思いがして、山本作品の魅力がぐんと増すこと請け合いだ。

彼らの旅の宿場となっている旅館での過し方も実に具体的に書かれていて、湯に浸り、疲れを早く取り除き、食事も明日の過激な走りに対応できるような献立で、それも詳細に記述されている。例えば熊谷の宿では『ほていやの根深汁《ねぶかじる》は、ぜいたくに鰹《かつお》節《ぶし》でダシをとっていた。ザク切りにした熊谷産の葱《ねぎ》と、短冊《たんざく》に切った油揚げとを、自家製の味噌で調える。他の客にはこのままの根深汁を供するが、飛脚には丸ごとの卵がとかさずに落とされた。味噌汁で煮えた白身が、葱にからまっている。椀《わん》のなかで白身をほぐすと、半熟の黄身が溶け出した。味噌と黄身とが混ざり合い、味噌汁の美《う》味《ま》さが格段に引き立った。』（本文より）どうです、思わず口の中につばが湧《わ》いてくるような記述でしょう。山本作品の面目まさに躍如、食べたくなるし、作ってみたくなるでしょう。こうしたところが山本一力氏の凄いところ。抽象的な記述は一切せず、すべて具体的に登場人物たちの生活感覚や生活振りを当事者と同じ目線で焙《あぶ》り出す。今回の物語の重要な道具立てとなっている、幕府に秘して、いざというときのために着々と蓄えを続けてきた塩硝（火薬）にしても、その作り方から効果まで詳細に書かれていて、もうそれだけでも話にリアリティが加わる。「密丸」と同じく捻挫《ねんざ》の特効薬「龍虎《りゅうこ》」も、その効き方のもの凄さが、読者の心を楽しく虜《とりこ》にする。山本作品は一事が万事この筆法で物語が進む。だからストーリーを単に読み飛ばす筋立て本位の単なるサスペンスとした読み方だけではなく、ディテールを一つ一つじっくりと心に刻みつつ楽しみながら読むことをおすすめする。冒頭にもふれたが、その時代の経済を読み解くことは、舞台背景として欠かせない条件の一つだ。単なるお伽《とぎ》話、絵空事にならないためにも、そして何よりも読み手の心に信憑性《しんぴょうせい》を持たせるためにも大事なことだ。経済に通暁《つうぎょう》している山本一力氏の紡《つむ》ぐ時代小説の素晴らしさはこの点にもある。すべての根幹は経済にある、ではないが、人間が生計を立てて生きて行くための生業にしっかりと目を注いだ山本時代小説は読者に新たなる目を与えてくれたのだ。しかも作者の登場人物たちに注ぐ目差《まなざ》しはあたたかく、かつ猛烈に熱い。まるで地球の地核からマグマが時折り噴出するかのように、彼らの行動と心情は読む者の心を熱くし、溶かす。

身体が人一倍大きくても、十六人の飛脚たちの心は当然のごとく別々で複雑だ。一人ずつ性格も違えば生れ育ちも異なり、飛脚を生業とするまでの経緯も違う。それぞれがトラウマとなった体験を具体的に書くことによって、玄蔵、弥吉をはじめ飛脚たち全員の個性が際立つあたりも作者の見事さだ。切ったら血の出る生身の人間、殴られたら痛さを感じる人間、そうした生々しさを常に読む者に与えながら綴られる物語は、人生と同じ疑似体験を読者にもたらす。このインパクトの深度の深さが山本時代小説の真骨頂なのだ。さあ、じっくりと彼の小説を楽しもうではないか。そこには人生へのあらゆる示唆がこめられている。

（平成二十年八月、俳優）

この作品は平成十七年一〇月新潮社より刊行された。

新潮文庫最新刊

天童荒太著
ペインレス
上 私の痛みを抱いて
下 あなたの愛を殺して
心に痛みを感じない医師、万浬。爆弾テロで痛覚を失った森悟。究極の恋愛小説にして——最もスリリングな医学サスペンス！

西村京太郎著
富山地方鉄道殺人事件
姿を消した若手官僚の行方を追う女性新聞記者が、黒部峡谷を走るトロッコ列車の終点で殺された。事件を追う十津川警部は黒部へ。

島田荘司著
鳥居の密室
—世界にただひとりのサンタクロース—
京都・錦小路通で、名探偵御手洗潔が見抜いた天使と悪魔の犯罪。完全に施錠された家で起きた殺人と怪現象の意味する真実とは。

桜木紫乃著
ふたりぐらし
四十歳の夫と、三十五歳の妻。将来の見えない生活を重ね、夫婦が夫婦になっていく——。夫と妻の視点を交互に綴る、連作短編集。

乃南アサ著
いっちみち
—乃南アサ短編傑作選—
温かくて、滑稽で、残酷で……。「家族」は人生最大のミステリー！ 単行本未収録作品も加えた文庫オリジナル短編アンソロジー。

長江俊和著
出版禁止 死刑囚の歌
決して「解けた！」と思わないで下さい。二つの凄惨な事件が、「31文字の謎」でリンクする！ 戦慄の《出版禁止シリーズ》。

新潮文庫最新刊

朱野帰子著
わたし、定時で帰ります。2
―打倒！パワハラ企業編―
トラブルメーカーばかりの新人教育に疲弊中の東山結衣だが、時代錯誤なパワハラ企業と対峙する羽目に!? 大人気お仕事小説第二弾。

岡崎琢磨著
春待ち雑貨店 ぷらんたん
京都にある小さなアクセサリーショップには、悩みを抱えた人々が日々訪れる。一人ひとりに寄り添い謎を解く癒しの連作ミステリー。

南綾子著
結婚のためなら死んでもいい
わたしは55歳のあんた、そして今でも独身だよ――。（自称）未来の自分に促され、綾子は婚活に励むが。過激で切ないわたし小説！

河野裕著
さよならの言い方なんて知らない。5
冬間美咲。香屋歩を英雄と呼ぶ、美しい少女。だが、彼女は数年前に死んだはずで……。世界の真実が明かされる青春劇、第5弾。

紙木織々著
残業のあと、朝焼けに佇む彼女と
ゲーム作り、つまり遊びの仕事？ とんでもない。八千万人が使う「スマホ」、その新興市場でヒットを目指す、青春お仕事小説。

ジェーン・スー著
生きるとか死ぬとか父親とか
母を亡くし二十年。ただ一人の肉親である父と私は、家族をやり直せるのだろうか。入り混じる愛憎が胸を打つ、父と娘の本当の物語。